WIMMER WILKENLOH
Poppenspäl

POLE POPPENSPÄLER Ein Montag, im September. Im Husumer Schlosspark werden drei Frauen erschossen. Sie gehören alle zum Organisationsteam des Pole-Poppenspäler-Festivals, dem großen alljährlichen Kulturereignis in der Region.
Der grausame Dreifach-Mord schockiert die gesamte Stadt. Selbst Kommissar Jan Swensen, dem bereits eine mysteriöse Einbruchsserie Kopfzerbrechen bereitet, verliert fast seine buddhistische Gelassenheit. Das Ermittlungsteam steht unter Hochdruck, es gibt zu viele Verdächtige und es scheint, als könnte jeder der Mörder sein ...

Wimmer Wilkenloh, 1948 im schleswig-holsteinischen Itzehoe geboren, studierte an der Hamburger Hochschule für bildende Künste Visuelle Kommunikation und war viele Jahre als Autor beim NDR-Fernsehen tätig. Heute arbeitet er als freier Künstler und Krimiautor in Hamburg. »Poppenspäl« ist nach »Hätschelkind« und »Feuermal« sein dritter Kriminalroman um den Husumer Kommissar Jan Swensen.

Bisherige Veröffentlichungen im Gmeiner-Verlag:
Feuermal (2006)
Hätschelkind (2005)

WIMMER WILKENLOH
Poppenspäl

Der dritte Fall für Jan Swensen

Website des Autors:
www.wimmer-wilkenloh.de

Besuchen Sie uns im Internet:
www.gmeiner-verlag.de

© 2009 – Gmeiner-Verlag GmbH
Im Ehnried 5, 88605 Meßkirch
Telefon 07575/2095-0
info@gmeiner-verlag.de
Alle Rechte vorbehalten
2. Auflage 2009

Lektorat: Claudia Senghaas, Kirchardt
Herstellung: Katja Ernst
Umschlaggestaltung: U.O.R.G. Lutz Eberle, Stuttgart
unter Verwendung eines Fotos von aboutpixel.de / st. peter-ording 1 © mel1607
Druck: Fuldaer Verlagsanstalt, Fulda
Printed in Germany
ISBN 978-3-89977-800-7

*Personen und Handlung sind frei erfunden.
Ähnlichkeiten mit lebenden oder toten Personen
sind rein zufällig und nicht beabsichtigt.*

VORWORT

Die Pole-Poppenspäler-Tage, vor deren Hintergrund der folgende Roman spielt, sind keine Fiktion. Das Festival der Puppenspieler findet seit über 25 Jahren im Herbst in Husum statt. Deshalb möchte ich alle Leser daran erinnern, dass dieser Krimi zwar vor einem realen Ereignis spielt, die Handlung jedoch bis ins Detail frei erfunden ist. Aus eigener Erfahrung musste ich feststellen, dass einige meiner Freunde, obwohl sie wussten, dass sie eine ausgedachte Geschichte lesen, plötzlich gewisse Ähnlichkeiten zwischen mir und meinem Hauptkommissar entdeckten. Das ist sicher sehr reizvoll, entspricht aber nicht der Wirklichkeit. Um diesem Missverständnis vorzubeugen, versichere ich dem Leser noch einmal ganz eindringlich, dass alle Personen dieses Krimis von mir frei erfunden worden sind. Die Menschen des Förderkreises Pole Poppenspäler leisten jedes Jahr eine bemerkenswerte Arbeit, damit dieses Festival stattfinden kann. Ich persönlich freue mich jedes Jahr auf das ungewöhnliche Programm und möchte daher nicht, dass dieser Roman in irgendeiner Weise mit toten oder lebenden Personen in Verbindung gebracht wird. Allen Lesern empfehle ich eindringlich, sich auf keinen Fall die Pole-Poppenspäler-Tage in Husum entgehen zu lassen. Allen Menschen, die an der Organisation der Tage beteiligt sind, wünsche ich, dass sie hochbetagt und eines natürlichen Todes sterben mögen.

DAS KLEINSTE SCHAF DER WELT

Eine fabelhafte Erzählung

Im hohen Norden Irlands erstreckt sich eine hügelige Ebene mit saftiggrünem Gras. Diese fruchtbare Ebene grenzt an einen großen, dunklen Wald und davor stand einmal ein schmucker Bauernhof. Heute sind davon nur ein paar verfallene Mauerreste übriggeblieben.

Dort kam, als der Hof noch von einem alten Ehepaar betrieben wurde, vor langer, langer Zeit ein kleines Schaf zur Welt. Es war ein ganz besonderes Schaf, denn es war sehr, sehr klein. Es hatte ein zierliches Gesicht, eine schmale Schnauze und auffällig große, braune Augen.

»Hast du schon einmal so ein kleines Schaf gesehen?«, fragte der Bauer gleich nach dessen Geburt die Bäuerin, während er das schwache Tier auf eine Schubkarre lud und in den warmen Stall fuhr.

»Das ist bestimmt das kleinste Schaf der Welt!«, antwortete ihm die Bäuerin und wischte mit einem Schwamm den blutigen Schleim vom zierlichen Körper. »Was hältst du davon, wenn wir es Seba nennen?«

»Seba? Wieso denn Seba?«

»Nach Sebastian, unserem Kleinsten!«

Und so kam es, dass Seba von der Bäuerin mit der Flasche großgezogen wurde und erst lange nach Pfingsten auf die Wiese zu den anderen Schafen kam. Das Mutterschaf Lotte war zuerst überglücklich. Es liebte Seba von ganzem Herzen. Doch mit der Zeit musste sie feststellen, dass die Herde ihr Gefühl für Seba nicht teilte. Im Gegenteil, das kleinste Schaf der Welt wurde von den anderen Schafen beflissentlich ignoriert. Seba konnte nicht so übermütig in die Luft springen wie all die anderen Jungschafe, seine Beinchen waren doch so zerbrechlich. Niemand wollte mit dem kleinsten Schaf der Welt spielen. Es wurde kurzerhand, trotz seiner besonders weißen Wolle, zum schwarzen Schaf der Herde erklärt, unentwegt gehänselt und gequält.

Eines Nachmittags war das kleinste Schaf der Welt wieder einmal von den anderen stundenlang angerempelt worden. Seba lag verzweifelt im Schatten einer mächtigen Buche, als er die tiefe Stimme seiner Mutter Lotte hörte.

»Sebaaaaah!«, blökte sie aus einiger Entfernung. »Seeebaaah! Seeebääääh! Wo bist du denn schon wieder?«

Kurze Zeit später tauchte ihr zotteliges Fell hinter dem Hügel auf, und sie trabte gemächlich auf Seba zu.

»Was liegst du hier allein rum, Seba? Warum spielst du nicht, wie es sich für ein kleines Schaf gehört, mit den anderen Lämmern?« In ihrer Stimme klang ein vorwurfsvoller Unterton mit. Das kleinste Schaf der Welt hasste diese Fragen und schaute sehnsüchtig zum Himmel hinauf. Dort zogen weiße Schäfchenwolken über den blauen Grund, eine schöner gekräuselt als die andere.

»Ich mag nicht mit den anderen spielen!«
»Aber spielen ist doch etwas Schönes, Seba!«

»Nein, ist es nicht! Ich schaue mir lieber die Wolkenschäfchen an!«

Nur einmal möchte ich wie eine große Wolke sein, dachte Seba, nur nicht so blöd weiß und gekräuselt wie die meisten dort oben. Ich will mächtig aufgebläht sein und schwarz. Und dann werde ich mit Absicht gegen alle anderen Wolken stoßen, damit ein feuriger Blitz vom Himmel fällt und mitten in diese gemeine Herde fährt.

»Du kannst jetzt nicht hier bleiben und in den Himmel starren!«, sagte Lotte.

»Warum nicht, Mama?«

»Der weise Widder ist gekommen, um zu der ganzen Herde zu sprechen. Da musst auch du dabei sein!«

»Der weise Widder? Was ist ein weiser Widder?«, fragte Seba neugierig.

»Das ist ein sehr, sehr, sehr altes Schaf, über 100 Jahre alt, älter als alle Schafe in der Herde zusammen. Er lebt ganz allein in dem großen, dunklen Wald neben unserer Weide. Und weil der Widder schon so uralt ist, weiß er auch mehr als alle Schafe in der Herde zusammen!«

Seba war plötzlich richtig aufgeregt und trabte gespannt neben seiner Mutter über den Hügel in die weite Ebene zu der Herde. Es dämmerte bereits. Die untergehende Sonne brachte den Himmel zum Glühen. In einem großen Kreis hatte sich die Herde vor dem weisen Widder formiert, dessen schwarzer Umriss mit den gedrehten Hörnern imponierend vor dem runden Feuerball stand.

»Versammelte Widder, Schafe und Lämmer«, sagte er mit langgezogener Stimme, »ich habe eine wichtige Mitteilung zu machen, die das bisherige Leben von euch allen auf den Kopf stellen wird. Der böse Wolf ist tot! Ich habe sein Fell im großen, dunklen Wald gefunden!«

Ein jubelndes Geblöke brach los und rollte wie eine tosende Welle über den weisen Widder hinweg.

»Halt, stopp, liebe Freunde!«, brachte er die Herde zum Schweigen. »Es gibt keinen Grund, ausgelassen zu sein!«

»Wieso denn nicht?«, riefen einige junge Widder. »Der Wolf ist doch tot! Wovor sollen wir noch Angst haben?«

»Richtig!«, blökte die Gruppe Mutterschafe zustimmend. »Warum sollen wir Angst haben?«

»Weil der böse Wolf ein sehr, sehr alter Wolf war!«, antwortete der weise Widder mit eindringlicher Stimme. »Die alten Wölfe leben meistens einsam und allein, weit, weit entfernt vom nächsten Rudel. Sie haben das eigene Revier mit ihrer Duftmarke markiert. Kein Wolf aus einem Rudel würde sich auch nur in seine Nähe trauen. Doch jetzt gibt es unseren Wolf nicht mehr, also gibt es auch sein Revier nicht mehr, in das sich kein anderer Wolf hineintraut!«

»Blääh, Blöök, Blääblöök!«, tönte es wild durcheinander aus der Herde. Dann wurde es mucksmäuschenstill. Die meisten Schafe standen unbeweglich, mit weit aufgerissenen Augen und zitterten am ganzen Leib.

»Hast du schon einen dieser Wölfe gesehen, die in so einem Rudel leben?«, fragte ein Schaf vorsichtig.

»Nein«, antwortete der Widder laut, »aber das sagt

noch gar nichts. Ihr müsst ab heute immer auf der Hut sein. Die Gefahr lauert überall und das zu jeder Zeit, egal ob am Tag oder in der Nacht.«

In dieser Nacht schlief das kleinste Schaf der Welt das erste Mal in seinem Leben sehr unruhig. Es träumte von der großen Versammlung am Abend. Es sah den mächtigen Kopf des weisen Widders direkt vor seinen Augen, sah seine gedrehten Hörner, deren spitze Enden ihm bis zur Nase reichten, sah seine riesige Schnauze mit den gelben Zähnen, die unentwegt Worte absonderte, die allen in der Herde Angst einjagten. Seba konnte zwar nicht so richtig verstehen, was der weise Widder ihnen alles gesagt hatte, doch er war trotzdem überaus beeindruckt. Er wünschte sich, dass die Herde auch einmal so ehrfurchtsvoll zu ihm aufblicken würde. Und wenn das nicht, dann sollten alle zumindest einmal von Seba, dem schrecklichsten Schaf der Welt, so richtig in Angst und Schrecken versetzt werden.

Als das kleinste Schaf der Welt am nächsten Morgen aufwachte, hatte es für sich beschlossen, ab heute nicht mehr das kleinste Schaf der Welt zu sein. Nachdem es zum Frühstück mit Mutter Lotte ausgiebig gegrast hatte, schlenderte es entschlossen zu den anderen Lämmern hinüber.

»Hey, guckt mal«, sagte das älteste der Lämmer, »da kommt unser zerbrechliches Stöckelbeinchen!«

»Passt bloß auf, dass ihr unserem empfindlichen Wesen nicht aus Versehen gegen die Wolle stoßt!«, stichelte das nächste Lamm.

»Genau, sonst fällt das kleine Knäuel noch auf seine zierliche Schafsschnute!«

»Na, ihr aufgeblasenen Blökwolle!«, entgegnete Seba spöttisch. Er hatte sich seine Worte genau überlegt. Sie verfehlten ihre Wirkung nicht. Die Jungschafe waren sprachlos und guckten ziemlich belämmert.

»Wo ist denn mit einmal euer stupides Geplärre geblieben?«

»Du hältst dich wohl für besonders stark«, tönte das Älteste und rannte Seba mit voller Wucht in die Flanke. Das kleinste Schaf der Welt stürzte zur Seite, rollte, indem es sich mehrmals überschlug, einen Hügel hinab und blieb auf dem Rücken liegen. Von oben hörte es das wilde Geblöke der Lämmer, von denen einige ausgelassen in die Luft sprangen.

»Na wartet, das werdet ihr noch bereuen!«, rief Seba zu ihnen hinauf. Vom Hügel tönte ein wieherndes »Bläähäähäähää« zurück. Das kleinste Schaf der Welt wartete so lange, bis die Horde Lämmer nicht mehr zu sehen war. Dann schlich es über den nächsten Hügel und den nächsten und nächsten. Jetzt konnte es schon die großen, schwarzen Bäume in der Ferne liegen sehen. Seba trottete zügig weiter, bis er den Waldesrand erreicht hatte und blickte sich noch einmal trotzig um. Weit und breit war niemand von der Herde zu sehen. Er atmete einmal tief durch, nahm seinen ganzen Mut zusammen und trat in den Wald hinein. Noch am Morgen, gleich nach dem Aufwachen, war dieses Unternehmen dem kleinsten Schaf der Welt ganz einfach erschienen. Doch der Wald war in Wirklichkeit viel größer und viel, viel dunkler, als es sich dies vorher in seinem kühnen Traum ausgemalt hatte. Die dicken Stämme waren mit grünem Moos bewachsen und schauten unheilvoll auf Seba herab. Er hätte am liebsten laut nach seiner Mama gemäht, aber er wusste genau, dass ihn hier niemand mehr hören würde. So guckte er ängstlich auf den Boden und setzte tapfer einen Schritt vor den anderen. Ein Rabe krächzte monoton im Wipfel einer Buche. Plötzlich wurde es taghell. Seba erschrak, zog seinen Hals zwischen die Schultern und hob vorsichtig den Kopf. Vor seinen Augen lag eine weite, von der Sonne beschienene Lichtung. Seine düsteren Gedanken verschwanden, und er fasste wieder neuen Mut und schaute sich ein wenig in der Gegend um. Ein leises Brummen zog seine Aufmerksamkeit an. Es war ein Schwarm Fliegen, der in einer dunklen Wolke über einem umgestürzten Baumstamm stand. Neugierig trat es näher heran. Hinter dem Baumstamm lag ein ausgedörrter Kadaver.

Der alte Wolf, durchschoss es Seba, und er stapfte entschlossen darauf zu. Da lag das gefürchtete Ungeheuer, alle viere von sich gestreckt und konnte keiner Fliege mehr etwas zuleide tun. Dafür hatten die Fliegen ganze Arbeit geleistet und nur noch das Fell übergelassen. Das kleinste Schaf schnupperte vorsichtig an den zotteligen, dunkelbraunen Haaren. Mit der Schnauze schob es sich Stück für Stück unter den Wolfspelz, bis von seinem Körper nichts mehr zu sehen war.

Ich werd ihm schon Beine machen, dachte das Schaf und indem es sich aufrichtete, erweckte es den bösen Wolf zu neuem Leben. Als es so als Ungeheuer durch den Wald schritt, fühlte Seba eine ungeahnte Kraft in sich aufsteigen. Er war nicht mehr das harmlose Schaf, er war der böse Wolf persönlich, vor dem die Schafe erzitterten, wenn sie ihn nur in der Ferne sahen. Der einzige Nachteil dieser Angst einflößenden Hülle war, dass Seba durch die beiden Augenlöcher im Fell nicht besonders gut sehen konnte. Doch er achtete sowieso nicht mehr auf den Weg. In seinen Gedanken war er bei den anderen Lämmern, denen er den Schreck ihres Lebens bereiten wollte. Als das kleinste Schaf der Welt den großen, dunklen Wald wieder verließ, merkte es nicht, dass der grüne Hügel, der vor ihm lag, gar nicht der altbekannte Hügel war. Es war nämlich von Süden her in den Wald gegangen und hatte ihn nun im Norden wieder verlassen. Als Seba den Hügel erklommen hatte, war von der Herde nichts zu sehen. Ein kleines Stück weiter links lag noch ein Hügel.

Das muss unser Hügel sein, dachte er und stapfte entschlossen weiter. Doch auf der nächsten Höhe war auch wieder nichts von der Herde zu sehen. Seba stoppte verwirrt und schaute sich um. Das kleinste Schaf der Welt hatte gänzlich die Orientierung verloren. Alles sah mit einem Mal völlig gleich aus. Da vorn sah es den nächsten Hügel und dahinter noch einen. Als es noch darüber nachdachte, ob es einfach zurückgehen sollte, tauchte endlich ein fremdes Schaf auf dem nächsten Hügel auf. Seba kannte es zwar nicht, hatte es vorher auch noch nie gesehen, aber er stürmte erleichtert auf das andere Schaf zu, um es nach dem Weg zu fragen. Das Wolfsfell hatte er ganz vergessen.

Kurze Zeit später standen sich beide Tiere Aug in Aug gegenüber. Plötzlich lief es Seba eiskalt die Rückenwolle hinunter.

Ich bin doch ein Wolf, fiel es ihm fröstelnd ein. Wieso hat dieses Schaf nicht den kleinsten Versuch gemacht, dem Wolf zu entkommen?

»Hey, Schaf! Hast du denn überhaupt keine Angst vor mir?«, fragte Seba.

»Nein, ich bin das mutigste Schaf der Welt!«, antwortete das andere Schaf mit dunkler Stimme.

»Aber ein Wolf ist der Erzfeind aller Schafe! Er hat große, scharfe Zähne, mit denen er jedes Schaf mit einem Biss töten kann!«

»Du bist aber ein merkwürdiger Wolf!«

»Bin ich nicht! Ich bin ein sehr, sehr gefährlicher Wolf!«

»Bist du nicht! Weshalb stehst du denn die ganze Zeit da und beißt mich nicht!«

Mit dieser Frage hatte Seba nicht gerechnet. So lange das kleinste Schaf der Welt auch nachgrübelte, es fiel ihm keine überzeugende Antwort ein, nur die Frage: »Wie bist du denn zum mutigsten Schaf der Welt geworden?«

»Ganz einfach, weil in mir eine alte Wolfsseele steckt!«, sagte das Schaf bedrohlich und zog sich mit einem Ruck das Schafsfell über die Ohren. »Ich bin nämlich der berühmte Wolf im Schafspelz!«

Seba erstarrte vor Schreck und zitterte dabei am ganzen Körper wie Espenlaub. Dabei rutschte dem kleinsten Schaf der Welt nach und nach das Wolfsfell herunter, bis es in seiner nackten Schafsexistenz dastand. Der Wolf machte einen mächtigen Satz, packte Seba gnadenlos am Nacken und biss zu. Danach warf er einen flüchtigen Blick auf das Wolfsfell und lächelte.

Das ist doch das Fell vom alten Wolf, dachte er, während er genüsslich das kleinste Schaf der Welt verspeiste. Wenn der Alte endlich tot ist, dann wird aus seinem Revier jetzt mein Revier.

Und die Moral von der Geschichte? Rache ist süß, doch bitter sind die Folgen.

1

Das Mondlicht fällt durch die Baumkrone der Buche auf seine rechte Handfläche. Die Haut schimmert wie bleiches Pergament. Mörderhand, spricht eine befremdliche Stimme in seinem Kopf. Er bewegt seine Finger, biegt sie leicht nach vorn. Es ist eine Kralle. Mörderhand.

Er streift ein Paar hellbraune Wildlederhandschuhe über beide Hände. Die Stimme im Kopf bleibt. Sie klingt sphärisch, als käme sie von weit entfernt aus dem Jenseits und würde mahnend seine präzisen Handgriffe kommentieren.

Mörderhand, Mörderhand.

Doch sein Entschluss ist gefallen.

Gestern war er bereits schon einmal hier gewesen, hatte sich über zwei Stunden im Park herumgetrieben. Er brachte aber nicht den Mut auf, die geplante Tat wirklich auszuführen. Irgendetwas war ihm nicht geheuer vorgekommen. Auch in der Stadt herrschte den ganzen Tag über eine ungewohnte Aktivität, für einen Sonntag waren viel zu viele Menschen auf den Beinen. Später konnte er sich die rätselhafte Tatsache erklären, in den Nachrichten wurde über die stattgefundene Bundestagswahl berichtet. Die hatte er in seiner Organisation vollkommen vergessen gehabt.

Seine rechte Hand greift in die Jackentasche. Die Fingerkuppen tasten nach der Waffe, spüren durch das dünne Leder den geriffelten Bakelitgriff. Die Finger legen sich darum und ziehen die Waffe heraus. Sie fühlt sich hart und schwer an.

Mörderhand!

Ein intensiver Blick kontrolliert, ob das Magazin fest eingerastet ist. Im hellen Mondlicht kann er die feine, eingravierte Schrift auf dem hinteren Pistolenlauf lesen.

›CZ 75, CAL 9, Brünner.‹

Daumen und Zeigefinger pressen sich fest gegen den Schlitten und ziehen ihn nach hinten. Der Riegelkamm am Ende des Laufs wird aus den Nuten des Schlittens gedreht. Lauf und Patronenlager sind nun vom Schlitten getrennt. Der Mann zieht ihn bis zum Anschlag und lässt ihn wieder los. Auf seiner Stirn sickert Schweiß durch die Poren. Kleine Perlen bilden sich.

Mörderhand!

Die gespannte Verschlussfeder drückt den Schlitten zurück. Die Unterkante greift in die Rille am Boden der Patronenhülse und streift sie über die Rampe ins Patronenlager. Der Schlitten verriegelt sich mit Lauf und Patronenlager. Gleichzeitig wird der Schlagbolzen gespannt. Die Waffe ist scharf.

Die Stimme im Kopf verstummt. Er drückt seinen Körper an die Rinde der Buche, richtet den Lauf der Waffe auf den Boden und schaut auf die Armbanduhr. Es ist genau 23.13 Uhr.

Im Husumer Schlosspark ist kein Mensch zu sehen. Vor zwei Tagen war Vollmond, und das diffuse Licht wirkt gespenstisch. Scherenschnittartig stehen die alten Bäume um ihn herum, recken ihre bizarr gewachsenen Äste zum Himmel hinauf. Ein entferntes Lachen lässt seinen Kopf herumfahren. Rechts von ihm, Richtung Erichsenweg, biegen drei Gestalten auf den breiten Sandweg und schlendern direkt auf ihn zu. Einen Moment später kann er erkennen, dass es Frauen sind. In seiner Brust beginnt sein Herz zu hämmern, als würde es zerspringen. Er möchte schlucken, doch sein Hals ist zu trocken. Das Blut sackt aus dem Kopf. Sein Körper funktioniert wie von selbst.

Die Finger der linken Hand tasten nach der Wollmütze, die in der Innentasche seiner Jacke steckt, und ziehen sie heraus. Mittel-, Ring- und kleiner Finger der rechten Hand halten die Pistole, während Daumen und Zeigefinger der linken Hand helfen, die Mütze über den Kopf zu ziehen. Für die Augen hat er zwei kleine Löcher mit der Schere hineingeschnitten. Die Frauen auf dem Sandweg haben ihn fast in seinem Versteck erreicht, er kann ihr Gespräch beinahe verstehen. Vorsichtig späht er hinter dem Baumstamm hervor. Die Gesichter der drei sind deutlich zu erkennen.

Ein tiefer Atemzug.

Volle Anspannung.

Ein Ruck fährt durch seinen Körper. Nach sieben Schritten steht er mit gestreckten Armen, die Pistole in den Händen, mitten auf dem Sandweg. Die Frauen bleiben wie angewurzelt stehen, das Entsetzen spiegelt sich in ihren Augen wider. Für mehrere Sekunden herrscht Totenstille, bis die Ältere mit der Brille einen spitzen Schrei ausstößt und die junge Frau rechts von ihr ein schrilles »Nein!« schreit.

Die Fingerkuppe seines Zeigefingers presst auf den leicht gebogenen Abzug der Waffe, zieht ihn nach hinten. Der abgerundete Metallsteg drückt einen roten Striemen in die Haut.

Im Bruchteil einer Sekunde läuft der tödliche Mechanismus ab. Der Schlagbolzen schnellt nach vorn. Seine runde Metallspitze trifft auf das Zündhütchen, das in einer Vertiefung in der Mitte des Patronenbodens sitzt. Der Aufschlag verformt das Weißblech und reibt dabei die Kristalle der Zündmasse aneinander. Eine Stichflamme zündet die Pulverkörnchen in der Patronenhülse. Rasend schnell und rauchlos frisst sich eine gelbliche Flamme durch die Nitrozellulose. Ein Gasdruck von mehreren tausend Bar drückt die Kupfer-Zink-Legierung der Patronenhülse auseinander, presst sie an die Wand des Patronenlagers und verschließt die Waffe nach hinten gasdicht. Im Inneren der Hülse werden es über 2000° Celsius heiß. Das mit Messing überzogene Bleigeschoss wird abgesprengt und vorwärts in den Lauf getrieben. Im Schusskanal wird das Projektil über eine feine, spiralenförmige Rille, die in das Metall gefräst ist, in eine Rechtsdrall-Rotation um die eigene Achse gezwungen, schnellt mit 1600 Stundenkilometern aus der Pistolenmündung und dreht sich im Flug weiter durch die Luft in Richtung Ziel.

Als der Mann den trockenen Knall hört und seine Hände von der Waffe hochgerissen wird, blickt ihn die junge Frau aus weit aufgerissenen Augen an. Sie steht keine fünf Meter vor ihm, das schmale Gesicht ist aschfahl und ihre vollen Lippen sind halb geöffnet, als wenn ihr das zweite »Nein!« im Hals stecken geblieben ist. Er sieht, wie sie in sich zusammenknickt und langsam zu Boden sackt.

*

Das blanke Entsetzen springt Petra Ørsted an und rast den Rücken hinauf. Im Kopf läutet eine Alarmglocke Sturm, panische Angst erfasst ihren Körper, Angst vor physischer Vernichtung.

Eine Gestalt steht plötzlich auf dem Fußweg, aus dem Nichts kommend wie ein scharfer Luftzug. Der Vermummte hält eine Waffe in der Hand und richtet diese stumm auf sie. Im gleichen Moment hört Petra zwei Schüsse und sieht, wie die Patronenhülsen seitlich aus der Waffe geschleudert werden.

Der Ablauf hat sich schlagartig verlangsamt. Ungläubig versucht sie das zu erfassen, was in Zeitlupe vor ihren Augen abläuft. Drei Schritte entfernt liegt die junge Ronja Ahrendt auf dem Bauch ausgestreckt am Rand des Fußwegs. Direkt neben ihr stürzt ihre Freundin Hanna Lechner auf die Knie, kippt nach vorn und schlägt mit dem Gesicht hart auf den Erdboden. Die Brille springt von der Nase und hüpft in mehreren Sätzen nach vorn. Der Kopf bleibt auf der rechten Wange liegen. Augen und Mund stehen offen, die rotbraunen Haare mit den grauen Spitzen schimmern irreal im Mondlicht. Aus einem kleinen Loch auf der linken Rückenpartie ihrer Leinenjacke sickert Blut.

Mit einer geisterhaften Drehung wendet sich die schwarze Gestalt ihrer Person zu, zielt mit seiner Waffe direkt auf ihren Oberkörper. Wie elektrisiert blickt sie in das kleine Loch im Pistolenlauf. Das starrt eiskalt zurück, ein unbarmherziges Auge des Todes, das ihr ohne Mühe die Kehle zusammenschnürt. Es gibt kein Entrinnen mehr. Sie merkt, dass ihre Knie weich werden, die Lippen vibrieren. Ihr

Atem wird flach, beginnt zu rasen. Sie friert. Gänsehaut zieht sich über ihre Arme und Beine. Im Kopf ist es taub. Ihre innere Stimme scheint für immer zu verstummen.

Es gibt keinen Grund mehr zur Flucht, sie fügt sich bereitwillig in ihr Schicksal. Gleichzeitig wird sie von der Erkenntnis durchströmt, dass die Seele ihren gesamten Körper ausfüllt und alle ihre gelebten Widersprüche aufhebt. Das ist das wahre Sein, ein Sein, das selbst zum Bewusstsein wird. Ihr letzter Atemzug ist der Mittelpunkt der Welt.

Für die Zeitspanne dieses Augenblicks rasen Impulse von ihrer Haut, aus ihren Blutgefäßen, Eingeweiden, Muskeln und Gelenken durch das Rückenmark zum Hirnstamm und von dort durch den Thalamus, Hypothalamus in die Hirnrinde der Scheitel- und Schläfengegend. Hier, in den Schaltkreisen des visuellen Cortex, läuft innerhalb einer Hundertstel Millisekunde der eigene Lebensfilm vor ihrem geistigen Auge ab.

Sie schwebt in einem zeitlosen Universum, in dem Planeten und Sonnen sie umkreisen. Dann schrumpft der weite Raum um sie herum unmerklich zusammen, und weiche, elastische Höhlenwände pressen sich fest an ihren Körper. Ihr Kopf wird in eine enge Öffnung gedrückt, Atemnot, Erstickungsgefühl, Todesangst. Sie kämpft mit aller Kraft, arbeitet sich langsam voran. Am Ende des Tunnels blendet ein grelles Licht.

Die Bilder wirken erschreckend real, rasen an ihrem inneren Auge vorbei und werden von gespürten Gefühlen begleitet.

Über ihrem Gitterbettchen äugen verzerrte Grimassen, unbekannte Riesen mit überdimensionalen Händen greifen nach ihrem Gesicht. Sie tritt in die Pedale eines Dreirads, fährt im Kreis, ihre Eltern stehen in der Haustür und winken. Kreidezahlen füllen eine Schiefertafel, und sie saugt an ihrem Finger, schaut ängstlich zum Lehrer hinauf. Sie steckt sich eine Zigarette zwischen die Lippen, und ein junger Mann gibt ihr Feuer. Die Eingangstreppe des Unigebäudes. Der Hörsaal. Ein See im Sonnenuntergang. Liebevolle Blicke. Ein Kuss. Das weiße Hochzeitskleid. Ein Schlag ins Gesicht. Verheulte Augen im Spiegel. Ein Telefon klingelt. Der Schreibtisch im Büro. Laute Worte. Streit. Menschen in einer Schlange. Die angeleuchtete Bühne in einem Saal. Holzpuppen an Fäden. Eindringliche Stimmen: In Bulemanns Haus, in Bulemanns Haus, da gucken die Mäuse zum Fenster hinaus.

Das glühendheiße Projektil brennt unterhalb der linken Brust ein kleines Loch in den Blazer ihres Hosenanzugs, reißt einige goldfarbene Leinenfäden mit sich in den Wundkanal, durchschlägt die Kammerscheidewand und dringt in die rechte Herzkammer ein. Der AV-Knoten wird zerfetzt, das Herz hört augenblicklich auf zu schlagen. Das Geschoss tritt aus der Rückseite des linken Vorhofs aus, durchtrennt das Rückenmark der Wirbelsäule und bleibt deformiert im Knochen stecken. Der Körper ist sofort gelähmt, schlägt mit ungebremster Wucht auf den Boden auf.

Die Schallwelle der Waffe erreicht ihre Sinne nicht mehr. Sie hat das Gefühl, außerhalb ihres eigenen

Körpers zu sein und wie eine Feder im Wind langsam nach oben getragen zu werden. Sie ist bereits eineinhalb Meter über dem Boden.

Was willst du hier oben, denkt sie erschreckt und blickt auf ihren vertrauten Körper, der unter ihr am Boden liegt. Sie will es nicht glauben, hat noch immer den Eindruck, weiterhin ihre Körpergestalt zu besitzen.

Mein Gott, so muss es sein, wenn man tot ist! Bin ich etwa schon tot?

Sie spürt den unbändigen Drang, endlich wieder in diesen Körper zurückzukehren. Gleichzeitig beobachtet sie aus sicherer Distanz die makabere Szene, die sich dort unten abspielt, sieht, wie die schwarze Gestalt verloren zwischen den drei ausgestreckten Körpern hin und her tritt. Haltet ihn! Das ist ein Mörder! Er scheint nach etwas zu suchen, kniet mehrmals nieder, um etwas aufzuheben. Jetzt zertritt er Hannas Brille. Das Glas zersplittert. Wenig später rennt er Hals über Kopf davon, verschwindet blitzschnell zwischen den dichten Büschen, die den Sandweg säumen.

Von hier oben wirken seine Bemühungen völlig sinnlos und aberwitzig. Sie muss unwillkürlich lächeln, eine unbeschreibliche Leichtigkeit erfüllt ihren Geist, Frieden. Große Gelassenheit breitet sich in ihr aus. Leere berührt sie sanft. Ihr ist, als würde sie durch einen altbekannten Tunnel gehen, dessen glatte Wände durch einen einfallenden Schein in der Ferne smaragdgrün schimmern. Sie schreitet voran. Ein goldenes Licht kommt näher, strahlt mit überirdischer Helligkeit. Sie kommt an eine unsichtbare

Grenze, eine Scheidelinie zwischen ihrem irdischen Leben und dem Leben danach. Ohne die geringste Furcht tritt sie hinüber.

*

19. September 2002, 8.42 Uhr. Es sind keine fünf Tage mehr bis zu den Morden. Petra Ørsted dreht den Zündschlüssel mit voller Kraft nach rechts. Ihre Nasenflügel beben leicht, und eine unbändige Wut treibt ihr die Röte ins ovale Gesicht. Die zerbrechlich wirkende Frau tritt das Gaspedal bis zum Anschlag durch. Der Motor heult laut auf.

Was ist da wieder passiert, denkt sie mit knirschenden Zähnen und lässt die Szene, die sich vor wenigen Minuten in der Küche abgespielt hat, vor ihrem inneren Auge Revue passieren.

Die beiden Kinder waren gerade aus dem Haus gewesen, als sie bemerkte, dass sie das Klappen der Badezimmertür im ersten Stock noch immer nicht gehört hatte. Sie legte das gezackte Messer auf die Anrichte, schichtete die abgeschnittenen Brotscheiben in den Bastkorb auf dem Küchentisch und stieg aufgebracht die Treppe zum Schlafzimmer hinauf. Oben fand sie ihren Mann Sören schlafend vor, auf dem Bauch quer über die Matratze ausgestreckt. Der Wecker lag am Boden. Er hatte ihn anscheinend vom Nachttisch gefegt. Sie trat ans Bett, fasste seine Schulter und schüttelte sie vorsichtig.

»Du musst aufstehen, Liebling! Es ist schon 8 Uhr vorbei!«

Er knurrte unwillig, bevor er die Augen öffnete.

Sein erster Blick hatte etwas Vernichtendes. Ohne etwas zu sagen, war er im Badezimmer verschwunden. Zehn Minuten später kam er mit finsterer Miene die Treppe herab, setzte sich übertrieben langsam an den Tisch und schlug theatralisch das Frühstücksei auf die Tischplatte.

»Ich kann deine vorwurfsvollen Blicke nicht mehr ertragen«, sagte er mit ruhiger Stimme, ohne dabei aufzublicken. »Was ist schon großartig dabei, wenn man im Tiefschlaf aus Versehen gegen den Wecker stößt und der herunterfällt!«

»Ich hab' überhaupt nicht vorwurfsvoll geguckt. Wieso behauptest du so was?«

»Ich denke, ich bin noch ganz gut in der Lage zu beurteilen, was vorwurfsvolle Blicke sind!«

»Du hast mich doch noch nicht mal richtig angeguckt, seitdem du runtergekommen bist!«

»Meinst du etwa, das wäre jetzt der richtige Moment, um einen Grundsatzstreit vom Zaun zu brechen?«

»Sag mir doch einfach nur, was du an mir auszusetzen hast!«

»Das ist ja mal wieder typisch! Für dich bin ich gleich wieder an dieser Situation schuld!«

»Stimmt doch gar nicht! Wann habe ich gesagt, dass du an irgendwas Schuld hast?«

»Du hast schließlich gerade eben von mir verlangt, dass ich einfach sage, was mir an dir nicht passt!«

»Natürlich sollten wir darüber reden, was zwischen uns nicht klappt. Noch sind wir schließlich ein Paar!«

»Das Wort Paar stammt so was von aus der Mottenkiste!«

»Was willst du von mir? Was soll ich machen?«
»Gar nichts! Es gibt nicht für alles und jedes eine Lösung! Du willst nur immer alles in meinem Leben kontrollieren!«

Sie steuert den schwarzen Volvo S 40 rasant aus der Einfahrt, tritt aufs Gas und biegt an der nächsten Kreuzung mit quietschenden Reifen nach links auf die Hauptstraße. Mit über 80 Stundenkilometern prescht sie an dem kleinen Ort Padelackhallig vorbei und weiter nach Finkhaus. Wenige Meter hinter dem Ortseingang prophezeit ihr ein greller Blitz, dass demnächst wieder ein Strafmandat ins Haus flattern wird. Sie drosselt sofort die Geschwindigkeit, würde am liebsten lauthals ihren geballten Ärger diesem schon verkorksten Tag entgegenbrüllen.

So geht diese elende Scheiße zu Hause nicht mehr weiter, denkt sie und kaut nervös auf ihrer vorgestülpten Unterlippe. Ich kann nicht ständig die Kinder vorschieben, um an dieser bescheuerten Ehe festzuhalten. Er schert sich seit Jahren einen feuchten Kehricht um die Kids. Es ist ihm sogar völlig schnuppe, wie die mit unseren dauernden Streitereien zurechtkommen.

Petra Ørsted steuert den Volvo auf die nächste Tankstelle. Der Liter Diesel kostet 88 Cent, was sie noch tiefer in ihren Ärger treibt.

»Das sind ja über 1,70 in DM!«, flucht sie leise vor sich hin. »Diese beknackte Euroumstellung!«

An der Kasse ist natürlich jemand ein Bruchteil schneller. Er fummelt umständlich seine EC-Karte aus der Brieftasche. Der Mann hinter dem Tresen zieht sie ohne Eile durch den Schlitz, druckt den Kassenzettel aus und lässt ihn unterschreiben. Petra Ørsted kaut nervös auf den Lippen. Als sie die Tankstelle verlassen will, passiert gerade ein Getreidelaster die Ausfahrt und schleppt eine Schlange von Pkws hinter sich her. Sie wettert leise vor sich hin, trommelt ungeduldig aufs Lenkrad und kann sich erst am Ende einreihen, von wo aus es nur im Schritttempo vorangeht.

Petra Ørsted hat noch 110 Stunden zu leben.

Nach drei riskanten Überholmanövern klebt sie am Heck des Anhängers. Zwei Minuten später kriecht sie hinter dem Laster durch den Innendeich des Südermarschkoogs. Die Silhouette von Husum kommt ins Blickfeld. Rechts liegt der Windpark, die großen Rotoren ziehen stoisch imaginäre Kreise in die Luft. Gleich dahinter liegt die Kläranlage. Jetzt biegt der Laster links ab in Richtung Außenhafen. Umrahmt von mehreren schmutziggrauen Betonklötzen, ragt die weiße Getreidesiloanlage der Raiffeisengenossenschaft aus der flachen Landschaft.

Sie soll 1936 erbaut worden sein. Während der Nazi-Zeit hieß das Gebäude nur das Reichsnährstand-Silo, hatte ihr der Geschäftsführer der Getreidehandelsfirma Asmussen einmal erzählt. Die Firma Asmussen gehört mit zu ihren besten Kunden.

Den Rest der Strecke legt sie fast im Tran zurück, unter der Eisenbahnbrücke hindurch, rechts Poggenburgstraße, links Herzog-Adolf-Straße. Schräg gegenüber vom Finanzamt hält sie in der Einfahrt einer Backsteinvilla. Im Erdgeschoss befindet sich ihr Steuerberatungsbüro. Als sie über den Flur auf ihr Zimmer zusteuert, sitzen ihre beiden Mitarbeiterinnen bereits hinter den Computern und wälzen sich durch Aktenordnerberge. Kaum sitzt sie hinter dem Schreibtisch, klingelt schon das Telefon.

»Steuerbüro Ørsted, moin, moin!«

»Hallo Petra! Hanna hier, du musst heute Abend unbedingt in den neuen Laden kommen, in dem das Museum eingerichtet werden soll! Ich starte gerade einen Rundruf. Es gibt noch einiges zu organisieren, bevor es morgen Abend wieder losgeht. Uns wächst die Arbeit jetzt schon über den Kopf.«

Die unterschwellig fordernde Stimme ihrer Freundin bringt Petra Ørsted endgültig aus der Fassung. Ihr schießen Tränen in die Augen, und sie schluchzt.

»Hallo Petra? Bist du noch da?«

»Natürlich bin ich noch da«, antwortet sie wieder gefasst. »Mir geht's im Moment einfach nicht so gut, Hanna, rasende Kopfschmerzen.«

»Das tut mir leid, aber kannst du nicht einfach zwei Aspirin nehmen? Du musst unbedingt kommen. Dr. Kevele aus der Kulturabteilung der Kieler Staatskanzlei hat sich zur Eröffnung des Festivals angesagt.«

»Könnt ihr nicht diesen Abend ohne mich auskommen?«

»Petra, du kannst mich nicht hängen lassen!«

»Ich finde, du setzt mich ganz schön unter Druck, Hanna! Aber gut, dir zuliebe versuche ich es einzurichten.«

»Wir sind doch langjährige Freundinnen, natürlich können wir offen miteinander reden! Und wenn wir schon mal dabei sind, möchte ich auch mit meiner Kritik nicht hinterm Berg halten. Versteh das bitte nicht falsch, aber du hast dich im Vorfeld der diesjährigen Organisation auch nicht besonders fair verhalten, meine Liebe!«

»Was soll das denn nun heißen?«

»Ich sage nur, das Schnipp-Schnappmaul-Puppentheater!«

»Also, Hanna, jetzt nicht das schon wieder. Ich weiß bis heute nicht, was du gegen dieses hervorragende Puppentheater einzuwenden hast. Wiktor Šemik gehört zu den international renommiertesten Puppenspielern.«

»Eben, und deshalb verlangt er auch einen renommierten Preis für seine werte Anwesenheit. Dafür könnten wir drei andere Puppentheater auf unser Festival einladen.«

»Gut, Hanna, ich will mich nicht mit dir streiten. Ich schmeiß mir ´ne Aspirin rein und komm nach Feierabend, obwohl ich mir immerhin schon die gesamte nächste Woche für das Festival freigehalten hab.«

*

»Was meint ihr wohl, warum die Griechen schon vor 2500 Jahren das *Wollen* in den Mittelpunkt ihrer Ethik gestellt haben?«, fragt Hanna Lechner, während sie langsam vor ihrer Klasse auf und ab geht. Die letzte Viertelstunde ist immer die schwierigste. Kaum einer der Schüler sucht noch Blickkontakt mit der Lehrerin. Die meisten der Jungen hängen bereits in

Hab-Acht-Stellung auf ihren Stühlen, und die Mädchen schieben sich gegenseitig kleine Zettel zu.

»Normalerweise wird bei moralischen Fragen, und eure Lehrerin macht da keine Ausnahme, meistens vom *Sollen* gesprochen und nicht vom *Wollen*. Du sollst nicht stehlen! Keiner würde sagen, du wirst es doch nicht wollen, dass du zum Dieb wirst, oder? Hallo, hört hier noch jemand zu? Ihr *sollt* dem Unterricht aufmerksam folgen, bis die Stunde vorbei ist.«

Niemand scheint ihren gezielten Scherz zur Kenntnis zu nehmen. Hanna Lechner ahnt, dass sie persönlicher werden muss und schreitet seitwärts an den Tischen vorbei.

»Auch wenn du es möglicherweise gar nicht willst, bist du dem Moralbegriff der Griechen im Moment wesentlich näher, als du denkst, wenn du denn denkst! Oder sollte das etwa nicht so sein, Peter?«

Der Angesprochene sitzt plötzlich kerzengerade, hebt den Kopf und schaut mit angestrengtem Blick zur Decke hinauf.

»Du machst zu meinem Bedauern mal wieder nicht das, was du sollst. Unser lieber Peter macht eben nur das, was er will!«

Der Junge grinst die Lehrerin verlegen an, die sich mit ihrer robusten Gestalt vor seinem Tisch aufgebaut hat.

»Wenn du das vor der Klasse schon so eindrucksvoll demonstrierst, kannst du mir bestimmt auch sagen, warum der Satz: *Ich tue, was ich will* nur eine Redensart ist.«

»Eine Redensart? Keinen blassen Schimmer!«, entgegnet der Schüler trotzig.

»Denk nach, ich bleibe hier stehen, bis ich was Brauchbares höre!«

»Ich tue, was ich will? Eine Redensart? Jeder Normalo macht nur das, was er will!«

»Wenn das wirklich so wäre, würde ich die Frage stellen: *Warum will der Mensch denn etwas?*«, wirft Hanna Lechner ein und nimmt mit Genugtuung wahr, dass die Aufmerksamkeit in der Klasse wiederhergestellt ist.

»Weil alle nur das tun wollen, wozu sie Lust haben!«, ruft ein Mädchen aus der hinteren Reihe.

»Richtig!«, bestätigt die Lehrerin, »das ist unser übliches Handeln nach dem Lustprinzip. Bloß jedes Lustprinzip ist unweigerlich an das Realitätsprinzip gekoppelt. Stellt euch vor, ein Räuber bedroht jemanden und sagt ihm, er soll sofort sein Portemonnaie rausrücken. Würde derjenige das etwa machen, weil er es soll?«

Hanna Lechner macht eine gezielte Pause und lässt ihren Blick fragend über die Klasse schweifen. Niemand antwortet.

»Nein!«, fährt sie fort. »Sehr wahrscheinlich würde er es nur deshalb machen, weil er sein Leben retten will. Er will also etwas! Und was sagt uns das? Wer nichts will, an den kann keine Forderung gestellt werden, bei dem geht jedes *Sollen* ins Leere.«

Ein langer Klingelton kündigt das Ende der Ethikstunde an. Schlagartig kehrt Leben in die neunte Klasse zurück. Stühle werden lautstark nach hinten geschoben, alle beginnen gleichzeitig zu reden.

»Hallo! Haalloo! Ruhe bitte!«, schneidet die

scharfe Stimme von Hanna Lechner in den Lärmpegel. »Noch beende ich hier die Stunde!«

Es braucht geraume Zeit und wiederholte Appelle, bis wieder eine annehmbare Lautstärke einkehrt.

»Da ihr nun hoffentlich verstanden habt, dass jedes *Sollen* ein vorheriges *Wollen* voraussetzt, appelliere ich deshalb an euer *Wollen* und gebe euch zwei Fragen für die nächste Stunde mit auf den Weg: *Was ist das letzte Ziel unseres Strebens? Und was ist das höchste Gut?*«

Mit schrillem Gejohle stürzen die Ersten in Richtung Tür. Davor staut sich kurz eine Traube Schüler und Schülerinnen, bis nach heftigem Gedrängel das Klassenzimmer leer ist. Hanna Lechner packt kopfschüttelnd ihre Unterlagen in die Aktentasche und schlendert gedankenverloren auf den Flur hinaus.

Hanna Lechner hat noch 108 Stunden zu leben.

Sie freut sich auf die kommende Woche, hat extra möglichst viele Freistunden in die Zeit gelegt. Ab Morgen werden die Pole-Poppenspäler-Tage sie ziemlich in Beschlag nehmen. Aber das wird kein unangenehmer Stress, das wird Befriedigung pur bedeuten. Für die Lehrerin ist das Festival immer der persönliche Höhepunkt des Jahres. In dieser Zeit bekommt sie von allen Seiten Anerkennung, mehr als in der Schule. Die Poppenspäler-Tage holen Hanna Lechner aus ihrem sonstigen Einsiedlerleben, in dieser Zeit fühlt sie sich gebraucht und lebendig. Immerhin gehört sie zu den Frauen der ersten Stunde, hat Jahr für Jahr ihre gesamte Freizeit dafür geopfert, um bekannte Puppenspieler und Figurentheater hier in die Poppenspälerstadt des Theodor Storm zu holen.

Das liegt jetzt bereits 19 Jahre zurück. Als wenn es erst gestern gewesen wäre, kann sie sich noch genau daran erinnern.

An dem historischen Tag hatte sie mit Frieda Meibaum im Storm-Café zusammengesessen. Es war bereits früh am Abend gewesen, als sie über die Novelle ›Pole Poppenspäler‹ sprachen. Frieda arbeitete zu der Zeit noch als Sekretärin im Storm-Archiv und besaß ein profundes Wissen rund um den Dichter der deutschen Nordseeküste. Sie selbst regte sich im Laufe des Gesprächs darüber auf, wie stiefmütterlich die Stadtväter von Husum ihren großen Dichter in der Vergangenheit behandelt hatten.

»Mir geht es einfach nicht in den Kopf, warum das alte Stormhaus in der Wasserreihe erst vor neun Jahren zum Museum gemacht wurde«, hatte sie ärgerlich gesagt. »Schließlich hat Storm dort in seinem Arbeitszimmer die berühmte Geschichte vom Puppenspieler geschrieben.«

»Bei uns im Norden gehen die Uhren langsamer, Hanna. Das kannst du nicht wissen, du kommst aus dem Süden. Der Menschenschlag hier ist so ’n büschen träge und schwerfällig. Die Stadtoberen haben sogar schon mal in Betracht gezogen, Storms Elternhaus in der Hohlen Gasse abzureißen.«

»Unfassbar! Dabei ist Storm doch ein Zugpferd für den Tourismus in der Stadt. ›Pole Poppenspäler‹ ist zum Beispiel die Lieblingsnovelle aus meiner frühesten Jugend, wahrscheinlich wegen Lisei, der Tochter des Puppenspielers, die darin bayerisch spricht.«

»Ja, Pole Poppenspäler hat auch mich begeistert.«

»Weißt du was? Ich finde, wir sollten was mit Puppenspiel organisieren, einfach ein Wochenende lang, oder vielleicht eine ganze Woche. Das wäre doch was, oder? Möglichst viele Puppenspieler aus ganz Deutschland spielen auf dem Markplatz in Husum Stücke für Schulkinder, so eine Art Kasperle-Festival, oder so was Ähnliches!«

»Nee, Hanna, bloß kein Kasperle-Theater! Das ist was für den Jahrmarkt. Aber deine Idee finde ich gut. Wir sollten aber etwas Außergewöhnliches aus der Taufe heben, etwas Anspruchsvolles, großes Puppentheater eben!«, hatte Frieda sich ereifert und ihren Vorschlag damit untermauert, dass sie der Freundin den Rest des Abends von einem Besuch bei ihrer Schwester in Stuttgart vorschwärmte. Dort hatte sie den berühmten Marionettenspieler Albrecht Roser spielen gesehen.

»Der hat den Clown Gustav kreiert, eine Holzpuppe mit legendärer Beweglichkeit. Wenn du gesehen hättest, wie die Klavier spielt, du hättest geglaubt, sie lebt.«

»Jetzt übertreibst du aber wieder maßlos, Frieda!«

»Nein, ehrlich, Hanna! Die Puppe hat eine Seele!«

»Ich kenne nur das Puppenspiel vom Doktor Faust, das wurde damals in meiner Schule aufgeführt. Darin will der Mephistopheles dem Hanswurst seine Seele abschwätzen. Rat mal, was der Hanswurst darauf gesagt hat?«

»Na?«

»›Leute, der Trottel will meine Seele, obwohl ich nur eine aus Holz geschnitzte Puppe bin! Das zum Thema Seele!‹«

»Das ist doch nur ein dummer Scherz! Ob du es nun glaubst oder nicht, es gibt Puppenspieler, die ihren Puppen eine Seele einhauchen können. Und deswegen wird es mit mir nur ein Puppenspieler-Festival geben, wenn wir Puppenspieler mit dieser Qualität nach Husum holen!«

Hanna Lechner steigt die mit Jugendstilornamenten verzierte Holztreppe zum Lehrerzimmer im zweiten Stock hinauf. Die Zeit, als sie mit Frieda ihre Idee des Festivals in Husum an den Mann bringen wollte, steht ihr noch lebhaft vor Augen. *An den Mann bringen* war dabei im wahrsten Sinne des Wortes gemeint, denn egal, in welche Behörde sie damals kamen und egal, welches Dienstzimmer sie betraten, überall saß einer dieser geschniegelten Beamten. Alle schauten interessiert, wenn sie von ihrem Projekt erzählten, schüttelten am Ende aber mit dem Kopf. Sie marschierten von Pontius zu Pilatus und wieder zurück, sammelten nebenbei die ersten Spenden, suchten nach brauchbaren Räumen zu annehmbaren Konditionen, rekrutierten die ersten ehrenamtlichen Mitstreiterinnen – denn seinerzeit wollte keiner der Männer mit Puppenspiel in einen Topf geworfen werden. 1979 gründeten sie endlich den Förderverein ›Husumer Figurentheater‹.

Eine verrückte Zeit war das, denkt sie stolz. Aber im Nachhinein hat es sich gelohnt, was allein die Anzahl der Besucher beweist, die jedes Jahr aus ganz Norddeutschland nach Husum kommen. Nur die Meinungsverschiedenheit mit Frieda besteht bis heute weiter. Ich möchte möglichst viel Puppenspiel für Kinder und Frieda lieber dieses anspruchsvolle Figurentheater für ein künstlerisch interessiertes Publikum.

»Auf ein Wort, Hanna!«

Die Frauenstimme im Rücken reißt Hanna Lechner abrupt aus ihren Erinnerungen. Sie dreht sich etwas zu überstürzt herum und wäre beinah auf der glatten Stufe gestrauchelt.

»Vorsicht!«, warnt die Stimme, und die Lehrerin spürt eine Hand, die ihren Oberarm stützt. Erst jetzt erkennt sie Helga Anklam, die neue Geschichtslehrerin.

»Das wäre ja beinah schiefgegangen, Helga«, sagt Hanna Lechner und nickt der Kollegin dankend zu. »Du möchtest mich sprechen?«

»Ja, schooon, Hanna! Obwohl mir bei der Sache nicht so ganz wohl ist!«, sagt die etwas beleibte Frau zögerlich, die trotz ihres noch jungen Alters das blonde Haar zu einem biederen Knoten festgesteckt hat.

»Nun lass dieses Rumgeeiere, Helga!«, treibt Hanna Lechner ihre Kollegin an.

»Du kennst doch Peter, Peter Ørsted!«

»Selbstverständlich, der Junge hatte grade bei mir Ethikunterricht!«

»Also, dieser Peter Ørsted war vor zwei Tagen bei mir und machte verschwommene Andeutungen über den Sportlehrer.«

»Florian Werner? Der ist unser Englischlehrer, Sport unterrichtet der nur im Nebenfach!«

»Egal, um den geht es! Also, der Ørstedjunge druckste ziemlich rum bei mir, meinte, er hätte da was beobachtet. Erst als ich ihm zusicherte, ich würde alles vertraulich behandeln, rückte er mit der Sache raus. Im Umkleideraum der Mädchen soll Werner sich einer Schülerin genähert haben.«

»Wahrscheinlich? Was soll das heißen? Und was hat der Junge im Umkleideraum der Mädchen zu suchen?«

»Deswegen wollte er auch erst nichts sagen. Ich nehme an, es handelt sich um das übliche pubertäre Gespanne. Er behauptet natürlich, nur zufällig durch die offene Tür geguckt zu haben!«

»Und was will er nun konkret gesehen haben?«

»Nun, der Kollege soll so etwas wie eine Art sexuelle Annäherung versucht haben!«

»Mein Gott, Helga! Das wäre eine schwere Anschuldigung!«

»Ich gebe nur weiter, was ich gehört habe.«

»Und von welchem Mädchen sprechen wir hier?«

»Die kleine Melanie, Melanie Ott.«

»Hast du schon mit dem Mädchen gesprochen?«

»Nein! Ich bin mir natürlich nicht sicher, ob das auch wirklich alles stimmt. Gleichwohl bin ich nach reichlicher Überlegung zu dem Entschluss gekommen, es nicht für mich zu behalten.«

»Das ist ja auch richtig, erst mal! Aber natürlich bringt mich die Information ganz schön in die Bredouille. Jeder im Kollegium weiß, dass Kollege Werner und ich nicht gerade Busenfreunde sind.«

»Du meinst, weil er hinter deinem Rücken schon ganz offen auf dein Rektorenamt aus ist?«

»Bis zu meiner Rente ist noch reichlich Zeit! Das sind noch ein paar Jährchen hin! Dessen ungeachtet ist es ziemlich interessant, was bereits alles hinter meinem Rücken gekungelt wird!«

*

Mit einem tiefen Seufzer lässt Ronja Ahrendt die Tür von Zimmer 312 ins Schloss fallen und rennt mit ausholenden Schritten über den Flur in Richtung Schwesternzimmer. Die Spätschicht sitzt bereits vollzählig mit der Frühschicht am kleinen Tisch zusammen, als sie hereinstürmt.

»Wäre schön, die Übergabe heute ausnahmsweise etwas zügiger zu machen«, bittet sie ein wenig kurzatmig. »Ich hab gleich einen wichtigen Termin!«

»Wieso das denn?«, stichelt Nicole Hauser mit gedämpfter Stimme, sodass es alle Schwestern in ihrer unmittelbaren Nähe hören können. »Der Oberarzt hat doch heute Bereitschaft!«

Barbara Reimer grinst breit über ihr rundes Gesicht und zwinkert Nicole auffällig zu, während Hellwig Gehrmann lauthals losprustet.

»Hey, Leute, könnt ihr diesen Kinderkram nicht hinten anstellen?«, motzt Ronja scharf in die Runde, wohl wahrnehmend, dass über ihre Person hergezogen wird.

Hellwig verstummt abrupt und grinst nur noch verlegen. Nicole ergreift das Wort, bevor eine peinliche Pause entstehen kann.

»Dann leg ich los! Also, Frau Wagner in der Eins ist mit ihrem Digitalis und dem Diuretikum neu eingestellt, es geht ihr schon viel besser. Sie kriegt wieder besser Luft, die Dyspnoe ist deutlich rückläufig. Dafür hat sie sich bei der Visite darüber mokiert, dass sie so häufig pinkeln muss. Unser lieber Dr. Mehlert, in seiner unnachahmlichen Art, ist mal wieder besonders einfühlsam darauf eingegangen. Er hat ihr gesagt, sie solle sich doch freuen, dass sie überhaupt wieder Luft bekommt, und ist dann weitergegangen.

»Ich finde, das ist wieder ganz schlimm mit ihm in letzter Zeit«, schlägt Barbara in die gleiche Kerbe. »Ich weiß auch nicht, was der immer hat.«

»Ich finde, das passt super zu Dr. Mehlert«, ergänzt Hellwig, »überall schwafelt er rum, wie gern er im Krankenhaus arbeitet, wie sehr er Arzt aus Überzeugung ist, das Einzige, was ihn zu stören scheint, sind die Patienten!«

Ein schrilles Lachen schwappt wie eine La-Ola-Welle einmal um den Tisch herum.

»Vielleicht hat er ja ein Burn-Out, der soll …«

»Können wir bitte weitermachen, mich interessiert der Seelenzustand von unserem Doktor überhaupt nicht«, unterbricht Ronja genervt, »ich möchte heute pünktlich hier raus.«

»Seit wann ist denn unsere Ronja nicht interessiert?«, zischt Barbara Nicole ins Ohr.

»Zumindest gilt das nicht für einen gewissen Dr. Keck!«, stichelt die Schwester zurück, um ihre Stimme gleich wieder auf normale Lautstärke zu heben. »Okay, zurück zu Frau Wagner, die geht jetzt wieder ohne Begleitung zur Toilette. Frau Michalski daneben ist mit ihrem Zucker immer noch völlig durcheinander.«

Ronja Ahrendt schließt die Augen, lässt den Wortbrei in weiter Ferne durch den Kopf brabbeln und versucht, ihre Verspannung zu lösen. Das ewige Getuschel hinter ihrem Rücken bleibt nicht ohne Wirkung.

Du bist aber auch selbst schuld an deiner blöden Misere, denkt sie. Ist doch klar, dass der Scheiß mit dem Oberarzt nicht unbemerkt bleibt. Wie kriegst du das bloß immer wieder hin? Ständig steckst du in irgendeiner aussichtslosen Affäre. Ronja Ahrendt, wach endlich auf!

Vor ihrem inneren Auge läuft der uralte Film ab, diese elende Beziehungsklamotte von der ewig wartenden Geliebten, die ohne zu murren, den Blick hartnäckig auf die schleichenden Zeiger der Uhr gerichtet, ihre ganze Hoffnung auf den kommenden Abend ausrichtet.

Drei Stunden hatte sie gestern mit einem syrischen Rezept in der Küche gestanden, Zwiebeln gewürfelt, Gehacktes mit Haselnüssen vermengt, Zimt und Curry angebraten, mit Tomatensaft abgelöscht, alles mit gekochten Nudeln in eine Auflaufform gegeben und mit Käse überbacken.

Der trockene Ciclos wurde von ihr eigens in eine Glaskaraffe umgefüllt, weil Michael ihr unentwegt in den Ohren liegt, Wein müsse atmen können. Doch wer hatte sie letztendlich mit dem ganzen Kram sitzen gelassen? Michael Keck! Erst zwei Stunden über der Zeit kam sein obligatorischer Anruf. Seine Frau habe unverhofft den Kinoabend mit ihrer Freundin abgesagt, er könne auch nicht länger mit ihr reden und würde sich wieder melden.

»Hey, Ronja, du bist dran! Aufwachen! Erst geht dir alles nicht schnell genug und jetzt verpasst du deinen Einsatz«, bringt Nicoles herablassende Stimme sie in den Raum zurück.

»Schon gut, schon gut! Also, Herr Pauli ist konstant mit seinem Druck, Kontrolle wie immer; bei Herrn Zetlach ist erneut das Antibiotikum gewechselt worden, er hat immer noch Temperatur, und Herr Wulf ist Herr Wulf, da gibt's wie immer nichts Neues«, spult sie ihren Text herunter und wirft einen vernichtenden Blick zu Nicole hinüber.

»Das war rekordverdächtig, jetzt darf die nächste Schicht getrost übernehmen«, hört Ronja Hellwig flachsen, während sie schon in Richtung Umkleideraum aus der Tür eilt.

20 Minuten später verlässt die Krankenschwester das Husumer Kreiskrankenhaus durch den Hinterausgang. Das Licht der Nachmittagssonne fällt in die mickrige Parkanlage. Patienten sitzen, jeder für sich, verstreut auf den Holzbänken und rauchen. Mittendrin steht eine kleine Bronzeskulptur, die in groben Umrissen das Abbild eines Mannes in Regenzeug und mit Südwester zeigt. Er stemmt sich, nach vorn gebeugt, gegen den Sturm. Als Ronja darauf zugeht, bläst ein kräftiger Windstoß eine leere Einkaufstüte durch die Luft, die am Kopf der Skulptur kleben bleibt.

Kunst und Husumer Wetter, denkt die Krankenschwester grinsend und erinnert sich, dass der Künstler am Sockel ein Schild mit der Aufschrift ›Sturm‹ angebracht hat.

Es braucht nur wenige Schritte über die schmale

Straße. Dort nimmt sie einen Schleichweg durch die Büsche und ist schon auf dem Sandweg im Husumer Schlosspark.

Ronja Ahrendt hat noch 105 Stunden zu leben.

Sie fühlt sich völlig aufgekratzt. In zwei Minuten hat sie das Sandsteinportal auf der anderen Seite der Anlage erreicht. Sie passiert das offene Eisentor und erreicht die Kopfsteinstraße, die links hinauf zum Schlosshof führt. Der Bürgersteig ist übersät mit Eicheln. Bei jedem Schritt zerbersten sie knackend unter ihren Schuhsohlen. Die Schlossfront liegt im prallen Sonnenlicht.

Für Ronja Ahrendt ist es eindeutig das schönste Bauwerk in ganz Husum. Soweit sie sich noch auf ihren Heimatkundeunterricht verlassen kann, dürfte das Schloss gerade in diesem Jahr 425 Jahre alt geworden sein.

Bauherr ist meines Wissens Herzog Adolf, ruft sie ihr altes Schulwissen ab. Der erbte mit 18 Jahren die Stammherzogtümer Schleswig und Holstein von Vater König Friedrich dem I. von Dänemark. Erst 33 Jahre später, 1577, errichtete er das ehemalige Renaissancegebäude und nutzte es später als Wohnsitz. Im 18. Jahrhundert wurde das Schloss im Barockstil umgestaltet und in den letzten Jahrzehnten mehrmals restauriert. Immer noch ein Prachtbau. Dazu das einzige Zeugnis fürstlicher Kultur an der gesamten Westküste.

Die Krankenschwester geht schnurstracks über den Innenhof. Direkt vor dem viereckigen Hauptturm mit dem doppelzwiebelförmigen Turmhelm steht ein geparkter Mercedes-Kleinbus. Die weiße Lackierung ist mit unzähligen Rostflecken überzogen, sodass einige der blauen Buchstaben der Seiteninschrift bereits abgeblättert sind. ›Seelenfaden-Puppentheater Karlsruhe‹, entziffert die Krankenschwester mit einiger Mühe. Die Schiebetür ist geöffnet. Im Inneren des Wagens ist niemand.

Sie betritt das Gebäude und steigt wenig später die alten Treppen zur oberen Etage hinauf. Der geräumige obere Treppenabsatz dient als Vorraum zum Rittersaal. Rechts an der Wand hängt ein alter Ölschinken, der die Schlacht um Troja zeigt. Ein Holzkeil steckt unter der offenen Saaltür. Sie guckt in den Raum. Im Scheinwerferlicht bauen zwei Männer auf einer erhöhten Bühne ein dunkles Arbeitszimmer in Miniaturgröße auf.

Morgen Abend soll dort die Eröffnungsvorstellung ›Bulemanns Haus‹ von Theodor Storm stattfinden. Ronja hat sich auf leisen Sohlen in den Schatten der grellen Beleuchtung geschlichen und beobachtet den schlanken, jungen Mann rechts auf der Bühne. Ein gepflegter Dreitagebart umrahmt sein ovales Gesicht. Er hat schwarze Haare, die straff nach hinten gekämmt sind. Seine Hände haben auffällig langgliedrige Finger, mit denen er eine zirka 50 Zentimeter große Marionette an einem Doppelkreuz durch die noch unfertige Kulisse führt.

Der Kopf der Holzpuppe wurde mit wenigen, groben Schnitten modelliert. Die hängenden Augen und die spitze Nasenform verleihen dem länglich-spitzen Gesicht die Züge einer Ratte. Eine weiße Zipfelmütze fällt ihm weit über die Ohren. Die Figur, die an sieben Fäden hängt, ist in einen braunen Schlafrock gekleidet und schleppt sich mühsam über die Bühne.

»Frau Anken, mich hungert«, lässt der Puppenspieler die Marionette mit piepsender Stimme jammern. »So hören Sie doch, Frau Anken!«
Das Marionettenkreuz liegt locker in seiner rechten Hand. Wie beiläufig spannt eine kleine Bewegung des Zeigefingers einen Faden der Aufschnürung. Die Rattenpuppe hebt drohend den Arm.
»Hexe, verfluchte, da treibt sich doch jemand vor meiner Haustür herum. Das ist bestimmt der Knabe meiner Schwester. Er will sich meinen goldenen Becher holen, mich bestehlen, meine Schätze wegschleppen.«
Ronja Ahrendt erkennt sofort die dramatische Schlussszene aus dem Märchen ›Bulemanns Haus‹ von Storm und klatscht vor Begeisterung in die Hände. Die Puppe sackt mitten in der Bewegung in sich zusammen, hängt schlaff in den Fäden. Der Puppenspieler blickt erstaunt in den Raum. Jetzt kann sich die Krankenschwester nicht mehr abseits halten und eilt direkt vor die Bühne.
»Sie spielen einfach großartig!«, ruft sie verzückt, wobei ihre Stimme sich fast überschlägt. »Ich freue mich schon so sehr auf Ihre Aufführungen, Herr Pohlenz! Sie sind doch Peter Pohlenz, oder?«
»Woher kennt das junge Ding deinen Namen?«, fragt die Puppe, während sie sich langsam wieder aufrichtet. Der Rattenmann wackelt dabei sanft mit dem Kopf und schaut zu seinem Spieler hinauf. Die Augen von Ronja Ahrendt leuchten, sie fühlt sich wie die kleine Alice, die unverhofft ins Wunderland geraten ist.
»Seit wann interessierst du dich für schöne Damen, du geizige, alte Ratte?«, fragt der Puppenspieler hinab.

»Niemand redet zu mir in diesem unverschämten Ton«, knurrt der Rattenmann hinauf. »Werde doch erst einmal erwachsen, anstatt hier mit Puppen zu spielen. Und außerdem befindest du dich hier in meinem Haus, in Bulemanns Haus!«

Der Rattenmann geht bis an den Bühnenrand, beugt sich etwas vor und schaut auf Ronja Ahrendt herab.

»Sind Sie etwa wegen dem da oben gekommen?«, fragt der Rattenmann.

»Ja, mein Lieber!«, schmeichelt die Krankenschwester, indem sie das Spiel des Puppenspielers mitmacht. »Ich bin Ronja Ahrendt und soll dich und den Chef vom Seelenfaden-Puppentheater während eurer Vorstellungen betreuen.«

»Ronja Ahrendt! Ich freue mich außerordentlich«, piepst der Rattenmann und macht für eine Holzfigur eine formvollendete Verbeugung.

»Wollen Sie etwa unverfroren mit mir herumflirten?«, kokettiert Ronja und zieht demonstrativ die linke Augenbraue hoch, während sie dem Puppenspieler unverhohlen in die Augen schaut. Der lässt die Marionette auf den Boden sinken, kniet sich galant an den Bühnenrand und hält ihrem Blick mühelos stand.

»Was glauben Sie denn? Selbstverständlich flirte ich mit Ihnen rum«, turtelt er mit sanfter Stimme. »Welcher fahrende Komödiant könnte bei einem so schönen Gesicht wohl widerstehen?«

2

Hauptkommissar Jan Swensen macht einen ausholenden Schritt über die zerbrochenen Glasstückchen, die vor der geöffneten Schiebetür auf dem Parkettboden liegen, und geht auf die Terrasse hinaus. Mit geschultem Blick untersucht er das Loch im Glas der Schiebetür, das mit einem Glasschneider direkt neben der Türklinke herausgeschnitten und nach innen gedrückt wurde. Danach schaut er sich draußen um. Die Terrasse ist mit Natursteinplatten ausgelegt. Über der Fensterfront ist ein Bewegungsmelder installiert, es scheint aber keine Alarmanlage zu geben. Ein gepflegter Rasen erstreckt sich um die Villa herum. Der wird von einer mannshohen, dichten Hecke umrahmt, die einen freien Blick von der Straße auf die Terrasse verhindert. Die Fenster rings ums Haus sind alle unversehrt, nichts deutet auf einen Versuch, an anderer Stelle ins Innere zu gelangen.

Der erste Eindruck am Tatort, davon ist der Husumer Kommissar zutiefst überzeugt, ist noch immer der wichtigste. Je unvoreingenommener er als neutraler Außenstehender die vorhandenen Spuren wahrnehmen kann, umso präziser kann er später die Handschrift des Einbrechers bestimmen.

Das ist nun bereits der achte Einbruch in dieser Gegend, spricht er zu sich selbst. Es deutet einiges darauf hin, dass der Täter die Örtlichkeiten genau kennt. Aber ist das wirklich so? Er scheint ohne

Umschweife auf die Terrassentür zugesteuert zu sein. Zufall, oder sagt uns das schon, dass er sich hier auskannte? Die Villa ist von außen kaum einzusehen, das macht es schwer, sie vorher auszukundschaften.

Sein inneres Frage- und Antwortspiel stoppt abrupt. Ihn beschleichen Zweifel, ob seine Beurteilung der Wirklichkeit nicht viel zu stereotyp gerät.

Swensen, du beschäftigst dich doch nur mit deiner Sichtweise, willst dir wohl mal wieder beweisen, dass dein ICH auch wirklich existiert.

In solchen Momenten erinnert er sich fast immer an die Zeit, als er vor jetzt 28 Jahren sein Philosophiestudium in Hamburg hinschmiss und sich für drei Jahre in einen tibetischen Tempel in die Schweiz absetzte, um das Meditieren zu lernen. Ehe er sich versah, wurde sein bis dahin fest gefügtes Weltbild gründlich auf den Kopf gestellt. Während er noch Descartes Satz ›*Ich denke, also bin ich*‹ hinterherhing, lehrte Lama Rhinto Rinpoche ihn das krasse Gegenteil: ›*Ich denke, also bin ich nicht*‹. Ungläubig versuchte er, sich an die Kernaussage des tibetischen Buddhismus heranzutasten.

»Die Erscheinung der Dinge, dazu gehört das eigene ICH, besteht aus dem *Dharma*, dem Zusammenspiel des Daseins«, lehrte der Meister bei seinem ersten Einzelgespräch, dem traditionellen *Dokusan*. »Alle Dinge der Welt sind dementsprechend im Kern *leer* und nur eine *Illusion* deiner Sinne.«

»Das glaube ich nicht«, hatte Swensen gegen die befremdliche Auffassung rebelliert. »Wenn alles, was ich da draußen sehen kann, in Wirklichkeit nur *leer* wäre, würde es ja so was wie eine Realität überhaupt nicht geben. Ich kann mir das alles doch nicht nur einbilden?«

»So solltest du meine Worte nicht verstehen!«, entgegnete Meister Rinpoche ruhig und drehte bedeutungsvoll den Kopf zur Seite. »Wenn ich sage, die Dinge sind *leer*, meine ich nicht, sie wären nicht existent. *Leer sein* besagt nur, dass jede Erscheinung ohne *Eigennatur* ist und sie deshalb nicht so bleibt, wie sie ist, sondern vergänglich ist. Wir können die Dinge der Welt mit unseren Sinnen nur subjektiv erfassen, trotzdem haben sie eine Realität. Wir haben täglich mit ihnen zu tun, und wir müssen mit dieser Realität fertig werden. Aber dass *Alles ist*, zeigt nur eine Seite unseres Daseins. Die andere Seite besagt, dass *Alles nicht ist*. Unsere Aufgabe ist es, den eigenen Weg zwischen diesen beiden Polen zu finden.«

Swensen sieht die kleine, hutzlige Gestalt seines Meisters vor seinem inneren Auge, sieht den immer fröhlichen Ausdruck auf seinem runden Gesicht, den ewig milden Blick der braunen Augen und muss unwillkürlich lächeln. Erst nach vielen Jahren in seinem Beruf als Kriminalkommissar ist nur ein Hauch des gelebten Gleichmuts von Lama Rinpoche in seinen Arbeitsalltag eingedrungen.

Das ist ein wichtiger Grund, warum der Kriminalist heute möglichst kritisch mit seinen fünf Sinnen umgeht, dem ersten Blick nicht traut. Er muss daran denken, dass seine Kollegen schon öfter versucht haben, ihm einen sechsten Sinn anzudichten. Das amüsiert ihn jedes Mal, zumal die Buddhisten dem Menschen schon immer einen sechsten Sinn zugesprochen haben, nämlich das Denken.

Swensens Augen streifen gründlich über das breite Blumenbeet, das die Terrasse von der Rasenfläche trennt. Trotz der langen Trockenphase in diesem Monat sehen die Pflanzen gepflegt aus. Neben den Sommerblumenrabatten wird er fündig, ein prachtvoller Schuhabdruck. Das Riffelmuster der Sohle ist überdeutlich in die fette Erde eingestanzt.

»Jan! Bist du noch da draußen?«, ruft eine laute Stimme aus dem Innern der Villa. Bevor Swensen antworten kann, steht sein Kollege Stephan Mielke im Rahmen der Terrassentür. Das kantige Gesicht des Oberkommissars ist von kräftigen Backenknochen geprägt. Seine schwarzen Haare sind wie immer extrem kurz geschnitten zu seiner typischen Bürstenfrisur, und er riecht penetrant nach ›Russisch Leder‹.

»Ich mach mich auf die Socken und marschier los zum Klinkenputzen. Vielleicht hat in der Nachbarschaft zufällig jemand etwas mitgekriegt. Wäre gut, wenn du in der Zwischenzeit die Hausbesitzer übernehmen könntest! Silvia hat sie in die Küche gebracht!«

»Okay!«, bestätigt Swensen. Der muskulöse Oberkommissar tippt flüchtig mit dem Zeigefinger an die Stirn und verschwindet wieder im Wohnzimmer. Dem Hauptkommissar fällt auf, dass der Oberkörper des Kollegen in den letzten Monaten auffällig breiter geworden ist.

Wahrscheinlich trainiert er neuerdings im Fitnessstudio, denkt er und überlegt, ob er den Kollegen nicht einfach fragen könnte, ihm bei seinem geplanten Umzug Ende nächster Woche zu helfen. Gleichzeitig erzeugt die Überlegung ein Kribbeln in seiner Magengegend.

Merkwürdig, immerhin ist es deine Idee gewesen, den Umzug in die Tat umzusetzen. Irgendetwas Unbewusstes muss dich da angetrieben haben.

Manchmal ist er sich sicher, dass seine aktuelle Entscheidung im direkten Zusammenhang mit Annas Hoffnung steht, von ihm geheiratet zu werden.

Sie hatte diesen Wunsch vor einem knappen Jahr geäußert. Da waren sie gerade sieben Jahre zusammen gewesen, und es sprach eigentlich überhaupt nichts dagegen, mit ihr die Ehe einzugehen. Trotzdem war er dem Thema erst mal innerlich ausgewichen, hatte es stillschweigend auf die lange Bank geschoben. Obwohl Anna bis heute nicht wieder davon gesprochen hat, ist ihm ihr Wunsch immer im Kopf geblieben. Seine Gedanken führten letztendlich aber zu keinem wirklichen Entschluss. Dann hatte er Anna während des obligatorischen Freitagstermins bei ihrem Lieblingsitaliener aus heiterem Himmel mitgeteilt, dass er seine Wohnung aufgeben und gern bei ihr einziehen würde. Im Nachhinein war er selbst am meisten überrascht.

»Was sagst du dazu?«, hatte er gefragt. Annas strahlendes Gesicht war Antwort genug. Danach gab es kein Zurück mehr. Später, allein in seiner Wohnung, musste er verschämt feststellen, dass sich sein spontaner Impuls nicht so rund anfühlte, wie er im ersten Moment gedacht hatte. Was hat dich da bloß wieder geritten, Swensen! Spricht eindeutig gegen deinen sechsten Sinn!

Der Mann im weißen Overall, der am Boden hockt, versperrt Swensen mit seinem breiten Rücken den Weg ins Wohnzimmer. Mit einer Pinzette füllt er gerade die Glasscherben der Schiebetür in eine Plastiktüte. Der Schutzanzug spannt sich wie eine zweite Haut über seinen fülligen Körper. Der Kollege atmet schwer, unter dem Stoff müssen überhöhte Temperaturen herrschen. Ein säuerlicher Schweißgeruch macht sich breit, es riecht ein wenig nach Ammoniak. An der Statur erkennt der Hauptkommissar den Chef des Spurenteams Peter Hollmann und tippt ihm auf die Schulter.

»Hallo Jan, alles paletti?«, fragt der Kollege, unterbricht seine Arbeit und verzieht die schmalen Lippen zu einem breiten Grinsen.

»Aber klar! Ich darf ab und zu an die frische Luft, die Sonne scheint, was will man mehr?«

»Draußen was Brauchbares entdeckt?«

»Einen sauberen Fußabdruck im Blumenbeet!«

»Okay, ich mache gleich einen Gipsabdruck. Versprich dir aber nicht allzu viel davon. Die professionellen Einbrecher tragen heutzutage meistens viel zu große Schuhe, um uns in die Irre zu führen.«

»Vielleicht gehört unser Mann nicht zu den Schlaubergern.«

»Nachdem, was ich bis jetzt gesehen hab, sieht die Vorgehensweise nicht nach 'nem Anfänger aus. Die Schiebetür muss ruckzuck auf gewesen sein, höchstens zehn Sekunden. Danach hat er in Windeseile alles abgeräumt und war schon wieder weg.«

»Wie kommst du darauf?«

»Das sieht man daran, dass nicht wahllos in den

Schubladen rumgewühlt wurde. Der ist zielsicher vorgegangen«, erklärt Hollmann und wischt sich mit dem Ärmel den Schweiß von der Stirn. »Für mich wusste der Täter schon vorher, wo er was finden würde!«

»Könnten es auch mehrere Täter gewesen sein?«

»Schon! Dagegen spricht allerdings, dass kaum brauchbare Spuren zu finden sind. Ein Mann im Ohr sagt mir, das ist ein Einzelgänger! Die Brüche der jüngsten Zeit sind alle in demselben Muster gestrickt. Ich tipp auf einen Serieneinbrecher. Ein Typ mit hoher krimineller Energie, der aus der näheren Umgebung stammt. Der hört nicht von allein wieder auf. Wenn wir ihn nicht bald schnappen, geht der Schlamassel munter so weiter.«

»Drei Brüche im August und schon vier im September. Der Kerl wird immer gieriger! Bald macht er den entscheidenden Fehler«, prophezeit Swensen.

»Dein Wort in Gottes Ohr«, knurrt Peter Hollmann und robbt mit den Knien zur Seite, damit Swensen vorbeikann. Der versetzt seinem Kollegen im Vorbeigehen einen leichten Klapps auf die Schulter, durchquert das Wohnzimmer und tritt in den Eingangsbereich der Villa hinaus. Der verglaste Vorraum gleicht einem Atrium. Eine freischwebende Holztreppe schwingt sich ins obere Stockwerk. Aus einer offenen Tür hört der Hauptkommissar Silvia Hamans Stimme und hält schnurstracks darauf zu. Die Kollegin steht mit den Hausbesitzern vor einem massiven Küchentisch. Der untersetzte Mann hat eine Glatze, ein rundes Gesicht und trägt eine Brille mit feinem Goldgestell. Swensen schätzt ihn auf Ende 50. Die Frau erscheint ihm auf den ersten Blick wesentlich jünger, aber das platinblonde Haar könnte täuschen, zumal es offensichtlich gefärbt ist.

»Herr und Frau Ketelsen sind heute aus dem Urlaub zurückgekommen«, informiert Hauptkommissarin Haman, »und haben ihr Haus in diesem …«

»Ja, das war ein gewaltiger Schock!«, unterbricht der Mann. »Wir waren beide fassungslos! Haben sofort die Polizei angerufen!«

»War es ein längerer Urlaub?«, fragt Swensen.

»Das ist doch wohl unsere Privatsache!«, ereifert sich Herbert Ketelsen und guckt den Hauptkommissar argwöhnisch an. »Was hat die Länge meines Urlaubs mit diesem Einbruch zu tun?«

»Zum Beispiel, ob ein Einbrecher am vollen Briefkasten erkennen konnte, wie lange das Haus nicht bewohnt war!«, entgegnet Swensen mit ruhiger Stimme.

»Drei Wochen«, gibt der Mann kleinlaut bei. »Aber wir können es immer noch nicht fassen, dass hier ein wildfremder Mensch in unser Haus eingedrungen ist. Da liegen die Nerven schon mal blank, Herr Kommissar! Das mit dem vollen Briefkasten kann aber nicht sein, Freunde haben regelmäßig nach dem Haus geschaut.«

»Sehen Sie, Herr Ketelsen, das hilft uns schon weiter«, sagt Swensen versöhnlich. »Wir brauchen Ihre volle Unterstützung, jedes noch so kleine Detail kann wichtig sein. Sie haben keine Alarmanlage?«

»Nein, wer hätte denn so etwas ahnen können. Unser Häuschen steht am Dorfrand. Hier ist noch nie etwas weggekommen.«

Häuschen ist wohl leicht untertrieben, denkt Swensen und registriert nebenbei die teure Kücheneinrichtung. »Einmal ist immer das erste Mal! Waren kurz vor Ihrem Urlaub noch Fremde im Haus, Handwerker, Vertreter?«

»Nein, nicht, dass ich wüsste! Elisabeth, waren Vertreter hier?«

»Nein, das Grundstück liegt so abseits, hier kommen nur ganz selten Vertreter vorbei.«

»Was ist mit Ihrem Freundes- und Bekanntenkreis?«

»Der ist selbstverständlich über jeden Verdacht erhaben, Herr Kommissar. Außerdem möchte ich nicht, dass die Polizei unnötig bei meinen Freunden auftaucht.«

»Haben Sie schon überprüft, was bei dem Einbruch alles abhanden gekommen ist?«

»Der Schmuck meiner Frau ist weg, glücklicherweise ist nichts übermäßig Teures darunter, alles nur gute Imitationen«, antwortet Ketelsen, ohne zu zögern. »Aber dafür ist die gesamte Münzsammlung verschwunden, alles seltene Goldmünzen aus Tunesien.«

»Gibt es Fotos von den Münzen?«

»Nein, aber ich habe einen Katalog! Da sind etliche Münzen mit Abbildung aufgeführt!«

»Den Katalog müssten wir haben. Wenn Sie uns die einzelnen Abbildungen bitte markieren würden.«

»Einen Moment, ich bin gleich zurück«, sagt Ketelsen und stürmt hastig aus dem Raum.

»Das ist alles so schrecklich«, klagt die Frau. »Wir waren doch nur drei Wochen weg. Wie soll ich bloß in diesem Haus weiterleben? In diesen Räumen kann ich mich nie mehr sicher fühlen!«

Ihr Gesicht wirkt plötzlich aschgrau und eingefallen. Sie blickt mit wässrigen Augen hilflos in die Runde. Silvia Haman ist der Gefühlsausbruch der Frau sichtlich unangenehm. Sie steht einen Moment stocksteif da, geht dann aber auf die schmächtige Frau zu, um sie etwas unbeholfen an ihre breiten Schultern zu drücken.

»Wenn Wildfremde in die Privatsphäre eindringen, kann das häufig schwere emotionale Folgen haben. Sollte Ihre Angst in den nächsten Tagen nicht verschwinden, wäre es gut, sich professionelle Hilfe zu holen!«, redet die Hauptkommissarin tröstlich auf die Frau ein.

Er schaut etwas verlegen auf die Szene. Das hätte er seiner Kollegin gar nicht zugetraut. Normalerweise ist sie im Dienst grundsätzlich eher distanziert. Er findet die Situation plötzlich zu intim und zieht sich aus der Küche zurück. Der Hausherr stürmt gerade die Treppe herunter und hält ihm den aufgeschlagenen Münzkatalog entgegen. Mit dem Zeigefinger deutet er auf eine größere Abbildung, auf der die Vorder- und Rückseite einer Münze gezeigt wird.

»Das ist eine 20-Franc-Goldmünze aus Tunesien, 1904 geprägt. Damals stand das Land noch unter französischem Protektorat. Die Münze stammt aus dem Beuteschatz tunesischer Seeräuber – das hat mir mein Händler versichert. Das Stück hat vor zehn Jahren 180 DM gekostet, der heutige Wert dürfte bei zirka 150 € liegen.«

»So genau brauchen wir das nicht zu wissen, Herr Ketelsen. Es reicht, wenn Sie uns eine Auflistung der Münzen machen, mit ihrem heutigen Wert.«

»Das kann etwas dauern. In der Sammlung waren über 250 Münzen.«

»Je schneller, umso besser!«

»Das muss hoffentlich nicht sofort sein? Wir müssen uns erst mal darum kümmern, hier wieder alles in Ordnung zu bringen!«

»Selbstverständlich können Sie hier erst Ordnung schaffen, Herr Ketelsen! Ich wollte nur betonen, dass die Liste für unsere Fahndung eine gewisse Priorität besitzt«, drängelt Swensen. »Zum Abschluss habe ich noch eine persönliche Frage: Was machen Sie beruflich?«

»Ich bin Geschäftsführer und arbeite in einer Getreidehandelsfirma in Husum!«

»Geht das etwas genauer, bitte!«

»Kraftfutter GmbH, Gebrüder Asmussen!«

»Sie sind der Geschäftsführer? Wofür steht Gebrüder Asmussen?«

»Dieter und Rudolf Asmussen. Die beiden Brüder haben die Firma vom Vater übernommen und sind für die strategische Ausrichtung zuständig. Sie betreuen nur Großkunden und schaffen die nötigen Kontakte im Ausland. Im Moment erleben wir zum Beispiel ein Aufblühen der alten Seidenstraße. Es gibt einen regen Getreide- und Futtermittelhandel über die lettischen Hafenstädte Liepaja, Riga und Ventspils.«

»Gab es vor Kurzem Veränderungen im Betrieb? Mussten Leute entlassen werden?«

»Nein, zumindest nichts Dramatisches.«
»Mich interessiert auch weniger Dramatisches, Herr Ketelsen.«
»Aber es ist nicht der Rede wert. Zumal es sich alles am Ende in Luft aufgelöst hat.«
»Was hat sich in Luft aufgelöst? Nun lassen Sie sich nicht alles aus der Nase ziehen!«
»Wir hatten einen kurzen Disput mit unserem ehemaligen Buchhalter. Aber der Mann ist garantiert nicht zu einem Einbruch fähig.«
»Um was für einen Disput ging es denn?«
»Der Mann stand kurz vor der Rente. Wir waren gezwungen, ihn in den vorzeitigen Ruhestand zu schicken, mit etwas Nachdruck sozusagen.«
»Was ist darunter zu verstehen?«
»Nun, der Mann war dem rasanten Arbeitstempo, besonders den neuen Herausforderungen im Betrieb nicht mehr gewachsen. Zuerst wollte er uns vors Arbeitsgericht zitieren. Nach einem großzügigen Angebot unsererseits trennten wir uns von Herrn Butzke im gegenseitigen Einverständnis. Wir haben danach eine junge Kraft eingestellt.«
»Danke, Herr Ketelsen. Ich hab im Moment keine weiteren Fragen. Wenn Ihnen noch etwas einfällt, können Sie mich jederzeit bei der Husumer Polizei anrufen.«

*

Hamburger Schmuddelwetter. Feiner Nieselregen lässt die Gehwegplatten glänzen. Marcus Bender drängelt sich durch die Menschen in der Fußgängerzone, erreicht den Eingang des Altonaer Bahnhofs und ist endlich im Trockenen. Der Anorak ist von innen bereits klamm. Ein Blick auf die Anzeigentafel sagt ihm, dass der Regionalzug nach Husum auf Gleis sieben abfährt. Der große, hagere Mann umklammert den Griff seines Lederkoffers. Er verspürt eine unbestimmte Angst, jemand könne im letzten Moment sein Gepäckstück wegreißen und mit dem wertvollen Inhalt in der Menge verschwinden.

Nicht auszudenken! Die Arbeit von mehreren Jahren, seine gesamte Anstrengung wäre schlagartig für die Katz.

Der Mann schaut sich vorsichtig um. Nichts Außergewöhnliches zu entdecken. Alles scheint irrational, völlig unbegründet. Dennoch presst er den Koffer mit beiden Händen fest vor die Brust und hastet in Riesenschritten unter der Überdachung des Kopfbahnhofs zum richtigen Bahnsteig hinüber. Vorn, kurz vor dem Prellbock, steht eine Diesellok, die Front verschmiert mit Rußpartikeln, und dröhnt monoton im Leerlauf. Die Strecke nach Husum gehört zu den wenigen in Deutschland, die noch nicht elektrifiziert ist. Während Marcus Bender an der dunkelgrünen Schlange der Waggons entlangeilt, tritt der Schreck von eben in den Hintergrund.

Jetzt ist es bald so weit, denkt er voll Vorfreude und schaut liebevoll auf den Koffer. Übermorgen wird meine nagelneue Handpuppe das erste Mal auf einer öffentlichen Bühne zum Einsatz kommen.

Die ganze letzte Zeit hatte er ununterbrochen an dem eiförmigen Stoffgesicht seiner Klappmaulpuppe modelliert, ihr eine hohe Stirn und wirr abstehende Haare verpasst und zum Schluss die runde Brille und die gepunktete Fliege angebracht. Danach sah die Figur Erwin Schrödinger erstaunlich ähnlich, diesem verschmitzten Physiker mit dem naiven Gesichtsausdruck, der 1926 mit einer Gleichung berühmt wurde, die noch heute das wissenschaftliche Fundament für die meisten praktischen Anwendungen der Quantenmechanik bildet.

Wie von selbst beginnt Bender mit gedämpfter Stimme den Eröffnungstext aus seinem Stück ›Schrödingers Katze‹ vor sich hin zu sprechen.

»Darf ich mich kurz vorstellen? Mein Name ist Schrödinger, Erwin Schrödinger, von Beruf Physiker! Wäre es zu anspruchsvoll von mir, bei Ihnen ein gewisses Interesse für meine Weltsicht vorauszusetzen? Sie ist nicht umfangreich! Ich habe die Wörter selbst ausgezählt, es sind im Ganzen höchstens 28- bis 29.000 Stück. Nicht übertrieben viel für eine Weltsicht, oder?«

Das muss viel enthusiastischer klingen, verbessert ihn seine innere Stimme. Du willst deinem Publikum einen ziemlich unbekannten Wissenschaftler rüberbringen. Wenn du die Leute nicht gleich am Anfang packst, werden die spätestens, wenn du mit der Quantenphysik loslegst, fluchtartig den Saal verlassen.

Seine Überlegungen reißen jäh ab, als ein mittelgroßer Mann ihn überholt und auf einen Waggon der ersten Klasse zusteuert. Etwas sagt ihm, dass er ihn von irgendwoher kennt. Der Name liegt ihm auf der Zunge, doch er will ihm nicht einfallen. Der Mann wirkt älter, als er ihn in Erinnerung hat, und trägt einen eleganten, anthrazitgrauen Anzug mit blaugrauer Krawatte. Sein leicht untersetzter Körperbau, die kurzgeschnittenen weißen Haare und die tiefliegenden Augen verleihen ihm das Aussehen eines unnahbaren Menschen. Trotz seiner sportlichen Statur versucht er vergeblich, die Waggontür zu öffnen.

»Kann ich helfen?«, fragt Bender, nimmt seinen Koffer in die linke Hand und drückt mit der anderen Handfläche den runden Knauf hinunter. Die Tür springt auf.

»Danke«, murmelt der Mann, ohne seinen Helfer eines Blickes zu würdigen, und verschwindet im Zuginneren.

Der nächste Waggon ist einer der zweiten Klasse, Nichtraucher, und es gibt noch leere Sitzbänke. Bender steigt ein. Unmittelbar neben der Schiebetür findet er einen freien Fensterplatz in Fahrtrichtung. Er lehnt sich entspannt zurück.

Mit einem Ruck kommt die Welt ins Rollen, zieht erst langsam und dann immer schneller an seinem Fenster vorbei. Ohne weiter daran gedacht zu haben, ist ihm plötzlich klar, wer dieser Mann gerade war und woher er ihn kennt.

Wiktor Šemik, das war doch Wiktor Šemik.

Jetzt ist die Erinnerung wieder präsent. Bender hat sogar die erste Aufführung dieses Mannes wieder vor Augen. Nun weiß er auch, warum er so schwer zu erkennen war. Sein Aussehen hat sich ziemlich verändert, damals trug er noch schulterlange, brünette Haare. Das war in Aachen gewesen, vor vielen Jahren, als Wiktor Šemik gerade sein Schnipp-Schnapp-maul-Puppentheater eröffnet hatte.

Wie hieß noch gleich sein berühmtes Stück?

Er zermartert sich den Kopf, sieht gleichzeitig eine große Handpuppe mit grauem Gesicht, grauem Anzug und grauem Hut über die Bühne hasten.

Ach ja, der Mann mit der Aktentasche. Alle Kritiker waren voll des Lobes, sprachen von einer genialen Parabel.

Mit der Figur eines introvertierten Spießers, der sich, nur mit seiner Aktentasche bewaffnet, den Weg durchs Leben bahnt, ist Wictor Šemik ein erschreckendes Abbild des deutschen Bürokraten gelungen. Mit dieser Darstellung ist das Figurentheater in eine neue Dimension geführt worden, stand damals im Feuilletonteil einer Zeitung. In kurzer Zeit schaffte der Puppenspieler eine steile Karriere, die ihn weit über Deutschlands Grenzen hinaus bekannt gemacht hatte.

Bender hat noch genau vor Augen, wie ihm das unbeschreiblich behände Spiel von Šemik beeindruckt hatte, wie der es verstand, sein Publikum in den Bann zu ziehen, es nur auf seine Handpuppe blicken ließ, obwohl er selbst leibhaftig neben ihr auf der Bühne stand. Am Ende der Vorstellung war Bender vom Puppenspiel besessen gewesen, wäre am liebsten sofort ein genauso fantastischer Puppenspieler geworden. Das liegt jetzt elf Jahre zurück.

Das Jahr ist ihm deshalb noch so präsent, weil er zur gleichen Zeit einen Job im Hamburger Forschungszentrum DESY angetreten hatte. Sein neuer Arbeitsplatz war von Anfang an gewöhnungsbedürftig gewesen, eine Tunnelröhre mit einem Durchmesser von knapp 5,2 Metern, die an einigen Stellen 25 Meter unter der Erdoberfläche liegt. Die Hadron-Elektron-Ring-Anlage, kurz HERA, war ein Jahr zuvor in Betrieb gegangen und besteht aus zwei ringförmigen Teilchenbeschleunigern von 6336 Metern Länge. Im ersten werden Elektronen und im zweiten Protonen annähernd auf Lichtgeschwindigkeit gebracht, um dann 47.000 Mal in der Sekunde die Anlage zu durchfliegen und an zwei Punkten zur Kollision gebracht zu werden.

Er gehörte damals mit zu dem namenlosen Heer von über 600 Physikern, deren einzige Aufgabe es war, in den Trümmern dieser Teilchenreaktionen nach kleinsten Materiestrukturen zu suchen. Wer als Physiker Karriere machen will, so wurde unter der Hand gemunkelt, der verliert sich nicht in den Niederungen von Fragen und Rätseln, sondert geht die Sache pragmatisch an. Auf einen einfachen Nenner gebracht: nicht quatschen, sondern rechnen.

Mehrere Jahre ging das auch gut, er fühlte sich wie der neue Kolumbus, der mit Kribbeln im Bauch im Mikrokosmos nach neuen Welten Ausschau hielt. Doch im Alltagstrott halfen häufig nur Kompromisse, die nach Feierabend weiter an ihm nagten. Immer öfter beschlichen ihn Zweifel am Sinn seiner Tätigkeit.

Im letzten Jahr begannen Bender dann grundsätzlichere Fragen zu martern. Ist es wirklich richtig, dass wir Sterblichen in den Gedärmen der göttlichen Schöpfung herumwühlen? Will ein Atomkern, dass wir Elektronen, Protonen und Neutronen in ihm entdecken, oder haben Protonen und Neutronen etwa darauf gehofft, dass wir in ihrem Inneren auf *up- und down-Quarks* stoßen? Warum messen wir hier eigentlich etwas? Ist Wirklichkeit am Ende nicht nur das, was wir Physiker zur Wirklichkeit erheben?

1998 war es so weit gewesen, er beendete frustriert seine nicht gerade lange wissenschaftliche Laufbahn und belegte, wild entschlossen, sich endlich selbst zu verwirklichen, den Studiengang für Figurentheater an der Stuttgarter Hochschule für Musik und Darstellende Kunst.

»Das Ticket bitte!«, dringt eine laute Stimme in sein Universum. Marcus Bender fingert umständlich das längliche Stück Papier aus seiner Jackentasche. Die tintenblaue Uniform mustert den Fahrschein, stempelt mit der Zange eine längere Zahlenreihe darauf und reicht ihn mit einem »Danke!« zurück. Während der Zugbegleiter auf die nächsten Reisenden zusteuert, denkt Bender wehmütig an die kleinen, braunen Pappkarten von früher, in die nur ein kleines Loch gestanzt werden musste. Da hieß ein Zugbegleiter noch Schaffner.

Der Blick aus dem Fenster offenbart ihm, dass es immer noch regnet. Am Abteilfenster treibt die flache Landschaft der Kremper Marsch vorbei, dann enden die Wiesen abrupt und Bäume drängen sich bis nah an die Scheibe. Die Fahrtgeschwindigkeit zieht ihre Kronen in horizontale Streifen. Mit einem dumpfen Geräusch wird der Zug abgebremst. Die grauen Ruinen einer stillgelegten Zementfabrik ziehen vorbei, ihre glasleeren Gitterfenster starren wie gebrochene Augen. Er kann kurz durch sie hindurch in die kahlen Räume sehen, deren Wände mit bunten Graffiti übersät sind. Der tote Koloss hat noch Leben in sich. Die Waggonräder rattern auf eine Brücke.

Der Fernsehfilm ›Das Haus an der Stör‹ kommt Bender in den Sinn, einer dieser Stahlnetz-Klassiker aus den 60ern, den er neulich auf DVD gesehen hat. Rudolf Platte spielte den kauzigen Kripokommissar, der während einer Bahnfahrt von Itzehoe nach Oberbayern erzählt, wie er einen unaufgeklärten alten Fall gelöst hatte, der hier in der Nachkriegszeit wirklich passiert war.

Der Zug überquert den Fluss und aus der Ferne schwebt der Itzehoer Bahnhof heran. Der Zug hält, und es dauert unendlich lange, bevor es weitergeht. Die Bahnstrecke in den Norden macht einen großen Bogen in westlicher Richtung durch die Wilster Marsch bis kurz vor die Nordseeküste. Die nächste Station ist Wilster. Ein tristes Kaff, denkt Bender, indem er den Anblick des Bahnsteigs auf den Ort hochrechnet. Ab Wilster geht die Strecke stetig bergauf. Die Geschwindigkeit wird spürbar gedrosselt, die Marschbahn verlangsamt beinah auf Schritttempo.

»Die Hochdonner Hochbrücke wird gerade grundsaniert«, hört er einen der Mitreisenden hinter sich erklären. »Bis 2007 wird hier im Schneckentempo geschlichen.«

Wenn du über den Nord-Ostsee-Kanal kommst, wird das Wetter automatisch besser als in Hamburg, haben seine Freunde immer behauptet, wenn sie aus dem Norden anriefen. Bender hatte das jedes Mal als maßlose Übertreibung abgebucht.

Doch wie von Wunderhand wird es draußen im selben Moment heller. Er beugt sich zum Fenster vor und schaut an den vierkantigen Eisenträgern der Brücke vorbei 50 Meter in die Tiefe. Die künstliche Wasserstraße wurde noch zur Kaiserzeit schnurgerade durch die flache Landschaft gegraben. Ein weißes, riesengroßes Kreuzfahrtschiff passiert gerade die Brücke. Er kann direkt in einen der schwarzen Schornsteine gucken.

Schon hat der Zug den Brückenbogen hinter sich gelassen. Sein Puppenspielerblick fällt auf eine Welt in Miniatur, winzige Kühe und Schafe stehen auf verwinkelten Flächen aus unterschiedlichem Grün, Häuschen reihen sich an gebogene, sich kreuzende Bleistiftstriche, auf denen Spielzeugautos von unsichtbaren Händen hin und her geschoben werden. Dazu bricht die Sonne vollends durch die Wolken, legt neben alles Winzige einen ebenso winzigen Schattenriss. Ein Lichtstrahl verfängt sich in einem verlorenen Wassertropfen, der vom Regen an der Scheibe seines Abteilfensters hängen geblieben ist, und lässt ihn glitzern wie einen geschliffenen Diamanten.

Der schlummernde Wissenschaftler in Bender erwacht sofort wieder, wird von der kleinen physikalischen Versuchsanordnung der Natur magisch angezogen.

Wenn man dem Tropfen eine Größe von sechs Kubikmillimeter zuspricht, rechnet er blitzschnell im Kopf durch, würden zirka drei Millionen Photonen darin Platz finden.

Diese Lichtteilchen kennen keinen Ruhezustand, bewegen sich stets mit Lichtgeschwindigkeit. Betrachtet man den Tropfen, jagen also im Moment drei Millionen Photonen mit 1080 Millionen Stundenkilometer durch den Tropfen hindurch und halten dabei diese Geschwindigkeit immer konstant, egal was auch passiert. Und obwohl der Tropfen am Abteilfenster hängt und gerade mit zirka 80 Kilometer pro Stunde vorwärts bewegt wird, steigert sich die Lichtgeschwindigkeit nicht um diese 80 Stundenkilometer. Das ist doch Wahnsinn!

Das alles entspricht freilich nicht dem gesunden Menschenverstand, denn auf der subatomaren Ebene gelten in unserem Universum Gesetzmäßigkeiten, die so unverständlich und fremd sind, dass der menschliche Geist nicht mehr hinterherkommt.

Und was lehrt uns das? Es gibt in der Physik eine beunruhigende Schlussfolgerung. Allgemeine Relativitätstheorie und Quantenmechanik widersprechen sich, obwohl beide Theorien mit fast unvorstellbarer Genauigkeit experimentell bestätigt werden konnten. Das heißt, wir leben in einer Welt, die man nicht von der Basis einer Vorstellung aus beschreiben kann. Die physikalische Theorie, die unsere Welt im Moment zusammenhält, kommt unwirklicher daher als die Realität, die auf der Grundlage dieser Theorie existiert.

»Ich kann mit Sicherheit behaupten, dass niemand die Quantenmechanik wirklich versteht.« Ein Satz, den Richard Feymann einmal gesagt haben soll, erinnert sich Marcus Bender. Ein Satz, der bei ihm noch heute ein unbefriedigendes Gefühl hinterlässt. Daran hat auch der Wechsel in die Welt der Puppen nichts geändert.

Nun ist auch das Puppenspiel auf den ersten Blick nichts anderes, als sich in einer maßstabsverkleinerten Form der Welt zu bewegen. Nur als Puppenspieler, das war ihm schnell klar geworden, hatte er, Marcus Bender, die alleinige Macht, alle Gesetze selbst festzulegen.

So war er auf die nahe liegende Idee gekommen, sein früheres Leben einfach umzudrehen und die Physik mit den Mitteln des Puppenspiels zu erklären. Und vor drei Wochen war es endlich so weit gewesen, er hatte mit seinem Kommilitonen Bernd Eggink mit seinem Stück über den Physiker Erich Schrödinger die Abschlussprüfung am Figurentheater bestanden. Es war ihm gelungen, sich selbst vom Kopf auf die Beine zu stellen.

Die Marschbahn hat in der Zwischenzeit wieder ein rasantes Tempo erreicht. Sie prescht regelrecht durch das flache Land und lässt die Wiesen wie dunkelgrüne Flüssigfarbe am unteren Rand des Zugfensters vorbeispritzen. Der Puppenspieler schließt die Augen. Ein kurzer Moment der Ruhe, dann rattern seine Gedanken weiter, fahren mit einer imaginären Eisenbahn auf der sich drehenden Erdkugel, lassen den blauen Planeten im Kopf langsam zusammenschrumpfen, damit der immer ruheloser um die eigene Achse rotieren muss. An der Endstation seiner Gedankenreise rast die Eisenbahn in derselben Geschwindigkeit über den obersten Punkt der Kugel, in der diese sich unter ihren Rädern entgegendreht.

Patt! Der Zug befindet sich in voller Fahrt und gleichzeitig steht er bewegungslos auf der Stelle.

*

Das milde Aroma von geröstetem Arabica-Kaffee steht in der kleinen Küchenzeile. Susan Biehl schüttet frische Bohnen in die neue Kaffeemühle. Ihre hellblauen Augen blicken abwesend gegen die weiße Wand. Ihre Gesichtsfarbe ist blass, fast durchscheinend. Der knallrot geschminkte Mund steht im krassen Gegensatz zum hellen Teint, verleiht der jungen Frau die Anmutung einer blondhaarigen Geisha. Mit dem Lippenstift wollte die Sekretärin ihre unangenehmen Gefühle übertünchen. Kaffeekochen für die Kollegen ist ihre zweite Variante, um zu verdrängen. Zumindest das Mahlen der Bohnen gibt ihr eine gewisse Befriedigung, denn sie hatte dafür gesorgt, dass die neue Kaffeemühle, selbst gegen den Widerstand einzelner Kollegen, angeschafft wurde. Drei Monate penetrantes Genörgel waren nötig gewesen, genauso lange, wie die letzten Handwerker brauchten, um die restlichen Arbeiten im Gebäude zu beenden.

Fast ein Jahr lang war die Husumer Inspektion grundsaniert worden. Vor drei Monaten konnten Polizei und Kripo aus ihrem Ausweichquartier mit den engen Räumlichkeiten, Spottname Container, ausziehen. Alle waren heilfroh, den zunehmenden Spannungen untereinander, den dieser Notbehelf verursacht hatte, endgültig zu entkommen. Das alte Polizeigebäude mit den gewohnten Dienstzimmern erstrahlte im frischen Glanz. Den Neustart hatte Susan Biehl dazu genutzt, die ewig dreckig aussehende Kaffeemaschine auszurangieren und endlich echte Kaffeekultur auf der Dienststelle einzuführen.

»28 € und eine neue Ära beginnt!«, hatte sie ihr Vorhaben in der Kollegenrunde angekündigt.

»28 € für eine Kaffeemühle?«, hatte Kollege Jacobsen mit nörgligem Unterton gemosert.

»Das ist keine dieser Allerweltsmühlen. Die Billigdinger haben bloß ein Schlagmesser. Da wird der Kaffee beim Mahlen praktisch überhitzt. Die Mühle, die ich im Auge habe, hat ein Kegelmahlwerk.«

»Kegelmahlwerk? Wir sind eine deutsche Polizeistation und keine italienische Espressobar!«

Der lässt wirklich keine Gelegenheit aus, um seine blöde Deutschtümeleien abzusondern, hatte Susan Biehl innerlich gegrummelt, aber spontan gekontert: »Bravo, Herr Jacobsen! Immer schön nach der Devise: *Mitbürger, kauft nur in Deutschland angebauten Kaffee!*«

Er hatte sie nur konsterniert aus seinen kleinen, zusammengekniffenen Augen angeschaut, aber kein Wort mehr dazu gesagt.

Das verdutzte Gesicht des Kollegen amüsiert Susan Biehl, während sie heißes Wasser in den Kaffeefilter gießt. Einen kurzen Moment ist ihr mieses Gefühl vergessen.

»Prima, du kochst gerade 'ne Kanne«, sagt Karin Paasch, die Sekretärin von Polizeirat Püchel, »dann kann ich ja gleich zwei Becher für den Chef abstauben, oder? Staatsanwalt Dr. Rebinger hat sich nämlich angesagt!«

»Klar doch«, säuselt Susan kaum hörbar.

»Ist was, Susan?«, fragt Karin Paasch. »Du siehst irgendwie schlecht aus.«

Susan Biehl dreht erschrocken ihr Gesicht zur Seite. Wie von selbst rollt eine Träne die Wange hinunter. Karin Paasch legt ihrer Kollegin sanft die Hand auf die Schulter,

»Hey, Susan, was ist los?«

»Nichts!«

»Nun komm schon, schütt dein Herz aus!«

»Frank …, Frank hat Schluss gemacht!«, Susans Singsangstimme gibt der Situation eine groteske Note.

»Was, wieso das denn?«

»Keine Ahnung, aus heiterem Himmel, vor zwei Wochen!«

»Na, irgendwas musst du doch geahnt haben.«

»Nein, ehrlich nicht«, schluchzt Susan hemmungslos. »Das behältst du aber für dich, das musst du versprechen!«

»Versprochen!« Karin Paasch kramt ein Papiertaschentuch hervor und reicht es ihr mit den Worten: »Männer! Da müssen wir alle mal durch. Auch wenn's jetzt doof klingt, aber es gibt andere.«

Susan Biehl wischt sich mit dem Taschentuch die Augen und gießt Kaffee in die mitgebrachten Becher der Kollegin.

Mit einem »Kopf hoch, Mädchen!« trottet Karin Paasch davon. Susan blickt der Kollegin erleichtert nach, ist froh, dass die peinliche Situation vorbei ist. Sie wäscht ihre Augen mit kaltem Wasser, gießt einen

Kaffee aus der Thermoskanne in ihre Tasse und eilt an ihren Schreibtisch zurück. Abwesend tippt sie das Sitzungsprotokoll der Frühbesprechung in den Computer. Die Zeit zieht sich wie Kaugummi in die Länge. Den alten Arbeitsplatz hinter der Rezeption mochte sie lieber, der wurde aber nach der Sanierung gestrichen. Die Arbeit wird von den Kollegen der Schutzpolizei mit erledigt.

Noch knapp 'ne halbe Stunde, denkt sie beim Blick auf die Uhr, dann beginnt der Urlaub. Eine Woche ehrenamtlich auf den Pole-Poppenspäler-Tagen. Sie spürt dennoch, dass die gewohnte Vorfreude auf die turbulente Zeit in diesem Jahr getrübt ist. Sie schließt die Augen.

»Was, du willst wieder eine ganze Woche Urlaub für diesen Puppenspielerkram verplempern?«

Sie sieht, wie Frank mit verschränkten Armen vor ihr steht.

»Was heißt denn hier verplempern? Beschwer ich mich etwa, wenn ich mit dir am Wochenende auf irgendeiner deiner beknackten *Lan-Partys* rumhänge?«

»Da geht zumindest was ab!«

»Meinst du etwa deinen *Ego-Shooter-Mist*? Erwachsene Menschen sitzen stundenlang vor einem Computer und ballern auf alles, was sich auf dem Bildschirm bewegt!«

»Jedenfalls besser als Erwachsene, die sich Kasperle-Theater angucken!«

»Immer noch tausend Mal lebendiger, als stumpfsinnig hinter diesem toten Kasten zu hocken!«

»Tot, du hast keine Ahnung! Ich sag dir, in 30 Jahren wird die Speicherkapazität eines Computers einem menschlichen Gehirn entsprechen. Für so was hat die Evolution 3,5 Milliarden Jahre gebraucht, meine Liebe!«

»Kein Wunder, dass du so schwer von Kapee bist!«

»Das muss mir gerade eine Blondine sagen!«

»Jetzt reicht's, Frank, du kannst dir eine andere Schlampe suchen, die dir deinen Computer-Scheiß hinterherträgt.«

Selbst nach zwei Wochen tobt der Streit mit Frank noch in ihrem Kopf. Sie hört ihn selbst jetzt, nachdem die Arbeit beendet ist, sie den Chef noch mal an ihren Urlaub erinnert hat und nun fluchtartig die Stufen der Polizeiinspektion hinunterstürmt. Die schräge Sonne strahlt ihr ins Gesicht, versucht, ihre trübe Miene zu erhellen. Doch der jungen Frau ist zum Heulen. Sie presst die vollen Lippen so fest zusammen, dass sie bleich werden. In zehn Minuten ist sie mit Ronja Ahrendt vor dem Husumer Schloss verabredet, um gemeinsam zum Poppenspäler-Museum zu gehen, wo heute Abend das letzte Organisationstreffen vor Festivalbeginn stattfindet.

Du solltest dich langsam wieder einkriegen, denkt die Sekretärin und schlendert am Binnenhafen entlang. Hier ist es gerammelt voll mit Touristen, die vor den bunten Giebeldachhäusern an Tischen hocken und Kaffee trinken oder Eis essen. Es herrscht Ebbe. Das zurückgezogene Wasser hat das alte Ziegelsteingewölbe der Kaimauer freigegeben. Die vielen Segel-

und Motorboote liegen auf grauem Schlick im Hafenbecken.

Susan Biehl trottet über die Schiffsbrücke und durch die enge Twiete zum Marktplatz hinauf. Am Torbogen des alten Rathauses steht ein Teenie mit roter Strähne im Haar und tippt eine SMS in sein Handy. Die alltägliche Szene springt sie förmlich an, versetzt ihr einen Stich in die Brust. Sie merkt, wie ihre angestaute Wut auf Frank wieder hochkocht, kann nicht fassen, wie er mit ihr Schluss gemacht hat. Eiskalt per SMS, mit den schnöden Worten: Wir sind ab heute getrennt, ruf nicht mehr an, Frank.

Fünf Jahre Zweisamkeit, und dann so was! Zuerst hatte die Nachricht sie ins Nichts gestürzt. Dann warf sie den Küchenstuhl mit voller Wucht an die Wand. Später war sie sich nicht mehr sicher, ob sie es auch wirklich gemacht hatte. Sie rief bei Frank an, er ging nicht an sein Handy. Sie fuhr zu seiner Wohnung, er machte nicht auf. Abends brannte kein Licht in seinen Fenstern. Es sah so aus, als wäre er ausgezogen. Auf der Arbeitsstelle ließ er sich verleugnen. Nach vier Tagen resignierte sie, nach eineinhalb Wochen gab sie endgültig auf, ohne Erfolg hinter ihm her zu rennen.

Der Stachel sitzt immer noch tief, erkennt sie und würgt ihren Gedanken sofort wieder ab. Hoffentlich läuft mir Frank nicht über den Weg, ich könnte für nichts garantieren.

Susan Biehl hat das Ende vom Schlossgang erreicht. Hier steht die hüfthohe Bronzeskulptur einer Tonne, in Ringe zerlegt und in die Länge gezogen. Seit Jahren ist sie achtlos daran vorbeigegangen, heute scheint das Kunstwerk ihr etwas sagen zu wollen: Ich bin wie dein fragiler Gemütszustand, innerlich zerteilt und aus der Form gebracht.

Nachdenklich überquert die Sekretärin die Schlossstraße, geht am frisch weißgetünchten Torhaus vorbei und rechts den Weg zum Schloss hinauf. Die Sonne wird bald hinter den Horizont versinken, die letzten Strahlen ereichen noch das Gebäude. Der Schlosshof liegt bereits im Schatten. Vor dem Hauptturm parkt einsam ein weißer Kleinbus.

Ronja ist spät dran, stellt sie fest, und wartet an der Schlosspforte. Die Zeit verstreicht, ohne dass sich etwas rührt.

Es sind noch 101 Stunden bis zu den Morden.

Jetzt könnte sie langsam aufkreuzen, sagt ihre innere Stimme ungeduldig, während sie auf die Uhr guckt.

Die Schiebetür des Kleinbusses wird wie von Geisterhand aufgezogen und Ronja klettert mit einem fremden Mann aus dem Innenraum. Sie sieht, dass ihre Freundin beiläufig ihr Kleid zurechtzupft, hört ihr schrilles Lachen, obwohl sie über 20 Meter entfernt steht. Die Situation ist an Eindeutigkeit nicht zu überbieten. Susan will sich kurzerhand hinter den Ziegelpfeiler der Schlossmauer verdrücken, aber Ronja winkt ihr wild zu und fordert sie mit einer Handbewegung auf, doch herüberzukommen. Etwas unwillig macht sich die Sekretärin auf den Weg.

»Susan, das ist Peter Pohlenz! Peter, das ist Susan Biehl!«

»Freut mich, dich kennenzulernen, Susan«, sagt

der hoch gewachsene Mann und strahlt sie aus seinen großen, eng zusammenstehenden Augen an. »Ich darf doch Susan zu dir sagen?«

»A... aber klar doch«, haucht sie verlegen.

»Peter macht die Eröffnungsvorstellung, ›Bulemanns Haus‹ von Storm«, erklärt Ronja und deutet in das Innere des Wagens. »Er hat mir nur kurz seine tollen Puppen vorgeführt. So etwas Fantastisches hast du noch nicht gesehen!«

Wie macht sie das nur, mokiert sich Susan im Stillen und mustert den schlanken Mann etwas neidisch von der Seite. Sonnengebräunt, Dreitagebart, dominante Stirn und diese bernsteinfarbenen Augen, nicht übel der Kerl! Irgendwie gemein, ich schlag mich jahrelang mit meiner Beziehung rum, völlig nutzlos, und Ronja lässt nichts anbrennen.

»Wir müssen leider los, es steht noch eine Teambesprechung an«, verabschiedet sich Ronja und drückt Peter Pohlenz einen flüchtigen Kuss auf die Wange. »Wir sehen uns morgen Nachmittag. Ich ruf dich auf dem Handy an. Bis dann!!«

»Ja, tschüss«, piepst Susan, während Ronja sie an der Schulter packt und vorwärts drängt.

*

Im Erichsenweg, direkt gegenüber vom Kreiskrankenhaus, steht ein hässlicher Wohnklotz, dessen Betonfassade in öden Grautönen gestrichen wurde. Das sechsstöckige Hochhaus kann mit Sicherheit auf die Liste Bausünden verbucht werden, selbst die bunten Blumenkästen auf den Balkonen können dem nichts mehr entgegensetzen. Den leer stehenden Eckladen im Erdgeschoss haben die Frauen vom Förderkreis vor Kurzem gemietet und provisorisch zum Treffpunkt hergerichtet. Spätestens im nächsten Jahr soll hier das neue Pole-Poppenspäler-Museum eröffnet werden.

Frieda Meibaum hatte, angeregt durch die Pole-Poppenspäler-Tage, jahrelang unterschiedlichste Marionetten und Handpuppen zusammengetragen. Die meisten waren von den Puppenspielern gekommen, die hier in Husum auf dem Festival aufgetreten waren. Frieda besaß die bestechende Art, offen auf Menschen zuzugehen und sie von ihrem Anliegen zu überzeugen. Einmal entlockte sie einem alten Puppenspieler, der bald in Rente gehen wollte, sogar das gesamte Puppenensemble mitsamt der Bühnenkulisse. Ihre mittlerweile stattliche Sammlung bildet den Grundstock für das geplante Museum.

»Mussten denn unbedingt solche Räume angemietet werden? Ein unattraktives Ambiente, finde ich!«, stichelt eine elegant gekleidete Frau, eingehüllt in eine süßliche Parfümwolke und mit dickem Make-up im schildförmigen Gesicht. »Husum hat doch weitaus schönere Häuser als gerade diesen Betonwürfel zu bieten. Und der schlauchförmige Laden hier, grauslich.«

Im selben Moment setzen sich Susan Biehl und Ronja Ahrendt in die versammelte Runde. Die Sekretärin sieht die mollige Frau zum ersten Mal und ordnet sie spontan in die Sorte von Ehrenamtlichen ein, die noch kurz vor Beginn der Pole-Poppenspäler-Tage dazustoßen, um selbstherrlich mit im Blickpunkt der Öffentlichkeit zu stehen. Bei denen, die kontinuierlich dabei sind, sind sie zwar verpönt, aber bei der anfallenden Arbeit kann auf keine helfende Hand verzichtet werden. Hanna Lechner treibt das provokante Gerede der aufgedonnerten Frau die Falten auf die Stirn. Der Lehrerin ist anzumerken, dass sie sich zusammenreißen muss, um freundlich zu bleiben.

»Wir sind natürlich für jede wohlgemeinte Kritik offen, liebe Frau Keck, aber ein Ambiente, das Ihnen vielleicht zusagen würde, ist dummerweise …!«

»… immer eine Frage des Geldes!«, ergänzt eine markante Stimme von der Seite. In der geöffneten Eingangstür steht die hochgewachsene Gestalt von Frieda Meibaum. »Guten Abend, die Damen!«, grüßt sie knapp und blickt aus ihren grünen, etwas schräg nach oben stehenden Augen streng auf das pausbäckige Gesicht von Nicole Keck hinunter. »Wie schade, dass Ihnen dieser kleine, nette Raum nicht sonderlich gefällt, liebe Frau Keck.«

»Das haben Sie aber völlig falsch verstanden«, windet sich die Frau, »ich wollte, äh, meinte doch nur, dass …«

»Liebe Frau Keck, die Poppenspäler-Tage werden seit Jahren von ehrenamtlichen Kräften auf die Beine gestellt. Die meisten arbeiten, im Gegensatz zu Ihnen, das ganze Jahr über im Förderkreis. Da spürt man im Laufe der Zeit, dass zwar jeder Kultur toll findet, aber sie bitte auch möglichst wenig kosten soll.«

Nicole Kecks Pausbäckchengesicht läuft rot an. »Wollen Sie etwa damit sagen, ich mache hier nur mit, weil ich das Eintrittsgeld sparen will?«

»Nichts liegt mir ferner, Frau Keck!«

»Ich wollte doch nur zur Diskussion stellen, ob der Laden nicht zu weit von der Innenstadt entfernt ist«, verteidigt sich die Brünette.

»Gleich nebenan steht die Kongresshalle. Das ist einer der wichtigsten Veranstaltungsorte in Husum«, argumentiert Frieda hartnäckig. »Erst vor drei Wochen war das Schleswiger Theater dort und hat ›Fisch zu viert‹ aufgeführt. Übrigens sehr witzig! Und es finden dort regelmäßig Konzerte statt, wo sehen Sie das Problem? Die unmittelbare Nähe zu unserem zukünftigen Museum ist bestimmt ein Vorteil.«

Kaum hat Frieda Meibaum geendet, ärgert sie sich über ihren unnötigen Rechtfertigungsversuch. Warum willst du der dummen Pute denn Demut beibringen, überlegt sie. Aber alle Frischlinge, die sich sofort in den Vordergrund spielen wollen, wurmen sie nun mal. Deshalb hat sie ihr persönliches Wertesystem entwickelt. An erster Stelle kommt der Vorstand, Hanna und sie selbst natürlich. Dann folgen alle Frauen, die im Büro mitarbeiten, die Kasse verwalten, den Kartenverkauf organisieren. Erst danach stehen die Freiwilligen auf ihrer Liste, die sich nur während der Festivalzeit zur Verfügung stellen. Darüber hat sie natürlich nie mit jemanden gesprochen, selbst nicht mit Hanna. Im Inneren ist sie aber fest davon überzeugt, dass die letzte Gruppe nur mitmacht, weil sie die Vorteile des Festivals nutzen will. Das trifft natürlich nicht auf alle zu, aber bestimmt auf die meisten. Hinter vorgehaltener Hand hört man so einiges.

»Sind alle schon da?«, fragt Frieda mit gekünstelter Freundlichkeit, um von ihrem abrupten Themenwechsel abzulenken. »Bin ich etwa wieder die Letzte?«

»So wie es aussieht, ist das der Fall, meine Liebe!«, entgegnet Hanna Lechner. »Aber mach dir nichts draus, wir wollten sowieso gerade erst anfangen.«

Die schlanke, etwas schlaksige Frau holt sich einen freien Stuhl und schiebt ihn geräuschvoll an den runden Tisch.

»Einige Gesichter sind mir noch nicht bekannt. Deswegen stelle ich mich kurz vor. Ich bin Frieda Meibaum, neben unserer Hanna ein Gründungsmitglied des Pole-Poppenspäler-Förderkreises, sozusagen eine Frau der ersten Stunde!«

»Ich freue mich, fünf neue Hilfen begrüßen zu dürfen, die dieses Jahr das erste Mal dabei sind«, ergänzt Hanna Lechner und wendet sich Frieda Meibaum zu. »Nicole Keck hast du bereits bei deiner Ankunft kennengelernt. Dort sitzt Helga Witt, links außen. Daneben Regina Grünwaldt und hier vorn rechts Ute Köster. Antonia Rebinger ist leider heute verhindert, sie hat mir aber erlaubt, sie nach eigenem Gutdünken zu verplanen.«

»Dann man los, der Abend ist kurz!«, drängelt Frieda Meibaum.

»Fangen wir gleich vorn an, die Eröffnungsvorstellung, ›Bulemanns Haus‹. Ronja hat die Betreuung des Seelenfaden-Puppentheaters übernommen. Für den morgigen Abend brauchen wir noch jemanden im Saal, der das Publikum an die Plätze führt.«

Hanna Lechner hebt ihren Blick und schaut auffordernd in die Runde. Susan Biehl hebt den Arm.

»Ich würde das gern machen!«

»Nee, das passt mir nun gar nicht, Susan!«, beschwert sich Frieda Meibaum. »Du bist schon letztes Jahr dabei gewesen und kennst dich schon gut aus. Ich möchte dich unbedingt bei meiner Betreuung des Schnipp-Schnappmaul-Puppentheaters dabeihaben. Wiktor Šemik soll sehr eigenwillig und kompliziert sein, wird in Puppenspielerkreisen gemunkelt. Berühmtheiten sind halt Mimosen!«

»Wenn du das ernst meinst, fände ich das riesig«, jubelt Susan Biehl und strahlt über das ganze Gesicht.

»Die erfahrenen Leute alle zu dir. Ganz schön egoistisch, liebste Frieda«, tadelt Hanna Lechner und verzieht ihren Mund zu einem verkniffenen Lächeln. Der Gesichtsausdruck täuscht nicht darüber hinweg, wie ernst sie die Aussage in Wirklichkeit meint.

»Hanna, du weißt genau, bei Šemik brauche ich einfach professionelle Hilfe!«

»Und du weißt ganz genau, was ich meine, oder?«

»Ich finde es richtig, dass ich mir die passende Person aussuche.«

»Okay, lassen wir das einfach so stehen! Wir müssen vorankommen! Also, es geht um das Seelenfaden-Puppentheater aus Karlsruhe. Frau Keck, ich hatte spontan an Sie gedacht. Ich kann mir gut vorstellen, dass Sie morgen Abend Ronja Ahrendt unterstützen! Sie passen bestimmt gut zusammen, Ronja arbeitet nämlich im selben Krankenhaus wie Ihr Mann.«

»Als Ärztin?«, fragt Nicole Keck schrill.

»Nein, bloß als Krankenschwester«, kommentiert Ronja Ahrendt bissig.

»Nein, das möchte ich jetzt aber wirklich nicht!«, platzt es aus Nicole Keck heraus, wobei sich ihre Stimme fast überschlägt. Die anderen Frauen zucken überrascht zusammen. Ronja Ahrendts Gesicht ist aschfahl geworden. Sie sitzt stocksteif auf ihrem Stuhl. Susan Biehl greift nach ihrer linken Hand und drückt sie kurz. Im Raum steht eine bleierne Anspannung.

»So … so meinte ich das natürlich nicht«, rudert die mollige Frau zurück und bemerkt, dass sie die Situation dadurch noch mehr verschärft. »Ich … ich kann natürlich überall helfen …, aber ich möchte …, ich möchte unbedingt zu Frau Ørsted. Wir haben vorhin über das Stück ›Schrödingers Katze‹ gesprochen, das finde ich einfach ganz toll! Ich hab selbst eine Katze zu Hause!«

»Liebe Frau Keck, das Haustier ist nicht entscheidend, wo wir Sie auf dem Festival einsetzen!«, zischt Hanna Lechner gereizt.

»Hanna, lass einfach locker«, mischt Petra Ørsted sich ein, »ist doch egal, ob Frau Keck am Freitagabend oder am Samstagabend hilft. Wir können Frau Rebinger ohne Weiteres bei Ronja einteilen.«

»Natürlich ist es im Prinzip egal, aber es geht nicht, wenn alle eine Extrawurst anmelden. So werden wir nie fertig, wir beschäftigen uns immer noch mit den ersten drei Tagen!«

»Okay, Frau Rebinger geht zu Ronja und Frau Keck kommt zu mir. Frau Biehl geht zu Frieda, und schon können wir uns auf die restlichen Tage stürzen«, fasst Petra Ørsted kurzerhand zusammen.

»Ich bin für eine kurze Pause«, schlägt Susan Biehl vor, »danach haben sich die Gemüter bestimmt wieder beruhigt!«

Ohne auf eine Antwort zu warten, springen die ersten Frauen auf und stürzen durch die Tür ins Freie. Schon bald stehen auf dem kleinen Platz vor dem Laden mehrere Grüppchen, meistens zu dritt und zu viert. Ronja Ahrendt und Susan Biehl sind die einzigen, die sich deutlich von den anderen abgesetzt haben. Die Krankenschwester kramt aus ihrer Handtasche eine Packung Zigaretten hervor und zündet sich hastig eine an.

»Was war das denn eben?«, fragt Susan.

»Was meinst du?«

»Nun mach nicht auf total naiv, Ronja! Das ist mit Sicherheit die Keck, die mit deinem Oberarzt liiert ist?«

»Ja und?«

»Mensch, Ronja, die ahnt doch was!«

»Kann ich mir nicht vorstellen.«

»Bist du nun so blöd, oder tust du nur so?«

»Die Frau kennt mich nicht, und ich kenn sie nicht. Hab sie nur auf einem Foto gesehen, in Michaels Brieftasche. Wir sind so was von vorsichtig, die ahnt nicht das Geringste!«

»Glaub mir, die weiß alles! Was heißt denn vorsichtig bei dir? Du hast mir selbst erzählt, dass ihr in einem Wellnesshotel wart. Da musstet ihr doch euren Pass zeigen, oder?«

»Das hat Michael alles erledigt, der wird schon wissen, wie man das macht. Außerdem war das Hotel doch weit ab vom Schuss, irgendwo in so einem Kuhkaff an der Ostsee.« Ronja Ahrendt legt plötzlich ihre Stirn in Falten, zieht unentwegt an der Zigarette, wirft sie erst halbgeraucht zu Boden und stampft sie mit einem Tritt aus. »Weißt du, was mir gerade siedendheiß einfällt?«

»Nein!«

»Als ich am ersten Morgen unseren Schlüssel an der Rezeption abgeben wollte, stand dort ein merkwürdiges Ehepaar. Er wurde vom Personal mit ›Herr Rebinger‹ angesprochen. Ich kam nebenbei mit der Frau ins Gespräch, ziemlich attraktiv. Ich dachte noch, die passt irgendwie so gar nicht zu diesem Kerl. Und jetzt stell ich mir gerade vor, die Rebinger, die heute Abend nicht gekommen ist, wäre die Frau aus dem Hotel. Und diese Rebinger kennt die Keck, dann könnte doch …«

»Glaub ich aber nicht! Unsere Rebinger ist die Frau vom Staatsanwalt Dr. Rebinger, und den kenn ich persönlich. Der geht bei uns in der Inspektion fast täglich ein und aus. Seine Frau hab ich mal kurz gesehen. Die ist eher so 'ne Unscheinbare, klein und mager!«

»Der Kerl im Hotel war so 'n käsiger Typ, leichtes Doppelkinn, graue Haare mit Seitenscheitel.«

»Also, von der Beschreibung her spricht das zwar für unseren Staatsanwalt, aber das kann nur Zufall sein. Die Frau von Rebinger ist jedenfalls alles andere als attraktiv. Das kann nur jemand gewesen sein, der ihm ähnlich sieht.«

3

»Rebinger hat gestern Abend wegen dieser Einbruchsserie bei mir nachgefragt«, poltert Kriminalrat Heinz Püchel los, nachdem er Swensen mit einer energischen Handbewegung in sein Büro beordert hat. Der kleine Mann wirkt wie aufgezogen, zieht hastig an seiner Zigarette und bläst den Rauch in den bereits vorhandenen Nebel. »Gibt es brauchbare Ergebnisse, die wir ihm vorlegen können?«

»Wenn Staatsanwalt Rebinger Fragen hat, warum ruft er dich an und nicht einen der ermittelnden Kommissare?«, poltert Swensen los, wobei in seiner Stimme nichts von buddhistischer Gelassenheit zu spüren ist.

»Komisch, beim Wort Rebinger rastest du regelmäßig aus, Jan! Hat das eigentlich einen Grund?« Püchel drückt seine Zigarette im Aschenbecher aus, greift zu seiner Packung Roth-Händle auf dem Schreibtisch und zieht sich die nächste heraus.

»Es ist nicht das Wort Rebinger, Heinz. Mir geht es darum, wie du für deinen besten Kumpel die Dinge immer von hinten durch die kalte Küche ansprichst! Für mich hört sich das so an, als wenn du es bist, der ein Problem mit dem Tempo der Ermittlung hat.«

»Na, hör mal! Nach acht Einbrüchen kann ich mir wohl auch mal ein paar Gedanken machen, oder?«, lenkt Püchel ein, und seine noch unangezündete Zigarette wippt dabei im Mundwinkel.

»Was meinst du, was wir die ganze Zeit machen? Außerdem, Rebinger bekommt die Protokolle immer sofort, wenn sie fertig sind.«

»Nun reg dich ab! Rebinger möchte nur auf dem neusten Stand sein, und das möchte ich auch. Wir halten unsere Köpfe aus dem Fenster, wenn die Presse schießt, mein Lieber!«

»Dann lass mich an die Arbeit«, sagt Swensen ruhig und verlässt den Raum. Einen kurzen Moment später taucht sein Kopf erneut hinter der Bürotür auf. »Übrigens, du solltest die Zigarette anzünden, sonst schaffst du dein Pensum heute nicht mehr.«

Püchel starrt Swensen eine Sekunde an, reißt die Zigarette aus dem Mund und wirft sie in Richtung Tür. Der Hauptkommissar ist schon weg, er geht über den Flur zur Küchenzeile hinüber. Fünf Minuten später betritt er mit einer Kanne grünen Tee den Konferenzraum und ist wie fast immer der Erste. Während Swensen einen Tee eingießt, richtet er seine Aufmerksamkeit auf die Karte von Norddeutschland, die an der Pinnwand hängt. Entlang der Nordküste von Eiderstedt stecken bereits sieben Nadeln mit roten Köpfen. Er geht zur Landkarte hinüber, nimmt eine weitere Nadel aus einer runden Plastikschale und bohrt sie in den Ortsnamen Horstedt.

»Moin, Moin, Jan!« Silvia Hamans kräftige Gestalt kommt mit einer Tasse Kaffee in der Hand durch die Tür geschlendert. Ihre eng zusammenstehenden Augen fixieren den Hauptkommissar spitzbübisch von der Seite. »Na, versuchst du es neuerdings schon mit Voodoo?«

»Quatsch! Ich verschaffe uns einen Überblick. Die

Einbrüche liegen alle dicht nebeneinander, in Simonsberg, Uelvesbüll, Böse, Kaltenhörn, Wasserkoog, Osterhever und Westerhever. Stellt sich die Frage, warum unser Tatort vom gestrigen Tag so weit von den anderen entfernt ist. Das sind weit über zehn Kilometer.«

»Ja und? Das hat doch nichts zu bedeuten«, mischt Stephan Mielke sich ein, der in der Zwischenzeit mit mehreren anderen Kollegen am Tisch Platz genommen hat. »Wahrscheinlich ist es bloß ein anderer Täter. Einbruch ist doch unser täglich Brot.«

»Das wäre zwar nahe liegend, Stephan«, lenkt Swensen ein, derweil er sich mit Silvia zu den anderen an den Tisch setzt. »Nur ist Hollmann sicher, dass alle Brüche die gleiche Handschrift tragen. Und wenn der sich zu so einer Aussage hinreißen lässt, ist da meistens was dran.«

»Jeden Tag wird unzählige Mal eingebrochen. Wer will da eine genaue Handschrift erkennen. Hollmann ist doch kein Übermensch!«

»Jetzt bin ich mal gespannt, was der Kollege zu tun gedenkt, um die Kriminalstatistik zu entlasten?«, fragt Silvia Haman spitz.

Stephan Mielke rollt mit den Augen und guckt flehentlich nach oben, geht aber mit keinem Wort auf Silvias Seitenhieb ein.

»Sind wir uns einig, dass die sieben Einbrüche auf Eiderstedt vielleicht auf das Konto eines Serientäters gehen könnten?«, fragt Swensen in die Runde. Alle Kollegen bleiben stumm.

»Wir wissen nicht, ob Einbruchsprofi, der im Auftrag handelt, oder Gelegenheitstäter, beides ist möglich«, stellt Mielke fest.

»Da bin ich anderer Meinung«, hält Swensen dagegen. »Die Täterprofile von Einbrechern besagen im Allgemeinen, dass sie bevorzugt in vertrauter Umgebung agieren, was wahrscheinlich auf unseren Mann zutrifft. Spekulieren wir doch einfach mal, dass es sich beim Bruch in Horstedt gestern und bei den Brüchen auf Eiderstedt um ein und denselben Täter handelt, dann muss der Typ, neben seiner Vorliebe für eine bestimmte Gegend, noch eine andere Verbindung zu den Tatorten haben. Horstedt liegt nicht auf Eiderstedt.«

»Das ist einfacher festgestellt, als es konkret weiterhilft«, knurrt Rudolf Jacobsen.

»Alles zurück auf Anfang!«, bemerkt Silvia Haman. »Am besten, wir reden noch mal mit den Betroffenen.«

»Finde ich auch!«, bestätigt Swensen. »Etwas haben wir übersehen oder nicht beachtet!«

»Bei den meisten Einbrechern wird von einem Zusammenhang zwischen Tat und Lebenslage gesprochen«, doziert Stephan Mielke mit überheblichem Unterton. »Einem Einbruch soll, natürlich nur im übertragenen Sinne, ein Einbruch in der aktuellen Lebenssituation des Täters vorausgegangen sein. Vielleicht wurde er gerade entlassen oder seine Ehe ist gescheitert. In so einer Lebenssituation soll der Einbruch dazu dienen, das Scheitern im Privatleben zu beheben und neuen Selbstwert daraus zu ziehen.«

»Und welchen Selbstwert möchte der Kollege Mielke aus seinem Psychovortrag gewinnen?«, spöttelt Silvia Haman. »Hört sich im ersten Moment ja alles fundiert an, ist aber leider ziemlich banal. Mittlerweile geht in Deutschland jede zweite Ehe in den Arsch, und täglich werden Unmengen aus ihrem Job gefeuert. Vielleicht stellen wir uns einfach vor das Scheidungsgericht und das Arbeitsamt und verhaften alle, die da rauskommen ...«

»... das ist weit unter deinem Niveau, Silvia!«, zischt der Oberkommissar und presst seine schmalen Lippen zusammen. »Ich habe nur Aussagen von Interviews mit inhaftierten Einbrechern wiedergegeben.«

»Schluss mit eurem Kinderkram«, unterbricht Swensen mit fester Stimme. »Halten wir uns an unsere altbewährten Routineermittlungen. In Horstedt ist eine Münzsammlung verschwunden. Silvia und Stephan, ihr nehmt euch noch mal alle Einbruchsopfer vor. Die anderen rufen alle Pfandleiher und Besitzer von Antiquitätenläden in der näheren Umgebung an. Ich nehm mir alle Münzhändler vor. Jeder bekommt gleich noch eine Abbildung der geklauten Münzen. Okay, an die Arbeit!«

Der Hauptkommissar schnappt seine Teekanne und marschiert ohne ein weiteres Wort aus dem Raum. Der Trupp folgt geräuschvoll nach. Wie auf Kommando fliegt die Tür von Püchels Büro auf.

»Das trifft sich gut, alle auf einen Haufen!«, ruft er laut. »Darf ich fragen, wer seine diesjährigen Schießleistungsnachweise schon zusammen hat?«

Lebhaftes Gemurmel setzt ein. Der Chef baut sich in der Mitte des Flurs auf und versperrt demonstrativ den freien Durchgang. Einige Hände gehen zaghaft in die Höhe. Swensen versucht hinter dem Rücken von Silvia abzutauchen.

»Ich erwarte, dass die Termine im neuen Schießkino endlich von allen ernst genommen werden, zumindest dreimal im Jahr. Wir haben September, bis Ende des Monats möchte ich positive Rückmeldungen, verstanden!«

Der Polizeirat will gerade in sein Büro zurückgehen, als Swensen in sein Blickfeld gerät. »Hätte ich mir natürlich denken können! Der Herr Hauptkommissar ist natürlich bei der Gruppe der Nachzügler.«

»Ganz ruhig, Heinz, ich habe mich bereits für den nächsten Dienstag angemeldet«, beschwichtigt Swensen gelassen.

Er ahnt, dass Püchel von seiner Abneigung gegen das Übungsschießen weiß, obwohl er sein zwiespältiges Verhältnis zu seiner Dienstwaffe nie laut hinausposaunt hat.

Eher widerwillig schleppt er die Sig-Sauer täglich aus der Schrankschublade von zu Hause in die Schreibtischschublade ins Büro und wieder zurück. Im Laufe der Zeit ist eine Art Berührungsangst entstanden, die er nicht allein mit seiner buddhistischen Lebenshaltung erklären kann. Notwehr ist auch für Buddhisten kein Fremdwort, und niemandem Schaden zuzufügen gehört zu den Regeln, die, unabhängig vom Glauben, für alle Menschen gelten sollten.

Wahrscheinlich bin ich der einzige Pazifist mit einer Waffe, denkt er auf dem Weg zu seinem Büro. Vor seinem inneren Auge steht er in der Schießanlage, die rechte Hand um den Leichtmetallgriff der Waffe. Er sieht sich die Zündstiftsicherung lösen und spürt, wie dabei sein Nacken verspannt. Das ist dieser Augenblick purer Abscheu, bevor der Übungsfilm startet, auf der Videowand Gestalten hinter Häusermauern auftauchen und blitzschnell ihre Hände nach oben reißen. Die Sig-Sauer antwortet mit hartem Knall. Das Geräusch springt ihn an, ist bedrohlich laut und vibriert durch seinen Körper. Die 850 Gramm rostfreier Stahl liegen ihm wie Blei in der Hand. Er schießt sich frei. Schuss für Schuss sinkt die mentale Hemmschwelle.

Schon der Gedanke daran ruft Schmerzen in Nacken und Schulter hervor. Swensen fährt unruhig mit dem Schreibtischstuhl hin und her, zieht die Liste der Münzhändler in Schleswig-Holstein, die er gestern Abend noch im Internet zusammenrecherchiert hat, unter einem Papierstapel hervor. Aber er ist nicht konzentriert bei der Sache. Er erinnert sich an die Grundausbildung an der Polizeischule. Im Entscheidungstraining sollte der voreilige Schusswaffengebrauch möglichst ausgeschlossen werden. Im Kopf hört er wieder die mahnende Stimme seines Ausbilders: »Wenn du in eine Stresssituation geraten solltest, wirst du in den meisten Fällen nicht das machen, was du willst, sondern höchstens das tun, was du kannst!«

Nichtschießausbildung, hatten die jungen Beamten damals öfter gespöttelt.

Der situationsangepasste Schusswaffengebrauch ist eine schizoide Paradoxie, denkt Swensen, während er nebenbei die Namen auf der Liste der Händler überfliegt. Er ist heilfroh, noch nie in eine Situation geraten zu sein, in der er seine Waffe wirklich abfeuern musste.

»Je aufrichtiger wir uns einer Aufgabe widmen, desto wichtiger ist unsere Verpflichtung zu Sanftheit und Achtsamkeit«, mahnt die Stimme von Meister Rinpoche. »Achtsamkeit lässt uns die Dinge erkennen, sobald sie vor unseren Augen erscheinen. Das hilft uns, sie nicht ins Unermessliche zu vergrößern. Eine Aufgabe ist es, Dinge winzig zu lassen. Wenn sie winzig bleiben, werden sie nicht gleich zum dritten Weltkrieg und führen nicht zu gewaltsamer Handlung. Achtsamkeit ist die heilsame Kraft der Gewaltlosigkeit.«

Der Hauptkommissar greift zum Telefonhörer und tippt die oberste Nummer von seiner Liste ein.

»Münzhandel Dreher!«

»Jan Swensen, Husumer Kripo. Wir haben eine Bitte und sind dringend auf Ihre Mithilfe angewiesen, Herr Dreher. Gestern wurde bei einem Einbruch eine beträchtliche Anzahl von tunesischen Goldmünzen gestohlen. Falls in den nächsten Tagen eine verdächtige Person bei Ihnen auftaucht und solche Münzen anbietet, wenden Sie sich bitte unverzüglich an Ihre nächste Polizeidienststelle oder verständigen Sie direkt die Kripo Husum. Ich gebe Ihnen unsere Nummer ...«

*

Die Journalistin Maria Teske ist spät dran. 9.54 Uhr zeigt die Turmuhr an der Marienkirche. Noch sechs Minuten bis zu dem vereinbarten Termin. Das dürfte noch zu schaffen sein, denkt sie trotzig, überquert direkt vor dem grau gestrichenen Giebelhaus der Husumer Rundschau die Norderstraße und eilt mit ausladenden Schritten gleich gegenüber durch den kleinen Stichweg hinter der Kirche zur Süderstraße hinab. Als sie das kleine, flache Eckgebäude passiert, in dem sich mehrere kleine Läden aneinanderreihen, sieht sie aus dem Augenwinkel ihr durchsichtiges Spiegelbild in der Schaufensterscheibe vom Schlüsseldienst. Ein ungewohnter Anflug von Eitelkeit lässt sie stoppen und kurz mit den Händen das struppige Haar herrichten.

Hast du das wirklich nötig, schießt es ihr kurz durch den Kopf. Obwohl ihr aus beruflichen Gründen die Weibchen-Rolle in bestimmten Momenten nicht so ganz unbekannt ist. Immerhin soll ihr Interviewpartner in Insiderkreisen eine kleine Berühmtheit sein. Die Information stammt von Think Big persönlich, Chefredakteur Theodor Bigdowski, auf dessen Wissen in den meisten Fällen Verlass ist. Der Mann besitzt eine erstaunliche Allgemeinbildung, selbst, wenn es sich um so etwas Abweges wie Puppentheater handelt.

»Maria, du bist meine letzte Hoffnung«, hatte er sie heute in der Früh mit hochrotem Kopf, Blutdruck 180 zu 110 ihrer Einschätzung nach, vor der Themenkonferenz an ihrem Schreibtisch überfallen. »Siebenhüner hat sich krankgemeldet, und heute Abend starten die Pole-Poppenspäler-Tage.«

»Nein, Theodor, verschon mich bitte mit dem Feuilletonteil!«

»Was ist verwerflich an Kultur, meine Liebe?«

»Na, hör mal, Puppentheater! Mein letzter Zugang

zu solch einer kulturellen Veranstaltung war der Verkehrskasper während meiner Grundschulzeit.«

»Egal, wie sehr dich das geschädigt hat, meine Liebe, die Arbeit ruft! Außerdem verkennst du gewaltig, dass Puppenspiel heute eine ernstzunehmende Kunstform ist. Also pass auf, Siebenhüner hat einen Interviewtermin mit einem gewissen Wiktor Šemik vereinbart. Šemik soll ein außergewöhnlicher Puppenspieler sein, wurde in der ehemaligen Tschechoslowakei geboren, ein Land mit großer Puppenspieltradition, ich sage nur Jan Malik. Aber keine Angst, Maria, Šemik lebt schon lange in Deutschland und spricht perfekt deutsch. Hier hast du die Unterlagen von Siebenhüner. Der hat sogar schon die wichtigsten Fragen vorbereitet. Du musst nur um 10 Uhr im Hotel sein, Altes Gymnasium in der Süderstraße. Leg dich richtig ins Zeug, Maria, ich möchte ein spritziges Interview für die Montagsausgabe, klar!«

Maria Teske hastet auf das rote Backsteingebäude zu, das mit seinen weinroten Treppengiebeln an preußische Zeiten erinnert. Der Journalistin ist bewusst, dass ihre ausgefranste rote Lederjacke nicht unbedingt in ein Fünf-Sterne-Hotel passt.

Das ist zwar das erste Haus am Platz, aber mein Presseausweis wird den Weg schon freimachen, denkt sie und eilt rechts um das Gebäude herum, um zum Haupteingang zu kommen. Das Alte Gymnasium war, wie unschwer aus dem Namen abzuleiten ist, eine ehemalige Gelehrtenschule, die so berühmte Persönlichkeiten wie Hermann Tast, Theodor Storm und Ferdinand Tönnies zu ihren Schülern zählte.

Die Glasflügeltüren im überdachten Eingangsportal öffnen sich automatisch. Maria Teske tritt in eine weiträumige Empfangshalle und schaut sich um. In den Sitzgruppen sind ausschließlich weibliche Hotelgäste zu entdecken. Sie steuert auf den kleinen Tresen der Rezeption zu.

Es sind noch 86 Stunden bis zu den Morden.

»Maria Teske von der Husumer Rundschau«, stellt sie sich dem Mann hinter dem Empfangstresen vor. »Ich habe einen Termin mit Herrn Šemik. Können Sie ihm bitte melden, dass ich da bin?«

»Selbstverständlich, gnädige Frau. Wenn Sie so lange Platz nehmen möchten«, bittet der geschniegelte Jüngling, während er zum Telefon greift.

Die Journalistin nickt, geht bis nach hinten durch und setzt sich auf einen der beiden mit geschwungenen Strichen gemusterten Sessel an der linken Wand. Die kleine Sitzgruppe steht direkt vor einer verkleideten Heizung, auf der die Bronzefigur eines Jagdhundes mit Fasan im Maul platziert wurde. Die biedere Eleganz ist ihr unangenehm. Sie schaut nervös zur hohen, dunkelbraunen Holzdecke, von der goldene Kandelaber herunterhängen. Nach zehn Minuten des Wartens hat sie ihre Fragenliste bereits dreimal durchgearbeitet. Angesäuert wippt sie mit dem Fuß des übergeschlagenen Beins. Endlich taucht ein sportlicher, leicht untersetzter älterer Herr mit kurz geschnittenen, weißen Haaren auf. Maria Teske schnellt aus ihrem Sessel und streckt dem Mann im anthrazitgrauen Anzug die Hand entgegen, doch der scheint sie nicht zu sehen oder ignoriert sie absichtlich.

»Ich hatte mit einem Mann gerechnet«, sagt Šemik im blasierten Tonfall und mustert die Journalistin aus tief liegenden grünen Augen von oben herab.

»Tut … tut mir leid«, stammelt sie etwas irritiert, fängt sich allerdings sofort wieder, »aber mein Kollege ist leider erkrankt. Die Husumer Rundschau möchte aber unbedingt einen großen Artikel über Ihre ungewöhnliche Arbeit bringen.«

»Ungewöhnlich? Was meinen Sie damit, Frau …?«

»Teske, entschuldigen Sie, ich bin Maria Teske von der Husumer Rundschau!«

»Gut, Frau Teske, setzen wir uns erst mal.«

Was geht denn hier ab, denkt die Journalistin innerlich angefressen, lächelt weiter freundlich und setzt sich.

»Also, was ist für Sie denn eine ungewöhnliche Arbeit?«

»Zum Beispiel, wenn erwachsene Männer mit Puppenspielen ihr Geld verdienen!«, antwortet Maria Teske scharf.

»Dann werden Sie mich bestimmt als Nächstes fragen, ob man davon denn leben kann, oder?«

»Genau!«

»Nun, man kann! Man kann sogar sehr gut davon leben!«

Das hätte ich auch selbst beantworten können, denkt sie. Wer so ein arrogantes Arschloch ist und sich in so 'nem noblen Bau einmieten kann, ist mit Sicherheit flüssig. Die Journalistin beißt sich auf die

Lippen. Innerlich quält sie die Frage, warum sie Think Big nicht sofort auf den Mond geschossen hat.

»Darf ich Ihnen jetzt vielleicht ein paar Fragen stellen, Herr Šemik?«, beginnt sie und versucht, ihre Süffisanz aus der Stimme zu nehmen. »Meines Wissens sind Sie kurz nach dem Zweiten Weltkrieg in Prag geboren. In der Tschechoslowakei gab es schon immer große Puppenspieler. Ich denke da nur an Jan Malik. Warum sind Sie trotzdem nach Deutschland gegangen?«

»Liebe Frau Teske, bevor Sie wahllos in der Gegend herumspekulieren, wäre es gut, sich im Vorfeld zu informieren. Am 21. August 1968 marschierten die Truppen der Sowjetunion, Polens, Ungarns und Bulgariens in der Tschechoslowakei ein und beendeten den Reformkurs des Prager Frühlings. Ich war damals 17 Jahre alt, hatte vorher den verfemten Kafka gelesen und fürchtete, von den Ideologen des Kommunismus abermals am freien Denken gehindert zu werden.«

1968, da war ich gerade eineinhalb Jahre alt, denkt Maria Teske und beißt die Zähne zusammen. Jetzt nur nicht unfreundlich werden. Wenn ich ohne Interview in der Redaktion erscheine, flippt Think Big garantiert aus.

»Sie spielen dieses Jahr ein neues, unbekanntes Stück: ›Ursache und Wirkung‹ oder ›Seba, das Schaf im Wolfspelz‹. Woher bekommen Sie die vielen Ideen zu Ihren Stücken?«

»Woher die Ideen kommen? Welch eine Frage. Die fallen nicht vom Himmel, das ist harte Arbeit. Ich schreibe alle meine Stücke natürlich selbst! Das hat den Namen Wiktor Šemik unverwechselbar gemacht.

Ich bin jemand, der sich nichts aus der Hand nehmen lässt, alle Stücke sind von mir, alle Kulissen habe ich entworfen, ich gestalte die Puppen und spiele sie auch noch persönlich. Kaum ein Puppenspieler beherrscht das in der Perfektion wie meine Person!«

»Was kann Puppentheater dem heutigen Publikum noch bieten?«

»Ihre Frage klingt mir zu abfällig, Frau Teske! Alle meine Puppen sind großartige Schauspieler, sie sind eigenständige Charaktere. Nehmen wir zum Beispiel das kleine Schaf Seba, das Sie eben erwähnten. Hinter dessen Charakter verbirgt sich ein tiefer seelischer Schmerz, der Schmerz, von den anderen nicht gemocht zu werden. Seba pendelt zwischen Ohnmachtsgefühlen und Machtgelüsten. Der heimtückische Wunsch, es allen Peinigern heimzuzahlen, wird daraus geboren. Das ist Rache im klassischen Sinne! Etwas, womit alle Menschen in jedem Moment konfrontiert werden können! Das Publikum lernt also im Laufe meines Stückes, dass Rache etwas Schreckliches ist, bei der am Ende nur alle verlieren. Mehr hat selbst Shakespeare nicht zu bieten, oder finden Sie nicht?«

*

Die Fensterfront im Raum der psychologischen Praxis von Anna Diete reicht von einer Wand bis zur anderen. Vor zwei Wochen hatte sie die Raufasertapete mit einem aufgehellten Neapelgelb überstrichen. Immer noch eine gute Entscheidung, findet sie, denn die neue Farbe taucht den großzügigen Raum nicht nur bei Sonnenschein in ein angenehm warmes Licht. Bilder hat sie keine an der Wand, die könnten ihre Klienten nur unnötig beeinflussen. Links neben dem hölzernen Schreibsekretär stehen zwei bequeme Sessel, dazwischen ein kleiner, runder Tisch aus Kiefernholz.

Die Psychologin hat sich wie gewöhnlich mit dem Rücken zum Fenster gesetzt, während für die Klientin vom Sessel aus der freie Blick in den Garten möglich ist. Eine Gruppe Apfelbäume schirmt vor Blicken von außen ab. Dahinter ist die St. Marienkirche zu sehen, dessen romanisch-gotisches Ziegelgebäude mit dem schmalen, spitzen Turm Anfang des 18. Jahrhunderts erbaut wurde.

Petra Ørsted starrt seit längerer Zeit aus dem Fenster, ohne ein Wort zu sagen. Das ovale Gesicht zeigt keine Regung. Ihr schwarzes, streng nach hinten gekämmtes Haar wird im Nacken von einer Plastikspange aus mattbraunem Schildpatt zusammengehalten.

Der Turm sieht wie eine riesengroße Stecknadel aus, denkt sie, spürt feine Nadelstiche in der Schläfe und zuckt kurz zusammen. Sie bewegt den Kopf leicht nach links und rechts. Automatisch ziehen sich die Schultern hoch.

Ein schwieriger Moment für die Psychologin. Eine länger anhaltende Stille verführt schnell zu voreiliger Intervention. Anna Diete wartet geduldig ab. Gerade in diesem Moment scheint es ihr angebracht, den inneren Prozess ihrer Klientin nicht zu unterbrechen. Nach weiteren Minuten Stille richtet Petra Ørsted sich unvermittelt auf. Ihre Hände packen die

Armlehnen, das Gesicht wird rot und Falten zerfurchen die Stirn.

»Egal, was ich mache, ich sitze immer zwischen den Stühlen!«, platzt es aus ihr heraus. »Dabei wollte ich nie in solche Umstände geraten wie meine Mutter. Ich hab mir damals geschworen: Wenn du mal eine Familie hast, machst du alles besser. Und jetzt? Jetzt leb ich in der gleichen Katastrophe. Mein Mann ist auf den ersten Blick zwar völlig anders als mein alter Herr, aber im Grunde steckt in ihm der gleiche Loser.«

»Wieso findest du, dass dein Vater ein Loser war?«

»Weil er, solange ich zurückblicken kann, nie irgendetwas auf die Reihe gekriegt hat. Aus jeder Arbeit ist er spätestens nach einem halben Jahr rausgeflogen. Finanziell war es bei uns zu Hause ein nie enden wollendes Desaster. Wie oft hab ich nachts in meinem Bett gehört, dass meine Eltern sich ums Geld gefetzt haben. Meine Mutter musste arbeiten gehen, der feine Herr saß derweil im Wohnzimmer rum und hat nur ferngesehen. Später dann, als er sich selbstständig machte und ein Fahrradgeschäft eröffnet hat, ist alles noch viel schlimmer geworden. Das Geld wurde nur noch zum Fenster hinausgeworfen. Jahrelang lebte er auf großem Fuß, ging ohne Rücksicht auf Verluste fremd, bis meine Mutter vor Gram gestorben ist. Und am Ende stellte sich heraus, dass dieser ganze luxuriöse Lebensstil die ganze Zeit nur auf Pump finanziert war.«

Petra Ørsted presst die Lippen fest zusammen. Tränen schießen ihr in die Augen.

»Was fühlst du?«, fragt Anna Diete.

»Wut! Eine Stinkwut!«

»Bleib da, bleib bei dem Gefühl!«

»Nein! Ich will das nicht fühlen«, sagt Petra Ørsted gepresst und schlägt die Hände vors Gesicht. Mehrere Minuten schluchzt die Klientin hemmungslos vor sich hin, zieht ein Papiertaschentuch aus dem Spender neben dem kleinen Wecker und wischt die Augen trocken. »Wieso fühl ich mich so schlecht?« Sie guckt an die Decke und ihre Stimme wird schrill. »Ich hab einfach keine Lust mehr, immer den ganzen Schlamassel meines Vaters abzubekommen.«

»Was bekommst du denn ab?«

»Mein Bruder hat mir gestern in der Stadt aufgelauert und mir die Ohren vollgejammert.«

»Dein Bruder?«

»Bis gestern noch hab ich geglaubt, dass er in meinem Leben keine Rolle mehr spielt. Er war abgehakt, mein kleiner Bruder, ein Versager wie mein alter Herr. Nachdem er aus unserem Elternhaus ausgezogen war, hat er keinen Tag mehr in geordneten Verhältnissen gelebt, hat nur getrunken und ständig seine Arbeitsstelle gewechselt. Vor zwei Jahren wurde er vom Geld meines Vaters geblendet, als der ihm einen Job in seinem Fahrradgeschäft verschafft hat. Von da an glaubte er, alle seine Sorgen wären vorüber. Und als der alte Herr starb, wollte er den Laden allein weiterführen. Ich hab ihn eindringlich gewarnt, bloß nicht dieses Erbe anzutreten. Jeder Blödmann konnte aus den Papieren ersehen, dass alles haushoch verschuldet war. Das ist wie in dem Märchen ›Bulemanns Haus‹, hab ich ihm gesagt, da gucken die Mäuse zum Fenster hinaus. Er wurde richtig wütend, hat mich angemacht, ich wolle ihn nur um sein Erbe bringen. Am Ende hab ich auf meinen Erbteil verzichtet, und er hat treudoof den gesamten Schuldenberg übernommen. Seitdem lebt er von Sozialhilfe. Soweit ich weiß, hat er keinen festen Wohnsitz mehr. Wahrscheinlich treibt er sich mit irgendwelchen Pennern auf der Straße rum.«

»Und nun ist er wieder in dein Leben getreten.«

»Er hat in meinem Leben nichts mehr zu suchen! Gestern wollte er auch nur mal wieder eine größere Summe Geld von mir leihen. Ich bekäme das Doppelte und Dreifache zurück, hat er mich angefleht. Ein Kumpel hat ihm ein tolles Angebot für einen Laden gemacht. Damit würde er es schaffen. Ich hab versucht, ihm klarzumachen, dass er von mir nichts mehr zu erwarten hat. Darauf drohte er mir unverblümt, das würde ich noch mal bereuen.«

»Wie geht es dir damit?«

»Ziemlich schlecht, glaube ich.« Petra Ørsted schaut ihre Psychologin verunsichert an. Sie sitzt eine Weile schweigend da und schaut zum Kirchturm hinüber. »Wieso fühl ich mich nur so schlecht? Ich bin doch nicht dafür verantwortlich, wenn mein Bruder in seinem Leben nicht zurechtkommt.«

»Du scheinst dich aber verantwortlich zu fühlen.«

»Ich kann meinen Bruder doch nicht einfach fallen lassen!«

»Wer sagt dir, dass du das musst? Es ist deine Entscheidung, ihm zu helfen oder nicht. Allerdings solltest du nicht glauben, dass irgendeine Hilfe ihn dazu bringen könnte, sein Leben zu verändern.«

»Schrecklich, jetzt fühl ich mich gänzlich durcheinander!«, stammelt Petra Ørsted. »Irgendwie ist mein Mann nicht anders als mein Bruder. Sören verlässt sich darauf, dass ich das Geld ranschaffe. Wenn unsere Kinder nicht wären, hätte ich die Brocken bestimmt schon hingeschmissen. Und jetzt auch noch dieser beknackte Vertreterjob, den er seit drei Monaten angenommen hat. Eine völlig spinnerte Idee, die ganze Sache! Welcher Mensch braucht Nahrungsergänzungsmittel, wenn er genug zu essen hat? Die meiste Zeit sitzt er nur zu Hause rum und telefoniert das Telefonbuch rauf und runter, um mit wildfremden Leuten einen Gesprächstermin zu vereinbaren. Wenn das nicht gleich nach dem vierten Mal klappt, hat er keine Lust mehr und macht erst am nächsten Tag weiter. Was soll ich denn bloß machen?«

»Wir haben noch fünf Minuten«, erinnert Anna Diete.

»Ich hab mir überlegt, ob ich nicht einen Waffenschein beantragen sollte.«

»Einen Waffenschein?« Anna Diete kann den abrupten Themenwechsel nirgends einordnen. »Fühlst du dich bedroht?«

»Nein, eigentlich nicht!«

»Und uneigentlich?«

»Wegen meinem Steuerbüro«, formuliert sie vage, möchte nichts über ihre Angst sagen, die durch einen Anruf der Firma Asmussen ausgelöst wurde, und die sie sich wahrscheinlich nur einbildet. »Da liegen nicht selten hochsensible Akten herum, und außerdem habe ich einen Safe.«

»Ist da so viel Geld drin?«

»Nein, nicht immer, aber bald wieder! In den nächsten Tagen werden die Einnahmen der Pole-Poppenspäler-Tage über Nacht dort zwischengelagert. Der Vorstand hat mich gebeten, ob ich die Gelder der Abendkassen nicht in meinem Safe unterbringen könnte.«

»Über den Waffenschein reden wir am nächsten Freitag«, schließt Anna Diete die Stunde ab, wartet, bis ihre Klientin aufsteht, begleitet sie zur Tür und reicht ihr die Hand zum Abschied.

Wie kommt sie nur auf diese abstruse Idee mit dem Waffenschein, fragt sich die Psychologin. Da steckt doch mehr als das Steuerbüro dahinter.

Sie geht zum Schreibtisch. Ein Blick auf die kleine Uhr besagt, dass die nächste Klientin erst in einer halben Stunde kommt. Anna Diete setzt sich an den Schreibtisch, überschlägt routinemäßig den Ablauf des Gesprächs und macht sich einige Notizen.

Ob ich kurz Jan anrufe, geht es ihr durch den Kopf. Heute ist Freitag. Sicher ist sicher, bevor er wieder den Termin verschwitzt.

Sie nimmt das Telefon von der Station, sucht die Speichernummer von Jan Swensen und drückt die Taste. Aus langjähriger Erfahrung weiß sie, dass ihr obligatorisches Freitagsessen bei ihm öfter im Berufsalltag auf der Strecke bleibt. Sie hört auf das Klingelsignal am anderen Ende der Leitung und ihr kommt das folgenreiche Seminar an der Uni Hamburg in den Sinn, Thema: posttraumatische Belastungsstörungen. Ein schlanker Kripobeamter mit lichten Haaren setzte sich im Hörsaal auffällig neben sie. Drei Monate zuvor hatte sie ihre psychologische Praxis in Witzwort aufgemacht. Sie kamen ins

Gespräch, und am Ende gab sie dem Kommissar mit posttraumatischen Anzeichen eine private Krisenintervention mit Flirteinlagen und die Adresse einer Kollegin. Jan Swensen war sozusagen ihr erster, wenn auch inoffizieller Klient gewesen. Das ist über zehn Jahre her. Wenig später kehrte ihr Kommissar in seine alte Heimatstadt Husum zurück, natürlich nicht ohne Hintergedanken. Kurz danach waren sie ein festes Paar.

»Kriminalpolizei Husum, Jan Swensen!«
»Hey, Anna hier! Es ist Freitag, Schatz!«
»Hab ich nicht vergessen.«
»Wann sehen wir uns?«
»Was würdest du davon halten, Bruno und das Dante ausnahmsweise auf morgen zu verschieben?«
»Nicht viel, mein Lieber.«
»Wirklich nur ausnahmsweise, Anna! Ich wollte dich schon gestern anrufen, aber dieser verzwickte Einbruchsfall. Also, in der Markthalle in Heide ist heute der letzte Tag der Ausstellung: ›Buddhismus zwischen Tibet und Thailand‹. Die möchte ich unbedingt noch sehen.«
»Hört sich interessant an. Aber italienisches Essen bei Bruno ist genauso interessant.«
»Komm, Anna, im Dante gibt es auch morgen noch was Gutes zu essen.«

*

Die Küstenstraße auf Eiderstedt führt schnurgerade durch den Norderheverkoog. Silvia Haman steuert den Dienstwagen in Richtung Westküste von

Eiderstedt. Stephan Mielke hockt schweigsam auf dem Beifahrersitz. Am Horizont, über dem Westerheversand, braut sich ein Gewitter zusammen. Schwarze Wolken werden zusammengeschoben und verdunkeln den blauen Himmel. Hinter dem Seedeich im Watt steht der rot-weiße Leuchtturm noch im Sonnenlicht, flankiert von seinen beiden Wärterhäuschen.

»Seitdem die Tagesschau den Leuchtturm öfter im Abspann zeigt, ist der bestimmt in ganz Deutschland bekannt«, versucht die Hauptkommissarin ein Gespräch anzufangen. Oberkommissar Mielke reagiert nicht. Der Wagen fährt durch einen Innendeich in den Augustenkoog. Die flache Wiesenlandschaft ist geformt von den Sturmfluten aus vergangenen Zeiten. Noch heute stehen links und rechts der Straße verstreute Gehöfte auf erhöhten Warften. In der Ferne zieht die Backsteinkirche St. Stephanus vorbei, die ebenfalls einsam auf einem dieser kreisrunden Erdhügel steht. Das ehemalige Gebäude wurde bei der großen Mandränke (Sturmflut) von 1362 komplett zerstört und 1370 wieder aufgebaut. Aus der Zeit ist nur der massive Turm mit den dicken Stützpfeilern erhalten. Das Kirchenschiff wurde 1804 auf den heutigen Stand verkleinert.

»Der ehemalige Pfarrer von der Kirche da drüben, das war der Mann, der im letzten Jahr die Leiche im wilden Moor gefunden hat«, versucht es Silvia Haman erneut. »Hat sich dabei so erschreckt, dass er mit einem Herzinfarkt ins Krankenhaus kam.«

»Ja, und?«, knurrt Mielke.

»Nur so! Ist mir eben eingefallen. Ich dachte nur,

ich sag mal was. Du scheinst heute wenig gesprächig, Kollege Mielke.«

»Wir kurven nicht zum Quatschen rum, wir ermitteln wegen der Einbruchsserie.«

»Dann reden wir eben über unsere Ermittlung. Ist dir schon irgendetwas aufgefallen, heute?«

»Nein! Ich halte das Ganze sowieso für vergeudete Zeit. Wir haben doch schon alles mit den Leuten ausführlich durchgekaut.«

»Was sollen wir sonst machen? Vielleicht haben wir den entscheidenden Hinweis nicht beachtet. Fällt dir was Besseres ein?«

»Frag mich was Leichteres!«

Der Dienstwagen passiert das Ortsschild von Westerhever, und Silvia Haman bremst den Polo herunter. Das Dorf ist nicht besonders groß. Einige Gehöfte, ein paar Einfamilienhäuser, im Nu hat das Fahrzeug den Kern durchquert. Die Hauptkommissarin steuert den Polo kurz vor dem Ortsausgang nach rechts in eine kleine Straße. 50 Meter weiter stoppt sie den Wagen vor einem großen, viereckigen Reetdachhaus. Stephan Mielke setzt sein lustloses Gesicht auf. Silvia Haman schwört beim Aussteigen, sich vom Kollegen nicht runterziehen zu lassen. Sie öffnet ihm demonstrativ das Gartentor und grinst wie ein Honigkuchenpferd. Die beiden Kripobeamten sind kurz vor der Haustür, als die aufgerissen wird und drei kleine Mädchen herausstürmen. Mielke kann nur mit einem schnellen Ausfallschritt zur Seite den Aufprall verhindern. Das Trio stoppt und stellt sich wie die Orgelpfeifen in einer Reihe auf.

»Wer seid ihr?«, fragen sie im Chor.

»Ich heiße Silvia«, sagt die Hauptkommissarin, »und das ist Stephan. Wir sind von der Polizei aus Husum.«

»Stimmt gar nicht«, protestiert die Kleinste. »Ihr habt ja gar kein Polizeiauto!«

»Nicht alle Polizisten fahren in einem Polizeiauto«, versucht Silvia zu erklären.

»Ist eure Mutter zu Hause?«, fragt Stephan Mielke genervt.

Im selben Moment taucht eine dürre Frau in der offenen Haustür auf. Sie stutzt kurz, ruft aber ungeniert mit kräftiger Stimme: »Sintia, Saskia, Nele, ihr habt euer Pulver vergessen! Los, kommt sofort wieder rein und nehmt es jetzt gleich!«

»Der Mann und die Frau sind von der Polizei«, kommt die Antwort von der Größten.

»Rein hab ich gesagt«, kommandiert sie energisch. Die Mädchen verschwinden quakend im Haus, und die Frau wendet sich Silvia Haman und Stephan Mielke zu. »Sie sind von der Polizei?«

»Ja, Kripo Husum«, sagt die Hauptkommissarin.

»Wir sind noch mal wegen des Einbruchs da!«, ergänzt der Oberkommissar.

»Haben Sie den Einbrecher erwischt?«

»Nein, leider nicht, Frau Dircks«, antwortet Silvia Haman. »Wir würden gern noch ein paar Fragen stellen.«

»Ich hab doch schon alle Ihre Fragen beantwortet!«

»Das ist richtig«, bestätigt Silvia Haman mit ruhiger Stimme. »Aber wir gehen mittlerweile von einem

Serientäter aus. Deswegen möchten wir alle Aussagen erneut überprüfen.«

»Mami, Mami, Saskia will das braune Pulver nicht in ihre Milch tun!«, ruft eine Mädchenstimme aus dem Inneren des Hauses. Die Frau guckt flehend nach oben.

»Kommen Sie bitte rein. Drei Mädchen sind schlimmer, als einen Sack Flöhe zu hüten.«

»Da gebe ich Ihnen recht«, grinst Stephan Mielke und folgt mit Silvia Haman der Frau ins Haus. »In meinem Elternhaus gab es vier davon.«

In der Küche stehen die Mädchen vor den Gläsern, zwei mit brauner Brühe und eins mit strahlendweißer Milch.

»Was ist los, Saskia?«, fragt die Mutter scharf.

»Ich will heute kein Pulver in die Milch.«

»Das ist aber gut für dich! Willst du als Einzige nicht groß und stark werden?«

»Ich will nicht groß werden!«

»Stell dich nicht so an, Saskia! Du zickst hier nur rum, weil Besuch da ist!«

»Ich mag das Pulver aber nicht!«

Die Mutter schnappt sich eine runde Pappdose auf dem Küchentisch und schüttet etwas von dem braunen Pulver in die Milch. Das Mädchen heult und stampft mit dem rechten Bein auf.

»Wenn du das ganz schnell trinkst, gibt es für alle einen Fruchtzwerg!«

»Los, trink die blöde Milch!«, feuern die anderen Mädchen ihre Schwester an. Die nimmt das Glas, schließt die Augen und trinkt die Milch angewidert in einem Zug aus. Die Mutter holt drei kleine Plastikbecher aus dem Kühlschrank und drückt sie den Kindern in die Hand. Mit lautem Gejohle stürmen sie davon.

»Tut mir leid«, entschuldigt sich die Mutter. »Setzen wir uns.«

Die Kriminalisten nehmen am Küchentisch Platz. Die Hauptkommissarin übernimmt die Befragung.

»Es gibt mittlerweile acht Einbrüche in der Umgebung und noch keine verwertbare Spur. Deshalb fragen wir überall nach, ob den Betroffenen im Nachhinein noch irgendetwas eingefallen ist.«

»Nein, ich hab damals alles gesagt, was ich weiß.«

»Überlegen Sie doch noch mal, ist in der Zeit vor dem Einbruch ein Fremder hier gewesen, ein Handwerker zum Beispiel, Vertreter oder wollte Ihnen jemand ein Zeitungsabo verkaufen?«

»Nee, hier kommt nur der Postbote, und den kennen wir persönlich.«

»Was ist das für ein komisches Pulver, was die Mädchen gerade bekommen haben?«, fragt Mielke dazwischen.

Die Mutter guckt den Beamten erstaunt an. Silvia Haman wirft ihm einen genervten Blick zu, beugt sich zum Kollegen hinüber und fragt mit leiser Stimme: »Was soll das werden, Stephan?«

»Ich hab da so 'ne intuitive Eingebung, Kollegin«, stellt Mielke trocken fest.

»Das ist ein Nahrungsergänzungsmittel«, sagt die Mutter. »Das sind Mikroalgen mit natürlichem Vitamin E und einiges mehr.«

»Ungewöhnliche Packung, hab ich noch nie gesehen, zumindest nicht im meinem Supermarkt. Wo gibt's die denn?«

»Die kaufen wir bei einem Gesundheitsberater, auf Vorrat. Wenn die Packungen leer sind, rufen wir den Mann an und er bringt uns persönlich die Bestellung vorbei.«

»Sie sagten uns doch, dass hier keine Vertreter waren.«

»Der Mann ist doch kein Vertreter, der ist von einer Firma für gesunde Ernährung.«

»Das war kein Vorwurf, Frau Dircks. Wahrscheinlich ist der Gesundheitsberater gar nicht so wichtig. Trotzdem kann uns jede Information weiterhelfen.«

»Da hat der Kollege recht«, beteuert Silvia Haman. »Denken Sie bitte noch mal in Ruhe nach. Wenn Ihnen doch noch was einfällt, rufen Sie uns einfach an.«

Die Hauptkommissarin reicht der Frau eine Visitenkarte, zehn Minuten später steuert sie den Wagen am Seedeich entlang. Der letzte Ort auf ihrer Liste ist Uelvesbüll. Auf den Wiesen stehen schwarz-weiße Kühe und grasen. Stephan Mielke ist ins Schweigen zurückgesunken.

»Ich störe deine innere Ermittlungsarbeit nur ungern, Kollege«, kann Silvia Haman ihre Neugier nicht zurückhalten, »aber das interessiert mich jetzt doch, dieses Nahrungsergänzungszeug und der Vertreter. Wie bist du nur darauf gekommen?«

Stephan Mielke grinst hintergründig und blickt spöttisch zu Silvia Haman hinüber: »Der Geist weht, wo er will, sagt schon Volkes Mund. Es kommt nur darauf an, die Augen offen zu halten, Kollegin.«

»Kannst du nicht einfach eine Frage beantworten?«

»Es liegt vielleicht daran, dass der süffisante Unterton nicht zu überhören ist.«

»Ich denke, du fühlst dich grundsätzlich von Frauen im Polizeidienst angepinkelt.«

»Wer zuviel spekuliert, verliert die Übersicht!«

»Dito! Schätze nur, dir sind deine vier Schwestern nicht bekommen.«

»Vorsicht, Silvia! Aus meinem Privatleben hältst du dich raus!«

Die weitere Fahrt verläuft in beklemmender Stille. Der Himmel wird langsam bedrohlich schwarz. Vereinzelt zieht ein lang gezogenes Grollen quer über den Himmel. In der Ferne kommt die Uelvesbüller Kirche in Sicht. Es geht an fächerförmigen Wehlen vorbei, Wasserflächen, die das Meer in der Vergangenheit nach Deichbrüchen ausgespült hat. Silvia Haman schleicht durchs Dorf und stoppt den Polo vor einem großen Backsteinhaus.

»Das mit deinen Schwestern war 'ne miese Anmache. Entschuldigung, kommt nicht wieder vor!«

»Angenommen!«

»Okay, kriegen wir uns ein und bringen den Rest hinter uns!«

»Übrigens, das mit dem Nahrungsergänzungsmittel war ein simpler Zufall«, lenkt Stephan Mielke ein. »Denk nur an den ersten Termin in Simonsberg. Dort stand die gleiche Pappdose auf dem Küchentisch. Vielleicht nur Zufall, aber es kann nicht schaden, bei allen Opfern nachzuhaken, ob sie auch Nahrungsergänzungsmittel beziehen.«

*

Ein mächtiger Gewitterschauer hat die graue Stadt am Meer mit einem nassen Film überzogen. Das Kopfsteinpflaster im Schlosshof glänzt, als wäre jeder einzelne Stein mit Glanzlack überzogen. Die Turmuhr steht auf 19.22 Uhr. Es dämmert bereits, und die Schlossanlage wird vom Licht einiger Scheinwerfer angestrahlt. Vor dem Haupteingang sammeln sich die Menschen und bilden eine größere Traube. Bei dem Anblick verspürt Ronja Ahrendt leichte Panikattacken, ihr wird heiß und es kribbelt im Magen. Vermutliche Diagnose: Lampenfieber. Die Krankenschwester streckt den Rücken gerade, zieht den Bauch ein und schreitet entschlossen durch die Ansammlung hindurch. Freudige Erregung gepaart mit Angstschüben sind ihr eigentlich fremd. Aber heute ist alles anders, bei der offiziellen Eröffnung der Pole-Poppenspäler-Tage soll sie das erste Mal als Rednerin vor das Publikum treten.

Die letzten Tage hatte sie immer mal wieder versucht, die passenden Worte aufs Papier zu bringen, doch meistens kam sie über die Begrüßung ›Guten Abend, meine Damen und Herren‹ nicht hinaus. Der Boden bei ihr zu Haus war mit zerknülltem Papier übersät. In ihrer Verzweiflung hatte sie die nagelneue Flamme vom Seelenfaden-Puppentheater angerufen. Peter bot gleich an, ihr zu helfen und deutete nebenbei an, der Assistent hätte den ganzen Nachmittag frei. Sie trafen sich auf der Bühne im leeren Rittersaal. Hinter dem herabgelassenen Vorhang stolzierte Peter wie ein Rad schlagender Pfau, den Kopf nach hinten gelegt, in den Kulissen von ›Bulemanns Haus‹ hin und her und diktierte aus dem Stegreif eine Eröffnungsrede, die sie nur noch ins Reine schreiben musste.

»Erst die Arbeit und dann das Vergnügen«, turtelte er danach mit verschmitzter Stimme und drückte seinen Körper von hinten an ihre Rundungen. Die Hände packten ihre runden Brüste. Sie zog ihn mit sich zu Boden.

Vor ihrem inneren Auge blickt sie in die weit aufgerissenen Augen ihres Puppenspielers, sieht die Gier in den bernsteinfarbenen Pupillen, während sie rhythmisch, im Takt seines keuchenden Atems, die Holztreppe zum Rittersaal hinaufsteigt. Oben angekommen, haben sich die Bilder der Lust verabschiedet, und sie wird von ihrem Lampenfieber eingeholt. Vor der noch geschlossenen Eingangstür stehen einige Personen mit Sektgläsern in der Hand. Am Kassentisch steht eine kleine, fast magere Frau mit spitzem Gesicht und Stupsnase, kassiert das Geld für die Getränke und die letzten Eintrittskarten. Ihr langer Rock ist mausgrau, dazu eine weiße Spitzenbluse. Die roten Ohrringe verleihen dem biederen Erscheinungsbild den einzigen Farbtupfer. Ronja Ahrendt weiß nicht, wer die Frau ist, doch etwas sagt ihr, das muss Antonia Rebinger sein. Zumindest passt die Beschreibung von Susan eindeutig zu ihr. Der Krankenschwester fällt ein Stein vom Herzen. Diese Rebinger ist nicht die Rebinger, die sie aus dem Hotel an der Ostsee kennt.

Dann hat die Keck auch nichts gesteckt bekommen, denkt sie erleichtert.

Ronja Ahrendt hat noch 76 Stunden zu leben.

»Ronja! Hallo, Ronja«, hört sie im selben Moment eine Stimme hinter ihrem Rücken. Sie schaut über die Schulter und sieht die Vorsitzende des Fördervereins Hanna Lechner von einem der Büchertische herüberwinken. Noch bevor Ronja Ahrendt beschließen kann, zu ihr hinüberzugehen, ist die stämmige Frau schon herbeigeeilt, legt ihr loyal eine Hand auf die Schulter und schiebt sie mit Nachdruck nach rechts in den langen Flur, weg vom Trubel im Eingangsbereich.

»Ich hab den ganzen Nachmittag versucht, dich zu erreichen«, sagt die Lehrerin. Die Krankenschwester merkt an der gequälten Stimme, dass etwas im Busch ist.

»Ich war nicht zu Hause, hab im Schlosspark an der Rede gebastelt.«

»Ach ja, die Rede! Also, das … das ist mir ziemlich unangenehm«, druckst die Vorsitzende herum, sichtlich angespannt.

»Was ist denn los?«

»Nun, ich … wir, also der Vorstand, mussten den Abend gezwungenermaßen etwas umdisponieren. Lange Rede, kurzer Sinn … äh, ich meine, das mit deiner Rede wird heute nichts, leider. Wir verschieben das auf einen anderen Abend, versprochen!«

»Was, so plötzlich? Was ist denn passiert?«

»Ja nun, mit unheimlich viel Glück und ein wenig Hilfe hat der Staatssekretär aus dem Kultusministerium in Kiel, Dr. Rudolf Ellert-Esmarch zugesagt, die Pole-Poppenspäler-Tage in diesem Jahr zu eröffnen.«

»Na, toll!«

»Das war eine einmalige Gelegenheit, das konnten wir uns nicht entgehen lassen.«

»Verstehe, und deshalb wandert meine Eröffnungsrede in den Müll!«

»Die Sache mit dem Staatssekretär hat einen kleinen Haken. Wir haben seine Zusage indirekt der Frau Rebinger zu verdanken. Also, eigentlich natürlich ihrem Mann, dem Staatsanwalt Rebinger. Der kennt den Staatssekretär zufällig persönlich, weil beide in derselben Partei sind.«

»Darf ich raten, CDU, oder?«

»Ronja, das hat nichts mit dir persönlich zu tun!«

»Womit hat es dann zu tun?«

»Jemand aus der Kieler Landesregierung ist ein Aushängeschild für unser Festival. Das wertet unsere Arbeit enorm auf. Selbst die Presse wird dem Festival gleich ganz andere Beachtung schenken!«

»Und deshalb wird unser Festival nicht mehr von uns selbst eröffnet?«

»Doch, auch eine von uns wird was sagen. In diesem Fall würde Staatsanwalt Rebinger es liebend gern sehen, wenn seine Frau die Gelegenheit dazu bekommt.«

»Nee, nech! Das glaub ich jetzt nicht!«

»Ronja, nun sei nicht böse! Wir mussten uns da einfach diplomatisch verhalten.«

»Aber die Rebinger ist überhaupt erst das erste Mal dabei.«

»Frau Rebinger hat mit der Entscheidung nichts zu tun. Ihr Mann wünscht, dass sie davon nichts erfährt.«

»Aber unangenehm ist es ihr nicht, oder?«

»Es ist gut für die Zukunft der Pole-Poppenspäler-Tage, Ronja! Und außerdem werde ich vor den Reden sowieso alle Ehrenamtlichen nach vorn bitten und sie dem Publikum vorstellen.«

»Schön für uns, alle dürfen mal kurz in die erste Reihe!«

»Das ist unfair von dir, finde ich!«

»Macht nichts, ich brauch jedenfalls frische Luft«, beendet Ronja Ahrendt das Gespräch, lässt Hanna Lechner ohne ein weiteres Wort stehen und stürmt gegen den Strom der Besucher die Holztreppe hinab. Vor der Eingangstür wäre sie beinahe mit Susan Biehl zusammengestoßen.

»Hey, Ronja! Wo willst du denn jetzt noch hin?«

»Ich muss hier raus!«, knurrt die Krankenschwester.

»Was machst du denn für ein Gesicht?«, fragt Susan in ihrer typischen Singsangstimme und zieht die Freundin unsanft in eine leere Ecke im Schlosshof. »Los, erzähl schon, was passiert ist!«

»Die Lechner hat grade meine Eröffnungsrede gekippt und die Rebinger kurzerhand auf meinen Sockel gehoben.«

»Was? Aber die Rebinger ist doch gerade erst dabei!«

»Hab ich auch gesagt. Der Herr Staatsanwalt hat seine Beziehungen spielen lassen, das übliche Geklüngel.«

»Hast du seine Frau schon gesehen?«

»Ich denke, die sitzt oben an der Kasse.«

»Und? Hast du sie damals im Hotel getroffen?«

»Nee! Wenigstens ein Lichtblick, Susan! Muss sich wohl doch um 'ne zufällige Namensdopplung handeln«, sprudelt es aus Ronja erleichtert heraus, während sie eine Schachtel Zigaretten aus der Jackentasche zieht.

»Was machen wir nun?«, fragt Susan nach einer Pause.

»Ich bleib solange hier unten, bis das Stück anfängt«, stellt Ronja fest und zündet die Zigarette an. »Im Moment verspüre ich wenig Lust, da oben als Nummer im Organisationszoo vorgeführt zu werden.«

»Versteh ich gut. Warten wir zusammen, bis das Stück anfängt.«

Der Schlosshof ist in der Zwischenzeit verwaist. Die beiden Frauen stehen schweigend nebeneinander. In gleichmäßigen Abständen bläst Ronja den Rauch ihrer Zigarette in die klare Luft. Der Mond lugt über das Schlossdach, spiegelt seine Scheibe im Lack der parkenden Autos. Plötzlich kommen zwei Autolichter die schmale Pflasterstraße hinauf. Ein schwarzer Mercedes biegt auf den Hof und fährt direkt vor den Haupteingang. Ein mittelgroßer, stämmiger Mann im dunklen Anzug steigt aus und verschwindet hastig im Gebäude.

»Das … das war der Typ aus dem Hotel«, sagt Ronja.

»Bist du sicher? Das ist Staatsanwalt Rebinger!«, säuselt Susan.

»Klar doch! Das ist der Typ aus dem Hotel, hundertprozentig«, ereifert sich Ronja und eilt in Richtung Haupteingang. »Den schau ich mir genau an.«

Susan bleibt ihrer Freundin dicht auf den Fersen. Die beiden Frauen sprinten hintereinander die knarrende Holztreppe hinauf, sehen gerade noch, wie die Eingangstür zum Rittersaal ins Schloss fällt. Einen Moment später schieben sie sich leise durch die Saaltür und sehen als Erstes Petra Ørsted, die links gegen die Wand gelehnt steht. Sie winkt die Frauen zu sich und legt gleichzeitig ihren Zeigefinger vor den Mund. Der Redner scheint gerade auf das Ende zuzusteuern.

»… zum Schluss noch eins, meine Damen und Herren, alles Kulturelle ist stark im Kommen. Das gilt ganz besonders für die Pole-Poppenspäler-Tage. All die ehrenamtlichen Frauen vom Förderkreis tragen dazu bei, das Puppenspiel zu einem dynamischen Standortfaktor für die Stadt Husum zu machen. Das Figurentheater fördert nicht nur die Region, es fördert im weitesten Sinne auch die Wirtschaft, schafft Arbeitsplätze und sorgt für ein kulturelles Renommee, das weit über die Grenzen von Schleswig-Holstein reicht. Und wenn Sie jetzt glauben, das klingt alles zu abgehoben, dann möchte ich an die Worte des großen Dichters Heinrich von Kleist erinnern. Der sagte in seinem bekannten Text ›Über das Marionettentheater‹ folgenden Satz: Die Puppen brauchen den Boden nur wie die Elfen, um ihn zu streifen, und den Schwung der Glieder, durch die augenblickliche Hemmung neu zu beleben. Ich wünsche dem Husumer Festival allezeit viel Aufschwung und wenig Bodenhaftung!«

Obwohl der Rittersaal bis auf den letzten Platz belegt ist, beginnt der Applaus nur spärlich. Das

Publikum scheint erst langsam aus der Lethargie zu erwachen, die bei längeren Redebeiträgen gewöhnlich eintritt, und wird vom Klatschen erst in die Wirklichkeit zurückgeholt.

»Wir bedanken uns bei unserem lieben Herrn Staatssekretär Ellert-Esmarch aus Kiel für die aufmunternden Worte«, sagt Hanna Lechner mit markiger Stimme und schüttelt dem fülligen Mann mit der Nickelbrille die Hand.

Ein Glück, dass mir zumindest die Eröffnungsrede von Frau Rebinger erspart geblieben ist, denkt Ronja Ahrendt und sieht, wie Staatsanwalt Rebinger bis zur ersten Reihe durchgeht. Dort entdeckt sie die Frau von der Kasse, die ihrem Gatten einen Stuhl reserviert hat. Rebinger nimmt Platz und drückt ihr flüchtig einen Kuss auf die Wange.

»Ist das Frau Rebinger da vorn, Susan?«, fragt Ronja ihre Freundin.

»Definitiv!«, bestätigt Susan.

»Das ist aber nicht die Frau, die der feine Herr ins Hotel abgeschleppt hat. Da frage ich mich, wer war die scharfe Braut an seiner Seite?«

»Hat Rebinger dich damals gesehen?«

Ronja Ahrendt bleibt die Antwort schuldig, da das Deckenlicht im Raum erlischt, während mehrere Scheinwerfer die Bühne anstrahlen. Der Vorhang öffnet sich und gibt den Blick auf ein verfallenes, altes Giebelhaus frei. Aus dem Inneren des Gebäudes dringt das schrille Gequieke von unzähligen Mäusen. Hinter dem Fenster im dritten Stock erscheint ein rattenartiges Gesicht. Aus einem Lautsprecher am Bühnenrand erschallt ein Kinderchor:

»In Bulemanns Haus,
in Bulemanns Haus,
da gucken die Mäuse
zum Fenster hinaus.«

Ein Mann mit weißgeschminktem Gesicht tritt auf. Er trägt einen weiten, grauen Umhang, hat einen Panamahut tief in die Stirn gezogen und hält zwei Marionetten in seinen Armen, einen kleinen Knaben und eine junge Frau. Er nähert sich vorsichtig dem Bühnenrand, setzt sich dort nieder, indem er die Beine hinabbaumeln lässt. Trotz der Maske erkennt Ronja Ahrendt ihren Peter sofort.

»Es gibt eine alte Weisheit«, beginnt der Puppenspieler und spricht das Publikum an.

»Die Flüche der Armen sind besonders gefährlich, wenn die Hartherzigkeit der Reichen sie hervorgerufen haben.«

Er macht eine längere Pause und fährt dann fort: »Sie wollen nun bestimmt wissen, was diese Weisheit mit dem Haus hinter mir zu tun hat. Nun, das Haus ist ›Bulemanns Haus‹. Seit Menschengedenken ist dort niemand mehr hinein- und niemand herausgegangen. Das war aber nicht immer so, und deshalb erzähl ich Ihnen die ganze Geschichte am besten von Anfang an.«

Der Puppenspieler setzt die beiden Marionetten wieder auf die Holzfüße.

»Ich will nicht dorthin, Mutter! Das alte Haus macht mir Angst!«, lässt er die Marionette des kleinen Knaben rufen, indem er geschickt mit den Fingern die Fäden zieht. Die vorsichtige Bewegung der Figur drückt Ängstlichkeit aus, und die zerlumpte

Kleidung gibt ihr den Anschein von großer Armut. Die Marionette der jungen Frau, nicht weniger zerlumpt, legt dem Kind die Hand auf den Kopf.

»Da wohnt dein Onkel Daniel, mein Kind«, beruhigt sie das Holzkind und klappt dabei den Holzmund auf und zu. »Onkel Daniel ist mein großer Bruder, Kind! Sein Pfandhaus ist gefüllt mit prachtvollen Dingen. Er wird uns in unserer Armut nicht alleinlassen und uns sicher etwas Geld borgen.«

Ein leises Schniefen, das in das Ohr von Ronja Ahrendt dringt, lenkt sie von dem Geschehen auf der Puppenbühne ab. Neugierig dreht sie den Kopf zur Seite und sieht Petra Ørsted, der die Tränen über die Wangen kollern.

Nah am Wasser gebaut, denkt die Krankenschwester und lächelt ein wenig über die, ihrer Meinung nach, überzogene Reaktion der Steuerberaterin.

4

Die schmalen, grau gestrichenen Eisenstufen der Wendeltreppe drehen sich zwischen zwei Wänden steil nach oben. Schwerfällig stapft er hinauf und gelangt aus der beklemmenden Enge in einen runden Raum, dessen Wände aus Metallplatten mit massiven Nieten zusammengehalten werden. Durch mehrere Bullaugen rundherum fällt ein matter Lichttanz, verursacht durch Regentropfen, die gegen die Scheiben schlagen und wasserfallartig über das Glas schwemmen. Durch eine Eisentür tritt er hinaus auf eine schmale Plattform, die sich um den Turm windet und nur mit einem einfachen Geländer gesichert ist. Unter seinen Füßen tobt das Meer, das donnernde Rauschen ist selbst hier oben noch zu hören. Der Sturm heult von See her. Ein Lichtstrahl kreist über seinem Kopf und wird von den schwarzen Wolken verschluckt.

»Jan, was machst du hier oben?«

Er fährt erschrocken herum, sieht Anna in der Tür stehen, die ihm ihre Hand entgegenstreckt. Sie trägt ein strahlendweißes Brautkleid, das immer greller wird, bis es ihn blendet.

Jan Swensen schlägt die Augen auf. Ein Sonnenstrahl fällt durchs Fenster in sein Gesicht, und Anna und das Getöse sind schlagartig verschwunden. Er hört tiefe, rhythmische Atemzüge neben sich, Anna schläft ihren Schlaf der Gerechten. Nach kurzer Besinnung wird ihm klar, dass es Samstagmorgen ist und er sein lang ersehntes freies Wochenende ohne Bereitschaft hat. Der Blick auf den Wecker lässt ihn geräuschvoll einatmen, es ist erst 8.18 Uhr. Als notorische Langschläferin wird Anna mindestens noch zwei Stunden brauchen, bevor er mit ihr rechnen kann. Vorsichtig schiebt er die Decke beiseite und schleicht sich davon. Unter der Dusche hat er plötzlich wieder das Bild von Anna im Brautkleid vor Augen. Vor seinem inneren Auge rekonstruiert er seinen merkwürdigen Traum.

Wir standen beide auf dem Leuchtturm von Westerhever und wollten heiraten, erinnert er sich und es kommt ihm der Artikel im Lokalteil der Husumer Rundschau in den Kopf, den er vor einigen Tagen gelesen hatte. Seit dem Sommer 2000 können Paare auf dem romantischen Westerhever Leuchtturm die Trauung vollziehen lassen, stand dort geschrieben. Er hatte kurzfristig mit dem Gedanken gespielt, Anna eines Tages dort oben zu heiraten, sozusagen über allen Kirchtürmen von Eiderstedt.

Zu viel Heirat für dich, mein Lieber, denkt er und ist sich ziemlich sicher, warum ihn die Sturmflut heute Nacht im Traum heimgesucht hatte.

Zehn Minuten später marschiert er locker über die leere Dorfstraße in Richtung Bäcker und kauft Brötchen, Milch und die Husumer Rundschau. Umfragewerte von SPD und Grüne steigen an, überfliegt er die Schlagzeile der ersten Seite. Bundeskanzler Schröders ablehnende Haltung zu der amerikanischen Kriegsdrohung gegen den Irak könnte am 22. September die Bundestagswahl entscheiden.

Mensch, morgen ist die Bundestagswahl, denkt der Hauptkommissar und faltet die Zeitung zusammen, und deine Wahlkarte liegt in deiner Wohnung. Na ja, musst sowieso deine Stimme in Husum abgeben, dann kannst du auch schnell dort vorbeifahren.

Er macht sich auf den Rückweg. Links der Straße stehen keine Häuser. Bodennebel liegt über den Wiesen. Vereinzelte Bäume ragen müde aus dem milchigen Watteteppich. Die Sonne ist aus der Deckung der Nacht gekrochen, klettert unaufhaltsam den Himmel hinauf und leckt ihr mildes Licht über die flache Landschaft und Annas Reetdachhäuschen. Wieder im Haus, wirft er zuerst einen Blick ins Schlafzimmer, Anna schläft immer noch tief und fest. Er bringt den Einkauf in die Küche und beschließt, im Zimmer unterm Dach, das Ende nächster Woche sein persönliches Arbeitszimmer werden soll, zu meditieren. Anna hat den Raum bereits leergeräumt. Die ersten Sachen, die er aus seiner Wohnung hierher gebracht hat, sind sein Amoghasiddhi Buddha, die Klangschale und sein Sitzkissen. Ein spontaner Beschluss, weil er sich in letzter Zeit häufiger hier als daheim aufhält.

In den Küchenschubladen sucht er nach zwei Teelichtern und Streichhölzern. Er findet sie im Schränkchen unter der Spüle. Während er auf der Holztreppe in den ersten Stock steigt, denkt er an den gestrigen Abend in der Heider Markthalle. In der buddhistischen Ausstellung wurde eine Vielfalt von Ausstellungsstücken gezeigt, die er in einer Kleinstadt nicht erwartet hatte. In den Glasvitrinen standen unzählige Figuren von Bodhisattvas, Buddhas, daneben lagen kostbare Ritualgeräte, an den Wänden hingen bunte Gebetsfahnen, gemalte Mandalas und bestickte Seiden-Thanghas. Swensen wurde von der Atmosphäre mitgerissen und stellte fest, dass die Exponate noch immer eine Faszination auf ihn ausübten.

Während seiner Studienzeit, vor über 30 Jahren, war ihm einmal zufällig der Bildband ›Kunstwerke aus tibetischen Klöstern‹ in die Hände gefallen. Die Abbildungen der feuervergoldeten Buddhafiguren, die eine seltsame Gelassenheit und Ruhe ausstrahlten, hatten damals den Anstoß gegeben, sein fast magisches Interesse für die buddhistische Lehre wachzurufen.

Schon im ersten Moment, als er den Ausstellungsraum betrat, war Swensen ein besonders großer, auf einem Lotos sitzender Buddha ins Auge gesprungen. Er stand im Zentrum des Raums auf einem Holzsockel und strahlte golden. Hinter der Scheitelerhebung seines Kopfes reckten sich mehrere Schlangen. Bei näherer Betrachtung wurde Swensen klar, dass es sich um eine Darstellung von *Nāgārjuna* handeln musste, und das Schildchen unter der Figur bestätigte seine Vermutung. Dort stand geschrieben: *Nāgārjuna*, bedeutender buddhistischer Denker, lebte um 300 n. Chr. in Indien.

»Die Figur musst du dir unbedingt ansehen«, hatte er Anna begeistert zugerufen, obwohl sie bereits einen leicht ermüdeten Eindruck machte. »Das ist die Abbildung *Nāgārjunas*! Der hat mit seinen Lehren den Grundstein für den Mahāyāna-Buddhismus gelegt. Das ist die Lehrrichtung, die auch Lama Rinpoche in der Schweiz gelehrt hat.«

»Der sieht aus wie eine Medusa«, meinte Anna trocken. »Der Kopf ist voller Schlangen.«

»Der hat aber mit griechischer Mythologie nichts

zu tun. Die Schlangen gehören zu der Legende, dass *Nāgārjuna* sein außergewöhnliches Wissen von einer Schlange erhalten haben soll. Das erklärt auch seinen Namen, in der Übersetzung heißt *Nāgārjuna* nämlich soviel wie *weiße Schlange*. Die Inder verbinden die Weisheit mit der Schlange, *nāga*, und die Reinheit mit der Farbe Weiß, *arjuna*. »Jan Swensen«, stoppte Anna und verdrehte auffällig die Augen, »wieso bist du eigentlich Kriminalpolizist und kein buddhistischer Heiliger geworden?«

»Nun ja, bei den Heiligen waren schon alle freien Stellen besetzt!«

Die Teelichter flackern zu beiden Seiten der Buddha-Figur. Swensen hat ein Fenster geöffnet und eine frische Brise weht von außen herein, während er auf seinem Meditationskissen Platz nimmt. Ein Schlag gegen das Messing der Klangschale erzeugt einen hellen Ton, der vibrierend durch den Raum schwingt. Er kann ihn mit seiner Haut spüren, legt die geöffneten Hände aufeinander und lässt beide Daumen aneinander stoßen.

Konzentriere dich auf deinen Atem.
Einatmen, Ausatmen.
Er stellt fest, dass die Gedanken seine Anweisungen wiederholen, anstatt in den Hintergrund zu treten. Er muss grinsen. Wie geschickt das Denken seinem ICH den roten Teppich ausrollt, damit er willenlos darauf herumstolzieren kann.
Noch mal! Mach den Kopf frei!
Einatmen.
Ausatmen.

»Auf einem Sitz aus Lotosblüte, Sonne und Mond weilt der erhabene *Chenrezig*, der große Buddha des Mitgefühls.«

Gedanken haben eine ungeahnte Kraft. Sie verhindern das scheinbar Einfachste der Welt: an nichts zu denken. Der gestrige Abend schüttet sein Füllhorn mit Erinnerungen und Bildern in dem Versuch, seinen Kopf leer zu halten. Swensen sieht einen Mann, der alle Personen aus dem Ausstellungsraum zu einer gemeinsamen Meditation in den Theatersaal nebenan bittet. Seine Stimme rezitiert den Text einer Visualisierung. Mit den Worten sollen die Besucher die Gestalt des *Chenrezig* vor ihren inneren Augen erscheinen lassen.

»In meinem Herzen weilt *Chenrezig*, das Weisheitswesen. Er ist umgeben von einer Aura aus fünf Farben. Hinter seinem Kopf strahlt farbiges leuchtendes Licht in alle Richtungen aus. An der Stirn des Meisters ist ein weißes OM.«

Anna und Swensen waren dem Mann in den Theatersaal gefolgt. Der Berufsschullehrer aus Heide hielt dort einen Vortrag über den Mahāyāna-Buddhismus. Der unscheinbare Mann, der verloren auf einem Stuhl auf der großen Bühne saß, erzählte der kleinen Gruppe von Zuhörern, dass er Schüler in dem buddhistischen Zentrum auf Eiderstedt wäre und am Ende für alle Fragen zur Verfügung stehe.

Nach einiger Zeit beschlich Swensen ein ungutes Gefühl. Für ihn fehlte die Substanz, alles wirkte wie auswendig gelernt. Als ein Zuhörer die Frage stellte, ob die Menschen in Afrika für ihre Armut auch selbst verantwortlich wären, bekam er die Antwort: Das ist eben ihr Karma!

Das ist doch Quatsch, hatte Swensen innerlich gemurrt. Karma ist nicht die Bezeichnung für Schicksal. Karma ist eigenes, von Willen und Absicht getragenes Tun. Die Bedeutung von Ursache und Wirkung will nur besagen, dass vergangene Taten, Worte und Gedanken unsere heutige Welt geformt haben. Er hatte sich gefragt, ob ein ahnungsloser Zuhörer die laienhaften Ausführungen nicht falsch verstehen müsste. Die Anleitung zur Visualisierung des *Chenrezig* war für die Mehrheit im Saal vermutlich auch eine glatte Überforderung.

Welcher normalsterbliche Norddeutsche kann sich aus dem Stegreif eine vierarmige Meditationsgottheit in der Geste des Dharma-Lehrenden vorstellen.

Swensen öffnet die Augen. Er greift den Holzklöppel, schlägt dreimal gegen die Klangschale und verbeugt sich mit aneinander gelegten Händen. Ungehalten nimmt er zu Kenntnis, dass die Gedanken ihn während der gesamten Sitzung wieder fest im Griff hatten. Mit angefeuchteter Zeigefinger- und Daumenspitze löscht er die Teelichter. Als er die Treppe hinuntersteigt, hört er in der Küche das Geräusch der Kaffeemühle.

Anna ist aufgestanden.

*

Die Kaffeemaschine röchelt in den letzten Zügen. Anna Diete greift nach einem Keramikbecher auf dem Küchenbord und holt die Milch aus dem Kühlschrank. Während sie die Kühlschranktür schließt, bleibt sie mit ihrer Aufmerksamkeit an dem gerahmten Foto der Twin Towers hängen, das in Augenhöhe an der Wand hängt. Das Bild hängt schon mehrere Jahre hier in der Küche, wurde mit der Zeit immer weniger wahrgenommen und ist plötzlich wieder präsent. Sie steht darauf genau in der Lücke zwischen den beiden Zwillingstürmen. Jan hatte es 1997 mit ihrer Kamera auf der Brooklyn Bridge fotografiert. Die einwöchige Reise nach New York war ein Geburtstagsgeschenk zu seinem 50. gewesen. Ihr kommt das letzte Jahr in den Sinn, als die Meldung vom 11. September in den gemeinsamen Türkeiurlaub platzte. Irgendetwas von dem damaligen Entsetzen scheint schon in dem Foto zu stecken. Der Tod lauerte bereits hinter der heilen Welt und versetzt ihren guten Erinnerungen an New York im Nachhinein einen tiefen Riss.

Möglicherweise hilft nur, noch einmal dahin zu reisen, um wirklich zu glauben, dass die Türme nicht mehr stehen, überlegt sie und ist beunruhigt von dem gerade stattfindenden Säbelrasseln des George Bush, der seit dem 11. September ununterbrochen auf Rachefeldzug ist und das vollenden möchte, was sein Vater nicht geschafft hat, – das Saddam-Regime zu stürzen.

Der kleine Junge möchte dem Papa endlich beweisen, dass er erwachsen geworden ist.

Anna kramt in den Schubladen vom Küchenschrank nach Jans Grünem Tee, findet ihn aber nicht. So früh am Morgen ist ihre Konzentration meistens noch getrübt. Sie braucht ihren Schlaf, hat vor 10 Uhr nur selten den normalen Wachheitszustand erreicht.

»Moin, Moin!«

Anna Diete zuckt zusammen. »Mein Gott, Jan, hast du mich erschreckt«, sagt sie und zieht den Gürtel von ihrem Flanellbademantel stramm. »Ich war vorhin kurz wach und glaubte, die Haustür gehört zu haben. Da dachte ich natürlich, du bist rausgegangen.«

»War ich auch, aber nur kurz beim Bäcker Brötchen und Milch holen. Danach habe ich oben meditiert, beziehungsweise ich hab's probiert.«

»Ich wunderte mich schon, wieso noch Milch im Kühlschrank ist.«

»Und ich wundere mich, wieso du schon in der Küche rumgeisterst.«

»Stopp, das wird jetzt zu viel. Ich brauch erst einen Kaffee, um richtig wach zu werden«, stoppt Anna seinen aufkeimenden Redefluss, gießt ihren Becher voll und geht mit wiegenden Schritten in Richtung Schlafzimmer davon. »Wenn du Lust hast, koch dir einen Tee und komm einfach nach. Heute ist schließlich Samstag, du hast frei, wozu sollten wir uns hetzen, oder!«

»Wie ist das zu verstehen, Schatz?«

»Also, ich für meinen Teil habe mich ziemlich deutlich ausgedrückt, oder!«, flüstert Anna mit aufgesetzt lüsterner Stimme und lässt den Bademantel absichtlich von der Schulter gleiten. Bevor sie das Bett erreicht hat, spürt sie seinen Körper in ihrem Rücken. Der harte Penis drückt sich durch den Flanellstoff der Pyjamahose zwischen ihre Pobacken. Sie stellt den Kaffee auf den Boden und reckt ihm dabei den Hintern entgegen. Das Signal verfehlt seine Wirkung nicht. Er packt sie an der Hüfte. Mit einer schnellen Drehung windet sie sich aus seinem Griff und nimmt sein Gesicht zwischen ihre Hände. Mit der Zunge öffnet sie seine Lippen, er fasst nach ihren Brüsten. Anna lässt sich aufs Bett gleiten und zieht ihn mit sich, während das Telefon zu klingeln beginnt. Seine Hände verharren. Sie blickt ihm in die Augen.

»Jan Swensen, nein!«, faucht sie warnend.

Er bleibt stockstreif liegen. Sie rollt zur Seite, schlägt die Bettdecke über sich und horcht, wie er aufsteht und aus dem Raum eilt. Sie ballt die Hände zu Fäusten, spürt geballten Ärger auf ihren verhinderten Liebhaber, diesen Hauptkommissar, der keinem Anruf widerstehen kann, der grundsätzlich immer im Dienst ist und seinen Beruf höher stellt als seine eigene Privatsphäre.

»Anna!«

Sie hebt missmutig den Kopf und Jan Swensen reicht ihr grinsend den Telefonhörer.

»Der Anruf ist für dich! Ein Herr von der Storm-Gesellschaft wünscht dich zu sprechen!«

»Karsten Bonsteed? Ist das der Karsten Bonsteed, mit dem ich damals bei diesem Mord im Storm-Museum zu tun hatte?«, fragt Swensen neugierig, als sie dreieinhalb Stunden später auf der Holzterrasse der Strandkiste sitzen.

»Genau, wir haben ihn damals zufällig mit deiner Kollegin Haman beim Chinesen getroffen«, bestätigt Anna Diete. »Diese peinliche Begegnung! Erinnerst du dich nicht mehr?«

»Peinlich? Wieso peinlich?«

»Da sag ich nichts zu!«

»Muss ich das verstehen?«

»Nicht unbedingt!«

»Okay, also dieser Bonsteed möchte, dass du einen Vortrag hältst?«

»Ja, stell dir das mal vor!«, jubelt Anna. »Bonsteed hat meine Abhandlung über den kleinen Häwelmann in der Zeitschrift Psychologie gelesen und war so beeindruckt, dass er gern eine psychologische Deutung aller Storm-Märchen für das nächste Storm-Symposium von mir haben möchte.«

»Heeh, Anna! Das hört sich ja richtig toll an!«

»Finde ich auch. Ich, der eingefleischte Storm-Fan, der immer nur als Zuhörer auf den Symposien war, soll dort nächstes Jahr selbst einen Vortrag halten, nicht zu glauben, oder?«

»Warum nicht, gute Psychologinnen braucht das Land. Deine Ratschläge sind für meine Ermittlungen immer hilfreich.«

»Wissen Sie schon, was Sie bestellen möchten?«, unterbricht die Bedienung.

»Zweimal heiße Waffeln, Vanilleeis und Sahne!«, entgegnet Swensen, und während die junge Frau an den nächsten Tisch eilt, setzt er ein verlegenes Grinsen auf. »Das gönnen wir uns einfach als kleine Wiedergutmachung für den etwas missglückten Morgen, heute Morgen. Obwohl, wenn ich das Telefon nicht abgehoben hätte, wüsstest du gar nichts von deinem Glück.«

»Vorsicht, mein Ärger ist nicht verpufft, Jan Swensen«, fährt ihm Anna in die Parade, »du hast das Telefon nur abgenommen, weil du geglaubt hast, es wäre jemand aus deiner Dienststelle!«

»Na ja!«

»Gib das sofort zu!«, drängt Anna und ist selbst erstaunt über ihre scharfe Stimme. Der aufgestaute Ärger über Jan lässt ihre Freude über das Angebot von Karsten Bonsteed in den Hintergrund treten.

Dabei war der Tag bis jetzt ziemlich harmonisch verlaufen. Nach dem Frühstück waren sie im alten Polo von Jan auf den Autostrand vor St. Peter-Ording gefahren. Dort waren sie von einer glänzenden Blechlawine empfangen worden, und Menschenmassen hatten den gesamten Strand in Beschlag genommen. Der Riesentrubel galt der gerade stattfindenden deutschen Meisterschaft der Strandsegler. Die dreirädrigen Fahrzeuge aus Glasfaser und Aluminium, die einem schmalen Kajak mit Segel gleichen, schnellten in einem bunten Pulk über die flache Wattlandschaft. Einer der Piloten prahlte damit, dass er bei der Regatta heute über 130 Stundenkilometer erreicht hätte. Irgendwann war ihnen der Lärm zu nervig gewesen. Nach einem zweistündigen Spaziergang hatten sie den Böhler Strand erreicht und waren in der Strandkiste eingekehrt, einem der bekannten Pfahlbauten, die vor der Küste im Watt stehen.

Der gereizte Ton von Anna hat Swensen an seiner empfindlichen Stelle getroffen. Er sitzt bewegungslos auf der Holzbank und schaut ins Leere, wie ein Schuljunge, der seine Hausaufgaben vergessen hat. Ihm ist klar, dass seine so oft gepriesene buddhistische Achtsamkeit wieder einmal an der Praxis gescheitert ist. Er schweigt, sie schweigt zurück. Die Zeit dehnt sich in die Länge. Anna schaut aufs Meer hinaus. Es ist Flut, und die Sonne lässt Abertausende Lichtpunkte auf den Wellen tanzen.

»Zweimal heiße Waffeln mit Vanilleeis und Sahne!«, sagt die Bedienung mit einem Lächeln.

*

Sein Hemd muffelt, obwohl er die Achselpartie heute Morgen mit einem Deo-Stift eingerieben hatte. Ein leichter Schweißgeruch dringt in seine Nase, und Marcus Bender presst die Oberarme fest an seinen Körper. Das sieht sicherlich merkwürdig aus, denkt er, zumal er in der einen Hand auch noch einen Koffer und in der anderen eine Tüte Croissants hält. Das zwei Tage alte Hemd hat aber einen höheren Peinlichkeitsgrad.

Er schlendert mitten auf der schmalen Straße, die zum Husumer Schloss hinaufführt, und steuert auf den Toreingang zu, der von zwei Steinlöwen auf viereckigen Sockeln bewacht wird, das herzogliche Wappen in ihren Pranken. Als Bender an einer der Skulpturen vorbeikommt, kann er sich des Eindrucks nicht erwehren, das Mähnentier würde ihn mit kritischem Blick von oben herab beäugen und seinen Einlass verbieten, gleich dem kafkaesken Torwächter.

Ihm fällt dazu spontan der Roman ›Das Schloss‹ ein, ist sich aber auch nach längerem Grübeln nicht sicher, ob die Figur des Torwächters nicht doch in ›Der Prozess‹ auftaucht.

In diesem Gebäude findet die Premiere meines neuen Lebens statt. Selbst wenn ich nach Schweiß riechen sollte, mich haltet ihr nicht mehr auf, droht seine innere Stimme den Löwen, und so stapft er in den leeren Schlosshof. Dabei gibt es für ihn überhaupt keinen Grund für überzogenen Optimismus.

Sein Lampenfieber hatte ihn schon vorzeitig in die graue Stadt getrieben. Er konnte einfach nicht mehr zu Hause herumsitzen, wollte unbedingt schon bei der Eröffnungsvorstellung mit dabei sein und etwas von dem Flair des Festivals im Vorfeld erhaschen. Doch seit seiner Ankunft jagt eine Hiobsbotschaft die nächste. Das Zimmer, das er telefonisch reserviert hatte, konnte er nicht beziehen, weil die Vermieterin plötzlich erkrankt war und ins Krankenhaus musste. Er stand sozusagen vor verschlossenen Toren. Das Ersatzzimmer war wesentlich teurer, als sein knappes Budget ihm erlaubte, denn das gesamte gesparte Geld hatte er in die Produktion von ›Schrödingers Katze‹ gesteckt. Am Abend wurde er auch noch von seinem Puppenspielerkommilitonen Bernd Eggink angerufen, der sein Partner auf der Bühne sein würde. Der teilte ihm mit, nicht vor Samstagnachmittag mit den Kulissenteilen und seiner Kleidung in Husum einzutreffen. Das Zündschloss von ihrem Wagen ist defekt und muss erst repariert werden. Das bedeutete für Marcus Bender, so lange ohne frische Klamotten auszukommen. Und das alles nur, weil er nicht bereit gewesen war, seine Puppe aus der Hand zu geben und sie unbedingt selbst mitnehmen wollte.

Der Puppenspieler stellt seinen Koffer mit der Puppe zwischen die Beine, beißt hungrig in ein Croissant und schaut nervös zur Turmuhr hinauf. Sie zeigt auf 13.17 Uhr. Um 13.30 ist er mit Petra Ørsted verabredet. Sie würde die Tür im seitlichen Gebäudeflügel aufschließen, damit die Bühne für die Abendvorstellung aufgebaut werden kann. Von Bernd, dem Wagen und ihren Utensilien ist aber noch nichts zu sehen. Der Puppenspieler beißt herzhaft in das zweite Croissant und geht kauend im Schlosshof auf und ab.

Im Grunde brauche ich nur genügend zu essen, überlegt er spöttisch, und ich bin schon bald nicht mehr der, der ich gerade bin. Schließlich werden alle Atome, aus denen sich mein Körper zusammensetzt, laufend durch neue Atome ersetzt, im Augenblick durch die Atome des Croissants. Die Quantenmechanik hat die physische Kontinuität für eine persönliche Identität eindeutig widerlegt. Es stellt sich allein die Frage: Wie viele Croissants müsste ich essen, um ein gänzlich anderer Mensch zu werden?

Nur sein angespannter Zustand hält ihn davon ab, sich dieser Rechenaufgabe ernsthaft zu widmen. Bleibt er aber untätig, bleibt seine Unruhe, und er steht weiter unter Strom. Erst eine aktive Tätigkeit belohnt sein Gehirn wieder mit persönlicher Aufwertung. Er schaut neidisch zu den Krähen hinüber, die in Massen die Bäume vor dem Schloss bevölkern.

Die haben's gut, denkt er. Ihre einzige Tätigkeit besteht darin, auf Ästen herumzusitzen und mit ihrem penetranten Gekrächze auf sich aufmerksam zu machen.

»Hallo, sind Sie der Puppenspieler aus Hamburg?«, überlagert eine Säuselstimme seine Gedankenwelt. Die Person, der diese merkwürdige Stimme gehört, kommt über den Schlosshof auf ihn zugestürmt.

»Da sind Sie bei mir richtig!«, ruft er der jungen Frau übermütig entgegen und presst dabei automatisch die Arme an die Achseln.

»Tut mir leid, ich bin wohl etwas spät dran?«, sagt sie ein wenig außer Atem.

Sein verschwitztes Hemd tritt urplötzlich in den Hintergrund. Bender spürt, dass seine Hände schweißig werden und sein Puls zu rasen beginnt. Das hat nichts mehr mit seinem abwesenden Gemütszustand zu tun, sondern mit seinem Dasein. Er staunt die Realität an, die da unvermittelt vor ihm steht, und versucht sie gleichzeitig auf Distanz zu halten, als Sinnestäuschung einzuordnen. Er sieht in die hellblauen Augen der Frau, die zwei einsamen Planeten gleichen.

Das muss die Raumzeit sein! Das Universum existiert nur deshalb, weil Gott es unentwegt beobachtet, kreisen neue Gedanken in seinem Kopf und er überlegt gleichzeitig, wer das noch gesagt hat.

»Berkeley!«

»Susan Biehl.«

»Das ist … äh … Quatsch! Ich heiße natürlich Bender, Marcus Bender!«

»Macht nichts! Ich bin auch nicht die Person, die Sie gerade erwarten, und außerdem bin ich auch noch zu spät. Frau Ørsted hat mich eben erst angerufen, ob ich sie vertreten kann. Ihr ist ein äußerst wichtiger Termin mit einem Kunden dazwischen gekommen.«

»Sie sind überhaupt nicht zu spät, Frau Biehl«, sagt Bender verlegen lächelnd, steckt unbeholfen die Papiertüte in die Hosentasche und hält der Frau die Hand entgegen. Das Ganze sieht aus wie eine gekonnte Slapstickeinlage. Susan Biehl kann ein Grinsen nicht verkneifen, packt seine Hand mit festem Griff und schüttelt sie so kräftig, dass beide lachen müssen.

»Es … es gibt … ein Problem, Frau Biehl«, druckst er herum. »Die Kulissen, die Puppen und alle Requisiten sind noch gar nicht hier. Unser Wagen musste in die Reparatur. Hab keine Ahnung, wann mein Kollege eintrifft.«

»Es ist noch alle Zeit der Welt«, beruhigt Susan. »Ich zeig Ihnen erst mal die Räumlichkeiten.« Sie geht auf den flachen Backsteinanbau zu, der sich rechts vom Hauptgebäude über den Hof erstreckt. Er wartet, bis sie aufgeschlossen hat und folgt ihr durch die Tür. Der winzige, quadratische Vorraum, in den sie eintreten, macht einen düsteren Eindruck. Der eigentliche Veranstaltungsraum ist nebenan, ist aber auch kein großer Saal, wie er eigentlich erwartet hatte. Bei seiner Zusage, hier aufzutreten, war er immer vom herzoglichen Ambiente eines Renaissancesaals ausgegangen. Das, was ihm hier zugeteilt wird, ist doch eher zweite Wahl.

»Ziemlich schlicht«, sagt er knapp und versucht, seine Enttäuschung vor der bezaubernden Frau zu verbergen, die ihn mit ihrer sirenenhaften Stimme betört. Er fühlt sich willenlos wie Odysseus, den man besser an den Mast eines Schiffes fesseln sollte.

»Der Förderverein hat den Raum speziell für Ihr Stück ausgesucht«, säuselt Susan, während sie ihn durch den Raum führt. »Hier passen immerhin über 150 Personen rein. Außerdem kommt gerade das besonders aufgeschlossene Publikum hierher, wegen der heimeligen Atmosphäre und der Nähe zu den Puppenspielern.«

Marcus Bender achtet schon nicht mehr darauf, was seine quirlige Betreuerin ihm alles anpreist, am liebsten würde er sie vom Fleck weg unter Vertrag nehmen, mit auf seine Bühne stellen und für immer im Moment der Gegenwart gefangen halten. Gleichzeitig fühlt er sich gehemmt, genauso wie damals, als er die ersten Lernschritte im Einführungsseminar der Figurentheaterschule machte.

Der Professor forderte alle Erstsemester in einer Stunde auf, ihre mitgebrachten Puppen erst einmal beiseite zu legen und drückte jedem ein kleines, weißes Tuch in die Hand, an dem ein Stück dünner Faden befestigt war.

»Macht aus einem Objekt ein handlungsfähiges Subjekt!«

Er stand völlig unfähig da, ließ das Tuch an dem Faden schlaff zu Boden hängen und rätselte über seine Hände, die offensichtlich von seinen Gedanken blockiert wurden.

»Du sollst nicht denken, Marcus. Es reicht, wenn du spontan herumspielst. Vergiss einfach jeden Sinn und Zweck.«

Du bist Physiker, dachte er. Und was steckt in der gesamten Physik? Die Wellenfunktion!

Er begann zaghaft, seinen Arm auf und ab zu bewegen, schickte mit den Fingern wellenförmige Impulse den Faden hinunter. Die tote Materie wurde augenblicklich lebendig. Das weiße Tuch schnellte erst mit einem Ruck in die Höhe, überschlug sich, um sich dann im nächsten Moment zu kringeln. Er ließ es abheben, in sanften Schwüngen durch die Luft fliegen. Es war plötzlich kein Tuch mehr. Der Luftwiderstand breitete es aus, verwandelte es in einen Vogel, einen Albatros, der mühelos über ein imaginäres Meer schwebte, unabhängig von jeder äußeren Einwirkung.

»Was ihr hier alle seht, ist die wichtigste Lektion für einen Puppenspieler«, beschwor der Professor. »Um ein Lebewesen entstehen zu lassen, braucht ihr keine detaillierte Nachbildung davon. Beim Zuschauer entsteht einzig durch die Art eurer Darstellung eine Vorstellung davon. Ihr könnt das Tuch jederzeit in einen Vogel oder in einen Hund verwandeln. Eure Bewegungsimpulse machen aus der Materie jedes x-beliebige Geschöpf. Ihr könnt einem Stück Tuch eine Seele einhauchen.«

»Sie waren einmal Physiker?«, hört er die Singstimme fragen.

»Ja, aber nur kurze Zeit«, antwortet er, ohne den Blick von ihr zu lassen.

»Und jetzt sind Sie Puppenspieler! Wie passt denn das zusammen?«

»Gar nicht, Frau Biehl. Höchstens, dass beides mit einem ›P‹ anfängt. Darf ich fragen, was Sie so machen?«

»Ich bin bei der Kriminalpolizei.«

»Bei der Kriminalpolizei, wirklich?«

»Keine Angst, ich jage keine Mörder. Ich arbeite nur im Sekretariat. Das heißt, ich koche meistens den Kaffee für die Guten, damit sie die Bösen fangen können.«

»Kaffee ist immer gut!«, bringt Bender mit etwas Mühe heraus. »Wir könnten vielleicht auch einen Kaffee trinken gehen.«

»Und wenn Ihr Kollege in der Zwischenzeit kommt?«, säuselt sie zurück.

»Ich hänge einen Zettel an die Tür, dass wir gleich zurück sind.«

»Natürlich gehst du einen Kaffee trinken!«, ruft eine Stimme dazwischen. Die Köpfe von Susan Biehl und Marcus Bender schnellen synchron herum.

»Ronja?« Susan starrt ihre Freundin entgeistert an. »Was machst du denn hier?«

»Ich seh euch nur ein wenig beim Turteln zu, meine Liebe«, erwidert Ronja Ahrendt und zwinkert ihr auffällig mit dem rechten Auge zu. »Ich hab Petra getroffen. Die hat mir erzählt, dass du hier für sie eingesprungen bist.«

»Das ist Marcus Bender, der Puppenspieler aus Hamburg!«, stellt Susan vor. »Ronja Ahrendt! Sie gehört mit zu den Organisatorinnen des Festivals.«

»Übrigens 'ne Klasse Idee, das mit dem Kaffee, Herr Bender«, plappert Ronja Ahrendt drauflos. »Es ist gut, wenn jemand Susan ein wenig unter die Fittiche nimmt, sie ist nämlich gerade wieder solo!«

»Stimmt doch gar nicht!«, säuselt Susan, wird puterrot und zieht ihre Freundin energisch zur Seite.

»Was hast du denn? Ich bin nur für klare Verhältnisse, meine Liebe!«

»Klare Verhältnisse? Das musst gerade du sagen!«, flüstert Susan wütend.

»Ich geh denn mal raus! Vielleicht ist mein Kollege bereits in Sicht«, sagt Marcus Bender und eilt fluchtartig auf den Hof hinaus.

»Mach die Augen auf, Susan! Der Typ hat ein Auge auf dich geworfen, das kannst du doch nicht übersehen!«

»Was ich im Moment überhaupt nicht brauche, ist eine neue Beziehung!«

»Bist du dir da ganz sicher? Ich nehm dich beim Wort, Susan! Der Typ ist nämlich richtig schnuckelig – und so herrlich unbeholfen, da steh ich voll drauf, ehrlich!«

»Ich finde, du hast ein echtes Problem mit Männern, Ronja!«

»Finde ich gar nicht! Wenn es ein Problem gibt, dann haben Männer ein Problem mit mir!«

*

Herbert Ketelsen steht an der Kaimauer und schaut in Richtung Seeschleuse. Er muss die Augen zusammenkneifen, die Sonne blendet. Der Mann dreht den Kopf zur Seite und zieht sein Sonnenbrillen-Clip aus der Brusttasche der Anzugjacke. Mit dem Zeigefinger drückt er sie auf sein Brillengestell. Jetzt ist das grelle Licht erträglich, und er kann erkennen, dass es dort draußen noch nichts zu sehen gibt. Der lettische Getreidefrachter ist überfällig, wurde für eine halbe Stunde früher angekündigt. An der Wetterlage kann es nicht liegen, auch draußen auf See soll es genauso aussehen. Der Wind weht schwach von Nordwesten herein, treibt einzelne weiße Kumuluswolken quer über den Außenhafen. Ketelsen beobachtet missmutig ihre Schatten, die ab und zu wie Zeppeline die Wände der Siloanlagen hinaufschweben. Eigentlich wäre sein Urlaub bis Montag gegangen, aber der jüngere der beiden Chefs, Dieter Asmussen, hatte ihn bereits am Freitagmittag angerufen und angedeutet, dass es ein schwerwiegendes Problem mit der russischen Firma in Lettland gibt. Seinen Hinweis auf einen stattgefundenen Einbruch in sein Haus ließ der Chef, ohne sonderlich beeindruckt zu sein, von sich abprallen.

»Du bist der Einzige in der Firma, der Russisch sprechen kann, Herbert«, hatte er gemeint, nachdem er nach knappen Betroffenheitsfloskeln »Das ist ja furchtbar« und »Das Leben geht weiter« ohne veränderte Tonlage fortgefahren war. »Es ist unbedingt nötig, dass du am Samstag im Hafen vor Ort bist! Und halt die Ohren offen! Wer weiß, vielleicht kannst du rauskriegen, was an Bord gesprochen wird.«

Russisch hatte Herbert Ketelsen zu DDR-Zeiten an der Schule in Aschersleben gelernt. In der ältesten Stadt in Sachsen-Anhalt war er 1943 geboren worden. Der Vater, Landwirtschaftsfunktionär Gerd Ketelsen, ebnete ihm mit seinen Beziehungen eine der Vorzeigekarrieren im Arbeiter- und Bauernstaat. Er lernte Melker, wurde Grenzsoldat und arbeitete danach wieder in der Landwirtschaft. Als frühes Mitglied in der Partei machte man ihn 1972 zum Produktionsleiter der LPG ›Florian Geyer‹. Dort arbeitete er unauffällig bis zum historischen 9. November 1989, dem Mauerfall. Noch am selben Abend war er mit seiner Frau im Trabbi nach Berlin gefahren und für immer im Westen geblieben. Sie beide haben es bis heute nicht bereut.

»Was gibt es für ein Problem?«, hatte er Dieter Asmussen gefragt. »Geht es um diese Ungereimtheiten, die unserer Steuerberaterin aufgefallen sind? Ich hab dir doch hoch und heilig versprochen, dass ich es gleich nach dem Urlaub persönlich mit der Ørsted regeln werde!«

»Schon! Dummerweise könnte das aber schon zu spät sein. Mir ist da ein blöder Fehler unterlaufen«, antwortete der Chef. »Vorige Woche gab es ein Telefongespräch mit der Firma Argroprom. Da habe ich mich gegenüber Ivan Micolaesky verplappert, und der fand die Sache überhaupt nicht witzig. Er drohte mir, wenn ich mich nicht auf der Stelle um die Frau kümmern würde, könnte das auch ein Mitarbeiter von Argroprom übernehmen, und wir würden bald unangenehmen Besuch aus Riga erhalten.«

»Ich hab dich gewarnt, dass diese Geschäfte auf die Dauer nicht reibungslos ablaufen werden! Es war nur eine Frage der Zeit, dass die gute Frau mit der Nase darauf stößt.«

»Panik bringt uns auch nicht mehr weiter, Herbert! Ich hab die Ørsted gleich angerufen und der Frau mächtig ins Gewissen geredet, sie solle alles noch einmal ausführlich überdenken, die Nacht drüber schlafen und mit ein wenig Professionalität Ordnung in die Unterlagen bringen. Die gute Frau zeigte sich leider ziemlich verstockt. Sie bräuchte nicht nachzudenken, sagte sie, ihr würden grundsätzlich keine Fehler unterlaufen. Noch wäre Zeit für eine totale Offenheit und sie rate unserer Firma dringend zu einer Selbstanzeige, sonst würde sie ihr Mandat zurückziehen.«

Dieter Asmussen hatte tief durchgeatmet, einen längeren Moment geschwiegen und war völlig sachlich fortgefahren: »Ja, das ist der momentane Stand der Dinge. Du kannst den Kopf nicht in den Sand stecken, egal, wie es bei dir zu Hause aussieht. Ich erwarte, dass du am Hafen bist, wenn der Frachter ankommt. Wenn an Bord alles normal abläuft, haben wir erst mal Luft, bis das nächste Schiff kommt. Dann können wir in Ruhe überlegen, wie wir den Scheiß gemeinsam aus der Welt schaffen.«

Das schrille Kreischen eines Vogels holt Herbert Ketelsen aus seinen Gedanken. Die Lachmöwe hat sich direkt neben ihm auf einem der Eisenpoller niedergelassen und verteidigt ihr Revier mit gewölbter Brust und ausgebreiteten Flügeln gegen einen heranschwebenden Rivalen. Sein Unmut verfliegt, als in der Ferne der erwartete Frachter in Sicht kommt. Der Rumpf liegt auffällig tief und schiebt die schäumende Bugsee vor sich her. Wie auf ein heimliches Kommando füllt sich die Kaianlage mit Leben. Ein nagelneuer 40-Tonner dröhnt vorbei, steuert den nächsten Saugheber an, der einer Krananlage mit Rüssel gleicht, und stoppt mit einem lauten Zischen der Luftdruckbremse. Danach biegt ein grüner VW T4 vom Zoll in den Außenhafen ein. Er fährt vor einen flachen Kaischuppen, in dem sich das Büro des Hafenmeisters befindet. Ketelsen sieht den Mann aus dem Gebäude eilen und mit dem Zollbeamten Worte wechseln, während er mit ausladenden Handbewegungen auf das einlaufende Schiff deutet. Das dumpfe Stampfen der Dieselmotoren des Frachters weht herüber, doch bis zum Festmachen vergeht noch etwas Zeit. Erst jetzt entdecken die Männer Ketelsen, der in der Nähe am Anleger steht, und winken ihn zu sich.

»Herr Ketelsen, wo kommen Sie denn her?«, ruft ihm der junge Zollbeamte von Weitem entgegen. »Ich dachte, Sie sind im Urlaub?«

»Beachten Sie mich gar nicht, Herr Ertel. Ich bin offiziell überhaupt nicht hier.«

»Sie sind aber nicht zu übersehen«, ulkt der Hafenmeister und grinst. »So braungebrannt wagen Sie es, sich hier sehen zu lassen, da kann man ja neidisch werden.«

»Sie sind doch oft genug an der frischen Luft«, kontert Ketelsen. »Halten Sie den Kopf einfach mehr in die Sonne.«

»Und die Firma schickt Sie an einem Samstag hier raus, wie kommt das denn?«, fragt der Zollbeamte mit erstaunter Stimme. »Die Schiffspapiere sind uns von Ihrer Firma schon vor Tagen zugefaxt worden.«

»Ich weiß, ich weiß! Wir wollen nur sichergehen, dass vor Ort alles glatt läuft«, versucht Ketelsen, die Frage abzubiegen. Die zwei Ohren des Hafenmeisters sind zwei Ohren zu viel. »Nehmen Sie meine Anwesenheit einfach als persönliche Neugier.«

Der rot gestrichene Frachter erscheint langsam hinter dem hohen Backsteingebäude der Firma Thordsen, das sich von der grauen Front der Getreidesilos absetzt. An der Bugwand strahlt der Name ›Argroprom III‹ in weißen Buchstaben in der Sonne. Der Lotse dreht das zirka 200 Meter lange Schiff im Hafenbecken um die eigene Achse und steuert es seitwärts an die Kaimauer. Das Fallreep wird mit einem Elektromotor herabgehievt. Matrosen in blauen Overalls hasten darauf zum Kai hinüber. Befehle mit russischen Wortbrocken sind zu hören. Taue fliegen über Bord und werden um die Poller gelegt.

»Dann will ich mal wieder an den Schreibtisch«, sagt der Hafenmeister und wendet sich an den Zollbeamten. »Der Hafenagent der Firma Argroprom hat sich gleich angesagt um die Sache mit den Hafengebühren abzuwickeln und danach steht bestimmt der Ingenieur von der Hafenbehörde auf der Matte. Wir wollen mit dem Echolot die Wassertiefe im Hafenbecken peilen. Ist mal wieder dran.«

»Dann mach ich mich auf den Weg zum Käpten«, sagt der Zollbeamte, während der Hafenmeister zwei Finger zum Gruß an die Stirn legt und geradewegs zum Flachschuppen zurückmarschiert.

Endlich macht er sich dünne, denkt Ketelsen und legt dem Uniformierten vom Zoll die Hand auf die Schulter.

»Gut, dass wir die Gelegenheit haben, kurz unter vier Augen zu reden«, beginnt er mit vertraulicher Stimme. »Gerade heute wäre unsere Firma daran interessiert, die Inspektion und den üblichen Papierkram zügig abzuwickeln, damit der Frachter schnell wieder ablegen kann. Unsere Geschäftsfreunde in Lettland haben im Moment einen Engpass mit leeren Schiffen.«

»Wenn alles in Ordnung ist, steht dem von meiner Seite aus nichts im Wege, Herr Ketelsen«, grinst der Zollbeamte übertrieben.

»Ich denke, wir verstehen uns«, entgegnet Ketelsen und streckt die Hand aus. Der Zollbeamte schlägt ein, dreht sich um und geht zum Fallreep hinüber.

»Ich komm gleich dazu!«, ruft Ketelsen ihm hinterher und eilt zu seinem Wagen. Im Handschuhfach liegt eine kleine Broschüre: ›Getreide und Futtermittelhandel Asmussen 1952-2002‹. Er nimmt sie heraus, legt mehrere 50-Euro-Scheine hinein und verstaut beides in seiner Jackentasche. Ganz wohl ist ihm nicht dabei, zu sehr erinnert ihn sein Vorhaben an eine Reise in den sozialistischen Bruderstaat nach Prag in den 70-ern, wo er und seine Frau kein freies

Zimmer finden konnten. In jedem Hotel die gleiche Auskunft, alles ist ausgebucht.

Seine Frau erzählte daraufhin, sie hätte gehört, man müsse einen Schein mit in den Pass legen, dann würde es schon klappen. Er hatte sie damals ungläubig angeschaut, den Schein dann aber doch hineingelegt. Dem Mann hinter der Rezeption war es überhaupt nicht peinlich, er klappte den Pass auf und sagte: »Oh, ich sehe gerade, dass ein Zimmer frei geworden ist.« Seitdem hatte er jede Naivität in solchen Dingen ad acta gelegt.

Als Ketelsen an Bord des Frachters gehen will, kommt ihm der Lotse auf dem Fallreep entgegen, legt die Hand an die Mütze und marschiert mit einem lauten »Moin, Moin!« vorbei. Der Zöllner fragt jeden einzelnen von der Mannschaft nach Waren, die deklariert werden müssen. Der linke Gang an den Ladeluken vorbei ist dadurch versperrt. Ketelsen geht über die andere Seite, hält sich unbeholfen an der Reling fest und öffnet die Tür zur Brücke. Der Kapitän wühlt in einem Stapel von Schiffs- und Frachtpapieren. Er ist groß und sehnig, um die 50, vielleicht auch jünger. Sein Gesicht ist wettergebräunt. Die gegerbte Haut lässt auf einen Menschen schließen, der sich viel im Freien aufhält.

»Sie sind Mann von Firma Asmussen?«, fragt er in gebrochenem Deutsch.

»Richtig«, antwortet Ketelsen auf Russisch. »Wie viel Tonnen haben Sie geladen?«

»Offiziell?«, flüstert er, erleichtert, Russisch sprechen zu können.

Ketelsen legt diskret den Finger auf den Mund, obwohl niemand im Raum ist. Er wirft einen verstohlenen Blick durch die Scheibe und sieht, dass die Mannschaft vollzählig um den Zollbeamten versammelt ist. »Wie viel wirklich geladen ist«, flüstert er leise zurück.

»2.100 Tonnen.«

»Gut, sehr gut! Hier wird alles reibungslos abgewickelt, denke ich.«

»Die Firma Argroprom hat zwei Männer mitgeschickt, die wollen mit Ihnen sprechen.«

»Zwei Männer?«

»Ja, sie sind als Passagiere an Bord.«

»Und was wollen die?«

»Ich weiß darüber nichts, ist eine Anordnung von Herrn Micolaesky persönlich. Wenn es mit den Papieren losgeht, schicke ich die beiden ins Vorschiff, da können Sie ungestört reden.«

Ketelsen ist der bloße Gedanke daran äußerst unangenehm. Er lässt sich aber nichts anmerken, grüßt kurz und geht. Vor der Tür kommt ihm Ertel entgegen.

»Das trifft sich gut«, sagt er, schirmt den Zollbeamten mit dem Rücken vor unerwünschten Blicken ab und drückt ihm augenzwinkernd die Broschüre in die Hand, aus der die Geldscheine ein kleines Stück herausragen. »Ein kleines Präsent der Firma Asmussen, eine Dokumentation der letzten 50 Jahre Firmengeschichte. Inhaltlich sehr interessant!«

Ertel grinst, lässt das Heftchen blitzschnell in seine Aktentasche gleiten und verschwindet ohne ein Wort hinter der Eisentür. In der Zwischenzeit haben einige Matrosen damit begonnen, die

Ladeluken zu öffnen. Vorsichtig, unter ächzendem Geknarre, ziehen zwei Motorwinden sie von beiden Seiten nach oben. Der Ausleger auf der Kaimauer schwenkt das herabhängende Saugrohr über die Lukenöffnung und lässt es langsam herab. Der drehende Metallkopf am Ende des Rohres frisst tiefe Kuhlen in die Körnerfracht, die mit einem rauschenden Geräusch, das an starken Regenfall erinnert, aus dem Laderaum in den Tank des Lastwagens geblasen wird. Ketelsen drängt sich an den Männern vorbei, bezieht an der äußersten Spitze im Vorschiff Stellung und wartet.

Es sind noch 62 Stunden bis zu den Morden.

Er muss ganze 15 Minuten ausharren, bis zwei markante Gestalten auf ihn zuhalten. In den typischen Overalls sind sie von den Matrosen nicht zu unterscheiden, nur ist ihre Kleidung für die Verhältnisse an Bord auffällig sauber. Der eine Mann ist hager, hochgewachsen, hat ein faltiges, längliches Gesicht mit starren blauen Augen. Der andere hat ein rosiges Babygesicht, einen Stiernacken mit Glatze, ist wesentlich kleiner, dafür aber ein Muskelpaket mit breiten Schultern.

»Wir kommen im Auftrag der Firma Argroprom«, sagt der Hagere ruhig in einem akzentfreien Deutsch, schaut versonnen an Ketelsen vorbei den vorbeisegelnden Möwen nach und wird dann betont lauter: »Micolaesky möchte, dass die Probleme in unserem Sinne geregelt werden!«

»Ich verstehe nicht ganz?«, stammelt Ketelsen.

»Deswegen sind wir persönlich hier, um das zu erklären. Herr Asmussen hat angedeutet, dass es zu Schwierigkeiten in der Abwicklung unserer Geschäfte kommen könnte. Wir sind hier, um an die Verträge zu erinnern, die Ihre Firma unterzeichnet hat.«

»Das muss ein Missverständnis sein!«

»Das glaube ich weniger. Wir haben einen Namen, der Ihnen bekannt sein müsste, eine gewisse Frau Ørsted.«

»Unsere Steuerberaterin?«

»Sie soll sich querstellen, ist Herrn Micolaesky zu Ohren gekommen?«

»Unsinn, das muss Herr Micolaesky falsch verstanden haben.«

»Gewöhnlich versteht Herr Micolaesky sehr gut. Sie haben bis zum Montag Zeit, die Sache selbst in die Hand zu nehmen. Hören wir bis dahin von keinem positiven Ergebnis, werden wir das in unserer Art abwickeln«, droht der Hagere und deutet mit einer Kopfbewegung auf seinen Begleiter. »Mein Begleiter versteht bei unerledigten Problemen keinen Spaß. Für die betreffende Person kann das sehr schmerzhaft werden.«

*

Schweißperlen sind der Schmuck der Puppenspieler, beruhigt er sich, als die Lichter ausgehen und es im Raum mucksmäuschenstill wird. Marcus Bender wischt kurz über seine Stirn, steht bewegungslos hinter der Bühne und hält trotz Dunkelheit die Augen geschlossen. Die Scheinwerfer, die auf die

Bühne gerichtet sind, flammen auf. Er spürt sein Herz, das bis zum Hals schlägt, und seine Muskeln spannen sich an. Augen auf, Auftritt! Kurzer Beifall kommt auf und verebbt wieder. Eine verschwommene Menge starrt zu ihm hinauf. Er tritt aus dem Schatten ins Licht, hält seine Klappmaul-Puppe über den Bühnenrand und bringt sie mit der Hand zum Sprechen.

»Darf ich mich kurz vorstellen? Mein Name ist Schrödinger, Erwin Schrödinger. Ich bin Physiker!«

Der erste Schritt ist getan, beruhigt er sich. Die Materie lebt durch den Geist.

Sein Lampenfieber ist wie weggeblasen, er fühlt sich in einen Rausch versetzt, wirbelt über die Bühne, steuert seine Puppe souverän durch den Eröffnungsdialog, als würde er selbst von etwas Übergeordnetem geführt und hinge am Faden einer höheren Macht.

»Lassen Sie sich bitte nicht täuschen, meine Damen und Herren, ich führe Sie heute in einen Mikrokosmos der realen Wirklichkeit, der Wirklichkeit der atomaren Teilchen. Auf dieser Bühne werden die Dinge winzigklein werden, noch viel winziger, als sie hier ohnehin schon sind. Wenn Sie sich vorstellen, dass dieser Raum mit all seinen Aktivitäten im Vergleich zum Universum nur ein Sandkorn ist, ahnen Sie, wovon ich spreche.«

Marcus Bender lässt seine Puppe beobachten, wie er, der Puppenspieler, zum Publikum spricht. Sein Partner trägt aus der Bühnenecke ein großes Stück Pappe herbei, auf der eine überdimensionale Fünf-Schilling-Sonderbriefmarke abgebildet ist, die das Konterfei von Erwin Schrödinger zeigt.

»Die Briefmarke wurde am 11. August 1987 in Österreich zum 100. Geburtstag von Erwin Schrödinger herausgegeben.«

Bender lässt seine Puppe neugierig ihr Ebenbild betrachten und freudig mit der rechten Hand auf sich selbst deuten.

»Um die Größe eines einzelnen Atoms zu begreifen«, lässt Bender jetzt seine Puppe dem Publikum erklären, »müssen Sie sich vorstellen, dass man 10 Millionen Atome aneinanderreihen muss, um den Abstand zwischen zwei Briefmarkenzacken zu überwinden, und das gilt für eine Briefmarke in Originalgröße.«

Ich glaub, nun hab ich die Leute neugierig gemacht, sagt seine innere Stimme überzeugt. Jetzt kommt der Moment, ob sie mir auch weiter folgen werden.

»Wer ein Atom beobachtet, empfängt ein Licht von ihm«, erklärt er nun erneut als Person des Puppenspielers. »Jede Beobachtung verändert dieses Atom. Es springt dabei aus einem Zustand hoher Energie in einen Zustand niedriger Energie, ohne dass es einen Zwischenzustand gibt. Das ist ein so genannter Quantensprung. Eine Eigenschaft, die uns Menschen irgendwie vertraut vorkommt, denn wir verhalten uns in vielen Fällen wie ein Atom. Wenn wir uns beobachtet fühlen, verhalten wir uns anders, als wenn niemand guckt. Die Atome verhalten sich aber noch viel verrückter. Sie zeigen nur eine feste Eigenschaft, solange sie beobachtet werden, sonst bleiben sie einfach unbestimmt.«

»Das ist unglaubwürdiges Kauderwelsch!«, lässt er seine Schrödinger-Puppe zornig dazwischenfahren.»So wirklichkeitsfremd kann ein Wissenschaftler nicht mit dieser Welt umgehen. Der Mond verschwindet doch nicht, wenn wir aufhören, zu ihm hinaufzuschauen.«

Bender liebt seine Schrödinger-Puppe und hat ihre Rolle als die eines besessenen Wissenschaftlers angelegt. Ein totes, knautschiges Stück Stoff soll den versponnenen Nobelpreisträger erneut zum Leben erwecken, dem diese elende Quantenspringerei seinerzeit so absurd vorkam, dass er aus Rache eine Höllenmaschine ersann, die den ganzen Unsinn widerlegen sollte. Die Katze im Kasten, Schrödingers Katze.

Manchmal handelt die Puppe in seiner Hand autonomer als er selbst, ihr Spieler. Es scheint, als könne sie ihm, ihrem Gehirn, die Bewegungen aufzwingen. Dabei hat der Spieler sie doch voll im Griff, drückt ihr seinen Daumen von innen aufs Kinn, führt den Mittelfinger in der Zunge und dreht mit den restlichen Fingern die obere Kopfpartie. In ihm steckt ein Rest Verunsicherung, diese Puppe könne ihn kurzerhand an die Wand spielen. Deswegen ist er heilfroh, als endlich die Pause erreicht ist, der Vorhang fällt und er einen Moment seine Anspannung ablegen kann. Doch sofort beschleicht ihn ein Gefühl von Enge, er muss daran denken, wie oft die alltägliche Welt da draußen, weitab von Atomen und Quantensprüngen, ihm das Spiel immer wieder aus der Hand nimmt.

Susan Biehl, zum Beispiel, diese nette Blondine von der Kripo. Warum hab ich es nicht fertiggebracht, sie völlig unkompliziert zum Kaffee einzuladen? Es gab einen deutlichen Quantensprung in mir. Und plötzlich tauchte diese verrückte Freundin auf. Im Nu wurde meine Hochenergie in Niedrigenergie umgewandelt, ohne dass ich wirklich begriffen hab, wie das passieren konnte.

Die Bilder, die vor Benders innerem Auge erscheinen, wirken eigenartig fremd, als kämen sie aus einem falschen Stück. Es ist aber sein eigenes Stück, von ihm selbst inszeniert. Er spielt die Rolle des männlichen Liebhabers. Susan Biehl, das unnahbare Schlossfräulein, beharrt darauf, im Schlosshof auf seinen Kollegen Bernd zu warten. Derweil schleppt die Krankenschwester den Liebhaber ohne seine Gegenwehr ins Café Storm am Marktplatz und umgarnt sein Ego. Existieren heißt, wahrgenommen zu werden! Der Liebhaber, der blind in seiner Welt der quantenmechanischen Unschärfe herumirrt, ist hingerissen von der materiellen Welt, die mit Schmollmund und prallen Brüsten daherkommt. Zu spät erwacht die Reue, Susan Biehl ist auf den Quantenwellen ins offene Meer getrieben und Ronja Ahrendt wurde an ihrer Stelle an Land gespült. Vorhang auf zum ersten Akt!

Kurz vor seinem heutigen Auftritt beginnt der zweite Akt: Die Verstrickung. Den Vorhang hoch! Er schleicht sich auf leisen Sohlen hinter die Stellwände mit Plakaten der früheren Puppenspieler-Festivals an seine neue Geliebte heran, beobachtet die Krankenschwester hinter dem Büchertisch vor dem Rittersaal, wie sie einsam auf Kunden wartet. Um 20 Uhr steht ›Geschichten aus 1001 Nacht‹ vom Theater Waidspeicher aus Erfurt auf dem Spielplan. Vor der Kasse staut sich ein aufgeregter Menschenschwarm und summt wie Bienen auf der Suche nach ihrer getürmten Königin.

»Bei der FDP geht es zur Zeit ja drunter und drüber«, schwappen Satzfetzen an sein Ohr. »Dieser Antisemitismus von diesem Möllemann, der steuert seine Partei noch an den rechten Rand.« »Finden Sie? Endlich einer, der es wagt, mit den Juden Klartext zu reden!«

Der Entschluss, Ronja anzusprechen, kommt einen Hauch zu spät. Sie wird von einem flachsblonden Adonis in Beschlag genommen. Der Mann hat ein markantes, schmales Gesicht mit scharf eingegrabenen Falten, die sich am Nasenflügel bis zu den Mundwinkeln hinabziehen. Er wird von Bender natürlich gleich in die Kategorie *unsympathisch* eingestuft. Da ist es gut, dass der Mensch seine Ohren nicht schließen kann, schon gar nicht, wenn er sie gern offen hält.

»Ich hab dich schon mehrere Male angerufen und den Anrufbeantworter vollgequatscht«, flüstert der Schönling gepresst. »Was ist los mit dir? Warum rufst du nicht zurück?«

»Ich wollte dir nur zeigen, wie es mir mit dir immer geht.«

»Findest du das nicht etwas kindisch, Ronja?«

»Findest du es nicht etwas kindisch, dich von mir zum Essen einladen zu lassen und den Abend dann lieber bei deiner Frau zu verbringen?«, zischt Ronja Ahrendt mit scharfer Stimme.

»Geht das nicht noch etwas lauter? Wenn hier zufällig ein Bekannter von mir vorbeitrottet«, empört sich der Mann und versucht, seine Stimme noch mehr zu dämpfen.

»Lieber Dr. Keck, du kannst es noch viel lauter haben. Erzähl einfach deiner Frau von deinen Eskapaden, und es wird so laut werden, dass alle es hören!«

»Was soll das heißen?«

»Nun, deine Frau sitzt doch gleich hinter der Kasse, drüben im Nebengebäude.«

»Weiß ich selbst, ›Schrödingers Katze‹ guck ich mir gleich an, die Vorstellung.«

»Wie wär's, wenn ich zu ihr gehe und ihr endlich das sage, was du ihr schon seit Monaten sagen willst? Aber wahrscheinlich ahnt sie sowieso schon alles oder ihr wurde schon etwas geflüstert.«

»Und wer sollte das gewesen sein?«

»Antonia Rebinger vielleicht!«

»Die Frau vom Staatsanwalt?«

»Ja, genau die!«

»Wie kommst du denn darauf?«

»Erinnerst du dich nicht mehr an unseren kleinen Hotelaufenthalt damals. Da ist mir der nette Herr Staatsanwalt über den Weg gelaufen.«

»Was? Dr. Ulrich Rebinger? Bist du sicher?«

»Ziemlich.«

»Und er hat dich auch gesehen?«

»Weiß ich nicht. Kann aber sein, oder? Die Braut an seiner Seite war zumindest nicht die Ehefrau.«

»Bist du noch bei Trost, Ronja! Du redest mich um Kopf und Kragen! Wir müssen das besprechen, so schnell wie möglich!«

»Im Moment sind Pole-Poppenspäler-Tage, da hab ich keine Zeit.«

»Dann eben gleich danach!«

»Ich überleg mir das.«
»Wie, was gibt es da zu überlegen?«
»Ich sagte, ich überleg es mir!«
»Willst du mich klammheimlich abservieren?«
»Auch das überleg ich mir noch!«
»Du kannst doch nicht so naiv sein, Ronja? Glaubst du etwa, du kannst einfach mit mir Schluss machen? Sei bloß vorsichtig, meine Liebe, dass du das nicht eines Tages bereust!«

Ein Klingelzeichen reißt Marcus Bender aus seinen Gedanken. Er steht auf, schlüpft in ein weißes Hemd, hängt sich eine Fliege am Gummiband um und zieht einen Frack über. Beim erneuten Klingelzeichen greift er nach einem Zylinder. Jetzt hat er die Identität eines Zauberkünstlers angenommen, stellt sich vor den geschlossenen Vorhang und wartet das dritte Klingelzeichen ab. Der Vorhang öffnet sich wieder.

»Liebes Publikum, kommen wir zur Rolle des bewussten Beobachters!«, sagt der Zauberer, schwingt einen Zauberstab und tritt an den Bühnenrand. Sein Partner Bernd Eggink fährt derweil eine schwarze Kiste auf einem Rolltisch an seine Seite.

»Dieser bewusste Beobachter, das könnte durchaus einer von den Damen und Herren hier im Saal sein, denn Sie machen alle auf mich einen bewussten Eindruck. Also, mindestens ein Beobachter ist nötig, um die Welt der Quantenphysik nach der Kopenhagener Deutung zu begreifen. Ich will Ihnen das mal mit dieser Kiste verdeutlichen, sie ist unser Mikrokosmos. Und damit Sie mir glauben, dass die Kiste auch vollkommen leer ist, dürfen Sie einen Blick hineinwerfen.«

Bender öffnet eine Klappe, sodass das Publikum in die leere Kiste sehen kann, und hält danach einen kleinen gelben Ball hoch.

»Ich gebe nun ein einzelnes Elektron in die Kiste und entziehe es dem Blick unseres bewussten Beobachters.«

Bender schließt die Klappe der Kiste. Er beobachtet eine Weile theatralisch das Publikum im Saal.

»Wenn niemand in die Kiste sehen kann, verliert das Elektron seine materielle Substanz, verwandelt sich in eine Wellenform und füllt die gesamte Kiste aus. Jetzt ist die Wahrscheinlichkeit, das Elektron irgendwo in der Kiste aufzuspüren, überall gleich groß. Aufgepasst, jetzt folgt ein Trick! Abrakadabra! Ich teile die Kiste mit einer Trennwand in zwei Hälften.«

Bender schiebt ein Stück Blech durch einen Schlitz an der Oberseite in die Kiste.

»Der gesunde Menschenverstand würde in diesem Fall natürlich sagen, das Elektron befindet sich nun in einer der beiden Hälften. Falsch, meine Damen und Herren! Nach der Kopenhagener Deutung hat sich an der gleichmäßigen Ausbreitung der Wahrscheinlichkeitswelle durch die Tennwand nichts geändert. Erst wenn jemand in die Kiste schaut, bricht diese Welle zusammen und das Elektron kann in einer der Hälften lokalisiert werden. Es ist, als gäbe es vor dem Öffnen zwei nebulöse Elektronen, die sich in beiden Hälften gleichzeitig aufhalten und nur auf diesen Moment der Beobachtung warten.«

»Glauben Sie dem kein Wort!«, protestiert die Schrödinger-Puppe. »Wegen diesem Unsinn habe ich mir meine Höllenmaschine ausgedacht!«

Eine gelbe Katze schreitet auf die Bühne. Bernd Eggink, der die Marionette führt, imitiert die ängstlichen Bewegungen des Tieres täuschend echt. Durch einzelne Gelenke in der Rückenpartie kann es sogar einen Katzenbuckel machen.

»Komm Miez, Miez!«, lockt die Schrödinger-Puppe und öffnet die Klappe der Kiste. »Miezekatze, komm, spring in die Kiste!«

Eggink lässt die Katze mit einem Sprung zur Kiste hinaufschnellen und sich in der linken Hälfte niedersetzen. Die Klappe wird wieder geschlossen.

»Jetzt schließe ich an der linken Seite der Kiste einen Elektronendetektor an und verbinde ihn mit einer Apparatur, aus der Giftgas ins Innere strömen kann. Befindet sich mein Elektron nun in der Hälfte, in der sich die Katze aufhält, wird es von unserem Detektor gemessen und die Apparatur setzt Giftgas frei. Fertig ist meine Höllenmaschine.«

»Verehrte Damen und Herren«, unterbricht der Zauberer. »Vergessen Sie bitte nicht, dass es sich hierbei um ein reines Gedankenexperiment handelt!«

»Das ist doch egal«, protestiert die Schrödinger-Puppe. »Ist die Kiste erst einmal zu, verwandelt sich das Elektron nach der Quantenphysik im selben Moment in eine Wahrscheinlichkeitswelle. Die Katze kommt dadurch in einen Zustand, in dem sie gleichzeitig tot und lebendig ist, oder weder tot noch lebendig. Und unsere Katze bleibt in diesem ewigen Schwebezustand, solange niemand in die Kiste schaut.«

»Ja, meine Damen und Herren«, fährt der Zauberer dazwischen. »Die Frage aller Fragen, die sich uns stellt, lautet, wo ziehen wir die Grenze zwischen der winzigen Welt der Quantenwahrscheinlichkeiten und unserer vermeintlichen, doch so vertrauten Realität. Wie viele Elektronen braucht ein System, bevor es *wirklich* wird, seine Wellenfunktion zusammenbricht und zur sichtbaren Materie wird?«

Marcus Bender sieht im Augenwinkel, wie der erste Zuschauer aus dem Saal schleicht. Vorsichtig folgen ihm andere nach. Wahrscheinlich hab ich die lieben Leute doch zu sehr überfordert, denkt Bender enttäuscht und ihm wird plötzlich bewusst, dass der kleine Erfolg, den er mit seiner Puppenwelt anstrebt, sich genauso wie eine Wahrscheinlichkeitswelle verhält: Wenn die Beobachter sein Stück nicht anschauen wollen, bleibt auch der Erfolg nur in einem Schwebezustand.

5

»Nun begann er Bitten und Versprechungen durcheinander zu wispern; allmählich, während die Gestalt des unten gehenden Mannes sich immer mehr entfernte, wurde sein Flüstern zu einem erstickten heisern Gekrächze: Er wollte seine Schätze mit ihm teilen; wenn er nur hören wollte, er sollte alles haben, er selber wollte nichts, gar nichts für sich behalten.«

Die Sonne ist vor Kurzem untergegangen. Das Lesen im Flackerlicht der Kerze fällt Anna Diete allmählich schwer. Sie spreizt das aufgeschlagene Taschenbuch zwischen Mittel- und Zeigefinger, greift zum bereitgelegten Bleistift und unterstreicht die letzten Sätze. Jan Swensen liegt etwas entfernt im Liegestuhl. Dem gleichmäßigen Atmen nach zu urteilen, ist er eingedöst. Die Psychologin nimmt das Buch wieder zur Hand und liest den Rest der Geschichte:

»Von allen Worten, die Herr Bulemann in jener Nacht gesprochen, ist keines von einer Menschenseele gehört worden. Endlich nach aller vergeblicher Anstrengung, kauerte sich die kleine Gestalt auf dem Polsterstuhle zusammen, rückte die Zipfelmütze zurecht und schaute, unverständliche Worte murmelnd, in den leeren Nachthimmel hinauf. So sitzt er noch jetzt und erwartet die Barmherzigkeit Gottes. Ende.«

Anna klappt das Buch zu und schaut auf. Direkt in ihrem Blickfeld steht der Vollmond. Es sieht aus, als hätte er ein weißes Loch in den Sternenhimmel gestanzt.

Der Anruf von Karsten Bonsteeds und das Angebot, einen Vortrag auf dem nächsten Storm-Symposium zu halten, hatte sie den ganzen Tag über beschäftigt. Gleich am Nachmittag, als sie von ihrem Ausflug aus St. Peter zurück waren, hatte sie sich über die Märchen von Theodor Strom hergemacht, wobei ›Bulemanns Haus‹ sie vom ersten Abschnitt an fesselte. Sie musste die wenigen Seiten in einem Rutsch durchlesen.

Eine wirklich skurrile Figur, dieser Herr Bulemann, denkt sie, lässt die Geschichte Revue passieren und grübelt über eine psychologische Deutung nach. Ein stinkreicher Geizhals, ohne soziale Kontakte, lebt nur mit seiner Haushälterin in einem heruntergekommenen Haus. Selbst der eigenen Schwester und ihrem kranken Sohn verweigert er jegliche Hilfe. Neben den Kisten, voll mit Silbermünzen, schrumpft er im Laufe der Zeit zu einem Zwerg, der nicht sterben kann, während seine beiden Katzen Schnores und Graps zu monströsen Ungeheuern mutieren.

In den Namen der Katzen entdeckt sie einen brauchbaren Hinweis. *Schnores* steht bestimmt für schnorren und *Graps* für grapschen, eine Metapher dafür, skrupellos Geld zusammenzuraffen. Ein Satz kommt ihr in den Kopf, den sie aber keiner konkreten Person zuordnen kann: Geld ist so tief und weit wie der Ozean. Klingt nach einer Beschreibung des Unbewussten. Geld regiert die Welt! Geld ist der Joker im Spiel des Lebens! Über Geld redet man nicht, man hat es oder man hat es nicht!

Vom Kollegen Sigmund Freud fällt ihr ein, dass er Geld einmal mit Exkrementen verglichen haben soll. Für den Begründer der Psychoanalyse war das Hergeben ein Ausdruck der Kotverwaltung, der Ringmuskel sozusagen als Parallele zum zugeschnürten Geldbeutel. Selbst Goethe soll gesagt haben, ein gesunder Mensch ohne Geld ist halb krank. Und im Volksmund heißt es, Geld ist erstarrtes Begehren, und die Profitgier ist die älteste Religion der Welt, sie hat die besten Pfaffen und die schönsten Kirchen. Urplötzlich steht ihr der Titel ihres Vortrags vor Augen: ›Die Gier nach Geld‹ – Storms Märchen im Spiegel des kollektiven Unbewussten.

»Hey, es ist ja schon dunkel!«, hört sie die Stimme von Jan, der etwas schwerfällig aus dem Liegestuhl krabbelt und sich genüsslich streckt. »Wie spät ist es eigentlich?«

Anna schaut auf die Armbanduhr. »Gleich 9 Uhr!«

»Du lässt mich hier glatt verpennen, dabei ist doch Essenszeit. Auf ins Dante, Schatz!«

»Meinetwegen sofort, Jan, aber vorher noch eine Frage: Gibt es im Buddhismus irgendwas mit Katzen?«

»Katzen? Wieso fragst du?«

»Der Vortrag für die Storm-Gesellschaft. In einem von seinen Märchen kommen zwei Katzen vor, die zu ausgewachsenen Raubkatzen heranwachsen. Dazu kam mir die Idee, mich um das Bild der Katze in den verschiedenen Mythologien der Welt zu kümmern.«

»Buddhismus und Katzen?«, sinniert Swensen. »Also, ich kenn nur die Geschichte von einem Zen-Meister, der sich jeden Abend während der Meditation von der Klosterkatze gestört fühlte. Deshalb ließ er sie vorsorglich vor jeder Abendmeditation von den Mönchen anbinden. Lange nach dem Tod des Zen-Meisters wurde die Katze von seinen Schülern noch immer angebunden. Als auch die Katze verstarb, wurde eine andere Katze angeschafft und ordnungsgemäß vor der Abendmeditation angebunden. Jahrzehnte später gab es im Kloster unzählige Abhandlungen über das Anbinden von Katzen während der Abendmeditation.«

»Eine herrliche Geschichte«, meint Anna grinsend, »aber leider nicht das, wonach ich suche. Mir geht es mehr um die Symbolik dieser Tiere, dass Katzen zum Beispiel für Fruchtbarkeit stehen, wie im alten Ägypten, oder dass ihnen geheime Kräfte nachgesagt werden. Dass schwarze Katzen im Mittelalter mit Hexen in Verbindung gebracht und sie während der Hexenverfolgung sogar lebendig verbrannt wurden.«

»Von Katzen habe ich keine Ahnung, im Buddhismus wird nur danach gefragt, ob ein Hund die Buddhanatur besitzen kann«, entgegnet Swensen und drängelt, sich doch endlich auf den Weg zum Abendessen zu machen. Sie nehmen Annas neuen Clio und fahren die kürzere Strecke über Simonsberg. Die Nacht ist mild und klar. Leichter Bodennebel treibt über den Asphalt, und das Scheinwerferlicht leckt über die Baumstämme am Straßenrand. Der ewige Sturm im Norden, der meistens aus Westen bläst, hat sie alle leicht nach Osten geneigt. Ab und zu unterbricht eine milchige Nebelwand für einen kurzen Moment die Sicht.

»Das gestern Abend in Heide, nach der Ausstellung«, unterbricht Anna das längere Schweigen, »ich glaub, ich hab das nicht verstanden mit dieser merkwürdigen Visualisierung. Was dieser Lehrer dort angeleitet hat, habt ihr das auch in der Schweiz im Tempel gemacht?«

»Am Anfang schon«, erklärt Swensen. »Der Meister nannte das Shamatha-Meditation, eine objektgebundene Meditation, dabei soll der Schüler die Gestalt einer Gottheit visualisieren, um sich in der Meditation darauf zu konzentrieren. Aber die meisten der Schüler kamen mit diesen tibetischen Göttergestalten nicht zurecht. Die Schüler waren alle rein westlich geprägt, damals in der Schweiz, da wusste kaum einer, wie der Buddha des Mitgefühls aussehen könnte, also dieser *Chenrezig*, den wir gestern visualisieren sollten.«

»Genauso ging es mir auch«, bestätigt Anna erleichtert, »von einem *Chenrezig* war, trotz der Anleitung, bei mir nichts zu sehen.«

»Da warst du bestimmt nicht die Einzige. Ich kann mir bis heute keinen dieser tibetischen Götter richtig vorstellen. Jedenfalls, als Meister Rinpoche auf unser Unvermögen aufmerksam wurde, wählte er für uns den Atem als Objekt. Wir sollten genau registrieren, wie der Atem tatsächlich in die Lungen einströmt und wann er über die Nasenlöcher wieder ausströmt. Er sagte uns, es ist völlig egal, welches Objekt uns dient, um Shamatha zu entwickeln, wir meditieren in jedem Fall mit unserem Geist, und dieser Geist hat sowieso nichts mit dem Objekt zu tun, das wir ausgewählt haben. Die tägliche Übung bestand darin, den Geist in seiner eigenen Natur ruhen zu lassen, also alles Denken und Fühlen lediglich als Ausdruck seiner Natur zu begreifen. Denken und Fühlen haben kein reales Dasein, unterwies uns Meister Rinpoche immer wieder, Denken und Fühlen existieren nicht unabhängig vom Geist, der nicht als ein Etwas beschrieben werden kann. Die Natur des Geistes ist Leere.«

»Die Natur meines Magens ist augenblicklich auch Leere, Meister Swensen.«

»Das ist nur die Gier, die dich an das *Samsāra* fesseln will.«

»*Samsāra*? Was war noch gleich …?«

»Der Kreislauf des Daseins, in dem wir uns gerade befinden. Das Anhaften an das Begehren, oder deutlicher gesagt: Wenn ein Hund Leber sieht, zaudert er nicht – er verschlingt sie.«

»Mich interessieren zurzeit nur Katzen, mein Geliebter!«

Der Renault Clio von Anna erreicht den Stadtrand von Husum. Links ziehen die Getreidesilos vorbei, die dank der diffusen Beleuchtung im Außenhafen wie kauernde Riesen aussehen. Sie passieren die Husumer Polizeiinspektion. Swensen registriert das Licht auf seinem Stockwerk. Jacobsen hat Bereitschaft, denkt er, während Anna nach links in die Herzog-Adolf-Straße abbiegt. In Höhe der Ludwig-Nissen-Straße steuert sie einen freien Parkplatz an. Den Rest bis zum Dante gehen sie zu Fuß.

*

»Einmal die gebratenen Kürbisblüten?«, fragt der Chef vom Dante und blickt in die Runde. Susan Biehl hebt den Arm und bekommt den Teller serviert. »Uno fiori di zucca fritti, prego Signora!«

Ein feiner Geruch von Amaretto strömt der Sekretärin entgegen. »Grazie mille«, sagt sie. *Vielen Dank* ist das Einzige, was sie auf Italienisch kennt. Die Füllung aus mildem Schafskäse und Maronenbrei zergeht auf der Zunge, trotzdem schluckt sie den Bissen wie einen Fremdkörper. Sie ist mit ihrer ganzen Aufmerksamkeit bei ihrer Freundin, die sie in der letzten halben Stunde nicht aus den Augen gelassen hat. Je länger sie Ronja beobachtet, desto mehr spürt sie einen tief sitzenden Groll in sich aufsteigen.

Dabei gibt es überhaupt keinen Grund, auf sie sauer zu sein, mahnt ihre innere Stimme. Schließlich kann sie doch machen, was sie will.

Doch die Worte prallen an ihrem Anspruch ab. Ihr Hals schnürt sich zusammen, und kleine rote Flecken bilden sich neben den Ohren. Auf der Schulter kauert ein boshafter Gnom, der ihre Freundin von oben herab beurteilt.

Es ist schon mehr als dreist, was die Frau da in aller Öffentlichkeit abzieht, stichelt er. Der verheiratete Oberarzt ist ihr nicht genug, ohne mit der Wimper zu zucken, beginnt sie ein Tête-à-Tête mit diesem Peter Pohlenz. Und jetzt, gleich nachdem wir hier im Dante ankamen, drängelt sie sich mit aller Energie an die Seite von Marcus Bender. Möchte nur wissen, welcher Teufel sie nun schon wieder reitet.

Susan Biehl verspürt den Drang, einfach aufzustehen und zwischen den beiden Platz zu nehmen, traut sich aber nicht. Was sollte sie auch sagen, wenn sie es wirklich in die Tat umsetzen würde. Sie ist wahrlich nicht der Typ, locker drauflos zu flirten.

»Pass bloß auf, wenn dir was Gutes widerfährt, dann kommt bestimmt was Schlechtes hinterher«, ist der Spruch ihrer Mutter, den sie beim heutigen Besuch im Elternhaus wieder über sich ergehen lassen musste. Ihre Mutter hatte schon immer eine zerstörerische Ader gehabt, die sie der Tochter in resignativer Form mit auf den Weg gegeben hat. In ihrem Weltbild sind die Männer grundsätzlich schlecht, alle Männer, selbst Susans Vater macht da keine Ausnahme. Außerdem ist sie die Art Frau, die sich zu Höherem berufen fühlt, die den gewöhnlichen Beruf des Vaters, Lagerverwalter in einem Autohaus, verabscheut, obwohl sie selbst als Sekretärin bei einer Handelsfirma im Hafen auch keine höhere Position einnimmt.

Als Susan vor zwei Jahren bei der Husumer Kripo anfing, sagte sie nur: ›Du bringst es auch nicht weiter als dein Vater‹. Schweren Herzens hatte sie damals ihren Freund den Eltern vorgestellt. Der einzige Kommentar ihrer Mutter: ›Sei bloß vorsichtig mit dem, was du dir wünschst. Am Ende könntest du es bekommen.‹

Das letzte Erlebnis mit der Mutter liegt erst fünf Tage zurück. Susan wollte vermeiden, dass ihr gemeinsames Gespräch auf die Trennung von Frank zusteuern könnte und sie dann ellenlange Erklärungen abliefern müsste. Um abzulenken, hatte sie ihre Mutter deshalb gefragt, ob sie als Baby eigentlich gestillt worden war. »Um Gottes Willen, nein!«, war die knappe Auskunft gewesen. Susan verspürte einen Stich, siedendheiß, als wäre eine Klinge in ihr Herz gedrungen.

Das ist der Stich, den sie spürt, wenn sie Marcus Bender aus der Ferne beobachtet, wie er aufgekratzt mit Ronja schäkert.

Eine willenlose Marionette, die Ronja mit ihren eigenen Fäden umgarnt, denkt Susan und würde am liebsten die Augen schließen, um nichts mehr zu sehen. Doch sie ist mitsamt ihren Lidern erstarrt. Ronja dagegen ist das sprühende Leben, gestikuliert mit den Händen, plappert wild drauflos und lacht lauthals.

Für Susan inszeniert die Freundin ihr Schmierentheater perfekt, spielt ihre Rolle, und zwar mit voller Absicht, in nächster Nähe von Peter Pohlenz. Der sitzt ihr direkt gegenüber, das Gesicht zu einer freundlich lächelnden Grimasse verzerrt, und täuscht gute Mine zum bösen Spiel vor.

Schluss jetzt, schreit es in Susan. Sie möchte wütend aufspringen, schiebt aber nur den Stuhl zurück und steht auf. Sie möchte zu ihrer Freundin hinübergehen, ihr gehörig die Meinung sagen oder zumindest ohne ein Wort das Restaurant verlassen, geht aber nur neben dem Tresen die schmale, geschwungene Treppe hinab in den Keller zur Toilette.

Der Vorraum der Damentoilette ist hell gekachelt und angenehm sauber, hat drei Waschbecken und einen breiten Spiegel. Ihr Spiegelbild blickt ihr in die Augen. Ist sie das wirklich? Das Gesicht ist so blass, als hätte sie gerade in den vergifteten Apfel von Schneewittchen gebissen. Ihre blonden, schulterlangen Haare hängen zu beiden Seiten schlaff herunter. Eine Tür klappt, und Ronjas Abbild erscheint neben ihr im Spiegel. Susan sieht, wie sich ein rötlicher Schimmer über ihre bleiche Haut zieht, von der Stirn abwärts über die Wangen bis zum Hals. Ihre Stimme versagt.

»Hey, Susan! Warum hast du dich denn nicht neben mich gesetzt?« Ronjas Frage klingt überdreht, und die gewünschte Antwort bleibt aus. »Susan, hallo, ist irgendwas?«

»Wollte ich ja«, antwortet Susan leise, »aber die anderen waren halt schneller. Übrigens, was ich dir sagen wollte, der Marcus Bender könnte dir ruhig ein wenig leidtun!«

»Bender?« Ronja Ahrendt schaut Susan ungläubig an. »Wieso soll der mir leidtun? Der amüsiert sich doch prächtig!«

»Aber der Peter Pohlenz sitzt doch gegenüber.«

»Was willst du mir damit sagen, Susan, möchtest du meinen Anstandswauwau spielen?«

»Ich finde, du spielst ständig mit den Gefühlen anderer! Aber wahrscheinlich weißt du gar nicht, wovon ich rede?«

»Ich denke, ich verstehe dich sehr gut! Lass mich eins gleich klarstellen, meine Liebe, heute Nachmittag hast du verzichtet, obwohl der Typ ein Auge auf dich geworfen hatte. Also ist für mich die Bahn frei!«

»Ich möchte nur sagen, Marcus Bender hat nicht verdient, dass du nur mit ihm spielst!«

»Bist doch scharf auf Bender? Dann sag das, und ich zieh sofort meine Aktien raus. Wir sind Freundinnen, das lässt sich doch diskret regeln, oder?«

»Manchmal glaube ich nicht, was du so den lieben langen Tag von dir gibst, Ronja.«

»Zurück auf Null! Jetzt raus mit der Sprache!«

»Denk doch nur einen Moment darüber nach, wie es dem armen Kerl gehen könnte. Der ist bestimmt völlig erledigt, nach der Resonanz auf sein Stück. Immerhin sind viele Zuschauer einfach rausgegangen, und der Beifall war auch nicht gerade überschwänglich, oder?«

»Ich glaube, du leidest unter einem Helfersyndrom, meine Liebe. Marcus macht nicht den Eindruck, als wäre er geknickt.«

»Marcus?«

»Willst du nun was von ihm oder nicht? Ich würde mich an deiner Stelle endlich entscheiden!«

»Du bist nicht an meiner Stelle!«

»Susan, nun krieg dich ein!«

»Ich will mich aber nicht immer einkriegen!«

»Das scheint dein Problem zu sein, Susan, aber du kannst nicht bestimmen, was ich zu tun habe.«

»Ich kann einfach nicht mit ansehen, wenn du einen netten Menschen ins Unglück stürzt.«

»Dann lass es doch!«

»Blöde Ziege!«, faucht Susan mit ungewohnter Schärfe, verlässt den Raum und knallt die Tür hinter sich zu. Auf der Treppe bleibt sie einen Moment stehen, atmet tief durch und bemüht sich, locker zu wirken, als sie wieder den vorderen Raum des Restaurants betritt. An der Eingangstür stehen zwei neue Gäste, auf die der Chef wild gestikulierend zustürmt.

»Buona Sera, Signora Diete, Commissario!«, hört sie ihn rufen. »Si parla del diavola one spantano le corna. Ich gerade Frau fragen, ob Signora Diete und Commissario noch kommen!«

»Diavola, das heißt doch Teufel?« scherzt die Frau.

»Proverbio, wie sagen … nur Sprichwort: Wenn man Teufel sagen, er gleich kommen.«

»Wenn man vom Teufel spricht, dann kommt er«, verbessert ihn der Mann. Susan erkennt die Stimme im Vorbeigehen. Sie gehört Hauptkommissar Swensen.

»Ja, wenn man vom Teufel spricht, Herr Swensen«, sagt sie scherzhaft und stoppt. »Das ist aber eine Überraschung!«

»Susan!«, ruft der Kollege freudig. »Die Welt ist wirklich klein!«

Sie bemerkt, dass er kurz stutzt, wahrscheinlich, weil er sie noch nie geschminkt und in Schale geworfen gesehen hat.

»Chic sehen Sie aus«, schmeichelt Swensen und sagt zu der Frau an seiner Seite: »Anna, das ist Susan Biehl, die Seele der Husumer Inspektion.« Dann wendet er sich an Susan Biehl. »Und das ist Anna Diete, Susan, meine Lebenspartnerin.«

»Freut mich, Sie endlich kennenzulernen, Frau Biehl. Jan hat schon viel von Ihnen erzählt.«

»Hoffentlich nur Gutes! Ich freue mich auch, Sie kennenzulernen, Frau Diete.«

»Wir haben uns hier noch nie getroffen, Susan, sind Sie öfter hier?«, fragt Swensen.

»Nein, unsere Vorsitzende hat vorgeschlagen, hierher zu gehen. Ich mach doch wieder bei den Pole-Poppenspäler-Tagen mit, und da setzen wir uns nach dem Ende der letzten Vorstellung immer noch irgendwo mit den Künstlern zusammen, um ein wenig zu plaudern.«

»Poppenspäler-Tage? Davon hast du mir noch nie was erzählt, Jan!«

»Dabei hab ich Herrn Swensen schon letztes Jahr davon vorgeschwärmt«, säuselt Susan. »Morgen Vormittag spielt zum Beispiel das Seelenfaden-Puppentheater aus Karlsruhe. Die wiederholen ihr Stück ›Bulemanns Haus‹, sehr zu empfehlen.«

»›Bulemanns Haus‹? Das gibt's doch nicht! Das kann kein Zufall sein, Jan, das möchte ich unbedingt sehen!«

»Ich kann versuchen, Ihnen Karten zu reservieren.«

»Wirklich? Das wäre großartig, Frau Biehl!«

»Aber nur, wenn Sie auch die Abendvorstellung im Husumhus ansehen. Da spielt der berühmte Puppenspieler Wiktor Šemik die Fabel von einem kleinen Schaf. Wirklich ganz was Besonderes! Das Stück heißt: Ursache und Wirkung.«

»Ursache und Wirkung?«, fragt Swensen. »Das ist buddhistisch. Hat das Stück etwas mit Karma zu tun, Susan?«

»Karma?« Susan sieht hilfesuchend zu Anna Diete hinüber.

»Ursache und Wirkung ist das Prinzip des Karmas«, erklärt Swensen unbeirrt.

»Ich glaube, Buddha hatte nichts mit Puppenspiel zu tun, Jan«, versucht Anna die Situation aufzufangen. »Können Sie uns für das Stück bitte auch Karten besorgen, Frau Biehl?«

*

Ein zischendes Geräusch lässt ihn aufschrecken. Voller Panik bleibt er stocksteif auf dem Rücken liegen. Um ihn herum ist es schwarz, nur der schwache Lichtstreifen einer Taschenlampe bewegt sich hinter der Mauer. Er hört Schritte von mehreren Personen, drückt sich ängstlich an die kalten Ziegel und verhält sich mucksmäuschenstill. Es wäre nicht das erste Mal, dass man ihn nachts angreifen und schlagen würde. Die Glatzen können überall auftauchen.

Erst vor zwei Jahren hat es einen Obdachlosen in Schleswig erwischt, fällt es ihm siedendheiß ein, und die beiden Skinheads, die ihn erschlagen haben, sind mit nur sieben Jahren wegen Körperverletzung mit Todesfolge davongekommen.

Was ist, wenn mich einige dieser Glatzen tagsüber beobachtet haben? Sie könnten mir heimlich gefolgt sein und gewartet haben, bis ich fest eingeschlafen bin. Nein, die hätten nicht so lange gezögert, die wären schon lange über mich hergefallen, beruhigt er sich, da muss was anderes ablaufen, da hinter der Mauer.

Nachdem Harald Timm eine lange Zeit ausgeharrt hat, nimmt er seinen ganzen Mut zusammen, dreht sich langsam auf den Bauch und robbt leise bis an das eine Ende der Mauer. Es dämmert bereits. Gegen 2 Uhr war er in den Schlosspark gekommen und hatte sich hinter dem Kriegerdenkmal zum Schlafen hingelegt. Auf der Vorderseite der roten Ziegelmauer prangt in altdeutschen Buchstaben: ›Fürs Vaterland starben‹. Die Mauer knickt an beiden Seiten etwas schräg nach vorn. Im Schatten hinter dem rechten Mauerwinkel ist seine Schlafstätte so gut wie unsichtbar, selbst vom nahen Fußweg aus kann sie im Dunkeln kaum wahrgenommen werden. Der Obdachlose ist häufig hier, denn er schläft gern möglichst allein. Wer allein schläft, wird auch nicht beklaut, ist seine Devise.

Die Erfahrung sagt: Auf der Straße gibt es keine Freundschaft. Es gibt Bekannte dort, gute Kumpels, das schon, aber richtige Freunde kann man sich als Tippelbruder abschminken. Für Freundschaft musst du bis zum Horizont gucken können, auf der Straße siehst du aber immer nur bis zur nächsten Ecke. Auf Platte sein ist ein ewiger, unbarmherziger Überlebenskampf, und früher oder später bleibt jede Freundschaft auf der Strecke.

Mit äußerster Vorsicht lugt Harald Timm um die Mauerkante. Die Luft ist rein, nur die steinerne Frauenfigur hockt einsam auf ihrem Sockel im Oval des Vorbaus und legt ergeben ihre Hand auf einen Stahlhelm. Keiner der Störenfriede ist mehr zu sehen. Er richtet sich auf, steht vor der hüfthohen, runden Einzäunung aus Naturstein, die ringsherum mit runden Steinkugeln verziert wurde, und schaut auf die Vorderseite des Denkmals. ›Kein Krieg im Irak‹, haben die Typen mit roter Lackfarbe quer über die grauen Namenstafeln der längst vergessenen Kriegstoten gesprüht. Die Farbe ist noch feucht und läuft in feinen Fäden herab.

Diese beknackten Weltverbesserer, denkt Timm, aber allemal besser als diese Nazis.

Er geht erleichtert zu seinem Schlafplatz zurück, verstaut seine wenigen Sachen in einem löchrigen Seesack und macht sich auf den Weg zum Bahnhof. Dort, hinter einer Hecke am Parkplatz, hat er heimlich eine Kuhle gegraben, in die der Seesack genau hineinpasst, die den Reisenden, die hier täglich vorbeiströmen, nicht auffällt. Jeder, der auf der Straße lebt, hat einen festen Platz, wo er seine Sachen tagsüber deponieren kann.

Auf dem Weg zum Bahnhof macht er einen Abstecher durch den Schlossgang. Kurz vor den beiden Rundbögen, durch die man zum Marktplatz kommt, liegt rechts ein öffentliches Pissoir. Dort stehen meistens ein paar Kumpel herum, das ist der gemeinsame Treffpunkt in Husum, und von denen erfährt man die neusten Dinge aus dem Revier. Manchmal bringt jemand auch eine Flasche mit. Heute steht aber niemand da, es ist noch zu früh. Harald Timm geht über den Marktplatz, die Krämerstraße hinunter und am Hafen links in Richtung Bahnhof. Kein Mensch ist auf den Straßen, er hat kein Problem, den Seesack ungesehen hinter den dichten Blättern verschwinden zu lassen. Am Tag braucht er nur seinen Schnorrbecher, er muss schon zwischen fünf bis zehn Euro erbetteln, um zu überleben. An manchen Tagen müssen aber auch drei Euro reichen.

Vor einer Woche reichte es mal wieder vorn und hinten nicht, und er hatte beschlossen, seiner Schwester vor ihrem Büro aufzulauern. Doch die wollte die alten Geschichten von ihrem gemeinsamen Vater und dem verschuldeten Fahrradladen nicht hören, war sogar knallhart geblieben, als er ihr von einer Chance auf einen neuen Laden erzählt hatte. »Du riechst nach Schnaps«, sagte sie am Ende nur und hatte ihn einfach stehen gelassen. Am liebsten hätte er sie auf der Stelle gewürgt.

Erstick an deinem Geld, Pfennigfuchserin, denkt er verbittert, als er darüber nachdenkt und sich auf eine

Bank neben dem Bahnhofsgebäude setzt. Lebt täglich in Saus und Braus, aber ist sich zu fein, auch nur einen Euro rauszurücken. Außerdem trink ich kaum was, mal einen Kurzen, morgens, wenn es besonders kalt ist, oder mit den Kumpels auf Platte, wenn die Flasche rumgereicht wird.

Im Sommer vor drei Jahren wollte er ganz damit aufhören, mit dem Alkohol. Er hatte einen kalten Entzug probiert, mehrere Tage mutterseelenallein in den Dünen vor der Nordseeküste gelebt und hatte nichts gegessen und keinen Alkohol getrunken. Als er am ganzen Körper nur noch gezittert hatte, war er nach Husum zurückgekehrt.

»Haben Sie etwas dagegen, wenn ich mich dazusetze?«, fragt eine verhaltene Stimme. Ein kleiner Mann ist wie aus dem Nichts aufgetaucht. Er hat ihn nicht kommen sehen und wird förmlich aus seinen Gedanken aufgeschreckt. Das etwas verwahrloste Aussehen des Fremden täuscht Harald Timm nicht darüber hinweg, dass er bestimmt nicht auf der Straße lebt. Die Kleidung ist sauber und das Hemd sogar gebügelt.

»Setz dich ruhig«, fordert Timm ihn auf. »Du bist früh auf den Beinen, Mann.«

»Schlaf schlecht, liege fast immer die ganze Nacht wach.«

»In der Nacht war Vollmond!«

»Daran liegt das bestimmt nicht.«

»Und das weißt du so genau?«

»Doch, ja. Ich glaub schon. Vorgestern war nämlich die Polizei bei mir.«

»Die Polizei?«

»Ja, die Kriminalpolizei!«

»Was wollen die Kriminalen von dir?«

»Das hab ich mich auch erst gefragt. Sie werden es mir nicht glauben, aber bei meinem Chef haben sie eingebrochen, meinem ehemaligen Chef.«

»Was, und jetzt glauben die …!«

»Anscheinend, fragten, wo ich Mittwochnacht gewesen bin. Die glauben wirklich, ich würde mich rächen, weil man mich rausgeschmissen hat.«

»Ich kenn die Polizei, Mann, die glauben, was sie wollen.«

»Mein Leben ist sowieso ruiniert, dazu brauch ich die Polizei nicht mehr. Als die mich entlassen haben, vor 'nem halben Jahr, diese Banditen, da hab ich über 20 Jahre für die Firma …, kennen Sie Asmussen, diese große Getreidehandelsfirma unten im Hafen …?«

»Nee, nie was von gehört.«

»Ist auch besser, eine elende Bande ist das. Macht schmutzige Geschäfte mit Russland. Als ich die Machenschaften nicht mitmachen wollte, da hat man mich eiskalt abserviert. Hab nirgendwo neue Arbeit gefunden, in meinem Alter, und meine Frau ist mir vor Kummer weggestorben. Die hat das einfach nicht mehr ausgehalten, tagaus, tagein mit dem knappen Geld.«

Es ist immer das Gleiche, denkt Timm, entweder wird man als Penner angepöbelt, oder die Leute labern dich voll. Kaum zu glauben, wildfremde Menschen erzählen dir Sachen, die sie nicht mal mit ihrem Pastor besprechen würden.

»Nichts für ungut, Mann, ich muss zurück auf meine Platte«, versucht er den Redefluss des Mannes zu stoppen. »Ich sag immer: Was man bis elf nicht geschafft hat, schafft man danach auch nicht mehr.«

»Wart 'n Moment«, sagt der Mann, fasst in seine Jackentasche und fingert einen Fünf-Euro-Schein heraus. »Es ist noch lange nicht elf, kauf dir was zu essen!«

»Oh, besten Dank«, sagt Timm, greift gierig nach dem Schein und schlendert in Richtung Innenstadt davon. Der Tag fängt gut an.

*

Es gibt Momente, da kommen ihr die Leute auf der Straße extrem befremdlich vor, besonders wenn sie ungewohnt früh das Haus verlässt. Der merkwürdige Mensch dort drüben, denkt sie, der mit seinen verkrampften Schultern die gesamte Lebensenergie im Oberkörper zusammengezogen haben muss und gierig den Rauch seiner Zigarette inhaliert, als würde er sonst ersticken. Von so einem Menschen fühlt Hanna Lechner sich innerlich so weit entfernt, dass ihr die Worte dafür fehlen.

Oder die junge Frau, deren spindeldürre Ärmchen wie fleischlose Knochen mit Haut aus ihrer Bluse ragen. Ein wandelndes Skelett, das mehr im Jenseits unterwegs ist. Da könnte man Angst haben, dass der kleine Rucksack ihr Rückgrat einfach in der Mitte durchbricht.

Und dann der unrasierte Kerl dahinter, bei dem der Kopf wie eine pausbäckige Kugel aus dem wabbligen Körper ragt, der ein fettbeschmiertes gelbes T-Shirt über seiner ausgebufften Trainingshose trägt und seine Wurstfinger in ein rundes Stück Brot krallt, das in einer Papiertüte steckt, es mit seinen gelben Zähnen malträtiert, bis der Krautsalat aus dem Mund heraushängt.

Sie alle gehören zu der Gattung, die Hanna Lechner nicht mit in ihre Vorstellungen vom erfüllten Menschsein einreihen möchte. Alle machen den Eindruck, als würden sie von einer äußeren Kraft getrieben, als könnten sie sich nicht frei aus eigenen Stücken vorwärts bewegen. Und das ist nur ein kleiner Ausschnitt der Wirklichkeit, das sichtbare Symptom dieser verkorksten Gesellschaft, die von Jahr zu Jahr immer weiter auseinanderdriftet.

Es fehlt allen der innere Halt, denkt sie. Die Menschen finden keinen Sinn, versuchen ihre innere Leere zu stopfen. Sie haben den Glauben an den Herrn verloren, der unser einziger Weg ist. Ich weiß das, ich lebe über 20 Jahre mit ihm allein.

In einem Hauseingang sitzt ein angetrunkener Mann, apathisch vornüber gebeugt. Hanna Lechner überlegt, auf die andere Straßenseite zu wechseln, als die Haustür aufgerissen wird und ein glatzköpfiges Muskelpaket herausschnellt, den Kerl am schmutzigen Hemdskragen packt und auf den Bürgersteig stößt, direkt vor ihre Füße. Der rechte Unterarm des Glatzkopfs ist tätowiert, altdeutsche Buchstaben verkünden: ›Leben ist Kampf.‹

»Setz dich nie mehr vor ein deutsches Haus, du versiffter Penner!«, brüllt er und ist sofort wieder im Hausflur verschwunden.

Sie überlegt kurz, ob sie dem Mann helfen soll, entscheidet sich aber dagegen. Angetrunkene machen der Lehrerin Angst, genauso viel Angst wie gewalttätige Menschen.

»Es wird höchste Zeit, dass die CDU wieder das Ruder in diesem Lande übernimmt«, wünscht sie sich und biegt in den Heckenweg ab. Heute bei den Bundestagswahlen gibt es die Gelegenheit, dafür zu sorgen. Sie wird ihrer Bürgerpflicht Genüge tun, deswegen ist sie an diesem Sonntagmorgen bereits so früh auf den Beinen.

Hanna Lechner hat noch 36 Stunden zu leben.

Sie möchte ihre Stimme unbedingt vor Beginn der ersten Vorstellung des Festivals abgegeben haben. Das zugewiesene Wahllokal befindet sich ausgerechnet in ihrem Schulgebäude, was ihr ein wenig unangenehm ist, weil sie als Privatperson kommt und nicht als Rektorin. Das kleinere Übel, denkt sie, denn weitere vier Jahre mit diesem Schröder wären für sie unerträglich. Nicht nur, weil sie in Bayern geboren wurde, hält sie Edmund Stoiber für den besseren Kanzlerkandidaten, sie braucht nur an die peinlichen Bilder des Elbehochwassers zu denken, als dieser Schröder im letzten Sommer mit Gummistiefeln und grüner Regenjacke fernsehgerecht durch das zerstörte Grimma stapfte und diesen leichtgläubigen Ossis die größte Wiederaufbauaktion in der Geschichte der Bundesrepublik versprach. Und jetzt wollen ihn diese Frustrierten doch tatsächlich alle wählen. Hanna Lechner findet es daher auch völlig richtig, dass Edmund Stoiber vor Kurzem erbost feststellte, dass der Osten nicht bestimmen dürfe, wer in Deutschland Kanzler werden darf.

›Der Weg ist klar – aufwärts‹, prangt in schwarzen Buchstaben auf dem großen Wahlplakat, das auf einer Verkehrsinsel an der Adolf-Bütt-Straße steht. Edmund Stoiber mit randloser Brille vor der Kuppel des Bundestages.

Ihr kommen die vielen Brillenschafe in den Sinn, die sie aus ihrer Jugendzeit in Bayern kennt, deren schwarze Pigmentierung um die Augen ihnen den Anschein gibt, als würden sie eine Brille tragen. Die Herde ihres Vaters Alois weidete im Sommer auf den Berghängen um Pitzling, und sie durfte ihn einmal im Jahr dort oben besuchen. Die Wochen in der Natur waren die glücklichste Zeit in ihrem Leben. Mutter Luise war im Gegensatz zu ihrem Vater sehr streng. Sie ließ keinen Schlendrian zu und verlangte, dass sie sich unentwegt auf dem kleinen Bauernhof nützlich mache. Nur in den alten Büchern, die ihr verstorbener Großvater hinterlassen hatte, konnte sie der Enge entfliehen und ferne Welten entdecken, irgendwo da draußen, weit weg von Pitzling. Wenn sie erst groß wäre, würde sie dort hingehen.

Der Dorfschullehrer entdeckte ihr besonderes Talent für die deutsche Sprache. Er redete den Eltern ins Gewissen, ihr Kind auf eine höhere Schule zu schicken. Sie durfte zu ihrer Tante nach München und studierte nach dem Abi an der Ludwig-Maximilians-Universität Pädagogik. Die Stadt bereitete sich gerade auf die kommende Olympiade vor und sprudelte vor Leben. Auf der Leopoldstraße verkauften langhaarige Straßenkünstler Bilder. Im Big Apple tanzte die Jugend bis in den frühen Morgen. Im Zirkus-Krone-Bau spielten ›Blood, Sweet & Tears‹, Leonard Cohen und ›Pink Floyd‹. Die Schwabinger 7 war der Treffpunkt der Studenten. Hier lernte sie Sik kennen, einen quirligen, lebensfrohen Menschen, der sich mit seinen Schauspielkollegen hier fast jeden Abend auf ein Altbier traf. Sie wusste nur, dass er sich mit Straßentheater über Wasser hielt und einen merkwürdigen Akzent hatte. Sie tippte, dass er aus Jugoslawien, Ungarn oder Bulgarien käme, jedenfalls irgendwo aus dem Ostblock. Aber jedes Mal, wenn sie ihn bedrängte, lachte Sik nur, wollte partout nicht verraten, welcher Landsmann er war. Ihre Liebe war kurz und heftig und dauerte nur einen Sommer, 1969 während der Hippiezeit, der berühmte ›Summer of Love‹. Er spielte für sie den verliebten Romeo, nannte sie nur seine Julia, und sie las ihm selbstverfasste Gedichte und Geschichten vor. Im Herbst wurde sie schwanger, und er verschwand auf Nimmerwiedersehen.

Hanna Lechner spürt einen tiefen Schmerz, wenn sie daran denkt. Die uralten Bilder treiben oft wie ein Gewitter durch ihren Kopf, türmen sich zusammen und zucken grell in ihren Träumen. Plötzlich fällt ihr das Gehen schwer, als würde sie ihre Vergangenheit hinter sich herschleifen. Sik hat ihr das Herz gebrochen, und sie hat es nie verkraftet. Nie wieder schaffte es ein anderer Mann bis in ihre Nähe, nur ihr Sohn, den sie unter Entbehrungen großgezogen hat. Aber auch er hat sie alleingelassen, wollte eines Tages nichts mehr mit ihr zu tun haben. Das brach ihr das Herz zum zweiten Mal, sie wollte nur noch weg, weit weg, und floh aus der vertrauten Heimat in den hohen Norden.

Die tiefe Trauer ist selbst nach all den langen Jahren immer noch bedrohlich und mächtig in ihr. Sie versucht, die alten Erinnerungen zu ignorieren, bekommt aber schlagartig starke Kopfschmerzen. Ihre Finger suchen in der Handtasche nach einer Aspirin, drücken die Pille aus der Verpackung und führen sie zum Mund. Während sie durch ein Spalier von Plakatständern auf den Eingang der Schule zugeht, schluckt sie die Tablette trocken hinunter.

›Wählen Sie Optimismus.‹
›Zeit für Taten.‹
›Arbeit gerecht verteilen.‹
›Außen Minister, innen grün.‹
›Gerechtigkeit weltweit.‹

In der Aula herrscht schon reger Betrieb. Rechts an der Wand stehen drei graugestrichene Wahlkabinen, davor wartet eine ältere Dame, die Wahlliste dicht vor ihrer Brille. Seitwärts daneben hat man vier Klassentische zusammengeschoben. Hanna Lechner tritt mit ihrer Wahlbenachrichtigungskarte an einen der Tische und bemerkt erst in dem Moment, dass Englischlehrer Florian Werner dahintersitzt.

»Guten Morgen, Hanna!«, grüßt er mit versteinerter Miene.

»Florian! Ich hatte keine Ahnung, dass man dich als Wahlhelfer verpflichtet hat«, sagt sie freundlich, ahnt aber durch seine merkwürdig distanzierte Art, dass die Gerüchteküche bereits gute Arbeit geleistet hat. Sie schiebt die orangefarbene Karte über den Tisch, er nimmt sie hoch und vergleicht den Namen mit den Adressen der Wahlberechtigten in seinem Ordner, als würden sie sich nicht kennen. Danach reicht er Hanna Lechner wortlos die Wahlliste und einen Briefumschlag. Vor der Kabine steht eine kleine

Schlange. Ihre Kopfschmerzen sind nicht besser geworden und sie überlegt, eine zweite Tablette zu nehmen, verwirft es aber wieder.

»Die zweite Kabine ist frei geworden«, sagt ein Helfer zu ihr.

Der Mann muss sich wiederholen, bis sie realisiert, dass sie gemeint ist. »Danke«, murmelt sie und tritt hinter den Vorhang. Sie setzt ihre beiden Kreuze bei der CDU, ohne den Namen des Direktkandidaten zu beachten, faltet die Liste zusammen und steckt sie in den Briefumschlag. Die Frau hinter der Wahlurne zieht einen weißen DIN-A4-Bogen vom Schlitz. Sie wirft ihren Briefumschlag hinein, eilt auf den Ausgang zu und nimmt aus dem Augenwinkel wahr, dass der Platz ihres Kollegen hinter dem Tisch leer ist. Sofort kommt ein unangenehmes Gefühl auf, und sie überlegt, nicht den Hauptausgang zu nehmen. Doch es ist schon zu spät, auf der Treppe steht Florian Werner wie ein Fels, der auf die Brandung wartet. Die breiten Schultern drohen, sein Tweedsakko zu sprengen, und seine blauen Augen sind stoisch auf sie gerichtet. Hanna Lechner glaubt einen Augenblick, ihre Jugendliebe Sik vor sich zu haben. Ihr wird plötzlich bewusst, dass der Englischlehrer große Ähnlichkeit mit ihm hat.

»Hanna, ich muss unbedingt kurz mit dir reden!«, sagt Florian Werner mit massivem Druck in der Stimme.

»Das ist sehr ungünstig«, erwidert Hanna Lechner. Sie möchte dem Gespräch zu diesem Zeitpunkt unbedingt aus dem Weg gehen. »Hat es nicht Zeit, bis ich wieder mehr Zeit habe? Hier zwischen

Tür und Angel kann man nicht wirklich in Ruhe reden!«

»Wenn es nicht wirklich dringend wäre, würde ich dich nicht ansprechen.«

»Was gibt es denn?«

»Nun, es grassiert ein albernes Gerücht an der Schule, welches meine Person diskreditiert!«

»Es ist mir zu Ohren gekommen.«

»Was, du weißt davon?«

»Wenn wir vom gleichen Gerücht sprechen?«

»Ich sage nur Melanie Ott!«

»Das Gerücht wurde mir zugetragen, ja!«

»Wer hat dir das gesteckt, Hanna? Ich ahnte schon, dass es Intriganten unter den Kollegen gibt!«

»Das möchte ich so lange vertraulich behandeln, bis ich mit allen Beteiligten gesprochen habe.«

»Ich bin einer der Beteiligten!«

»Du bist der Beschuldigte!«

»Ich habe nichts gemacht, wofür ich beschuldigt werden könnte.« Die Stimme von Florian Werner droht, sich zu überschlagen.

»Ich würde mich ein wenig mehr zusammenreißen, Florian«, versucht Hanna Lechner die Wogen zu glätten. »Es kann jeden Moment jemand vorbeikommen, das würde die Gerüchte nur noch weiter anfachen!«

»Du hast ja recht, aber hier geht es um meinen Kopf! Du brauchst die Sache ja nicht unnötig an die große Glocke zu hängen. In solchen Dingen halten sich Anschuldigungen hartnäckig, selbst wenn sie sich am Ende als falsch herausstellen. Es lässt sich alles intern an unserer Schule aufklären.«

»Das versteh ich nicht. Worauf willst du hinaus?«

»Ich möchte nicht, dass die Schulbehörde vorschnell mit hinzugezogen wird. Dann kocht die Sache unnötig hoch, es wird noch in meiner Vergangenheit herumgestochert und alles kommt nie mehr aus der Welt.«

»Wieso, gibt es in deiner Vergangenheit irgendetwas, was ich wissen sollte?«

»Natürlich nicht! Dass du so was überhaupt in Betracht ziehst, kränkt mich ungemein. Ich habe mir einen guten Ruf an dieser Schule erworben, mir eine Position erarbeitet. Du weißt selbst, dass ich mich sehr um deine Nachfolge bemühe. Das kann ich alles knicken, wenn dieser Unsinn nicht sofort ein Ende hat!«

»Aber ich werde dir nicht versprechen, alles unter den Teppich zu kehren. Ich rede zuerst mit dem Mädchen, wenn ich zurück bin. Dann sehen wir weiter!«

»Hat das Mädchen mich beschuldigt?«

»Nein!«

»Wer dann?«

»Ich sagte bereits, zu diesem Zeitpunkt sage ich nichts dazu!«

»Jetzt wird es so langsam klar!«

»Was wird klar?«

»Ich bin dir ein Dorn im Auge! Du willst nicht, dass ich deinen Posten übernehme.«

»Ich finde, wir brechen das Gespräch ab! So etwas muss ich mir nicht von dir vorwerfen lassen.«

»Ich warne dich! Wenn du mich ins offene Messer laufen lässt, werde ich mich zu wehren wissen!«

Hanna Lechner drängt an dem Englischlehrer vorbei, hört ihn leise fluchen und Verwünschungen aussprechen, die sie aber nicht mehr verstehen kann. Draußen auf der Straße ist ein Wahlplakat der CDU an einem Baum befestigt. Es zeigt eine lächelnde junge Frau, darunter der Text: ›Wenn mein Freund so viele Versprechen brechen würde wie der Kanzler, würde ich ihn rauswerfen.‹

*

›Geld existiert in Wirklichkeit gar nicht‹, liest Anna Diete. Der Satz war ihr mitten in der Aufführung von ›Bulemanns Haus‹ in den Sinn gekommen, als der Puppenspieler die Marionette des Herrn Bulemann gerade seine Geldtruhe öffnen ließ. Während des ganzen Stücks hatte sie der Satz nicht mehr losgelassen, und sie hatte krampfhaft überlegt, woher sie ihn nur kannte. Etwas später war ihr das Buch ›Mysterium Geld‹ eingefallen, und sie erinnerte sich verschwommen, es vor langer Zeit auf eines der oberen Regale ihres Bücherbords verbannt zu haben. Darin sind interessante Aspekte zum Thema Geld zusammengefasst worden, und richtig, wieder im Haus, konnte sie das Buch auf Anhieb unter den anderen hervorziehen, vom Staub der Zeit befreien und auf dem Schreibtisch platzieren.

Die Aussicht, einen Vortrag auf dem nächsten Storm-Symposium zu halten, hat ihren Tatendrang beflügelt. Der Besuch des Marionettentheaters am heutigen Vormittag hat einen weiteren Teil dazu beigetragen. Sie hat einige der Dialoge aus der Vorstellung noch im Ohr, hört die jammernden Worte, die der Puppenspieler dem einsamen Herrn Bulemann am Ende des Stücks in den Mund gelegt hatte.

»Ich sehe einen Menschen, da unten geht ein Mensch in der Gasse. Hallo, Sie da unten, gehen Sie nicht vorbei! Ich bin reich, mein Haus ist bis unters Dach voller Schätze! Ich werde alles mit Ihnen teilen, wenn Sie nur hören wollen! Sie sollen alles haben! Ich selbst will nichts, will gar nichts für mich behalten.«

Die Stimme der Marionette verklingt, während sie das Buch, das sich mit dem Geld befasst, aufschlägt. Gleich auf der ersten Seite springen ihr zwei Sätze entgegen. Sie greift nach einem gelben Marker und unterstreicht: ›Die Tatsache, dass Geld in einer unendlichen Vielfalt von Münzen und Scheinen vorhanden ist, sagt nichts über seine wirkliche Existenz aus. Der Wert des Geldes beruht einzig und allein auf einer Vereinbarung in der jeweiligen Gemeinschaft, Münzen oder Scheine als Zahlungsmittel zu verwenden und anzuerkennen.‹

»Kaum sind wir wieder zurück, schnappst du dir ein Buch und bist nicht mehr ansprechbar«, weht die Stimme Jan Swensens voraus, als er ins Zimmer tritt. Sein aufgesetzt jammernder Unterton lässt Anna Diete aufblicken. »Ich dachte, wir würden uns einen netten Nachmittag im Garten machen?«

»Kannst du nichts mit dir anfangen, Jan?«

»Aha, da spricht die Psychologin!«, neckt er. »Ich finde es eine völlig normale Angewohnheit, sich gemütlich in den Garten setzen zu wollen und zu relaxen, gerade wenn wir am Abend auch noch ins Puppentheater gehen wollen.«

»Ich finde, hier ist schon Puppentheater genug, Jan Swensen! Ein Vorschlag zur Güte, du gehst in die Küche, kochst mir einen Kaffee und dir einen Tee, und wenn du fertig bist, sitze ich bereits im Garten und warte auf dich. Was hältst du davon?«

»Das wollte ich gerade vorschlagen!«

Anna Diete quittiert den provozierenden Satz mit einem Lächeln und legt ihr Buch zur Seite. Natürlich gibt es ein Repertoire von Beispielen, dass gerade der Hauptkommissar seiner Arbeit höchste Priorität beimisst und das Privatleben öfter hinten anstellt, aber gegenseitiges Aufrechnen ist für Anna Diete reine Zeitverschwendung. Wir Menschen sind halt widersprüchlich, lautet eine ihrer Devisen.

Schweren Herzens verlässt sie ihren Schreibtisch, tritt durch die Terrassentür und setzt sich auf einen der Gartenstühle. Die Gedanken sind ihr allerdings gefolgt, denn das Storm-Märchen geht ihr nicht mehr aus dem Kopf. Sie grübelt über die Szene nach, in der Bulemanns Vater als Pfandleiher beschrieben wird und der Mann über Jahre Schmuck, Geräte und Trödelkram der Notleidenden in seinem Haus ansammelt. Da aber niemand sein Darlehen auf diese Pfände wieder zurückzahlt, bleiben die Gegenstände in seinem Besitz. Verkaufen will er sie nicht, weil er gesetzlich verpflichtet wäre, den erzielten Überschuss aus jeder Pfandsache an die Eigentümer herauszugeben. Nachdem der Vater gestorben ist, tritt Bulemann das Erbe an und setzt sich augenblicklich über dieses Gesetz hinweg, verkauft heimlich alle Sachen und lagert die Silbermünzen in einem eisenbeschlagenen Kasten.

Das hat etwas von einer Parabel, denkt Anna Diete,

eine Parabel auf das heutige Kreditwesen unserer lieben guten Banken. Die machen nichts anderes, als das Ersparte in der Gesellschaft einzusammeln, um es gegen eine Gebühr wieder an Geschäftsleute auszuleihen. Und weil das viele Ersparte jahrelang nutzlos auf den Konten herumlag, kamen die Bankiers auf die glorreiche Idee, mehr Kredite herauszugeben, als Erspartes auf ihren Konten lagerte. Es war schließlich kaum zu erwarten, dass alle Sparer gleichzeitig ihr Geld zurückfordern würden.

»Ein Kaffee für das geplagte Unterbewusstsein!«, scherzt Swensen, als er mit dem Tablett in den Garten tritt.

»Und was empfiehlt mein Psychoanalytiker sonst noch?«

»Nichts! Ich sehe doch, dass du meinen Rat schon befolgt hast«, entgegnet der Hauptkommissar und reicht Anna die Tasse. »Du bist draußen und das Buch liegt drinnen, Therapie erfolgreich abgeschlossen.«

»Wenn du dich da man nicht täuschst. Ich hab nämlich von dir gelernt und meine Triebe nur ein wenig sublimiert, Kollege Freud«, versucht Anna, Jan zu veralbern. »Methode Swensen, geht kinderleicht! Man trägt die Arbeit einfach immer im Kopf mit sich herum.«

»Ich denke, du hältst nichts von gegenseitigem Aufrechnen?«, stichelt Swensen, nimmt seine Tasse grünen Tee und legt sich demonstrativ in den Liegestuhl.

»Ausnahmen bestätigen die Regel oder deutlicher: Ich bin, also denke ich! Eine Psychologin ist kein meditierender Hauptkommissar, der seine Gedanken nach Belieben abschalten kann.«

»Soll ich dir erzählen, wie der das macht?«

»Nein danke! Aber du könntest mir erzählen, ob es im Buddhismus so etwas wie die sieben Todsünden gibt, ich denke speziell an die Gier.«

»Tut mir leid, das Wort Todsünden kennt der Buddhismus nicht. Aber laut Buddhas Worten gehört die Gier zu den samsārischen Anhaftungen, die neben Hass und Unwissenheit den Ursprung unseres Leidens ausmachen.«

»Also doch! Statt sieben eben nur drei Todsünden!«

»Nein, Anna! Samsāra ist nichts grundsätzlich Schlechtes. Es ist neben Nirvana nur eine Seite der gleichen Wirklichkeit. Was im Blick des Menschen als Samsāra erscheint, kann der Erleuchtete als Nirvana erkennen, oder einfacher gesagt, wenn wir uns an Gier, Hass und Unwissenheit binden, erfahren wir immer nur Samsāra. Können wir uns aber davon lösen, haben wir Nirvana erreicht.«

»Hey, da kommt mir gerade die Erleuchtung! Wenn ich dich richtig verstanden habe, ist die Gier in Storms Märchen eine Art Anhaftung ans Geld. Aber im Sinne des Buddhismus sind doch alle Dinge in Wirklichkeit leer, hast du schon öfter erklärt. Dann ist Geld auch nur eine Illusion, oder? Das stand auch in meinem Buch: ›Das Vorhandensein von Geld sagt nichts über seine Existenz aus‹.«

»Leersein bedeutet aber nicht, dass etwas keine eigene Existenz hat, Anna. Es sagt nur, dass es keine eigenständige Substanz hat. Geld ist nicht unabhängig von der Gier des Menschen vorhanden oder von dem Wert, dem der Mensch ihm zubilligt, oder dem Metall, aus dem es geprägt ist und, und, und.«

»… Oder von den Zinsen, die eine Bank dafür einstreicht, dass sie einen Kredit gewährt. Das ist die Gier der modernen Raubritter, die einem gutgläubigen Mann 100.000 € aufschwatzten und von ihm erwarten, dass er daraus 200.000 € macht. Sie zwingen ihn indirekt, mit anderen Menschen um dieses Geld zu konkurrieren. Aber wer das Spiel gewinnt, lässt andere auf der Strecke. Herr Hauptkommissar, warum werden nicht alle Bankiers sofort festgenommen?«

»Hört sich sehr nach Klassenkampf an, oder? Soll das dein Resümee in deinem Vortrag werden?«

»Wer weiß!«

»So einfach kann die Husumer Polizei die Ungerechtigkeit nicht aus der Welt schaffen. Die Gier der Bankiers liegt außerhalb meiner Kontrolle, Schatz. Außerdem gibt es für alle Bankiers das wunderschöne Bild von dem Löwen, der sich in den Schwanz beißt, das besagt: Selbst wer sich selbst frisst, wird durch jeden Bissen genährt. Je unstillbarer also die Gier wird, umso größer wird sie auch. So bleibt die Gier für immer und ewig in der Welt.«

»Das versteh ich nicht, Jan.«

»Das ist Anhaftung! Die Gier findet keine Befriedigung und je gieriger du bist, umso gieriger wirst du.«

»Kein schlechter Ansatz für den Vortrag, so kann man auch die Botschaft in ›Bulemanns Haus‹ interpretieren: Das Horten von Geld steigert nur den Wunsch, immer mehr davon zu besitzen!«

»Der Buddhismus ist nicht moralisch!«

»Dafür klingst du moralischer, als Buddha es erlauben würde!«

»Ich finde, wir lassen das einfach so stehen!«

»Wir haben aber keine Zeit zum Rumstehen, Jan Swensen«, neckt Anna und zeigt auf ihre Armbanduhr. »Es ist kurz nach halb sieben. Wir sollten uns langsam für unseren Theaterabend fertigmachen.«

»Eeeh, wirklich so spät? Dann gibt's bestimmt schon die ersten Hochrechnungen. Ich schmeiß nur mal schnell die Glotze an.«

Blitzschnell ist Swensen im Wohnzimmer verschwunden. Als Anna dazukommt, flackert auf dem Bildschirm des Fernsehers bereits das längliche Gesicht von Jörg Schönenborn.

»Uns liegt gerade die neuste Hochrechnung vor. Dabei gehen 39,5 % an die CDU, 37,3 % an die SPD. Das würde auf einen knappen Wahlsieg der CDU hinaus… oh, ich höre gerade von der Regie, dass der Kanzlerkandidat der CDU/CSU Edmund Stoiber im Konrad-Adenauer-Haus eingetroffen ist.«

Das Bild des Moderators schaltet weg und das Atrium der CDU-Bundesgeschäftsstelle in Berlin erscheint. Eine jubelnde Menschentraube empfängt Edmund Stoiber, der sich ans Mikrofon drängt und triumphierend ruft: »Eines steht jetzt schon fest: Die Union hat die Wahl gewonnen.« Edmund-Edmund-Rufe hallen durch den Raum. Stoiber streckt die Daumen nach oben und sagt mit strahlendem Gesicht: »Ich werde noch kein Glas Champagner trinken, aber es wird bald sein.«

»Eine weitere Variante zum Thema Gier«, stellt Swensen beiläufig fest. »Machtgier.«

*

Über den Husumer Marktplatz flanieren adrett gekleidete Paare, er meist im dunklen Anzug, senkrecht gebügelt, sie verkleidet im farbig-dezenten Kostüm. Die letzten Nachzügler, denkt Susan Biehl, verbinden Urnengang mit einem Spaziergang. Sie beobachtet das Treiben vom Rand des Brunnens aus. Der Stein ist noch warm von der Sonne, die langsam hinter den Dächern versinkt. Die Sekretärin wippt nervös mit dem rechten Fuß und hält nach Frieda Meibaum Ausschau, die durch die Krämerstraße kommen müsste. Wo bleibt sie nur, die Nachmittagsaufführung im Rathaus müsste doch längst vorbei sein?

Der Tine-Brunnen zählt zu den beliebtesten Treffpunkten in der Stadt. So manches Liebespaar hat hier den ersten Kuss getauscht, und fast jeder Stadtrundgang nimmt hier seinen Anfang.

Susan Biehl kennt sie alle, die Anekdoten und Geschichten, die um diesen Brunnen kreisen. Der Name Tine steht zum Beispiel für die Kurzform von Catherine, und dieser Name gehört zu Anna Catharine Asmussen, einer resoluten Husumerin, die im 19. Jahrhundert mit ihrem Vetter August Friedrich Woldsen die letzten Nachkommen einer wohlhabenden Kaufmannsfamilie waren. Beide hinterließen der Stadt Husum das beträchtliche Vermögen von 96.000 Talern. Husum errichtete dafür aus Dank diesen Brunnen und beauftragte dafür den Bildhauer Adolf Brütt aus Berlin, einen gebürtigen Husumer. Während der Bauzeit für die Brunnenanlage war der Künstler zweimal im Thoma's Hotel in der Großstraße einquartiert, und dort arbeitete seinerzeit Susans Urgroßmutter, Dora Fuchs, als Hotelangestellte. Adolf Bütt sah die

23-Jährige, sie war damals so alt wie Susan heute, und wählte sie als Modell für seine Bronzefigur aus. In Susans Familie wird davon noch heute erzählt, und die Sätze der Urgroßmutter haben den Status von geflügelten Worten angenommen:

›Wodenni keem dat, dat de Professor jüst Di utsöcht hät?‹

(Wie kam das, dass der Professor gerade dich ausgesucht hat?)

›Weet ick uck ni, aber ick har domals je wull en gude Figur!‹

(Weiß ich auch nicht, aber ich hatte damals ja wohl eine gute Figur!)

In ihrer Küche hat Susan Biehl eine Postkarte mit dem Gesicht der Bronzefigur und daneben ein Foto von sich aufgehängt. Manchmal glaubt sie eine gewisse Ähnlichkeit zwischen beiden zu erkennen.

»Hallo Frau Biehl! Warten Sie schon lange?«, reißt eine Stimme sie aus ihren Gedanken. Frieda Meibaum steht direkt vor ihr.

»Ich war nach der Aufführung noch schnell im Wahllokal. Hat leider etwas länger gedauert.«

»Ich war heute Mittag wählen, damit ich es gleich von der Backe hatte! Wie machen das eigentlich die Puppenspieler, die müssen doch auch wählen?«

»Die meisten aus dem Förderkreis haben Briefwahl gemacht«, erklärt Frieda Meibaum und reicht Susan die Hand zu Begrüßung. Die beiden Frauen schlendern zu dem Torbogen im Alten Rathaus hinüber. An der öffentlichen Toilette im Schlossgang stehen mehrere Männer beieinander, und Frieda Meibaum verzieht ihr Gesicht. Susan Biehl lässt sich nichts anmerken, mustert nur im Vorbeigehen die aufgedunsenen Gesichter mit der geröteten Haut. Einer der Männer verteilt gerade Bierdosen, und lallendes Gejohle verfolgt sie wie ein schlechtes Gewissen. Du schreitest auf dem Pfad der Kultur, hört sie ihre mahnende Stimme, und sie liegen an seinem Rand, im Niemandsland, ohne Kino, Fernsehen und Puppenspiel. Ihr fällt der bekannte Spruch über den Geiz ein, in dem eine reiche Frau sagt: ›Ich würde den Armen ja gern Gutes tun, aber ich bringe es einfach nicht übers Herz‹.

Unter dem grauen Vordach steht in erhabenen goldenen Lettern HUSUMHUS. Dichtgedrängte Gruppen von plaudernden Besuchern stehen bereits auf den Treppenstufen, als Frieda Meibaum und Susan Biehl die Neustadt hinaufkommen. Neben akkuraten Anzügen und Glitzerstoffen ist auch normale Straßenkleidung zu sehen, aber die Menge der Zuschauer deutet auf den kulturellen Höhepunkt des Festivals hin. Susan empfindet den Anblick als gesellschaftlichen Schaulauf von Bildungsmarionetten am Gängelband. Und bei all dem Sehen und Gesehenwerden, thront passend über diesem Markt der Eitelkeiten auch noch eine goldene Hahnenfigur auf einem schmalen Mauervorsprung im Gebäude. Das Husumhus ist ein schlichtes Backsteingebäude, beherbergt das dänische Kulturzentrum und stellt auch dieses Jahr seine Räumlichkeiten für die Pole-Poppenspäler-Tage zur Verfügung.

Frieda Meibaum steuert mit Susan Biehl an den Menschen vorbei ins Foyer, ein aus warmer Holzverkleidung und rotem Backstein gestalteter Raum, der sich langsam zu füllen beginnt. Direkt neben dem Büchertisch eröffnet Frieda Meibaum die Kasse. Susan trommelt einige der Ehrenamtlichen, die zur Vorstellung erschienen sind, zusammen, damit sie genügend Leute sind, um die vielen Besucher an die richtigen Plätze zu bringen.

»Hast du den Hahn im Eingang gesehen, Anna?«, schnappt sie die bekannte Stimme von Hauptkommissar Swensen auf. »Der Hahn ist übrigens das buddhistische Symbol für die Gier.«

»Herr Swensen, Frau Diete«, säuselt Susan dazwischen. »Schön, dass Sie kommen, ich hole gleich Ihre Karten.«

»Das Stück ›Bulemanns Haus‹ von heute Vormittag war ein ausgezeichneter Tipp, Frau Biehl«, bedankt sich Anna Diete. »Ein echtes Highlight, wirklich! Nochmals vielen Dank!«

»Da schließe ich mich an, Susan«, bestärkt Swensen. »Meine Einstellung zum Puppentheater ist grundlegend revidiert worden. Jetzt bin ich umso gespannter auf heute Abend.«

»Was halten Sie davon, wenn ich für Sie einen Blick hinter die Kulissen arrangieren würde!«

»Könnten Sie das wirklich, Susan?«, fragt Swensen fast wie ein kleiner Junge. »Natürlich hätten wir Lust dazu, also … wir würden uns riesig freuen!«

»In fünf Minuten an der Eingangstür zum Theatersaal, ich lass Sie dann reinflutschen«, sagt Susan im überdrehten Singsang und verschwindet zwischen den herumstehenden Leuten. Anna Diete zieht Swensen mit zum Büchertisch hinüber, wirft einen flüchtigen Blick auf das Angebot, blättert einige Bücher durch und kauft sich dann ein kleines Buch im grünen Schutzumschlag: ›Kann man denn davon leben …? – Ein Puppenspieler erzählt‹.

»Frau Diete, Herr Swensen, hallo!«, sticht Susans Stimme aus dem gleichförmigen Gemurmel der Gespräche hervor. Swensen sieht die Kollegin winkend im Spalt der Saaltür, tippt Anna an den Oberarm, und beide treten schnell durch die kurz geöffnete Tür. Im Saal geht es links durch eine weitere Tür in einen kleinen Vorraum und von da über eine schmale Holztreppe direkt auf die Bühne. Stoffbahnen teilen die riesengroße Spielfläche in mehrere kleine Abschnitte. Swensen tritt an den Bühnenrand und schaut auf die leeren Klappsitze im Zuschauerraum.

Das macht schon ein seltsames Gefühl, hier oben zu stehen, denkt er. Eine echte Versuchung für das eigene Ego. In seiner Fantasie ist der Raum plötzlich mit Publikum gefüllt und alle Blicke sind auf ihn gerichtet, nur auf ihn allein. Er spürt sofort, dass ihn die Situation total überfordern würde. Das Rampenlicht ist nicht mein Ding, sagt er sich, das hat eine andere Dimension als unsere Pressekonferenzen oder die unsichtbare Öffentlichkeit, die uns bei jeder Ermittlung auf die Finger schaut.

»Kommen Sie mit nach hinten«, lockt Susan und fordert Swensen auf, mit Anna hinter eine der Stoffbahnen zu kommen. Dort befindet sich eine Art Kleiderständer auf Rädern, über dessen Stange an die zehn Handpuppen liegen, verschiedene Schafe mit witzigen Gesichtern, ein alter Widder, ein Wolf, ein Wolfs- und ein Schafsfell. Dahinter steht ein fahrbares Gestell, auf dem eine ganze Herde aus Wollknäueln drapiert wurde.

»Dieses kleine Schaf ist besonders süß«, sagt Anna und deutet auf eine Handpuppe mit großen Kulleraugen und rosa Schnauze.

»Das ist Seba, das kleinste Schaf der Welt«, erklärt Susan mit Leidenschaft in der Stimme und streichelt der Puppe über die weiße Wolle.

»Seba?«, fragt Swensen neugierig. »Ein ungewöhnlicher Name für ein Schaf, hat der irgendeine höhere Bedeutung?«

Susan schüttelt den Kopf.

»Ich dachte nur, weil das Stück ›Ursache und Wirkung‹ heißt.«

Susan Biehl scheint etwas überfordert zu sein: »Seba kommt von Sebastian, eine Abkürzung des Namens, soweit ich weiß!«

»Ich kenn nur einen gewissen Albertus Seba«, wirft Anna ein. »Ein Apotheker und Naturaliensammler aus dem 17. Jahrhundert.«

Swensen guckt Anna mit großen Augen an. »Wie kommst du denn darauf?«, fragt er mit Erstaunen in der Stimme.

»Dieses Bild mit den Schildkröten drauf, in meiner … unserer Küche, das ist von Albertus Seba. Übrigens ein gebürtiger Ostfriese.«

»Du meinst diesen kleinen Kupferstich über der Anrichte?«

»Ja! Das ist kein echter Kupferstich, nur ein Druck.«

»Ich glaube, wir müssen langsam wieder«, drängelt Susan und führt die beiden auf demselben Weg zurück. Als sie gerade wieder an der Saaltür sind, wird diese von außen geöffnet und die ersten Zuschauer strömen herein.

»Hier sind die Karten«, sagt Susan, »Sie können schon auf Ihre Sitze, fünfte Reihe, 113 und 114, ziemlich in der Mitte.«

»Nochmals danke für die Karten, Frau Biehl«, bedankt sich Anna und eilt mit Swensen zu ihren Plätzen. Der Ansturm beginnt, blitzartig ist der Theatersaal gerammelt voll, die Ordnerinnen vom Förderverein haben alle Hände voll zu tun. Wenig später wird es dunkel, und ein bläuliches Dämmerlicht taucht die Bühne in eine Nachtszene. Das kleine Schaf, das sie gerade noch leblos hinter der Bühne bewundert haben, tippelt lebendig auf die Bühne. Es wird von einem Puppenspieler in schwarzer Kleidung geführt, der mit seinem Arm den Körper der Puppe hält und die Bewegung des Tieres täuschend echt simuliert, obwohl die wollige Figur gar keine Beine hat. Von links flammt ein gelbliches Licht auf, das den Eindruck eines Sonnenaufgangs vortäuscht und die herabhängenden Stoffe wie dunkle Bäume erscheinen lässt. Swensen empfindet die Bühne plötzlich als einen weiten Raum.

»Sebaaaaah, Seeebaaaah! Seeebääääh! Wo bist du denn schon wieder?«, blökt eine leise Stimme, die weit entfernt klingt. Swensen ist beeindruckt, wie der Puppenspieler es schafft, gleichzeitig so unterschiedliche Stimmen zu sprechen.

Das Schaf legt den Kopf schief, tippelt zu einem der Vorhänge in der Mitte der Bühne. Ein zweites, wesentlich größeres Schaf kommt hinter dem Vorhang hervor. Der Puppenspieler arbeitet jetzt mit beiden Armen, lässt das große Schaf auf das kleine zugehen.

»Warum spielst du nicht, wie es sich für ein kleines Schaf gehört, mit den anderen Lämmern?«, sagt das größere Schaf mit vorwurfsvollem Ton.

»Ich mag nicht mit den anderen spielen!«

»Aber Seba, Spielen ist doch etwas Schönes!«

»Nein, ist es nicht! Ich schaue mir lieber die vielen Wolkenschafe an!«

6

Der weinrote Honda Civic kommt von Garding über die Welter Straße. Schon bevor er den Ortseingang von Welt erreicht, schaltet der Fahrer die Scheinwerfer aus und drosselt die Geschwindigkeit. Er kaut mit den Zähnen auf der Unterlippe, seine Schultern sind angespannt nach oben gedrückt. Er geht die geplante Vorgehensweise noch einmal in seinem Kopf durch, alles reine Routine. Der unauffälligste Ort, um den Wagen abzustellen, ist für ihn ein Platz in unmittelbarer Nähe der Kirche. Einen Zusammenhang zwischen Kirche und Verbrechen, davon ist er fest überzeugt, schließen die meisten Menschen automatisch aus. Außerdem ist nach Mitternacht in einem kleinen Dorf wie Welt sowieso keine Menschenseele mehr auf den Beinen.

Als er den Zündschlüssel abzieht, beginnt sein Adrenalinspiegel schlagartig anzusteigen. Er steigt aus, macht einige Kniebeugen, atmet kräftig durch, nimmt die Stoffbeutel mit dem Zeitungspapier und die kleine Werkzeugtasche aus dem Kofferraum und schließt die Heckklappe so lautlos, wie es eben geht. Obwohl die Straßenbeleuchtung abgeschaltet ist, scheint ihm alles taghell erleuchtet zu sein. Nur die Häuser und Bäume sind farblos silbriggrau und strahlen im fahlen Mondschein unwirklich wie Pergamentpapier. Sein Blick geht unruhig hin und her, aber hier draußen ist alles wie ausgestorben. Er geht mit zügigen Schritten die Dorfstraße hinunter und biegt zielsicher in den Tönninger Weg ein. In der schmalen Nebenstraße reihen sich die Einfamilienhäuser aneinander. Kein Fenster weit und breit ist erleuchtet.

Das abseits gelegene Grundstück, auf das er zusteuert, ist von einer hohen, dichten Hecke umgeben. Hinter der verzierten Gartenpforte führt ein gepflasterter Weg bis zur Haustür. Er schaut noch einmal nach links und rechts und betritt den Vorgarten. Ein Holzzaun versperrt den Zugang zur Rückseite des Hauses. Er packt den oberen Rand und zieht sich mühelos mit den Armen hoch, schwingt das rechte Bein hinüber und springt auf die andere Seite. Die Terrasse ist mit mehreren Reihen Blumenkübeln vollgestellt, es gibt kaum ein Durchkommen. Einige Blüten knicken ab, als er sich hindurchzwängt. Seine Taschenlampe braucht er nicht, das Mondlicht reicht aus.

Der Schwachpunkt jeden Hauses ist die Terrassentür. Er nimmt den Glasschneider heraus, hält den Holzgriff in der Hand und simuliert einen Trockenschnitt, indem er mit dem Stahlrädchen ohne Druck locker über die Scheibe fährt. Dann drückt er zu und ein feines, kratzendes Geräusch begleitet den kreisrunden Schnitt, den er, ohne abzusetzen, durchführt. Mit dem Daumen drückt er das Glas heraus, greift mit der Hand durchs Loch und öffnet die Tür von innen. Er zieht eine Wollmütze übers Gesicht. Bevor er vorsichtig in den Raum tritt, horcht er ins Innere. Alles bleibt ruhig. Der Mondschein fällt durch das Panoramafenster direkt auf den Vitrinenschrank an der gegenüberliegenden Wand. Er geht darauf zu, nimmt seine Taschenlampe in die Hand, leuchtet gierig in die

Vitrine und zählt die Porzellanfiguren auf den Borden. Es sind zwölf Stück, eine einzigartige Sammlung, die ein Lächeln über sein Gesicht huschen lässt.

Die filigrane Ausführung, insbesondere die Unterglasurfarben, sagen ihm, dass alle Einzelstücke aus der Manufaktur Bing & Grøndahl aus Kopenhagen stammen müssen. Eine der größeren Porzellanfiguren stellt den Dichter Hans Christian Andersen dar, der einem Mädchen im blauen Kleid aus einem Buch vorliest.

Das Teil ist mindestens 800 € wert, denkt er und jubelt innerlich, bevor er den Lichtstrahl zu den nächsten Figuren gleiten lässt, einem Mandolinenspieler, einer Frau mit einem Eierkorb auf dem Kopf, einem kleinen Mädchen, das Milch verschüttet hat, und einer sitzenden Krankenschwester. Durch die Bank alles besonders wertvolle Figuren. Er öffnet den Schrank, nimmt eine Figur nach der anderen heraus, wickelt jede einzelne vorsichtig in Zeitungspapier und verstaut sie in seinen beiden Stoffbeuteln. Seine Planung ist wieder professionell durchdacht, der ganze Bruch dürfte höchstens 20 Minuten dauern. Er ist mit sich selbst zufrieden und lässt sich voller Übermut rückwärts in einen Sessel plumpsen.

Als die Hausbesitzerin ihm vor zwei Monaten auf ihrer Geburtstagsfeier von der Bing & Grøndahl-Porzellansammlung erzählt hatte, war er sofort hellhörig geworden. Er wusste von seinem alten Herrn, aus erster Hand sozusagen, dass dieses Porzellan sehr wertvoll ist. Sein Vater hatte gleich nach dem Zweiten Weltkrieg in der Manufaktur Arbeit bekommen und war bis 1986 dort gewesen, kurz bevor die Firma von der Royal Copenhagen geschluckt wurde.

Es dürfte also kein Problem sein, das Zeug locker an den Mann zu bringen, denkt er. Jeder Antiquitätenhändler nimmt mir die Porzellanfiguren mit Kusshand ab. Die lassen sich teuer weiterverhökern.

Er merkt, dass sein Mund trocken ist, knipst die Taschenlampe an, geht in die Küche und findet im Kühlschrank ein ›Ducksteiner‹. Auf Anhieb kann er die Schublade mit dem Besteck aufziehen, und obwohl eine innere Stimme ihn mahnt, kein Risiko einzugehen, kramt er nach einem Flaschenöffner. Mit einem zischenden Geräusch löst sich der Kronkorken vom Flaschenhals und fällt zu Boden. Im selben Moment hört er das Drehen eines Schlüssels im Haustürschloss. Er stellt die Flasche auf den Küchentisch, stürzt ins Wohnzimmer und schnappt die beiden Stoffbeutel, als er die Haustür aufspringen hört. Er sitzt in der Falle. Über die Terrassentür raus und über die Holzwand klettern verwirft er sofort als viel zu gefährlich. Wenn er nicht schnell genug hinüberkommt, hätte man ihn. Er steht erstarrt mitten im Raum, kein rettender Gedanke in Sicht. Im Hausflur geht das Licht an. Er hört Schritte, die in die Küche gehen. Panik!

Was tun, was tun, hämmert es in seinem Kopf. Urplötzlich kommt seine Bewegung zurück. Die Haustür ist offen, das ist der einzige Ausweg! Er stürmt aus dem Wohnzimmer auf den Flur hinaus.

»Dettmar, Dettmar!«, kreischt eine schrille Frauenstimme. »Da war jemand in der Küche!«

Drei Schritte, er ist an der Haustür und drückt die Klinke herunter.

»Dettmar, bist du das?«, zittert die Stimme, um sich gleich darauf in einen gellenden Schrei zu verwandeln. Im selben Moment, als er die Haustür aufreißt, tritt ihm ein Schatten in den Weg.

»Ein Einbrecher! Vorsicht, Dettmar, da kommt ein Einbrecher«, klebt die Frauenstimme an seinem Ohr. Er schwingt eine Stofftasche und schlägt sie der Gestalt an den Kopf. Die sackt ihm mit einem stöhnenden Laut vor die Füße. Ein zweiter Schrei zerreißt beinahe sein Trommelfell. Er ist schon über die am Boden liegende Person hinweggetreten, als eine Hand sich an seinem linken Fuß festklammert und ihn aus dem Gleichgewicht bringt. Er stürzt vornüber auf den Gehweg, sein Gesicht schlägt auf die Steine, und mit einem klirrenden Geräusch folgen die beiden Stofftaschen nach. Er tritt mit dem Bein nach hinten und trifft. Der Griff lockert sich, er rappelt sich hoch und rennt halb stolpernd auf die Straße hinaus. Ungeahnte Kräfte lassen seine Beine förmlich kreisen. Das Herz schlägt ihm bis zum Hals, als er an der Dorfstraße ankommt. Er hält kurz inne und blickt zurück, niemand verfolgt ihn. Der keuchende Atem beruhigt sich nur langsam. Er versucht, im Dunkel der Häuser und Bäume zu bleiben und schleicht bis vor die Kirche. Eine Berührung am Ohr lässt ihn zusammenfahren, doch es ist nur ein Blatt, das von einem Baum herabgesegelt kam. Schweißperlen stehen ihm auf der Stirn. Der Wagen steht einsam auf dem Parkplatz. Er sprintet hinüber, klemmt sich hinters Steuer, startet den Motor und fährt davon, ohne das Licht einzuschalten.

Jetzt nur nicht nach Garding, denkt er. Die haben sicher schon die Bullen angerufen, und die kommen genau aus der Richtung. Und bloß nicht unnötig in der Gegend rumkurven. Wer weiß, wo die Bagage sich überall auf die Lauer legt. In der Nacht entgeht ihnen kein Wagen, und mit meinem zerbeulten Gesicht bin ich eine sichere Beute.

Er drückt aufs Gas, rast von der Hauptstraße nach links in Richtung Eidersperrwerk, biegt aber vorher auf die Nebenstraße nach Tating. Zehn Minuten später stellt er den Wagen neben der baufälligen Halle einer ehemaligen Fabrik ab. Die Abschürfungen im Gesicht brennen wie Feuer, während das Blut in der Stirn pocht. Mit schmerzenden Gliedern kriecht er auf den Rücksitz, rollt sich zusammen und versucht einzuschlafen. Durch das Seitenfenster scheint der Mond herein. Immer wenn er gerade einzunicken beginnt, glaubt er ein Geräusch zu hören und lugt ängstlich aus dem Rückfenster.

In den Morgenstunden wird es empfindlich kalt. Nebelschwaden ziehen über den Innendeich. Er klettert aus dem Wagen, pinkelt und versucht sich durch kurze Sprünge warm zu machen. Nach 8 Uhr scheint die unmittelbare Gefahr überstanden zu sein. Der Berufsverkehr dürfte eingesetzt haben, und die Wahrscheinlichkeit, noch in eine dieser Straßenkontrollen zu geraten, tendiert gegen null.

Bevor er den Wagen startet, nimmt er die beiden Stofftaschen vom Beifahrersitz und greift hinein. Wie nicht anders erwartet, scheinen die meisten Porzellanfiguren zerbrochen zu sein.

Alles für die Katz, denkt er ärgerlich und fährt den Wagen über die Nebenstraße nach Tönning. Von hier aus benutzt er die Hauptstraße nach Husum und reiht sich in den morgendlichen Verkehr ein.

*

Sie will nicht glauben, was sie da sieht. Tabellen und Zahlen fliegen über den Display des Taschenrechners. Der Körper ist wie gelähmt und das Herz pocht in der Brust. Akute Kopfschmerzen scheinen den Kopf zu sprengen. Der schrille Klingelton der Haustür reißt sie aus der Erstarrung. Die Klingel geht ein zweites Mal und der Ton füllt die Stille, selbst nachdem er bereits verklungen ist. Wie in Trance steht sie auf, geht über den Flur zur Bürotür, drückt den Türsummer und schaut ins Treppenhaus. Von unten kommen schleppende Schritte die Treppe herauf. Der Kopf einer hageren Gestalt wird sichtbar.

»Was willst du hier?«, ruft sie dem Mann entgegen. »Komm bloß nicht näher ran!«

»Gib mir den Becher zurück, Schwester! Ich bitte dich! Ohne den Schnorrbecher bin ich aufgeschmissen, ich kann kein Geld mehr betteln und muss hungern.«

»Hast du Geld, um ihn einzulösen?«, schnauzt sie den Hageren an. »Mit Träumen löst man keinen Pfand ein!«

»Sei barmherzig, Schwester! Ich bin doch von deinem Blute!«

»Bleib mir vom Leib!«

Zwei riesige Kater sausen die Treppe hinauf, flutschen durch die Beine der Schattengestalt und stürmen ihr entgegen.

»Graps, alte Bestie! Schnorres, mein Söhnchen«, flüstert sie, streckt ihre Hand aus und versucht, beiden Tieren den Kopf zu kraulen. Die fauchen nur böse, schlagen ihr die Krallen in den Handrücken, und ein höllischer Schmerz lässt sie die Augen öffnen. Der Wecker auf dem Nachtschrank rasselt hell. Wütend schlägt sie mit der Hand auf den Klingelknopf.

Jetzt verfolgt mich diese elende Firma schon bis in den Schlaf, schießt es ihr durch den Kopf. Sie legt sich zurück aufs Kissen und schließt erneut die Augen, doch dort, in ihrem Inneren, gibt es erst recht keine Ruhe. Die gesamten Probleme aus dem Büro kriechen ihr wie ein bösartiges Pelztier den Rücken hinauf, beißen sich in ihrem Nacken fest.

Sie sieht sich auf ihrem Drehstuhl sitzen, vor einigen Wochen, sieht, wie sie auf die Uhr blickt. Eine innere Unruhe hat sie durch den Vormittag getrieben, die Zeit gnadenlos hinweggerafft. Ohne Pause hat sie sich noch einmal durch Kassenbücher, Bankbelege und Rechnungen gewühlt, bis Handgelenke, Nacken und Rücken schmerzten. Der unbequeme Bürostuhl, die unentwegt verdrehte Haltung, Finger auf der Tastatur, den Kopf gekippt, erst links zum aufgeklappten Ordner mit den Rechnungsbelegen, dann rechts zum Computerbildschirm und zurück, forderten ihren Tribut. Normalerweise ist sie selbst unter Termindruck und strikt einzuhaltenden Fristen voll leistungsfähig, doch die ununterbrochenen Anrufe haben sie aus ihrer Konzentration gerissen. Mandanten wollten unwichtige Auskünfte über Lohnsteuer oder Sozialversicherungsbeiträge. Von den am Boden stehenden sieben Pappkartons der Firma Asmussen, bis zum Rand mit Ordnern gefüllt, sind noch über die Hälfte nicht angetastet worden. Der Stress, sich in einer permanenten Aufholjagd zu befinden, lässt sich einfach nicht mehr abschütteln. Außerdem spukt eine vage Unruhe in ihrem Kopf herum, die sich aus Zahlenreihen von importierten Tierfuttermengen zusammensetzt.

Vor einigen Tagen hatte sie bereits die Daten der Frachtpapiere und die dazugehörigen Rechnungssummen in ihre Buchungsliste eingegeben. Dabei war ihr aufgefallen, dass im letzten Jahr der Frachtschiffverkehr zwischen den drei lettischen Hafenstädten und Husum im Vergleich zum vorletzten Jahr einen rasanten Aufschwung genommen hatte. Doch irgendetwas hatte da nicht gestimmt, das neue Tonnageaufkommen wies nicht mehr die gewohnte runde Summe auf. Waren es im vorletzten Jahr noch 2.000 Tonnen pro Schiff, hatte sich die Fracht im letzten Jahr um jeweils 500 Tonnen verringert. Das hieß, obwohl mehr Schiffe gekommen waren, war die Gesamttonnage fast gleich geblieben. Schlagartig hatten bei ihr alle inneren Alarmglocken geläutet. Die Tatsache, dass die Gewinne der Firma Asmussen in den beiden Jahren stagniert hatten, hatte ihr Misstrauen nur noch mehr angefacht. Ihr gesunder Menschenverstand hatte ihr gesagt, da ist etwas faul im Staate Lettland.

Nach dem Anruf von einem der Gebrüder Asmussen waren die Ungereimtheiten nur noch präsenter geworden, flüsterten ihr ins Gewissen und standen wie ein grauer Schatten neben ihr, als wollten sie eine Reaktion von ihr abfordern. Sie hatte in dem Gespräch kein Blatt vor den Mund genommen. Dieter Asmussen hatte daraufhin sehr subtil gedroht und bei ihr eine dunkle Angst hinterlassen, die nicht wieder verschwinden wollte.

Petra Ørsted liegt noch immer mit geschlossenen Augen im Bett, sieht, wie sie sich im Bürostuhl nach hinten kippen lässt und nach einem der dicken Leitzordner greift. Sie sieht, wie sie die Belege durchblättert, ihre Finger über die Tastatur des Taschenrechners fliegen. Sie addiert die höheren Tonnenzahlen aus dem letzten Jahr mit dem gestiegenen Schiffsaufkommen in diesem Jahr und drückt die Enter-Taste. Die Endsumme auf dem Display würgt ihr die Luft ab. Die simple Rechenaufgabe zeigt ihr mit einem Blick das schonungslose Ausmaß des Betrugs. 18.000 Tonnen im Wert von über 2 Millionen Euro könnte die Firma Asmussen in diesem Jahr an den Büchern vorbei ins Land geschafft haben, aber wahrscheinlich ist die Summe noch größer!

Sie will, dass dieser Albtraum im Wachzustand ihr keine Angst mehr macht, öffnet endgültig die Augen und hockt sich auf die Bettkante. Erst jetzt stellt sie fest, dass Sörens Laken unbenutzt ist. Er ist in der Nacht nicht von der Verkaufstour zurückgekommen.

Das ist wieder typisch, denkt sie verstimmt, hält es nicht für nötig anzurufen, wenn er es nicht nach Hause schafft. Schon wieder ein teures Hotelzimmer, bei diesem miesen Job, da springt am Ende kaum noch was raus.

Mürrisch setzt Petra Ørsted ihre Beine auf den Boden und schlurft ins Badezimmer, aber selbst die Dusche bringt sie nicht aus ihrem Stimmungstief. In all die Dinge, die in letzter Zeit schiefgelaufen sind, reiht sich auch noch der gestrige Abend nahtlos ein. Nicht nur, dass es richtig spät geworden war nach der Vorstellung im Dante, selbst die ausgelassene Stimmung wurde zusätzlich von Frieda Meibaum getrübt. Sie hatte sich über alle Maßen über Wiktor Šemik geärgert, der nach seinem grandiosen

Erfolg, mit brausendem Beifall im Husumhus, es nicht für nötig gehalten hatte, auf ein Viertelstündchen bei ihnen vorbeizuschauen. Alle mussten ellenlang ihren Unmut über sich ergehen lassen, nur bei Hanna Lechner stieß sie mit ihrem Genörgel gegen eine Mauer.

»Komm bloß nicht mit deinem Ärger über Wiktor Šemik zu mir«, hatte Hanna sie sofort gestoppt. »Du bist es gewesen, die diesen Egomanen unbedingt auf unserem Festival haben wollte. Von all meinen Warnungen wolltest du schließlich nichts hören, meine Liebe!«

Typisches Stutenbeißen, erinnert sich Petra Ørsted und ist immer noch verwundert über die massive Erregung von Hanna. Da muss doch irgendeine unausgesprochene Rivalität zwischen den beiden laufen.

Die Steuerberaterin öffnet den Kleiderschrank und entscheidet sich für einen eleganten Hosenanzug. Vor dem Spiegel wirkt der golddurchwirkte Stoff des Blazers zwar etwas aufgedonnert, doch nach kurzem Abwägen schiebt sie ihre Bedenken als haltlos beiseite.

Petra Ørsted hat noch 15 Stunden zu leben.

Als sie die Treppe herabkommt, stürmt ihr Ältester mit einem Brötchen in der Hand aus der Küche und will sich gerade durch die Haustür verdrücken.

»Halt, stopp, Freundchen!«, ruft sie mit energischer Stimme. »Ich hab noch ein Wörtchen mit dir zu reden!«

»Ich muss los, sonst komm ich zu spät zur ersten Stunde«, mault Peter Ørsted.

»Du bleibst hier, wenn ich mit dir sprechen will«, befiehlt sie und stellt sich vor die Haustür. »Ich will sofort wissen, was da zwischen dir und deinem Englischlehrer abläuft!«

»Mit Werner? Nichts!«

»Willst du mich für dumm verkaufen, Peter?«

»Nein! Ich weiß nicht, was du von mir willst, Mama!«

»Herr Werner hat mich gestern unter der Hand angesprochen, dass in der Schule ein Gerücht kursiert und dass du ihn zu Unrecht beschuldigt hast?«

»Ich? Wie kommt der denn da drauf?«

»Peter, rück endlich mit der Sprache raus! Ich weiß bereits alles!«

»Wenn du alles weißt, was willst du dann von mir?«

»Verdammt, Junge, es ist kein Scherz, jemanden einer Straftat zu beschuldigen. Wenn du dir da was ausgedacht hast, dann sag das sofort!«

»Ich hab Augen im Kopf! Dieser Werner hat Melanie angemacht, hundert pro, Mama!«

»Junge, weißt du genau, was du da sagst? Das kann deinen Englischlehrer die Stelle kosten, ihn ins Gefängnis bringen.«

»Da gehört er auch hin!«

»Wer ist denn diese Melanie Ott?«

»Eine aus meiner Klasse.«

»Ja, und? Kennst du sie gut, seid ihr befreundet?«

Peter Ørsted weicht dem Blick seiner Mutter aus. Er tritt unruhig von einem Bein aufs andere. Die

Hände streichen fahrig über die Oberschenkel. Die Stimme des Jugendlichen klingt plötzlich gepresst: »Was willst du denn von mir? Ich hab nur gesagt, was ich gesehn hab!«

Er drängelt sich an ihr vorbei, reißt die Haustür auf und rennt zur Gartenpforte. Als Petra Ørsted reagieren kann und ihm nachsetzt, steht die Pforte offen und von dem Jungen ist weit und breit nichts mehr zu sehen.

»Peter, kommt sofort zurück!«, ruft sie, doch ihre Stimme verhallt im Nichts. Sie kehrt in die Küche zurück, macht sich dort ein Käsebrot und isst es im Stehen, während sie durchs Fenster den Wagen von Sören kommen sieht, der rasant in die Auffahrt prescht. Die Steuerberaterin hört die Autotür klappen, und wenig später dreht sich der Schlüssel im Haustürschloss. Sie geht in den Flur hinaus. Sören steht vor dem Spiegel und betrachtet sein Gesicht. Das rechte Auge ist geschwollen, über die rechte Wange ziehen sich lange Schürfspuren mit verkrustetem Blut.

»Wie ist das denn passiert?«, fragt sie mit aggressivem Unterton. »Und wo kommst du eigentlich her? Hättest doch wenigstens anrufen können!«

»Guten Morgen, Petra, danke, es geht mir gut, und der Rest geht dich nichts an!«

»Ist das alles, was du mir dazu sagen willst?«

»Was willst du denn hören?«, fragt er scharf und verdreht die Augen.

»Was heute Nacht los war«, zischt Petra zurück. »Hast du dich mit einem Kerl geprügelt?«

»Von dir kommen immer nur Vorwürfe! Wenn ich

über Nacht wegbleibe, treibe ich mich selbstverständlich herum! Dass meine Arbeit das erfordert, ist dir doch scheißegal!«

»Weswegen hast du mich eigentlich geheiratet? Dann leb doch gleich allein!«, erwidert sie trotzig.

»So früh am Morgen habe ich keinen Bock auf eine Szene, bloß weil ich im Hotel übernachten musste.«

»Schon wieder im Hotel?«

»Glaubst du mir etwa nicht? Fehlt nur noch, dass du mir hinterherspionierst.«

»Dann sag doch, in welchem Hotel du übernachtet hast!«

»Das geht dich gar nichts an!«

»So geht das nicht weiter«, sagt Petra Ørsted resigniert. »Ich finde, unsere Ehe gehört auf den Müll! Das wäre für uns alle das Beste!«

»Willst du damit andeuten, dass du mich ohne einen Pfennig vor die Tür setzen willst?«

»Warum eigentlich nicht? Unsere Situation ist unerträglich!«

»Und wo soll ich dann hingehen? Denk doch auch mal an die Kinder!«

»An die denke ich ja gerade!«

»Ich hab schon immer geahnt, dass du ein boshaftes, hinterhältiges Weib bist, die mich mit ihrem Geld ködern will!«

Petra Ørsted sieht nur noch einen Schatten. Sören schlägt ihr mit der flachen Hand ins Gesicht. Die Wucht schleudert sie an die Wand.

*

»Verstehe ich das richtig, Sie wollten eigentlich vor drei Tagen in den Urlaub fahren?«, stutzt Stephan Mielke und mustert beiläufig den kräftigen Mann, der ihn mit flinken grauen Augen von oben bis unten abtastet. Der Oberkommissar zieht einen Notizblock aus der Jackentasche und nimmt den darin enthaltenen Schreibstift heraus.

»Darf ich fragen, wieso Sie den Urlaub nicht angetreten haben?«

»Die Mutter meiner Frau ist gestorben«, antwortet der Mann betont leise, als wolle er der Frau an seiner Seite die Worte nicht zumuten.

»Das tut mir leid«, bringt Mielke mit Mühe über die Lippen. »Mein herzliches Beileid.«

Solche Situationen sind ihm unangenehm. Alles, was den üblichen Ablauf einer Ermittlung durcheinanderbringt, bringt auch sein Bild von einem distanzierten Kripobeamten ins Wanken. Nach außen gibt er sich dann besonders unnahbar, manchmal sogar schroff, damit man ihm seine innere Gemütslage nicht anmerkt.

»Wann wären Sie normalerweise wiedergekommen, Herr Hagedorn?«, fragt Mielke nach einer kurzen Pause.

»Ende nächster Woche, weshalb fragen Sie das?«

»Wir haben in letzter Zeit eine Reihe von Einbrüchen in dieser Gegend, bei denen die Betroffenen allesamt während der Tatzeit im Urlaub waren. Das scheint uns kein Zufall mehr zu sein, zumindest spricht einiges dafür, dass dem Einbrecher diese Tatsache nicht unbekannt sein dürfte. Gibt es Personen, die in Ihre Urlaubspläne eingeweiht waren?«

»Das ist vielleicht eine Frage, Herr Kommissar«, bemerkt Dettmar Hagedorn und schaut grübelnd auf den Boden. »Nein und ja, würde ich sagen. Einige Freunde von uns natürlich, engere Verwandte und natürlich Arbeitskollegen, das Übliche also. Davon hat bestimmt niemand den Einbruch hier begangen, dafür lege ich meine Hand ins Feuer.«

»Das würde ich lieber lassen, Herr Hagedorn. An so was haben sich schon ganz andere Leute die Finger verbrannt.«

»Sie sind natürlich von Natur aus pessimistisch, nehme ich an?«

»Das hat mit Erfahrung zu tun, Herr Hagedorn. Viele Täter kommen gerade aus dem engsten Umfeld. Sie sprachen von Arbeitskollegen, wo arbeiten Sie?«

»Bei der Firma Asmussen in Husum. Ich bin der Leiter der Buchhaltung.«

»Asmussen? Kraftfutter GmbH, Gebrüder Asmussen?«

»Sie kennen die Firma?«, fragt Hagedorn erstaunt.

»Herbert Ketelsen?«

»Ist unser Geschäftsführer. Was ist hier los, woher wissen Sie das alles?«

»Am Freitag wurde bei Ihrem Kollegen ebenfalls eingebrochen.«

»Was, bei Ketelsen ist auch eingebrochen worden?«, platzt es aus Hagedorn heraus. Er sieht erschrocken zu seiner Frau hinüber, die ihn ratlos anblickt. »Meinen Sie, dass es da einen Zusammenhang gibt?«

»Langsam, Herr Hagedorn, ich hab die Tatsache ja nun gerade erst erfahren. Natürlich macht mich so etwas stutzig. Kennen Sie Herrn Ketelsen privat?«

»Wie man sich halt so kennt. Wir sind nicht gerade besonders eng befreundet, aber es wird schon mal zusammen gefeiert.«

»Das heißt, Sie waren schon bei den Ketelsens zu Hause und die waren bei Ihnen?«

»Das ist vorgekommen, ja, aber höchstens zweimal, solange ich dort beschäftigt bin.«

»Ist vielleicht in letzter Zeit ein Fremder hier im Haus gewesen, Vertreter, Handwerker oder Ähnliches?«

»Nein, nicht dass ich wüsste. War da jemand an der Tür, Marion?«

Die zierliche Frau schüttelt den Kopf.

»Sind Sie sich da wirklich sicher, Frau Hagedorn?«, hakt Mielke nach, »auch niemand, der Ihnen ein Nahrungsergänzungsmittel verkaufen wollte?«

»Nein, ich kaufe nichts an der Tür.«

Stephan Mielke reibt seinen Zeigefingerknöchel an der Nase. Die Antwort verärgert ihn zutiefst. Alles, was er sich die letzten Tage zurechtgelegt hat, zerplatzt damit wie eine Seifenblase. Die schöne Idee, ein Vertreter für Nahrungsergänzungsmittel spioniert die Einbruchshäuser vorher aus, weiß deshalb auch, wann alle Besitzer einen Urlaub planten, und schlägt jedes Mal zu, wenn sie abgereist sind, ist so nicht mehr zu halten.

Letzten Freitag hatte er die Liste der Betroffenen noch einmal abtelefoniert und nach diesem ominösen Vertreter gefragt. Dabei wurde sein Verdacht fast durchgehend bestätigt, bis auf eine Ausnahme, der Einbruch in Horstedt am letzten Donnerstag. Nur beim Ehepaar Ketelsen gab es keinen Vertreter.

Und heute wieder kein Vertreter, denkt er verstimmt, blöde, so was, damit ist meine Theorie wohl erst mal im Eimer. Dafür kennen sich die beiden Opfer, äußerst merkwürdig. Da stimmt was nicht, aber was, aber was?

»Entschuldigung, kann ich kurz unterbrechen?«, fragt eine bekannte Stimme im Rücken des Oberkommissars. Es ist Hauptkommissar Swensen, der hinter der halbgeöffneten Haustür hervorlugt. »Unser Mann von der Spurensicherung ist gerade eingetroffen. Es wäre notwendig, dass Sie uns zeigen, an welcher Stelle der Einbrecher gestürzt ist.«

»Direkt hinter der Türstufe! Ich hab den Kerl am Fuß zu fassen bekommen, als er herausgestürmt kam«, berichtet Dettmar Hagedorn lebhaft und marschiert zu Jan Swensen vor die Tür. »Ich stand da, als er raus kam«, erklärt er und deutet auf eine Stelle auf der Gehwegplatte. »Als er mich sah, hat er mir mit einer Tragetasche voll ins Gesicht geschlagen, so 'ne Leinentasche, die man zum Einkaufen benutzt. Ich bin richtig in die Knie gegangen, für einen Moment, hab ihn aber doch erwischt. Da ist er voll hingeknallt.«

Peter Hollmann wartet mit seinem Alukoffer an der Gartenpforte und fingert geduldig an seinem Schnauzer. Swensen winkt seinen Kollegen heran und erklärt ihm in wenigen Worten, was sich hier abgespielt hat und wo es wahrscheinlich DNA-Spuren geben könnte. Mehrere tropfenförmige Flecken deuten auf verkrustetes Blut hin. Hollmann öffnet gemächlich seinen Spurensicherungskoffer, nimmt ein Wattestäbchen heraus und reibt damit über die vermeintlichen Blutspuren. Danach steckt er es in eine der durchsichtigen

Pergamintüten aus dem Kofferinneren. Swensen steht daneben und beobachtet jeden Handgriff, als würden sie den entscheidenden Durchbruch in die verfahrene Einbruchsserie bringen.

Der Schnauzer wird immer riesiger, denkt er amüsiert, hat bald Nietscheformat erreicht. Der Hauptkommissar wartet eine Weile, weil Hollmann es erfahrungsgemäß hasst, gleich nach Ergebnissen gefragt zu werden, bis er seine Neugier nicht mehr im Zaum halten kann: »Was meinst du, Peter, sind das Blutspuren?«

Hollmann nickt nur, ohne aufzublicken. Für Swensen ein klares Zeichen, mehr bekommt er jetzt nicht raus. Er geht zu Mielke hinüber, der mit dem Ehepaar in der Haustür steht, und stellt sich dazu.

»Sie haben vorhin gesagt, dass der Täter nur Porzellanfiguren gestohlen hat«, stellt der Oberkommissar fest.

»Sie sagen so abfällig *nur*«, belehrt Hagedorn. »Ich hatte bis gestern eine stattliche Sammlung, Herr Kommissar. Das waren alles erlesene Stücke aus der dänischen Manufaktur Bing & Grøndahl, keins unter 150 € zu haben. Die Figur von Hans Christian Andersen hat mich sogar über 900 € gekostet.«

Mielke pfeift lang gezogen durch die Zähne. »Und mit dieser Beute ist der Täter auf die Steinplatten geschlagen?«

»Und ich bin auch noch schuld daran«, bestätigt Hagedorn. »Wahrscheinlich hat keine der Figuren den Sturz überlebt, zumindest hat es ganz schön gescheppert.«

»Haben Sie Fotos von den Figuren?«, fragt Swensen.

»Nein, aber die könnte man bestimmt im Internet finden«, antwortet Hagedorn. »Aber was soll's? Hier nützen Bilder sowieso nichts mehr, ist eh alles kaputt.«

»Wer weiß«, meint Swensen. »Vielleicht ist ja was heil geblieben. Wir müssen jede Möglichkeit in Betracht ziehen.«

»Ich bin fertig hier!«, ruft Hollmann. »Wo ist der Kerl denn rein?«

»Durch die Terrassentür«, gibt Hagedorn Auskunft.

»Können Sie das meinem Kollegen noch zeigen?«, bittet Mielke. »Wir sind auch durch. Wenn Ihnen noch etwas einfällt, hier ist meine Karte.«

»Okay, wir fahren dann«, sagt Swensen zu Hollmann, geht mit dem Oberkommissar zum Dienstwagen und setzt sich hinters Steuer. Als er den Motor startet, steht die Tankanzeige im roten Bereich. In Garding fährt er den Wagen an die nächste Tankstelle, und nach dem Bezahlen grinst er übers ganze Gesicht.

»Ist was passiert, Jan?«, fragt Mielke irritiert.

»Ich hab grad die Schlagzeile der Bildzeitung gelesen: Stoiber verliert die Bundestagswahl!«

»Klar, Schröder hat knapp gewonnen! Wusstest du das noch nicht?«

»Nee, Mensch! Das Letzte, was ich gestern im Fernseher mitbekommen habe, war die Szene, in der Stoiber sich zum Wahlsieger ausgerufen hat. Das war wohl doch etwas voreilig!«

*

Der Weg vor die Tür ist für Maria Teske mittlerweile eine Form des Spießroutenlaufs geworden, zumindest empfindet sie es so. Wenn sie ihre Handtasche greift und sich in Richtung Eingangstür aufmacht, signalisieren ihr die Blicke der Kollegen eine vermeintliche Botschaft: Da geht sie wieder! Die ist einfach nicht in der Lage, auf ihren Glimmstängel zu verzichten.

Drei Monate ist es her, dass Think Big das totale Rauchverbot in den Redaktionsräumen durchgesetzt hat.

Gerade Think Big, denkt sie griesgrämig. Selbst jahrelang Kettenraucher und dazu der Bluthochdruckkandidat par excellence.

Natürlich hat ein Chefredakteur die Macht dazu, darüber hat sie noch nie ein Wort verloren. Aber die Art und Weise war hochgradig heuchlerisch, denn sie glaubt bis heute nicht daran, dass seine Anordnung, wie er es ausdrückte, einzig von der Sorge um das Wohl seiner Mitarbeiter geprägt war. Maria Teske tippte vielmehr darauf, dass sein Arzt ihm wegen des zu hohen Blutdrucks ein striktes Rauchverbot verordnet hatte. Der Chef wollte aus lauter Angst vor einem Rückfall danach keine Raucher mehr um sich dulden. Und das Schlimme an der Sache war, dass die letzten Kolleginnen und Kollegen von der Raucherfront wie auf Kommando auch das Rauchen aufgegeben hatten.

So steht sie nun da, einsam und allein, vor der Eingangstür zur Redaktion der Husumer Rundschau und hält die schwarz-gelbe Packung Cohiba Minis fest in ihrer Hand. Die glühende Zigarillo im Mundwinkel, bläst sie tapfer den blauen Dunst dem blauen

Himmel entgegen und fühlt sich wie die letzte Bastion der Tabakgenießer.

Außerdem geht ihr der ganze Provinzjournalismus im Moment ganz gehörig auf den Zeiger.

Erwin Siebenhüner, wegen dem sie vorübergehend den ungeliebten Feuilletonteil übernehmen durfte, hatte sich am Morgen mit triefender Nase und verquollenen Augen wieder auf seinem Arbeitsplatz zurückgemeldet und war mit der aufgeschlagenen Zeitung von heute und dem rotumrandeten Artikel über Wiktor Šemik vor ihrem Schreibtisch erschienen. Der Zeigefinger pochte mehrfach auf die Überschrift: ›Von Menschen und Schafen‹, und seine belegte Stimme klang herablassender als ohnehin bekannt.

»Was hast du dir nur dabei gedacht, Kollegin?«

»Ziemlich originell, oder? Hab mich ein wenig beim Kollegen Steinbeck bedient und den Titel in Nuancen verändert.«

Erwin Siebenhüner hatte Maria Teske entgeistert angestarrt, nach Worten gerungen und nur »John Steinbeck? Du meinst nicht wirklich John Steinbeck?« herausgebracht.

»Doch, genau den hatte ich im Sinn!«

»Ich glaub es nicht! Du durftest meinen Interviewtermin mit Wiktor Šemik wahrnehmen, dem berühmten Wiktor Šemik, und du führst diesen Mann in deinem Artikel vor wie einen …«

»… Puppenspieler!«

»Wie einen Hanswurst!«, Siebenhüners Stimme wurde von krächzenden Lauten überlagert. »Das ist keine fundierte Kritik, das ist eine Zumutung. Du schreibst hier zum Beispiel: ›Die Fabel ist schon lange mausetot, gezähmt von der jeweils regierenden Moral. Wer also dieser antiquierten Erzählform im 21. Jahrhundert etwas Systemsprengendes abgewinnen will, sie sogar auf die Bühne stellt, dazu noch auf eine Puppenbühne, dem sollte die Frage nicht erspart bleiben, ob er allen Ernstes die Obrigkeit durch ein parabolisches Spiel mit Puppen beeindrucken will?‹«

»Ich hasse einfach Vergleiche zwischen Mensch und Tier. Ich bin kein Schaf, das zur Schlachtbank geführt werden kann!«

»Das ist pure Polemik, Maria. ›Ursache und Wirkung‹ ist ein Erfolg, nicht nur in Deutschland. Und auch das Publikum in Husum war begeistert, wurde mir gesagt, es gab überschwänglichen Applaus.«

»Gerhard Schröder erhält auch überschwänglichen Applaus, deswegen gibt es trotzdem genug an seiner Politik zu kritisieren.«

»Das ist der größte Blödsinn, den ich je gehört hab, Maria!«, Erwin Siebenhüner schloss die Augen, um sich innerlich zu beruhigen. »Wenn ich deinen Artikel lese, schleicht sich bei mir das Gefühl ein, du hättest die Aufführung gar nicht gesehen. Deine Kritik lässt überhaupt kein gutes Haar mehr an dem Stück, das ist für mich völlig unprofessionell!«

»Wir sprechen hier über Puppentheater, Erwin. Es geht um eine kleine, nette Geschichte mit Schafen und nicht um ein Drama von Shakespeare!«

»Wiktor Šemik ist der Shakespeare der Puppenspieler!«

»Ich wusste gar nicht, dass Shakespeare so ein Stinkstiefel war!«

»Wie meinst du das denn?«

»Hast du diesen Puppen-Shakespeare interviewt oder ich?«

»Wenn ich nicht krank gewesen wäre, hätte mit Sicherheit ein anderer Artikel in der Zeitung gestanden.«

»Da hast du ausnahmsweise mal recht, Kollege. Trotzdem ist und bleibt Wiktor Šemik ein unangenehmer Typ, arrogant und besserwisserisch, und in meinem Artikel bekommt der feine Herr wenigstens sein Fett weg.«

Maria Teske merkt, wie der alte Ärger über den Puppenspieler wieder in ihr hochsteigt. Sie nimmt noch einen letzten Zug, tritt den Zigarillo aus und kickt die Kippe ins nahe Gebüsch. Das flirrende Licht des schönen Septembertages wirft ihr ihren scharfkantigen Schatten vor die Füße.

Natürlich ist in die Rezension von ›Ursache und Wirkung‹ ihre persönliche Aversion gegen Šemik mit eingeflossen. Der Kerl hatte sie während des gesamten Interviews bewusst auflaufen lassen. Er war von so herablassender Art gewesen und hatte sie bis tief ins Mark beleidigt. Da lag der Gedanke nah, dem ungehobelten Klotz gehörig eins auszuwischen. Ohne allzu große Bedenken hatte sie es in die Tat umgesetzt.

Sie verlässt das sonnige Plätzchen vor dem Redaktionsgebäude, marschiert schnurstracks an ihren Schreibtisch zurück, schnappt sich die heutige Rundschau, schlägt den Husumteil auf und überfliegt noch einmal ihre, zugegeben klammheimliche, Schmähschrift.

Jetzt bloß keine Reue, denkt sie trotzig. Selbstverständlich ist der Artikel die Rache für die Hybris, ja schnöde Überheblichkeit, dieses Möchtegerndramatikers. Erwin reagiert doch von Natur aus schon übersensibel. Einmal Feuilletonist, immer Feuilletonist.

»Maria, kommst du mal eben!«, ätzt sich die beißende Stimme von Think Big quer durch den Redaktionsraum. Der Chefredakteur steht im Rahmen seiner Bürotür und genießt die allgemeine Aufmerksamkeit, die sein Ruf unter den Kollegen erzeugt hat. Maria Teske ist das nicht entgangen. Sie ahnt, dass alle Blicke an ihr kleben, und versucht, bei ihrem kurzen Schaulauf in die Löwenhöhle wenigstens wie ein Modell auf dem Catwalk zu schreiten. Think Big schließt die Tür hinter ihr, geht ohne ein Wort um den Schreibtisch und lässt sich in seinen Drehstuhl plumpsen.

»Es ist eine Beschwerde über dich auf meinem Schreibtisch gelandet«, eröffnet er das Gespräch, noch bevor die Journalistin Platz genommen hat. »Ich sage nur, das Puppenspiel ›Ursache und Wirkung‹!«

»Siebenhüner?«, fragt sie trocken und setzt sich etwas abseits vom Schreibtisch auf einen der unbequemen Besucherstühle. Think Big linst verständnislos zu ihr hinüber.

»Hat Siebenhüner gepetzt?«, wiederholt Maria Teske.

»Was soll Siebenhüner gepetzt haben?«, fragt Think Big zurück.

»Mein Artikel hat ihm offensichtlich nicht gefallen«, klärt die Journalistin ihren Chef auf.

»Na ja, damit steht der Kollege wohl nicht allein da.«

»Wie meinst du das? Mein Artikel hat dir also auch nicht gefallen?«

»Im Gegenteil, für meinen Geschmack hatte der Artikel sogar Pfeffer! Außerdem warst du in dem Stück, ich vertraue dir, und Kulturkritiken sind für mich sowieso etwas rein Subjektives.«

»Und wo liegt das Problem?«

»Diese Beschwerde kann ich nicht einfach ad acta legen, Maria.«

»Und wieso nicht? Wie du schon sagtest, habe ich nur meine subjektive Meinung zum Besten gegeben.«

»Wiktor Šemik ist da extrem anderer Meinung, der hält deine Schreibe für einen persönlichen Rachefeldzug. Du hättest unterhalb der Gürtellinie argumentiert und seine Person dem öffentlichen Gespött preisgegeben.«

»Ich habe sofort gewusst, dass Herr Šemik zum Schmierentheater neigt.«

»Höre ich da etwa heraus, dass der Herr nicht so ganz falsch liegt, was deine Beurteilung seiner Person angeht?«

»Herr Šemik ist arrogant, borniert, weiß alles besser und vertritt seine Meinung auch noch vom hohen Kulturross herab. Daneben glaubt er fest daran, dass gerade sein Puppenspiel das Nonplusultra des Figurentheaters ist. Diese Überheblichkeit wollte ich nur ein wenig ins Lot bringen.«

»Eine Journalistin sollte sich nicht zur Walküre aufschwingen und mit ihren persönlichen Befindlichkeiten die Realität in Grund und Boden preschen!«

»Das ist eine rein subjektive Unterstellung, Theodor. Ich hab nur die Frage aufgeworfen, ob die Fabel noch zeitgemäß ist, und dazu stehe ich nach wie vor!«

»Ich wollte hier auch kein Fass aufmachen, Maria! Du bist informiert und für mich ist die Sache damit erledigt. Ob das für Wiktor Šemik ebenfalls gilt, wage ich zu bezweifeln. Der war am Telefon jedenfalls so was von durchtrieben, meinte, unsere Zeitung würde doch auf den ersten Blick einen sehr guten Eindruck machen. Er gehe deshalb davon aus, dass mir der Artikel nur durchgeflutscht ist und dass ich sicher die Fehlleistung von dir mit einer Gegendarstellung aus der Welt schaffen wolle.«

»Eine Gegendarstellung! Der spinnt doch, der Typ, oder?«

»Ich hab ihm gleich deutlich gemacht, dass es bei einer Kulturkritik keine Gegendarstellung gibt. Daraufhin ist der Mann sehr persönlich geworden. Ich solle dir von ihm ausrichten, man sieht sich im Leben immer zweimal.«

»Hunde, die bellen, beißen nicht! Ich nehm das gelassen.«

»Sieh dich vor, Maria, der Typ scheint schon ein wenig neben der Spur zu liegen. Siebenhüner übernimmt ja sowieso den Rest der Pole-Poppenspäler-Tage, und ich werde dich in Zukunft von Interviews mit Šemik fernhalten! Das ist ein ganz verschlagener Trickster, sag ich dir, und ich kenne mich mit Menschen aus!«

»Meine Rede, Theodor, Šemik ist ein ausgebuffter Trickser und Täuscher!«

»Ich sagte Trickster, nicht Trickser!«

»Und was ist da bitte der Unterschied?«

»Der Trickster ist eine mythische Gestalt, Frau Redakteurin, eine Gestalt die es weltweit in Tausenden verschiedenen Formen gibt. Der sogenannte *göttliche Schelm*, ein listenreicher Tölpel, der weder gut noch böse daherkommt.«

Jenseits von Gut und Böse, denkt Maria Teske genervt, der das bildungsbürgerliche Getue von Think Big mal wieder auf den Geist geht. Der größte Trickster ist immer noch der Chefredakteur der Husumer Rundschau und deswegen sieht er sich selbstverständlich auch von Trickstern umzingelt.

*

»Ich spüre physischen Ekel vor dieser ordinären Menschheit«, jammert die kleine Marionette in einem mausgrauen Anzug. »Einer Menschheit, die im Übrigen die einzige ist, die es gibt.«

Das schmale Holzgesicht der Puppe hat die ausdruckslosen Züge des Stummfilmkomikers Buster Keaton, allerdings mit Chaplinbart, der Brille von Harold Lloyd und einem eleganten Panizzahut, der zu keiner dieser Filmfiguren passt.

»Und manchmal überkommt mich Lust, diesen Ekel zu vertiefen, so wie man ein Erbrechen hervorrufen kann, um den Brechreiz loszuwerden.«

Die Marionette stolpert beschwerlich an den Bühnenrand. Dort geben die Fäden nach und sie bricht in sich zusammen. Der Puppenspieler legt das Spielkreuz neben seine Figur und spricht das Publikum direkt an: »Das alles ist die gleiche Unbewusstheit, mannigfaltig dank unterschiedlicher Gesichter und

Körper, wie Marionetten, an Drähten gezogen, die zu den gleichen Fingern in der Hand eines Unsichtbaren führen. Sie ziehen mit allen Gebarungen vorüber, mit denen sich das Bewusstsein bestimmt, und haben kein Bewusstsein von irgendetwas, weil ihnen nicht bewusst ist, dass sie ein Bewusstsein besitzen.«

Das Licht erlischt, erst setzt verhaltenes Klatschen ein, schwillt aber dann schlagartig zu einem tosenden Beifall heran. Auch Peter Pohlenz kann nicht anders, trotz eines latenten Neidgefühls wird er mit in den Sog des Publikums gerissen und klatscht wie wild drauflos, bis ihm die Hände wehtun. Dabei war er nur routinemäßig in dieses Stück gegangen, mehr um seine Konkurrenz auszuspionieren, Tricks zu lernen oder neue Trends zu entdecken. Der Titel ›Portugiesische Backalau‹ hatte ihn irgendwie angelockt, erschien auf Anhieb recht vielversprechend. Auch im Programmheft wird die portugiesische Hauptspeise in vollen Zügen gelobt. Das Stück basiert auf Textfragmenten von Fernando Pessoas, steht dort geschrieben, die in diesem ungewöhnlichen Puppenspiel brillant umgesetzt werden. Die Marionetten erzeugen eine existenzielle Traurigkeit und werfen Fragen auf, Fragen nach einer übergeordneten Bestimmung des Menschen.

Bis heute ist Peter Pohlenz dieser Dichter völlig unbekannt gewesen, doch jetzt ist er berauscht von dessen radikaler Sprache. Ebenso ist er von der poetischen Umsetzung durch seine Kollegen zutiefst beeindruckt. Doch immer, wenn ihn etwas so tief berührt, beginnen Zweifel an seiner Person zu nagen.

Vor dem Ausgang stauen sich die Menschen. Er

bleibt festgekeilt im Gedränge stecken und kommt nur mühsam, Schritt für Schritt, vorwärts.

Ziemlich symbolisch, diese Situation, denkt er und schielt in einem Anflug von Gram zur pechschwarzen Bühne hinüber. Du hängst in der Masse fest wie deine hehren Ansprüche. So etwas Geniales, wie die Kollegen da gerade auf die Beine gestellt haben, wirst du in tausend Jahren nicht hinkriegen, dagegen bist du nur ein Amateur.

Er kennt diese Form von Selbstzerfleischung, Zweifel begleiten ihn, seitdem er Puppenspieler geworden ist. Besonders wenn ein Stück qualitativ aus dem alltäglichen Einheitsbrei herausragt, zweifelt er an dem Können seines eigenen Spiels. Die neuartige Führungstechnik der Marionetten, die gerade gezeigt wurde, lässt ihm die Beweglichkeit seiner Puppen holzschnittartig erscheinen und seine Botschaften wirken gegen diese Poesie wie mit dem Holzhammer ausgeteilt.

Das Puppenspiel war nie seine Priorität gewesen, und er ist letztendlich nur auf Umwegen dazu gekommen. Eigentlich wollte er nach Beendigung des Studiums der Visuellen Kommunikation an der Kunsthochschule in Berlin ein berühmter Filmemacher werden. In der Filmklasse wurde damals der Stummfilm ›Panzerkreuzer Potemkin‹ gezeigt, und die gewaltige Bildersprache von Sergej Michailowitsch Eisenstein hatte seine Leidenschaft entfacht. Besonders die Szene auf der Hafentreppe von Odessa, die russische Kosaken zeigt, die ein Blutbad unter den Aufständischen anrichteten, empfand er als cineastischen Wahnsinn. Nach diesem Film hatte er sich geschworen: So etwas will ich auch einmal erschaffen.

Zwei Jahre später war sein gesamter Elan an der Realität des Geldbeschaffens zerrieben gewesen, und er hatte sein ehrgeiziges Vorhaben aus lauter Frust an den Nagel gehängt. Sämtliche Drehbücher waren regelmäßig von den verschiedenen Filmförderungen abgeschmettert worden, sodass er zu guter Letzt keine Chance mehr sah, je in seinem Leben einen eigenen Film zu realisieren. Filme kosteten einfach zu viel Geld.

Genau in dieser ausweglosen Situation bekam er eine Karte für das Prager Marionettentheater, das gerade in Berlin gastierte. Das einfache Frage- und Antwortspiel der beiden Puppen Spejbl und Hurvínek, ihre hintersinnigen Lebensweisheiten, öffneten seine Augen wie einst die Bilder Eisensteins.

Er schaute gebannt auf diese winzige, radikal andere Welt, die seine Seele berührte. Ihm wurde klar, dass die Puppen neben den bewegten Bildern bestehen konnten, und seine neue Leidenschaft war geboren. Zu diesem Zeitpunkt kannte er nur die Augsburger Puppenkiste, die in seiner Jugendzeit im Fernsehen gezeigt wurde, und so reiste er wild entschlossen nach Augsburg und bekam auf Anhieb einen Aushilfsjob im Puppentheater angeboten.

Warum nicht, dachte er kurz entschlossen, Hauptsache, du bist erst mal nah dran. Die Augsburger waren 1984 gerade auf dem Weltall-Trip und spielten Stücke wie ›Fünf auf dem Apfelstern‹ oder ›Schlupp vom grünen Stern‹. Es begann ein mühsamer Weg: Platzanweiser, Kasse, Puppen anreichen, bis er eines Tages das erste Mal eine der berühmten Marionetten selbst spielen durfte.

Zwei Jahre später, nachdem er mehrmals als Puppenspieler eingesprungen war, wechselte er zum Seelenfaden-Puppentheater nach Karlsruhe. Seine außergewöhnlichen Ideen und Einfälle stießen hier sofort auf Interesse. Er ahnte förmlich, welche Stücke beim Publikum ankamen, und in kürzester Zeit hatte man ihn zum leitenden Kopf der kleinen Truppe gemacht.

Die niedergedrückte Stimmung von Peter Pohlenz verfliegt langsam wieder. Er spürt eine Art Trotz hochsteigen, der sich gegen seine zweifelnden Stimmen stellt. Was willst du eigentlich noch? Alles, was du kannst, hast du dir schließlich selbst beigebracht, das soll dir doch erst einmal einer nachmachen.

Das Menschenknäuel, in dem er steckt, schiebt und drückt, und es keucht und stöhnt um ihn herum, bis ein Ruck durch die Menge geht. Das Nadelöhr durch die Eingangstür ist passiert, er wird in den Vorraum gespuckt, lockert seine Glieder und schaut sich erleichtert um.

»Was ich Ihnen noch sagen wollte, ›Bulemanns Haus‹ hat mir überaus gut gefallen«, sagt eine Stimme direkt neben seinem Ohr. Pohlenz wendet den Kopf und sieht in das schmale Gesicht von Marcus Bender, dessen graublaue Augen ihn unsicher fixieren, als er nicht sofort antwortet.

»Ich hoffe, es macht Ihnen nichts aus, dass ich Sie so ohne Vorwarnung anspreche«, bringt Bender verkniffen heraus und streicht sich nervös die aschblonden Haare aus der Stirn. »Aber ich dachte …«

»Spinn nicht rum, Kollege«, entgegnet Pohlenz. »Ich freu mich immer, wenn jemand meine Arbeit lobt. Außerdem duzt man sich unter uns Puppenspielern.«

»Wie … äh … wie du meinst«, stammelt Bender, steht einen Atemzug unbeholfen vor ihm, um dann verhalten zu schwärmen: »Also, das Stück, ich meine besonders das Ende ist sehr gelungen. Während der ganzen Zeit wird dieser Bulemann zwar immer unsympathischer, aber als Gott diese Kreatur nicht sterben lassen will, bekommt man sogar Mitleid mit ihr. Der vermeintlich Reiche ist plötzlich elendig arm.«

»Danke, danke! So was geht runter wie Öl«, bedankt sich Pohlenz.

»Übrigens, diese Katze, in eurem Stück«, fragt Bender, »die sogar einen Katzenbuckel machen kann, wie habt ihr diese geniale Marionette bloß konstruiert? Wahrscheinlich streng geheim, oder?«

»Geheim, nein! Ist kein großartiges Geheimnis! Unser Puppenschnitzer hat den Katzenkörper in einzelne Glieder zerteilt, mit Lederbändern zusammengefügt und mit einem zusätzlichen Lederband unter dem Bauch befestigt. So lässt sich der Körper zu einem Buckel nach oben ziehen. Sie haben … äh … du hast also mein Stück ›Schrödingers Katze‹ gesehen?«

»Ja … also … ich sag mal, ein sehr … eigenwilliges Stück, man könnte sagen … grotesk, mit grotesken Zügen. Wenn ich ehrlich bin, hab ich leider nicht alles verstanden. Aber ich finde trotzdem, dass du auf dem richtigen Weg bist«, palavert Pohlenz und überlegt krampfhaft, wie er aus der peinlichen Situation herauskommen kann. »Sei mir nicht böse, aber ich muss mich mal kurz erleichtern.«

Warum lobhudeln, wo es nichts zu lobhudeln gibt, denkt er, klopft Bender übertrieben loyal auf die Schulter, flüchtet in Richtung Toilette und stellt sich vor das weiße Porzellanbecken.

Das war nicht gerade fair, denkt er, während er gründlich die Hände wäscht. Immerhin hat das Lob von Bender dich selbst wieder aufgerichtet. Außerdem weiß ich genau, wie viel Herzblut es kostet, ein eigenes Stück auf die Bühne zu bringen.

Es sind noch 1 Stunde und 54 Minuten bis zu den Morden.

Er erinnert sich daran, wie viel Ausdauer er allein für die Recherche für ›Bulemanns Haus‹ gebraucht hatte. Storms Märchen war immerhin in politisch bewegten Zeiten geschrieben worden. 1864 gab es in den deutschen Ländern eine riesige Umwälzung im gesellschaftlichen Gefüge, Preußen und Österreich führten Krieg gegen Dänemark, ein selbstständiges Schleswig-Holstein war gescheitert. Und das Märchen selbst ist tiefgründiger, als es auf den ersten Blick daherkommt. Bulemann wird zum Beispiel als skrupelloser Supercargo beschrieben, ein Mann, der fürs Be- und Entladen von Frachtern zuständig ist. Die Geschichte berichtet unter anderem, dass er seine schwarze Frau an den Kapitän eines Sklavenschiffs verkauft.

Alles Wissen, was er über Monate zusammengetragen hatte, brachte er in seinem Puppenspiel unter. Besonders stolz ist er auf die Szene, in der die Bulemann-Marionette vor der offenen Geldkiste sitzt und das Gedicht ›Das Sklavenschiff‹ von Heinrich Heine wie die Stimme seines Gewissens aus der Kulisse vorgetragen wird:

> Der Supercargo Mynher van Koek
> Sitzt rechnend in seiner Kajüte;
> Er kalkuliert der Ladung Betrag
> Und die probablen Profite.
>
> Sechshundert Neger tauschte ich ein
> Spottwohlfeil am Senegalflusse
> Das Fleisch ist hart, die Sehnen sind stramm,
> Wie Eisen vom besten Gusse.
>
> Im Durchschnitt starben täglich zwei,
> Doch heute starben sieben,
> Vier Männer, drei Frauen – ich hab den Verlust
> Sogleich in die Kladde geschrieben.

Während der Puppenspieler seine Hände mit Papierhandtüchern abtrocknet, lässt er die Strophen im Kopf Revue passieren und kehrt aufgekratzt ins Foyer zurück. Im Gewühl der auf den Ausgang zuströmenden Menschen entdeckt er Ronja Ahrendt. Sie sieht in seine Richtung, und er hebt den Arm, um ihr zuzuwinken. Da bemerkt er, dass sie gar nicht nach ihm Ausschau hält. Neugierig folgt er ihrem Blick und landet bei Marcus Bender, der noch immer an der gleichen Stelle steht, wo er sich gerade von ihm getrennt hat. Der Puppenspieler lächelt Ronja zu, und sie eilt ihm entgegen. Mit einem schnellen Schritt zur Seite geht Pohlenz hinter einer Gruppe älterer Frauen in Deckung. Von dort aus sieht er mit an, wie die Krankenschwester Bender entschlossen zu sich heranzieht und auf den Mund küsst. Die Szene versetzt Peter Pohlenz einen kurzen Stich in der Brust. Er muss sich eingestehen, dass der Anblick seinen Stolz verletzt.

So ein durchtriebenes Biest, denkt er abfällig. Dann war die miese Nummer im Dante doch kein harmloser Flirt.

Peter Pohlenz bemerkt, wie sein Gefühl kippt, erst macht sich Ärger breit, dann kocht Wut hoch. Die Dame hat mich voll verarscht, sagt seine innere Stimme, während er das vermeintliche Liebespaar zur Eingangstür hinausgehen sieht. Eine spontane Regung veranlasst ihn, die Verfolgung aufzunehmen.

Was soll der Quatsch, fragt er sich. Sollen die Turteltauben doch dahin gehen, wo der Pfeffer wächst.

Doch ein undefinierbarer Drang lässt ihn weitergehen, treibt ihn dazu, den beiden auf den Fersen zu bleiben. Draußen ist es bereits dunkel, Schaufensterbeleuchtung und Straßenlampen werfen ein diffuses Licht auf die Bürgersteige. Er sieht das Paar in einiger Entfernung vor sich die Neustadt hinunterschlendern. Sie steuern auf das Gelände des ehemaligen Viehmarktes zu, das gleich hinter dem Wasserturm beginnt. Pohlenz' Schritte werden allmählich schneller, der Rhythmus seiner Sohlen klingt wie der 4-hebige Jambus von Heines Gedicht:

Ich nahm den Toten die Eisen ab;
Und wie ich gewöhnlich tue,

Ich ließ die Leichen werfen ins Meer
Des Morgens in der Frühe.

Es schossen alsbald hervor aus der Flut
Haifische, ganze Heere
Sie lieben so sehr das Negerfleisch;
Das sind meine Pensionäre.

Ist alles verschlungen, dann tummeln sie sich
Vergnügt um des Schiffes Planken
Und glotzen mich an, als wollten sie
Sich für das Frühstück bedanken.

*

Marcus Benders verrosteter Bulli parkt mutterseelenallein mitten auf dem riesigen Asphaltplatz vor der Kreisverwaltung, genau dort, wo noch bis 1970 der Viehmarkt abgehalten wurde. Das trostlose Gelände täuscht heute darüber hinweg, dass in Husums Blütezeit hier 23.000 Rinder und 35.000 Schafe jährlich den Besitzer wechselten. Die Stadt war lange Zeit die Hochburg des Viehhandels in ganz Deutschland.

Ronja ist froh, dass sie Marcus Bender an ihrer Seite hat, als sie an der schummrigen Stelle, an der der VW-Bus steht, ankommen. Weit und breit gibt es keine Straßenlaterne. Die Krankenschwester hat sich wie eine Klette an seinen rechten Arm gehängt und schnappt übermütig mit den Lippen nach seinem Ohrläppchen. Der Puppenspieler braucht einen Moment, bis er den Autoschlüssel ins Türschloss bekommt. Kaum ist die Wagentür geöffnet, klettert

Ronja blitzschnell auf die Sitzbank, reicht Bender ihre Hand und zieht ihn in den Fahrerraum. Noch bevor er die Fahrertür schließen kann, spürt er Ronjas harte Zähne in seinem Nacken. Eine Gänsehaut läuft ihm den Rücken hinunter, er schließt wohlig die Augen, und eine Hand dreht sein Gesicht rigoros herum. Sein Herz beginnt zu hämmern. Ronja hat sich über ihn gebeugt, ihr Mund presst sich auf seinen Mund, ihre Zunge öffnet seine Lippen, gleitet feucht und warm durch die Öffnung und kreist um seine Zungenspitze.

Ronja will nichts dem Zufall überlassen. Sie ist überzeugt, alle Tricks zu kennen, um den schüchternen Puppenspieler aus der Reserve zu locken. Während sie ihre Küsse langsam gieriger werden lässt, gleitet sie mit ihrer rechten Hand über seine Schulter, den Arm hinab, fasst nach seiner Hand und zieht sie wild entschlossen zwischen ihre Schenkel. Danach lauscht sie seinem Atem, der immer schneller und schwerer wird. Er verliert jetzt gänzlich die Beherrschung, seine Hände gleiten um ihre Taille und fahren den Rücken hinauf, wo sich seine Finger in die Seidenbluse krallen. Während er noch leise vor sich hin japst, ist Ronja zu allem bereit, greift nach seiner Hose, ertastet den Reißverschluss und zieht ihn mit einem Ruck herunter. Ihre Finger wühlen sich, versiert wie eine Taschendiebin, durch den Schlitz, packen das harte Glied unter dem Stoff und reiben es kräftig auf und ab. Er gibt sich stöhnend dem Rhythmus ihres Griffs hin, greift nach ihren Brüsten und Ronja macht ein Hohlkreuz, damit sie prall hervortreten. Ihre Finger halten sein Glied fest gepackt, spüren den Saft aufsteigen und sich in gewaltigen, rollenden Wellen entladen.

Mit einem lang gezogenen »Ooooh Gott!« drückt er sich erst in die Rückenlehne der Sitzbank und kippt dann matt zur Seite. Als er wieder die Augen öffnet, ist er plötzlich weit entfernt. Er starrt auf die Frontscheibe des Wagens, die vom heißen Atem beschlagen ist und undurchsichtigem Milchglas gleicht. Ihre Blicke erreichen ihn nicht mehr. Eine beklemmende Zeit verstreicht, ohne dass ein Wort fällt, und sie kommt sich eine Sekunde lang vor wie eine kleine Hure.

»Stimmt irgendwas nicht?«, fragt Ronja vorsichtig. »Du bist so still.«

»Alles in Ordnung«, antwortet Marcus Bender kaum hörbar.

»Komm, sag schon, was ist passiert?«

»Es ist nichts.« Seine Stimme klingt abweisend. »Ich denke nur …, wir hätten es … vielleicht … etwas langsamer angehen lassen sollen.«

»Na, hör mal! Du bist gut«, protestiert Ronja. »Ich hab dich schließlich zu nichts gezwungen.«

»So meine ich das auch gar nicht. Ich wollte doch nur …«

»Ich finde, wir sind beide erwachsen. Deine Reue kommt etwas spät!«

»Du drehst mir die Sätze im Mund um, so hab ich es doch gar nicht gesagt.«

»Schlimm genug, dass wir hier so einen Dialog führen.«

»Dann hör doch auf damit«, sagt Marcus Bender trotzig. »Du wolltest doch wissen, was mit mir los ist.

Und wenn ich es dir sagen will, hast du keine Lust, es dir anzuhören.«

»Ich finde, wir lassen das Ganze«, zischt Ronja giftig zurück, öffnet die Beifahrertür, springt hinaus und eilt über den Parkplatz zur Parkstraße hinüber, die am Schlosspark entlangführt. Am Anfang der Straße steht der angestrahlte Wasserturm, kurz davor ein blau gestrichener Mast. Auf der Spitze thront ein Uhrenwürfel. Es ist genau 22.16 Uhr. Einen Moment lang glaubt sie hinter dem Wasserturm den Schatten einer Person zu sehen, der aber sofort wieder verschwunden ist.

Die Krankenschwester geht automatisch etwas schneller, eilt an der Reihe Einfamilienhäuser vorbei und passiert, kurz bevor die schmale Straße endet, ihren Arbeitsplatz, das Kreiskrankenhaus. Die erleuchteten Fensteraugen in der Betonfassade schimmern durch die schwarzen Sträucher, die den freien Blick auf das Gebäude verwehren.

Diese ewig ahnungslosen Männer, denkt sie erbost. Nimmt mich mit in seinen Wagen, und danach ist alles natürlich ohne sein Dazutun passiert. Der hat doch nicht ernsthaft geglaubt, dass ich mit ihm nur Händchen halten wollte.

Ronja Ahrendt hat den Erichsenweg erreicht, rechts führt ein Fußweg in den Schlosspark, schräg gegenüber ist der hell erleuchtete Laden des zukünftigen Pole-Poppenspäler-Museums zu sehen. Die Schatten hinter der Scheibe lassen erkennen, dass noch mehrere Personen dort sind. Sie weiß zwar nicht genau, was sie eigentlich dort will, aber sie möchte im Moment unter keinen Umständen allein sein. Hauptsache unter Menschen, denkt die Krankenschwester und geht auf die Eingangstür zu. Aus dem angehimmelten Puppenspieler ist für sie in der Zwischenzeit ein verhätscheltes Muttersöhnchen geworden, und sie bucht ihre Affäre als ein kurzes Strohfeuer ab.

Ronja ist wenige Meter vor dem Laden, als drinnen das Licht erlischt, sich die Eingangstür öffnet und eine Schar Frauen ihr entgegenquillt. Die Gruppe wird angeführt von Hanna Lechner, dahinter Maria Teske von der Husumer Rundschau, Petra Ørsted und Susan Biehl, die demonstrativ jeden Blickkontakt mit ihrer Freundin meidet.

»Frau Teske!«, begrüßt Ronja übertrieben laut die Journalistin. »Ich hab Ihren Artikel gelesen, den über diesen Šemik. Der hat mir, ehrlich gesagt, voll aus der Seele gesprochen. Wie Sie dieses männliche Gehabe von dem Typen offengelegt haben, das trifft genau den Kern.«

Die Pressefrau stutzt, versucht, die Frau, die sie gerade angesprochen hat, irgendwo einzuordnen.

»Ronja Ahrendt«, stellt sich die Krankenschwester vor, als sie die Unsicherheit von Maria Teske bemerkt. »Wir kennen uns aus dem letzten Jahr, da haben wir auf dem Festival kurz miteinander gesprochen.«

»Ah ja, jetzt erinnere ich mich«, entgegnet Teske. »Schade nur, dass ich mir mit dem Artikel mächtig Ärger eingehandelt habe. Herr Šemik fühlte sich herabgewürdigt und hat ein Riesentheater bei meinem Chef veranstaltet.«

»Rein menschlich gesehen, kann ich Ihren Artikel ja nachvollziehen, Frau Teske«, bestätigt Hanna Lechner. »Herr Šemik ist kein besonders aufmerksamer Mensch, zumindest unserem Organisationsteam gegenüber, er hat sich sogar geweigert, an der Gesprächsrunde teilzunehmen. Das hat bis jetzt noch kein Puppenspieler gemacht.«

»Aber sein Stück ist grandios, und er hat hervorragend gespielt«, protestiert Susan Biehl und wirft dabei Ronja einen vernichtenden Blick zu. »Es geht auf dem Festival ums Puppenspiel und nicht darum, wie sich ein Puppenspieler uns gegenüber verhält.«

Die Krankenschwester ahnt, dass die kleinen Rangeleien mit ihrer Freundin mittlerweile zu einem handfesten Problem geworden sind.

»Was ist eigentlich mit der heutigen Gesprächsrunde? Ist die heute auch wieder im Dante?«, fragt sie und schaut an Susan Biehl vorbei.

»Ja, gleich im Dante«, bestätigt Petra Ørsted. »Wir wollten uns gerade auf den Weg machen.«

»Kommen Sie auch mit, Frau Teske?«, fragt Hanna Lechner. »Ich könnte Ihnen gleich Informationen zu den nächsten Aufführungen geben.«

»Das nützt mir leider nichts«, erklärt die Pressefrau, »mein Kollege Siebenhüner übernimmt die weitere Berichterstattung über das Festival. Ich war heute Abend rein privat hier, um Ihre Meinung zu meinem Artikel zu hören.«

»Wir sollten langsam aufbrechen«, drängelt Hanna Lechner. »Ich denke, die anderen warten schon auf uns!«

»Nehmen wir den kurzen Weg durch den Schlosspark?«, fragt Ronja Ahrendt.

»Natürlich, wie immer«, meint Petra Ørsted, »oder willst du ganz durch die Stadt latschen?«

»Dann verabschiede ich mich schon mal«, sagt die Journalistin. »Ich geh gleich den Erichsenweg runter, ich muss noch kurz in die Redaktion, tschüs, die Damen!«

»Oh, Frau Teske, nehmen Sie mich mit?«, fragt Susan Biehl.

»Susan, was ist los?«, fragt Petra Ørsted erstaunt. »Du hast eben noch gesagt, dass du mit ins Dante wolltest.«

»Ich hab's mir eben anders überlegt«, antwortet die Sekretärin schnippisch. »Außerdem bin ich ziemlich müde. Aber ihr habt doch Ronja dabei, die ist immer hellwach!«

»Ohne Frage, ich komm mit«, vermeldet die Krankenschwester, indem sie die feine Spitze von Susan ignoriert. Sie findet das Verhalten ihrer Freundin hochgradig pubertär. Von der lass ich mir den Abend nicht verderben, denkt sie.

Mit einem »Vielen Dank« drückt die Journalistin Hanna Lechner kurz die Hand, ruft ein lautes »Tschüs« in die Runde und eilt Susan Biehl hinterher, die bereits losgegangen ist. Ronja Ahrendt zögert noch und sieht ihnen nach, in der Hoffnung, ihre Freundin könne es sich im letzten Moment doch noch anders überlegen. Hanna Lechner und Petra Ørsted sind schon auf der anderen Straßenseite und warten an dem Sandweg, der in den Schlosspark führt.

»Ronja, wo bleibst du denn?«, ruft Hanna Lechner.

»Bin doch schon da«, antwortet die Krankenschwester und eilt hinüber. Das Mondlicht hüllt den Park in ein gespenstisch, nebliges Licht. Die pechschwarzen Baumstämme wirken wie Dämonen mit unzähligen Armen, die bewegungslos auf ihre Beute lauern. Die drei sprechen lauter als sonst miteinander, lachen sich Mut zu und betreten den dunklen Sandweg. 20 Sekunden später werden ihre Silhouetten vom Dämmerlicht des Schlossparks und dem unwirklichen Schattenspiel der alten Bäume verschluckt.

2. TEIL

7

Swensen schließt die Augen, richtet sein Kreuz gerade auf und legt die Hände in seinem Schoß flach aufeinander, die rechte auf die linke, sodass beide Daumen sich an der Kuppe berühren. Er versucht, seinen Geist zu zentrieren, beginnt, seinen Atem zu beobachten. Einatmen, die Luft gleitet über die Nasenwand, fällt in ihn hinab, dehnt die Lungen. Ausatmen, die Luft strömt sachte zurück in die Welt. Nehmen und geben, halten und loslassen. Es atmet, es atmet ihn, er ist Atem. Durch den Nebel öffnet sich ein Raum, der langsam an Tiefe gewinnt. Wie Kumuluswolken ziehen leuchtendblaue Schwaden heran, drehen Wirbel und werden zu winzigkleinen Kugeln, die, einem Sternenhimmel gleich, an seinem inneren Auge vorbeiziehen. Dahinter glimmt ein orangefarbenes Licht, füllt seinen inneren Blick, legt sich langsam über das kalte Blau. Seine Gedanken ziehen vorbei: Wenn ich heute nicht endlich mit Packen anfange … ich wollte Mielke doch noch fragen, ob er mir helfen … die Gier nach Geld ist leer … das ist jetzt der neunte Einbruch … Püchel wird bald ungeduldig. Nicht anhaften, lass alles sein, die Gedanken sind nur von dir selbst geschaffen. Der Geist geht an der Zeit entlang. Es gibt nur das Sitzen im Hier und Jetzt. Die Welt ist mein Körper, die Erde meine Haut.

Wärme durchströmt ihn, hüllt ihn ein, es herrscht himmlische Ruhe. Als er die Augen öffnet, kann er nicht mehr einschätzen, wie lange er so in sich versunken war. Etwas hindert ihn daran, sofort aufzustehen. Er sitzt eine Weile entspannt auf dem Sitzkissen und schaut in die flackernden Teelichter. Der kleine Altar ist leer, sein *Amoghasiddhi Buddha* hat den Umzug in Annas Dachzimmer bereits hinter sich. Im Nebenzimmer warten die letzten leeren Pappkartons, die bis zum nächsten Samstag noch gefüllt werden müssen. Packen ist überhaupt nicht sein Fall.

Eigentlich komisch, denkt er. Im alltäglichen Leben legst du größten Wert auf Struktur, alles wird bis ins Kleinste durchorganisiert, aber zu beurteilen, wie ein paar Sachen am besten in einen Pappkarton passen, bereitet dir schon Kopfzerbrechen.

Swensen steht auf, geht hinüber in seinen Arbeitsraum und überlegt, wie er am besten anfängt. Die Entscheidung fällt ihm schwer, schon allein wegen der Tatsache, dass der Raum, in den er bei Anna einziehen wird, viel zu klein für alle seine Gegenstände ist, geschweige denn sämtliche Möbel. Das heißt, er muss vorher aussortieren, was er demnächst noch wirklich braucht und was auf den Dachboden ausrangiert werden soll.

Du hast alle Zeit der Welt, denkt er, fang einfach an. Er nimmt eine von den Faltpappen und beginnt, daraus den ersten Umzugskarton zusammenzubauen.

Was heißt das eigentlich: Zeit haben? Zumindest nicht zu hetzen. Zeit muss erst erlebt werden, um ihre übergeordnete Wahrheit zu erkennen. Seine Gedanken beginnen ein Eigenleben, die sein Tun spöttisch kommentieren. Das Körperlich-Materielle, denkt er, während der Karton unter seinen Händen Form annimmt, wäre ohne das Geistige, es auch wirklich tun zu können, gar nicht möglich. Gib es zu, Swensen, du hast nur keine Lust zum Packen.

Er greift nach einem Stapel CDs, um dem Gedankenspuk ein Ende zu bereiten. Sein Blick bleibt an der oberen Plastikhülle hängen, Castel del Monte. Er betrachtet das Coverbild mit der achteckigen Kathedrale, die geheimnisvoll im Abendlicht der apulischen Ebene auf einem Berg steht. Er hört im Geist die Tuba-Klänge des Jazzers Michel Godard, der virtuos ein Akkordeon und eine Klarinette begleitet. Hey, die hast du schon ewig nicht mehr gehört, denkt er, steht auf, legt die Scheibe in den CD-Player und drückt sich bis zu Take acht vor. Noch bevor die ersten Töne einsetzen, klingelt das Telefon. Automatisch nimmt er ab.

»Swensen!«

»Jacobsen hier! Jan, kannst du bitte sofort in den Schlosspark kommen? Wir brauchen dich hier dringend!«

»Hört sich ja ziemlich wichtig an, Rudolf. Was ist los?«

»Es gab mehrere Anrufe von Leuten, die offenbar Schüsse im Schlosspark gehört haben«, hört Swensen Jacobsen sagen. Die Stimme klingt irgendwie distanziert, und im Hintergrund beginnen Klarinette, Tuba und Gesang das Ganze auch noch rhythmisch zu untermalen. »Ich hab sofort 'ne Streife losgeschickt.

Die haben eben angerufen und gesagt, es sollen dort drei tote Frauen liegen, erschossen!«

Swensen nimmt die Worte zwar wahr, doch irgendwie erreichen sie ihn nicht. Sie hören sich einfach zu ungeheuerlich an. Die Basstöne der Tuba kriechen ihm unter die Haut.

»Hallo Jan, bist du noch am Apparat?«

»Hab ich dich richtig verstanden, es sind drei Frauen erschossen worden, im Schlosspark? Drei? Wirklich drei?«

»Mir hat man das eben so gesagt. Ich bin auch noch nicht vor Ort, versuche gerade, alle zusammenzutrommeln.«

»Wo genau muss ich hin, der Schlosspark ist groß?«

»In Höhe des Krankenhauses, also direkt gegenüber auf dem Fußweg, der zum Schloss hinüberführt.«

»Okay, wir sehen uns gleich!«, sagt Swensen und schaltet den CD-Player aus. Die plötzliche Stille trifft ihn wie eine kalte Dusche, unwillkürlich zieht er die Schultern zusammen. Hat es den Anruf gerade wirklich gegeben? Er steht bewegungslos im Raum, weiß nicht, wohin er den Fuß zuerst hinsetzen soll. Vor seinem inneren Auge dreht sich ein schwarzes Loch, das alle Gedanken in sich hineinwirbelt. Wie ferngesteuert tritt er in den Flur, zieht Schuhe an, nimmt die Jacke vom Haken und verlässt die Wohnung. Draußen ist es unangenehm kühl. Die Feuchtigkeit kriecht ihm unter die Jacke. Bevor er in den Wagen steigt, wirft er einen Blick auf die Armbanduhr. Es ist bereits nach Mitternacht. 00.07 Uhr.

Als er das Krankenhaus am Erichsenweg passiert, sieht er mehrere Streifenwagen am Eingang zum Schlosspark stehen. Auch Mielkes Twingo parkt auf dem Bürgersteig, links daneben der silbergraue Mercedes von Michael Lade, dem Polizeiarzt, der bei Todesfällen meisten gerufen wird. Paul Richter von der Streife knotet gerade ein rot-weißes Absperrband an den Ast einer Hecke, zieht es dann quer über den Fußweg und sucht dort nach einer zweiten Befestigungsmöglichkeit. Als er nichts findet, wickelt er es kurzerhand um den Außenspiegel von Mielkes Wagen. Swensen steuert seinen Polo neben den Mercedes, steigt aus und eilt mit einem Kopfnicken an dem Streifenpolizisten vorbei.

Ein gleißender Lichtschein schlägt ihm aus dem Dunkel des Parks entgegen. Der Hauptkommissar hält die Hand vor die Augen. Im Gegenlicht kann er die Silhouetten von Mielke und dem rundlichen Doc erkennen, die wie Patt und Patterchon nebeneinander stehen und, mit den Händen in der Hosentasche, der Spurensicherung bei der Arbeit zuschauen. Mehrere Männer in weißen Overalls kriechen am Boden entlang. Rudolf Jacobsen kommt hinter einem Baum hervor und winkt Swensen zu sich.

»Drei Frauenleichen, erschossen!«, ruft er schon von Weitem. »Ich hab schon die K1 in Flensburg informiert. Sind bereits auf dem Weg.«

»Die Tatwaffe gefunden?«

»Nein, bis jetzt noch nicht, aber wir suchen gerade das Gelände ab. Danach klingeln wir die Leute aus dem Bett, die hier im Umfeld wohnen.«

»Das hat Zeit bis zum Morgen, finde ich«, sagt

Swensen. »Was ist mit dem Krankenhaus, das liegt nur einen Katzensprung entfernt?«

»Da schläft doch jeder!«

»Die Patienten vielleicht, aber Ärzte und Schwestern sind die ganze Nacht im Dienst. Was ist mit dem genauen Tatzeitpunkt? Haben die Anrufer gesagt, wann es passiert ist?«

»Die meisten waren der Meinung, es hätte so kurz nach elf geknallt!«

»Übrigens, weiß der Chef eigentlich schon Bescheid?«

»Aber klar doch, den hab ich noch vor dir angerufen!«

»Dann wundert es mich, dass er nicht bereits hier ist. Da müssen …«

»Wenn man vom Teufel spricht …«, unterbricht Jacobsen und deutet zum Parkeingang hinüber.

Heinz Püchel rauscht heran, im Schlepptau eine Dunstwolke Zigarettenrauch, und die gewisse Ähnlichkeit mit dem französischen Komiker Louis de Funès ist nicht von der Hand zu weisen. Es ist aber nicht nur das kleinwüchsige Aussehen, das diesen Anschein hervorruft, es ist noch mehr die sprunghafte Gestik, die der Polizeirat unter Stress an den Tag legt.

»Jan! Was ist hier los?«, ruft er, indem er mit Trippelschritten auf den Hauptkommissar zustürmt. »Das ist ein Scherz, oder? Drei ermordete Frauen, bei uns in Husum? Wenn das wahr ist, das … das … das wäre der totale Ausnahmezustand für die Stadt!«

»Ich habe noch keine Ahnung, was hier los ist, Heinz«, antwortet Swensen mit ruhiger Stimme. »Bin auch gerade erst gekommen und habe mir die Sache noch nicht aus der Nähe ansehen können. Aber das mit den drei Leichen stimmt leider, dort drüben liegen sie.«

»Drei? Wirklich drei? Und ihr steht hier noch gemütlich rum und palavert?« Püchel zieht gierig an der Zigarette, die er die ganze Zeit brennend in der Hand gehalten hat, spitzt seine schmalen Lippen und bläst eine Rauchwolke zur Seite.

»Bis du nur gekommen, um Hektik zu verbreiten? Lass uns unsere Arbeit machen, und danach wissen wir, was passiert ist«, sagt Swensen, während er mit der Hand den Dunst vor seinem Gesicht wegwedelt.

»Genau deswegen bin ich ja hier! Hier sind drei Frauen ermordet worden, da kannst du dir ausmalen, was morgen in der Stadt abgeht, alles wird Kopf stehen! Die Menschen werden in Angst und Schrecken sein, man wird uns öffentlich fertigmachen, wenn wir den TV-Heinis und Schreiberlingen nicht in Kürze einen Knochen hinwerfen. Das ist kein Provinzfall, die Morde werden bundesweites Aufsehen erregen! Klemm dich sofort dahinter, Jan, mit allen Mitteln! Bis die Flensburger hier sind, übernimmst du die Verantwortung. Wir können auf keinen Fall bis morgen warten!«

Swensen schaut demonstrativ auf die Armbanduhr: »Bis morgen sind es noch über 23 Stunden, es ist 00.18.«

»Was soll dieser Quatsch, du weißt genau, was ich meine«, ereifert sich Püchel und zieht gierig an seiner Zigarette. Der Hauptkommissar ermahnt sich innerlich, bloß keinen weiteren Kommentar mehr abzugeben, kann sich dann aber ein »Erzähl das den Kollegen aus Flensburg, die übernehmen die Sache sowieso gleich« nicht verkneifen. Danach lässt er den Polizeirat einfach stehen, geht, ohne ihn noch eines Blickes zu würdigen, zu Mielke und Lade hinüber. Püchel verstummt und folgt ihm mit Jacobsen.

»Na, Doc, so was Unfassbares schon mal erlebt?«, fragt Swensen und begrüßt Michael Lade mit Handschlag.

»Kann mich nicht erinnern«, kommt die knappe Antwort. »Aber medizinisch gesehen ist der Schlamassel jedenfalls eindeutig. Drei Frauen, drei tödliche Herzschüsse. Waren alle auf der Stelle tot! Genaueres wird die Obduktion ergeben.«

»Wann ist es passiert?«

»Es ist noch keine Leichenstarre eingetreten. Sind nicht länger als 30 Minuten tot, würde ich sagen.«

»Das passt zu den Zeugenaussagen.«

»Die Leichen werden demnächst freigegeben«, mischt Mielke sich ein und deutet auf Silvia Haman, die neben einer Leiche wartet. »Silvia ist schon dort, gleich wissen wir, was in den Taschen ist.«

Swensen fragt sich in dem Moment, warum Jacobsen ihn eigentlich erst so spät angerufen hat. Die gesamte Truppe war vor mir hier, denkt er pikiert. Aber bevor er dem Gedanken mehr Raum geben kann, kommen ihm die Worte von Meister Rinpoche in den Sinn: »Wir erleben Schmerz und Unbehagen, weil wir versäumen, die Harmonie der Dinge, so wie sie sind, wahrzunehmen«.

Meister Rinpoche hat bestimmt noch nie an einem

Mordtatort ermittelt, widerspricht seine innere Stimme, während er beginnt, die Lage in seinem Blickfeld zu beurteilen. Im Lichtkegel der Scheinwerfer liegen die drei Frauenkörper in unmittelbarer Nähe ausgestreckt auf dem Bauch.

Sieht nach einer kaltblütigen Hinrichtung aus, stellt der Hauptkommissar innerlich fest. Irgendein eifersüchtiger Ehemann scheidet wahrscheinlich aus. Das hat nichts Spontanes, sieht wohlüberlegt aus. Wer bringt drei Frauen gleichzeitig um? Was für ein Motiv könnte es geben? Was haben diese Frauen gemeinsam, was können sie getan haben, dass jemand sie umgebracht hat? Es muss etwas Verbindendes zwischen ihnen geben!

Der Kriminalist ist zu seiner Kollegin, Hauptkommissarin Haman, hinübergegangen und schaut ihr über die Schulter. Die kniet mitten auf dem Weg neben einer Leiche. Vorsichtig versuchen ihre Finger, in die Brusttasche der Leinenjacke des Opfers vorzudringen. Die tote Frau ist stämmig, ihr Kopf liegt verdreht auf der rechten Wange und die Augen und der Mund stehen offen. Auf der linken Rückenpartie ist ein kleines Loch im Stoff, darum hat sich ein Blutfleck gebildet. Die rotbraunen Haare sind kurz geschnitten und haben graue Spitzen.

Wahrscheinlich gefärbt, spekuliert Swensen, Mitte 50, würde ich mal schätzen.

»Jan, schau dir das an!«, ruft Peter Hollmann, der Chef der Spurensicherung. Er hockt in zirka drei Meter Entfernung am Boden und tütet winzige Glassplitter ein. »Die Brille der Frau wurde zertreten. Könnte der Täter gewesen sein.«

»Hanna Lechner«, tönt Silvia Hamans laute Stimme dazwischen. Sie hält einen Personalausweis in die Höhe und geht zur nächsten Toten, die am linken Wegrand liegt.

Swensen begrüßt Hollmann, der trotz der kühlen Nacht ins Schwitzen geraten ist, und lässt sich das glaslose Brillengestell zeigen.

»Die Bügel sind verbogen, siehst du hier«, sagt der und streicht seinen Schnauzer mit dem Handrücken zur Seite. »Vielleicht findet das Kieler Labor noch Spuren.«

»Wir schnappen uns den Kerl schon!«, knurrt Swensen.

»Und wenn's eine Frau war?«

»Glaub ich nicht, das sieht nicht nach einer mordenden Frau aus. Die gehen gewöhnlich viel emotionaler vor, planen ihre Tat nicht ellenlang im Voraus. Und diese außergewöhnlich brutale Vorgehensweise, eher untypisch für Frauen. Der Täter ist mit Kalkül und völlig skrupellos vorgegangen, der hat nicht einen Moment lang gefackelt und eiskalt eine Frau nach der anderen erschossen. Alles muss sehr schnell gegangen sein, bei den Toten gibt es keinerlei Anzeichen von Flucht.«

»Aber es wurden drei Frauen gleichzeitig umgebracht«, widerspricht Hollmann. »Das riecht, finde ich jedenfalls, schon sehr nach einer Rivalität unter ihresgleichen. Männer töten Frauen meistens einzeln, wenn sie mit ihr eine Rechnung offen haben. Selbst Wiederholungstäter bringen meistens nur eine um.«

»Der Fotograf ist da«, unterbricht Mielke. »Kann er gleich loslegen?«

»Hier sind wir fertig, kann kommen«, ruft Hollmann zurück.

Ein spindeldürres Männchen, die Nikon im Anschlag, tritt mit zusammengekniffenen Augen in den Lichtkreis. Er hat ein spitzes Gesicht und kurz geschnittene rote Haare. Richard Gerber, Swensen kennt ihn bereits, und er weist ihn, nach knapper Begrüßung, ohne viele Worte ein.

»Machen Sie unbedingt ein paar Bilder vom gesamten Tatort, damit wir auch die Lage der Opfer zueinander auf den Fotos haben. Ansonsten das Übliche, bitte.«

Gerber nimmt seine Kamera ans Auge und beginnt mit seiner Arbeit. Swensen sieht sich nach Silvia Haman um. Sie steht in der kleinen Gruppe um den Chef, die sich außerhalb des Lichtkegels zusammengefunden hat.

»Also, wir haben hier als Erstes eine gewisse Hanna Lechner«, sagt die Hauptkommissarin gerade, als Swensen dazukommt. »Ist am 13. Mai 1943 in Pitzling geboren. Noch nie davon gehört, ist dir das Kaff bekannt, Jan?«

Swensen schüttelt den Kopf.

»Liegt in Oberbayern«, mischt Mielke sich ein. »Der Geburtsort von Luise Rinser.«

»Luise Rinser?«, fragt Silvia Haman.

»Silvia«, hebt Mielke die Stimme. »Die Schriftstellerin Luise Rinser gehört zur Allgemeinbildung. Außerdem ist sie dieses Jahr im März gestorben, das muss man doch mitbekommen haben. Ich kann nur empfehlen, ›Jan Lobel aus Warschau‹ zu lesen.«

Silvia verzieht ihr Gesicht, traut sich aber nicht, mit

einer ihrer Spitzen zu parieren. »Also, wir haben eine Bayerin in Husum«, fährt sie fort, als hätte Mielke nichts gesagt. »Die Frau wohnt in der Süderstraße 66.«

Die Oberkommissarin reicht den Personalausweis in die Runde und dieser kreist von Hand zu Hand.

»Nummer zwei ist Ronja Ahrendt, am 28. Februar 1971 in Husum geboren, wohnt in der Brüggemannstraße 123. Und dann haben wir noch Petra Ørsted, am 7. Dezember 1964 ebenfalls in Husum geboren, wohnt in Finkhaushallig im Westerkoogweg 31.«

»Ronja Ahrendt«, murmelt Swensen, als er den zweiten Personalausweis in die Hand bekommt. Er schaut sich das Bild genau an. Irgendein Gefühl sagt ihm, dass er das Gesicht kennt.

»Ronja Ahrendt?«, fragt er laut. »Wo liegt die Frau, Silvia?«

»Die liegt von hier aus links am Wegrand«, antwortet die Hauptkommissarin und deutet auf den Lichtkreis. Swensen eilt an den Ort, kniet sich vor der Leiche hin und sieht ihr genau ins Gesicht.

Kein Zweifel, das ist die Frau aus dem Dante, vom Samstagabend, als Anna und ich Susan dort getroffen haben. Die saß ganz hinten an dem langen Tisch in der Ecke. Und am Sonntag stand sie an der Kasse, bei der Vorstellung ›Bulemanns Haus‹. Sie muss also, wie Susan, bei den Pole-Poppenspäler-Tagen mitgemacht haben.

*

Heiner Bremer, die weißhaarige Galionsfigur des RTL-Nachtjournals, verhaspelt sich wieder einmal bei der Abmoderation, und bevor er seinen Satz geordnet zu Ende bringen kann, springt das Bild auf der Mattscheibe ins Schwarz. Susan Biehl legt die Fernbedienung aus der Hand, schließt die Augen, gähnt und reckt sich lang anhaltend, bevor sie sich aus dem Sofa erhebt. Müde schleicht sie ins Badezimmer und putzt etwas lustlos die Zähne. Ihr Abbild im Spiegel scheint bereits eingeschlafen zu sein, sie kann es nur noch verschwommen wahrnehmen. Die Freitage hatte sie sich weniger anstrengend vorgestellt, aber das Festival-Organisationsteam ist den ganzen Tag auf den Beinen. Die Veranstaltungsorte der Pole-Poppenspäler-Tage sind quer über die Stadt verteilt. Da geht es manchmal ohne Pause vom Schloss ins Nissenhaus, rüber zum Speicher, ins Rathaus und wieder zurück zum Husumhus. Aber die Anstrengung ist für sie Nebensache, das Ganze macht ihr trotz alledem einen Höllenspaß, besonders die Gespräche mit den Künstlern sind jedes Mal ein Highlight. Dummerweise hat der Streit mit Ronja ihre anfängliche Euphorie beträchtlich getrübt.

Die zieht ihren Stiefel ohne Rücksicht durch, denkt sie grimmig. Solange wir uns kennen, ist das jetzt das Stärkste, was sie sich geleistet hat! Zwei Kerle gleichzeitig anmachen und alles direkt vor meinen Augen.

Susan atmet tief durch.

Eigentlich geht dich das alles nichts an, meine Liebe. Aber musste sie unbedingt diesen netten Physiker aufs Korn nehmen? Der ist doch so schüchtern und hilflos.

Was regst du dich künstlich über Ronja auf. Du bist nur neidisch, dass du dich nicht getraut hast.

Quatsch!

Kein Quatsch! Der Typ hat dir von Anfang an gefallen. Außerdem wollte er eigentlich zuerst mit dir einen Kaffee trinken gehen und nicht mit Ronja.

Im Wohnzimmer ertönt die Melodie aus den Miss-Marple-Filmen, ihr neuer Klingelton. Wer ruft denn jetzt noch an, denkt sie verwundert, geht hinüber und nimmt das Handy von Stubentisch.

»Biehl?«, meldet sie sich fragend und schaut gleichzeitig auf die Uhr des Videorecorders. 00.37 Uhr.

»Swensen hier! Entschuldigen Sie, Susan, ich hoffe, ich hab Sie nicht geweckt?«

»Herr Swensen, was ist passiert?« Die Stimme der Sekretärin klingt erschrocken. Sie kann sich nicht erinnern, dass Hauptkommissar Swensen sie jemals privat angerufen hat, geschweige denn um diese Uhrzeit. Eine unheilvolle Ahnung beschleicht sie.

»Wir sind mitten in einer Ermittlung, Susan, und da sind Sie mir eingefallen. Sie kennen doch eine gewisse Ronja Ahrendt, oder?«

»Ronja Ahrendt! Ja klar kenne ich Ronja! Wir sind beide im Förderverein der Pole-Poppenspäler-Tage. Was ist denn los, Herr Swensen?«

»Können wir, Silvia und ich, noch kurz vorbeischauen, auf eine Viertelstunde? Das ist nichts, um es am Telefon zu besprechen.«

»Ist was mit Ronja?« Susan Biehl klingt beunruhigt.

»Wir sind gleich bei Ihnen«, hört sie Swensens knappe Antwort, dann bricht die Verbindung ab.

Die Sekretärin starrt auf ihr Handy, als hielte sie einen Fremdkörper in der Hand. Das beklemmende Gefühl hat schlagartig ihren ganzen Körper erfasst. Da muss was mit Ronja sein, überlegt sie und würde den Gedanken am liebsten sofort wieder verdrängen.

Ein Unfall vielleicht? Quatsch, da würde sich die Kripo nicht drum kümmern. Was kann Ronja nur mit der Kripo zu tun haben?

So sehr sie sich innerlich auch wehrt, das Wort Tod steht wie eine düstere Befürchtung im Raum. Sie eilt ins Bad zurück, wäscht das Gesicht mit kaltem Wasser, kämmt sich getrieben die Haare, eilt ins Wohnzimmer zurück und geht im Zimmer auf und ab, um in kurzen Abständen aus dem Fenster zu schauen. Als es endlich klingelt, fährt sie trotzdem zusammen. Die Sekretärin drückt den Türsummer und öffnet die Wohnungstür. Von unten hallen dumpfe Tritte durchs Treppenhaus, kommen zügig in den ersten Stock hinauf. Schritt für Schritt schnürt sich der Hals der jungen Frau zusammen. Sie registriert sofort die ernsten Gesichter von Silvia Haman und Jan Swensen. Unwillkürlich sammeln sich Tränen in ihren Augen. Der Hauptkommissar weicht ihrem Blick aus, schaut durch sie hindurch zu einem imaginären Punkt zwischen Hinterkopf und Tür, presst die Lippen zusammen und ringt verzweifelt nach Worten. Susan Biehl versucht verzweifelt, Blickkontakt mit Silvia Haman zu bekommen.

»Nun sagen Sie schon, was los ist!«, flüstert sie kaum hörbar.

»Wir haben einen Mordfall, Susan«, bringt Swensen heraus. »Es wurden drei Frauen im Schlosspark erschossen aufgefunden.«

Susan Biehl stößt einen spitzen Schrei aus, aus ihren weit aufgerissenen Augen springt dem Hauptkommissar das blanke Entsetzen entgegen.

»Ich habe die Frau erkannt«, erklärt Swensen mit gequälter Stimme, »sie war letzten Samstag mit im Dante, als wir uns zufällig dort getroffen haben, Susan. Es ist Ronja Ahrendt.«

»Das ist nicht wahr!«, flüstert die Sekretärin, schlägt die Hände vors Gesicht und beginnt, hemmungslos zu weinen. Silvia Haman schließt ihre Arbeitskollegin fest in die Arme.

»Ist es wirklich Ronja?«

»Ja, eindeutig!«, bestätigt Silvia Haman.

»Nein, das kann nicht sein. Doch nicht Ronja! Wir haben uns vorhin doch noch gesehen!«

Das Schluchzen schüttelt ihren ganzen Körper. Silvia Haman führt Susan am Arm in ihre Wohnung zurück und setzt sich mit ihr auf das Sofa. Swensen trottet etwas unbeholfen hinterher. Es dauert mehrere Minuten, bis die Sekretärin ihre Hände vom Gesicht nimmt. Ihr Gesicht ist kreidebleich, die Nachricht scheint in ihrem Bewusstsein angekommen zu sein.

»Und die beiden anderen Frauen?«, fragt sie in einem Ton, der die Antwort kennt. »Das sind Petra Ørsted und Hanna Lechner?«

Swensen bejaht durch Kopfnicken, kniet sich neben seine Kollegin und fasst nach ihrer Hand. »Woher wissen Sie das, Susan?«

Der Sekretärin laufen erneut die Tränen über die Wangen. »Ich ... beinah wäre ich ... mit in den Schlosspark gegangen«, stammelt sie. »Oh mein Gott, wenn ich mitgegangen wäre? Oh mein Gott!!«

Silvia reicht ihr ein Papiertaschentuch. Sie nimmt es, wischt die Augen und schnäuzt sich dann die Nase. »Wir wollten ins Dante ... alle ... und sind dann auch los, und ich hatte plötzlich keine Lust mehr, wollte lieber nach Haus, und diese Frau von der Zeitung war auch dabei, Maria Teske von der Rundschau, und die wollte nicht durch den Schlosspark, und die anderen sind dann aber diesen Weg gegangen.«

»Wann war das, Susan?«

»Gerade eben, Herr Swensen, ich bin gerade eben erst nach Hause.«

»Wie spät war es denn ungefähr, Susan?«

»Weiß ich nicht genau, kurz vor elf, schätze ich.«

»Haben Sie so was wie Schüsse gehört?«

»Es hat so komisch geknallt ... dreimal, glaube ich, kurz hintereinander, ziemlich laut. Ich hab noch zur Frau von der Zeitung rübergeschaut. Die hat aber nur mit den Schultern gezuckt und gesagt, das war bestimmt so 'ne Fehlzündung von einem Auto.«

»Kennen Sie Ronja Ahrendt näher, Susan?«, fragt Swensen vorsichtig.

»Sie ... sie ist meine beste Freundin.«

»Das tut mir alles sehr leid, Susan, aber ich muss trotzdem noch ein paar Fragen stellen. Ihre Freundin wohnt in der Brüggemannstraße, ist sie verheiratet oder lebt sie mit jemandem zusammen?«

»Nein, sie wohnt allein.«

»Und sie hat auch keinen Freund?«

»Nein! Zu… zumindest keinen festen«, antwortet die Kollegin. Swensen bemerkt, wie sie ihre Augen nach rechts oben bewegt und dabei die Handflächen nach außen dreht. Das typische Verhalten, wenn jemand lügt, schießt es dem Hauptkommissar durch den Kopf, aber er verwirft seinen Gedanken sofort wieder. Du siehst mittlerweile überall Gespenster, mein Lieber, sagt er sich innerlich, warum sollte Susan uns anlügen.

»Aber sie hatte schon mal einen Freund, oder?«

»Klar …, aber ich … kenne keinen persönlich.«

»Gibt es jemanden, den wir benachrichtigen sollten?«

»Die Eltern, mein Gott, ich muss den Eltern Bescheid sagen.«

»Das ist nicht Ihre Aufgabe! Wissen Sie, wo wir die Eltern erreichen können?«

»Nein, ich muss da mit hin«, bleibt Susan Biehl unbeirrt, springt vom Sofa auf, eilt in den Flur und reißt ihre Jacke von der Garderobe. »Die können doch nach so einer schrecklichen Nachricht nicht allein bleiben. Immerhin kennen wir uns seit Jahren.«

»Okay, Susan, kommen Sie einfach mit«, lenkt der Hauptkommissar ein. »Aber Sie müssen versprechen, erst mal im Hintergrund zu bleiben und uns das machen zu lassen.«

*

Ein mittelgroßer Mann tritt in den Lichtkegel des angestrahlten Tatorts. Er ist schlank, hat ein schmales, rechteckiges Gesicht mit großen Augen und breitem

Mund, fast schulterlange Haare, und seine Körperhaltung deutet an, dass er gut durchtrainiert ist. Was er dort sieht, trifft ihn mit unerwarteter Wucht. Der Anblick der drei erschossenen Frauen hat eine anrührende Tragik, die selbst seine routinemäßige Abgebrühtheit überwindet und seine Augen feucht werden lässt. Auf den toten Gesichtern scheint sich das ganze Entsetzen dieser Tat widerzuspiegeln. Natürlich hatte man ihn am Telefon bereits vorgewarnt, was ihn vor Ort erwarten würde, aber die Realität ist immer wieder ein Stück brutaler, als jede Fantasie es sich ausmalen kann. Nach dem ersten Schock ist ihm klar, dass er das Gesehene möglichst schnell wegstecken muss, sonst verfolgen die Toten ihn bis in den Schlaf. Außerdem lässt sein Beruf keinen Raum, sich einfach hier hinzustellen und loszuheulen.

An seinen ersten Tatort kann er sich noch heute erinnern und an seinen älteren Kollegen, der damals provozierend auf die Leiche zeigte und dabei grinsend sagte: »Du hast das Recht zum Kotzen! Aber wenn du dich ausgekotzt hast, geht's hier weiter!«

»Hauptkommissar Colditz«, sagt er mit lauter Stimme, »wir sind gerade eingetroffen, K1 Flensburg!«

Mehrere Männer stellen sich an seine Seite. Die am Boden kriechende Gestalt lugt unter dem Kapuzenrand ihres Schutzanzugs hervor, deutet mit einer Handbewegung auf mehrere Personen, die etwas abseits hinter einem Absperrband stehen, und setzt wortlos ihre Arbeit fort.

»Jean-Claude, heeh!«, die markige Stimme von Heinz Püchel tönt unüberhörbar von dort herüber.

»Gut, dass ihr da seid!« Der Polizeirat stürmt auf den Hauptkommissar los. »Schau dir das bloß an, hier! Eine Wahnsinnstat! Wir müssen den Täter so schnell wie möglich fassen, sonst werden wir ganz schnell Druck von höchster Stelle bekommen. Wenn du irgendeine Unterstützung brauchst, kannst du dich jederzeit an mich wenden.«

»Das ist ein Wort, Heinz! Was ist mit Swensen und den Kollegen vom letzten Mal, die würde ich gern mit ins Team nehmen. Wo steckt Jan eigentlich?«

»Der ist mit Silvia Haman unterwegs, die Angehörigen benachrichtigen. Ein Scheißjob, find ich, aber einer muss es ja machen!«

»Wie weit seid ihr mit den Ermittlungen? Gibt es eine Tatwaffe?«

»Wir suchen schon 'ne ganze Weile danach«, erstattet Rudolf Jacobsen Bericht, »aber es scheint so, als wenn der Täter die Waffe nicht weggeworfen hat.«

»SOKO Hand, letztes Jahr, oder?«, fragt Colditz. »Wie war noch der Name?«

»Oberkommissar Jacobsen.«

»Genau, Jacobsen, ich erinnere mich, Rudolf Jacobsen! Können Sie kurz zusammenfassen, was sich hier abgespielt hat?«

»Also, den drei Frauen wurde eindeutig aufgelauert. Der Täter muss kaltblütig, ohne Vorwarnung das Feuer eröffnet haben.«

»Könnten es auch mehrere Täter gewesen sein?«

»Die Spurensicherung geht davon aus, dass wir es hier mit nur einem Täter zu tun haben. Er hat wahrscheinlich dort drüben hinter der Eiche gelauert, die Frauen sind von rechts auf dem Sandweg gekommen.

Bei den Opfern handelt es sich um die Steuerberaterin Petra Ørsted, Rektorin Hanna Lechner vom Mommsen-Gymnasium und die Krankenschwester Ronja Ahrendt. Kollege Swensen hat gerade angerufen und in der Zwischenzeit herausbekommen, dass alle drei auf dem Puppenspielerfestival, das zurzeit hier in Husum stattfindet, gearbeitet haben und wahrscheinlich aus dem Grund zusammen unterwegs gewesen sind.«

»Na, das ist ja schon was«, kommentiert Colditz. »Dann wissen wir zumindest, wo wir ansetzen können. Versuchen wir als Erstes rauszufinden, wer da noch alles mitarbeitet.«

Ein mittelgroßer Mann von der Spurensicherung tritt in seinem weißen Overall behäbig aus dem Dunkeln hervor. Das runde Gesicht mit dem grauen, buschigen Schnauzer und Augenbrauen wird von der Kapuze eingeschnürt.

»Hauptkommissar Colditz!«, grüßt er spöttisch. »Flensburg ist ja mal wieder schneller hier, als die Polizei erlaubt.«

»Peter, du altes Trüffelschwein, was führt dich zu uns Otto Normalermittlern?«

»Ich hab eben was Interessantes entdeckt, gleich dort vorn, hinter dem Kriegerdenkmal. Ich finde, ihr solltet euch das anschauen.«

Hauptkommissar Colditz trottet der weißen Gestalt hinterher, die drei Männer aus Flensburg, Püchel und Jacobsen folgen im Gänsemarsch. Der Spurensicherer führt sie auf die Rückseite des Denkmals und leuchtet mit seiner Taschenlampe über den Boden. Der Lichtstrahl wandert über mehrere Fläschchen

›Kleiner Feigling‹, die neben der verwitterten Ziegelmauer liegen, trifft auf ein leeres Tabakpäckchen und Unmengen Kippen, die im Halbkreis verstreut liegen. Colditz sieht Hollmann fragend an.

»Hier hat sich jemand aufgehalten«, sagt der mit bedeutungsvoller Miene und knipst die Taschenlampe aus.

»Irgendein Penner, nehme ich an«, knurrt Püchel abfällig. »Die sind doch harmlos.«

»Ich wollte euch ja nicht gleich den Mörder präsentieren«, kontert Hollmann süffisant. »Immerhin hat hier jemand über einen längeren Zeitraum gehaust, das bestätigen allein die Kippenberge. Dieser Jemand könnte natürlich auch heute Nacht hier gelegen haben, genau als der Mord passierte. Wir sollten uns den Kerl schnappen und ausquetschen.«

»Wenn es ein Kerl ist«, wirft Colditz ein. »Aber nichtsdestotrotz sollten wir uns unter den Obdachlosen umsehen. Wo halten die sich am liebsten in der Stadt auf?«

»Mal da, mal da, nehme ich an, die Kollegen von der Streife müssten das problemlos beantworten können«, entgegnet Rudolf Jacobsen.

»Ja und, worauf wartest du noch, Rudolf«, blafft Püchel, »geh zu einem Kollegen und frage ihn. Wir haben keine Zeit zu verlieren. Spätestens morgen früh stehen wir alle unter Dauerfeuer.«

»Blinder Aktionismus, für meinen Geschmack«, protestiert Jacobsen mit ärgerlichem Unterton. »Es ist gleich 3 Uhr. Da pennen selbst die Penner. Vor morgen Mittag wird da eh nichts.«

»Fragen kostet nichts«, kontert der Polizeirat hartnäckig.

Jacobsen zieht mit unverständlich gemurmelten Widerworten davon, geht an dem gespannten Plastikband entlang und trifft in Höhe des Sandwegs auf den Streifenpolizisten Paul Richter. Der breitschultrige Mann reibt sich gerade die Hände, während er von einem Bein auf das andere tritt.

»Na, ziemlich kalte Nacht, wa?«, fragt der Oberkommissar grinsend.

Seit seiner Jugend ist er mit dem älteren Streifenkollegen befreundet. Kennengelernt haben sie sich im Boxverein TSV Husum, in den Jakobsen 1978, gerade 13-jährig, unbedingt eintreten wollte.

Husum war zu der Zeit die Speerspitze des deutschen Boxsports. In der ehemaligen Viehmarkthalle neben dem Wasserturm fanden internationale Boxveranstaltungen statt. Sein großes Vorbild war damals natürlich der Schwergewichtler Uli Ritter, der als erster Husumer die Deutsche Meisterschaft gewann und der den Belgier Louis de Bolste in Karlsruhe in der ersten Minute mit einem Leberhaken auf die Bretter schickte.

Jacobsens Kollege Paul Richter kämpfte in der Mittelgewichtsklasse und profitierte von der Berühmtheit wegen seines ähnlichen Namens. Er genoss Vorbildfunktion bei allen Anfängern, trainierte auch den jungen Jacobsen, indem er ihm beibrachte, wie man eine perfekte Kombination schlägt.

»Du bist kein Joe Frazier«, hatte Richter immer zu ihm gesagt, »du bist der typische Konterboxer, lass dir nichts anderes einreden.« Dummerweise gehörte der Trainer selbst zu den Angreifern und traf Jacobsen später bei einem Kampf so unglücklich, dass sein Nasenbein brach und er seitdem mit dieser typischen Boxernase herumrennen durfte.

»Was macht das Boxen, Paul, trainierst du noch ab und zu?«

Paul Richter schüttelt den Kopf. »Nee, nichts mehr für mein Alter. Ich jogge täglich, einen Sandsack hab ich jahrelang nicht mehr gesehen.«

»Warum hast du aufgehört?«

»Meine Frau hatte irgendwann die Schnauze voll, besonders als man mich bei einer Polizeiboxmeisterschaft grün und blau geprügelt hatte.«

»Deine Gerade damals war jedenfalls ein Hammer, mein Lieber«, grinst Jacobsen und deutet auf seine schiefe Nase.

»Das war ein Zufallstreffer. Du warst gar nicht so schlecht.«

»Sag mal ganz was anderes, wir haben entdeckt, dass einer dieser Penner, die sich immer in der Stadt rumtreiben, regelmäßig im Schlosspark übernachtet hat. Weißt du vielleicht, an welchem Ort sich die Bagage meistens aufhält?«

»Die Penner? Die scheuchen wir regelmäßig vor der öffentlichen Toilette im Schlossgang weg. Nützt aber wenig, sowie wir weg sind, finden die sich alle wieder ein.«

»Und wo sind die nachts?«

»Keine Ahnung, liegen auf irgendeiner Bank, in Unterständen oder Abbruchhäusern, wo sie halt Unterschlupf finden.«

»Und ab wann stehen die im Schlossgang rum?«
Paul Richter zuckt mit den Achseln. »Keine Ahnung, die halten sich nicht an geregelte Zeiten.«

*

Swensen sitzt steif hinter dem Steuer des Dienstwagens, schaut stoisch in das Scheinwerferlicht, unter dem das irreale Grauschwarz der Straße weggezogen wird. Seit mehr als fünf Minuten hat der Hauptkommissar kein Wort mehr mit seiner Kollegin gesprochen. Vor seinem inneren Auge tauchen ab und zu Bilder von Ronja Ahrendts Mutter auf, die tränenüberströmt den rechten Arm von Susan Biehl umklammert hält und im nächsten Moment völlig ruhig ihrem Mann zur Seite steht. Swensen weiß nicht mehr, wie oft er schon in solchen unangenehmen Situationen war, denn während seiner Zeit bei der Hamburger Kriminalpolizei gehörte das Überbringen von Todesnachrichten beinahe zur täglichen Routine.

Wer einen so undankbaren Job erledigen muss, ist wirklich nicht zu beneiden, denkt er und versucht, das unbehagliche Gefühl vor der näher rückenden Benachrichtigung von Petra Ørsteds Familienangehörigen wegzudrängen.

Hinter Finkhaus führt die Landstraße schnurgerade durch die flache Marsch, vereinzelt huschen Häuserschatten am Rande der Nacht vorbei. Swensen spürt, dass er unmerklich den Fuß vom Gas genommen hat. Wahrscheinlich will er die Zeit bis zum Ziel ein wenig in die Länge ziehen. Außerhalb seines Körpers hört er die imaginäre Stimme seines Meisters:

»Der größte Schwindel ist der Eindruck von der Festigkeit eures Ichs. Diese Besessenheit ist aberwitzig, ein wahrhaft kosmischer Witz. Es ist diese irrige Wahrnehmung eines unabhängig bestehenden Selbst, das getrennt von anderen erlebt wird. Fühlt ihr euch von etwas angezogen, entsteht ein Gefühl von *gut* oder *attraktiv*. Nehmt ihr etwas als schlecht wahr, entstehen sofort negative Emotionen von Aggression oder Abneigung. Es ist aber alles nur der Geist, der diese Anziehung und Abneigung erschafft, als seien sie reale, solide Wirklichkeiten. Diese Verblendung verursacht die grundlegende Trägheit des Geistes, sie ist die Quelle all eurer Leiden.«

Meister Rhinto Rinpoche gab ihm diese Belehrung zu einer Zeit, als er nach vier Jahren Lehrzeit den Entschluss gefasst hatte, den Tempel wieder zu verlassen. Sein Erspartes ging langsam zur Neige, und er schlug sich mit Fantasien über seine weitere Zukunft herum. Sein abgebrochenes Studium der Philosophie fortzusetzen, wurde als Erstes verworfen. Gerade die abstrakte Welt der Denker hatte ihn in dieses tibetische Zentrum in der Schweiz getrieben, hier wollte er endlich wirkliche Erkenntnis erlangen. Auch wenn es im alltäglichen Ablauf zwischen Arbeit, Meditation, Dokusan und Belehrung oft nicht so aussah, hatte der Aufenthalt sein Bewusstsein von sich und der Welt nachhaltig verändert. Er konnte sich einen Beruf, der, abgespalten von den Menschen, in einer Studierstube stattfinden sollte, womöglich einsam hinter einem Computer, überhaupt nicht mehr vorstellen. Nach einiger Zeit hatten die Grübeleien seine gesamte Denkfähigkeit außer Kraft gesetzt, sein Kopf wurde plötzlich leer, ohne jeglichen Gedanken – ein Zustand, von dem der Meister öfter gesprochen hatte. Im nächsten Moment waren alte Bilder von der großen Springer-Demonstration gekommen, die 1968, kurz nach dem Mordanschlag auf Rudi Dutschke, durch Hamburg gezogen war. Am Rande dieser Demo hatte sich eine kuriose Szene ereignet, bei der ein vereinzelter Polizist bei der Verfolgung von Demonstranten in eine Seitenstraße geraten war und hier nun plötzlich einer Menge gegenüberstand, die ihm mit dem Sprechgesang »Enteignet Axel Springer« empfing. Swensen hatte damals direkt in die entsetzten Augen des jugendlichen Beamten geblickt, der in Panik auf der Hacke kehrtgemacht hatte und mit einem dämonischen Gelächter im Nacken davongestürmt war. Diese ängstlichen Augen waren seitdem in seinem Gedächtnis eingebrannt. Der Mann schien annähernd in seinem Alter gewesen zu sein, und er hatte sich danach öfter gefragt: Was unterscheidet ihn und mich eigentlich?

»Die Besessenheit, euer Ich zu bewahren, ist aberwitzig, ein wahrhaft kosmischer Witz.«

Im Tempel hatte Swensen begriffen, dass sein Bild von der Polizei mit Vorurteilen gespickt war. Er lernte, die Wirklichkeit aus einem anderen Blickwinkel zu betrachten, und musste sich eingestehen, dass es nur sein Geist war, der seiner Sichtweise eine Bedeutung gab.

»Mieser Bulle« war schnell dahergesagt, blieb aber trotzdem nur eine der unendlichen Kopfgeburten. Raubt jemand dein Geld, bist du der Erste, der genau bei diesen Bullen nach Gerechtigkeit ruft.

Eins wurde ihm im Laufe seiner Abwägungen immer deutlicher, er wollte agieren, die Verbesserung der Welt selbst in die Hand nehmen. Er wollte dem Buddha nacheifern, die unangenehmen Seiten des Lebens nicht aus seinem Blickfeld verbannen, sich Leiden, Schmerz und Tod stellen und sie nicht nur hinter verschlossenen Türen stattfinden lassen. Dann traf er eine Entscheidung. Er wollte bei der Kriminalpolizei anfangen, Verbrechen bekämpfen, das ICH konkret für die Menschen einsetzen. Eine unbeschreibliche Euphorie hatte ihn danach erfasst, und sein Vorhaben war ihm plötzlich sehr buddhistisch vorgekommen.

Der silbergraue Polo lässt die kleine Ortschaft Padelackhallig hinter sich. Neben der Bundesstraße werden die flachen Wiesen vom Scheinwerferlicht aufgeschreckt und flüchten wieder in die Dunkelheit. Swensen bremst den Dienstwagen ab, als der Osterkoogweg den Siedlungsweg kreuzt. Er blickt nach rechts und biegt ab.

»Wieso fährst du eigentlich immer langsamer?«, fragt Silvia Haman mit geschlossenen Augen. »Hat das einen speziellen Grund?«

»Hört sich an, als könntest du es nicht erwarten, einem Familienvater aus heiterem Himmel mitzuteilen, dass man gerade seine Frau ermordet hat«, stellt Swensen trocken fest.

»Nicht wirklich, aber langsam fahren nützt da ziemlich wenig, oder?«

»Ist ja gut«, murmelt Swensen genervt und ärgert sich im nächsten Moment über seine ungehaltene Stimmung.

Dein hoher Anspruch sitzt dir im Nacken, denkt er gleichzeitig und gesteht sich ein, dass seine anfänglichen, naiven Vorstellungen von der Arbeit eines Kriminalbeamten durch die langjährige Praxis ziemlich zurechtgerückt wurden.

Wie oft war ihm die reale Wirklichkeit von Leiden und Tod näher auf den Leib gerückt, als er verkraften konnte. Er hatte echte Lebenskrisen bewältigen müssen, zum Beispiel während der Dienstzeit in Hamburg, als er sich wochenlang mit einer posttraumatischen Belastungsstörung herumschlagen musste. Flashbacks von blutüberströmten, ermordeten Jugendlichen im Sternschanzenpark quälten ihn, wollten nicht aus seinem Kopf verschwinden. Damals musste er sich eingestehen, dass der Buddhismus ihm dabei nicht weiterhelfen konnte. Je mehr er auf sein Meditationskissen geflüchtet war, um das reine Gewahrsein zu üben, desto mehr überwältigten ihn die brutalen Mordbilder.

Glücklicherweise traf er zu diesem Zeitpunkt in einem Psychologieseminar auf Anna Diete. Sie hörte ihm einfach nur zu und vermittelte nach langem Zureden eine Therapie bei einer Kollegin. Danach hatte er gelernt, dass er einen klaren Bezugsrahmen im Samsâra finden musste, um die spirituellen Erfahrungen in der Meditation richtig einzuordnen. Erst danach begann er den Satz von Meister Rinpoche zu verstehen: »Nirvâna ist Samsâra und Samsâra ist Nirvâna«.

In Finkhaushallig gibt es mehrere Bauernhöfe und Einfamilienhäuser. Am Westerkoogweg 31 steht ein quadratischer, zweistöckiger Backsteinbau mit Reetdach. In der offenen Garage steht ein weinroter Honda Civic. Der Hauptkommissar stoppt den Polo direkt vor der hölzernen Gartenpforte, steigt aus und mustert das Haus. Silvia ist schon durch die Pforte und wartet im Lichtkegel der Haustür. Ein Bewegungsmelder hat eine Lampe unter dem Dach eingeschaltet. Swensen atmet durch und stellt sich neben die Kollegin, ein kurzer Blickkontakt, Silvia nickt, dann drückt der Hauptkommissar ohne ein Wort die Türklingel. Der Ton ist lauter als erwartet, schrillt durch die nächtliche Stille. Er fühlt eine bleierne Schwere auf seinen Schultern, sucht mit seiner rechten Hand in der Jackentasche nach dem Dienstausweis und fingert ihn umständlich heraus. Es sind Schritte zu hören.

»Wer ist da? Petra, bist du's?«, fragt eine Stimme durch die geschlossene Tür.

Swensen drückt erneut den Klingelknopf. Die Haustür öffnet sich einen Spalt, eine Türkette spannt. In der Ritze erscheint ein mit Sommersprossen übersätes, blasses Gesicht. Die Mundwinkel sind leicht nach unten gebogen. Aus dem Augenschlitz mustern erstaunte, hellblaue Augen die fremden Personen vor der Tür.

»Es ist mitten in der Nacht! Wissen Sie eigentlich, wie spät es ist?«, knurrt der Mann verärgert.

Swensen hält ihm seinen Dienstausweis vor die Nase. »Kriminalpolizei Husum, können wir bitte kurz hereinkommen?«

»Einen Moment«, sagt der Mann knapp. »Ich zieh mir erst etwas über.«

Noch bevor Swensen etwas sagen kann, ist die Tür wieder ins Schloss gefallen. Irgendwie kommt ihm das merkwürdig vor, er sieht zu seiner Kollegin hinüber, doch Silvia scheint nichts bemerkt zu haben. Sie steht gelassen neben ihm, hat den Kopf gehoben und schaut gelangweilt zum Sternenhimmel hinauf. Swensen bleibt weiterhin misstrauisch, die Zeit, nachdem der Mann hinter der Tür verschwunden ist, zieht sich unverhältnismäßig in die Länge.

»Soll ich noch mal klingeln?«, fragt er Silvia, als in der Garage ein Automotor aufheult. Ehe die beiden Kriminalisten die Situation richtig begriffen haben, rauscht der weinrote Honda rückwärts die Garagenauffahrt hinunter. Der Hauptkommissar starrt auf die Szene, als würde er gerade in einem Kino sitzen. Der Wagen schleudert auf die Straße und rast dann mit quietschenden Reifen davon.

»Was war das denn?«, fragt Silvia entsetzt. Swensen bringt kein Wort heraus, rennt auf die Straße und sieht nur noch die roten Rücklichter in der Dunkelheit verschwinden.

»War das jetzt Sören Ørsted?«, fragt Silvia ungläubig.

»Wer denn sonst!«, sagt Swensen mit bitterem Unterton. »Wenn mich nicht alles täuscht, hat der sich gerade abgesetzt!«

»Du meinst getürmt? Vor uns?«

»Siehst du noch jemand anderen?«

»Wenn der vor uns getürmt ist, würde das ja bedeuten ...«

»Dass uns gerade unser Mörder durch die Lappen gegangen ist«, ergänzt Swensen.

»Und was machen wir jetzt?«

»Ich rufe erst mal in der Inspektion an und lasse den Kerl zur Fahndung ausrufen«, sagt Swensen, zieht sein Handy aus der Tasche und tippt eine Nummer ein.

»Da müssen doch noch die beiden Kinder im Haus sein«, stellt Silvia fest.

»Dann klingle bitte so lange, bis die aufmachen«, entgegnet Swensen und beginnt mit einem Kollegen aus Husum zu sprechen, um ihm die Lage vor Ort zu beschreiben.

»Wir brauchen hier sofort jemanden vom Jugendamt«, hört Silvia noch, als sie durch die Gartenpforte zur Haustür zurückeilt. »Irgendjemand muss sich hier sofort um zwei verwaiste Jugendliche kümmern. Der Vater hat sich eben abgesetzt, als er hörte, dass wir von der Polizei sind.«

*

»Hab ich Sie richtig verstanden, Dr. Keck?«, fragt Stephan Mielke. »Sie haben also die Schüsse gehört?«

»Schüsse? Da draußen hat's geknallt? Das hab ich nicht als Schüsse verbucht, dachte nur, da treiben sich Jugendliche im Schlosspark rum und machen irgendwelchen Blödsinn. Zwei- oder dreimal hat's gescheppert, würde ich sagen, kann das aber nicht beschwören. Hab's sowieso nur nebenbei wahrgenommen.«

»Nebenbei? Wie ist das zu verstehen?«

»Ich bin aufgewacht!«

»Sie haben geschlafen, während der Arbeit?«

»Ich hab Bereitschaft, Herr Kommissar, im Krankenhaus gibt es so was wie Bereitschaft. In der Nacht schlafen selbst die Patienten. Gegen 10 Uhr wurden von mir die letzten Infusionen angehängt und dann bin ich gegen halb elf hier in diesen Raum, um mich aufs Ohr zu legen«, resümiert der Oberarzt und zeigt auf das schmale Bett, das die Hälfte des winzigen Raums ausfüllt. »Die Schüsse haben mich unsanft aus dem Schlaf gerissen.«

»Sie sagten doch, für Sie wären das keine Schüsse gewesen?«

»Nun drehen Sie mir nicht das Wort im Mund um, Sie reden schließlich dauernd von Schüssen.«

»Erinnern Sie sich daran, wie spät es war, als Sie das Geknalle gehört haben?«

»Viertel nach elf, ich hab auf den Wecker geguckt.«

»Waren Sie die ganze Zeit in diesem Raum?«

»Wo denn sonst? Warum fragen Sie das?«

»Routine, Dr. Keck, reine Routine! Gibt es jemanden, der bezeugen kann, dass Sie den Raum zwischenzeitlich nicht verlassen haben?«

»Was sollen diese merkwürdigen Fragen?«

»Es geht um Mord, Dr. Keck, die Polizei hat dazu routinemäßige Fragen.«

»Wenn Sie alle verdächtigen wollen, die Geknalle gehört haben, haben Sie aber viel zu tun.«

»Sie werden in keinster Weise verdächtigt, Herr Doktor. Das war auch schon alles! Ich danke Ihnen vielmals und hoffe, dass Ihre Bereitschaft ohne weitere Störung zu Ende geht.«

Der Oberkommissar lächelt übertrieben freundlich, verlässt den Raum und geht zügig über den langen Krankenhausflur. Durch die Fenster fällt das erste

Dämmerlicht. Die Stationstür öffnet sich automatisch.

Wie ausgestorben hier drinnen, denkt Mielke, als er im Fahrstuhl ins Erdgeschoss fährt. Die ganze Zeit ist mir kein Mensch auf den Fluren begegnet. Hier könnte jeder andere nachts durchs Haus schleichen, ohne gesehen zu werden. Jedenfalls hab ich alle Schwestern und Ärzte nur auf Stühlen sitzend in irgendwelchen Räumen angetroffen.

Die Befragungen haben nichts Neues ergeben, fasst Stephan Mielke innerlich zusammen, während er auf den Haupteingang zusteuert. Nur vier Schwestern glaubten auch, ein Knallen gehört zu haben, konnten aber keine Zeitangabe machen. Hinter der Rezeption döst ein Mann, an dem der Oberkommissar unbemerkt vorbei ins Freie marschiert. Draußen empfängt ihn kühle Luft. Er atmet tief ein, als sein Handy in der Jackentasche klingelt.

»Mielke!«, meldet er sich erstaunt, als er das Gerät herausgefingert hat.

»Jacobsen hier! Wo treibst du dich gerade rum?«

»Ich komm soeben aus dem Krankenhaus. Hat rein gar nichts gebracht.«

»Colditz hat mich angespitzt, mit dir die Wohnung der Lechner zu checken.«

»Noch kein Feierabend? Wir haben bereits die ganze Nacht auf dem Buckel!«

»Du bist Kripobeamter, die kennen keinen Schlaf!«

»Wo müssen wir denn hin?«

»Süderstraße 66!«

»Wo bist du gerade?«, fragt Mielke.

»Am Marktplatz, sollte nach Obdachlosen Ausschau halten. Püchel ist völlig durchgedreht, macht mehr Druck als Colditz. Hier ist natürlich weit und breit kein Mensch in …«

»Ich wollte nur wissen, wo ich dich aufgabeln kann«, unterbricht Mielke genervt. »Wenn du in fünf Minuten am Kuhsteig stehst, kannst du bei mir zusteigen!«

Er beendet das Gespräch, ohne die Bestätigung abzuwarten, steckt das Handy in die Jackentasche zurück. Die Zusammenarbeit mit Kollege Jacobsen weckt nicht gerade Begeisterungsstürme in ihm. Sein silbergrauer Twingo steht noch auf dem Parkplatz am Schlosspark. Jemand hat Absperrband an seinem Außenspiegel befestigt, und er braucht einige Zeit, um den Knoten aufzutütteln.

Fünf Minuten später fischt er Jacobsen neben der Videothek am Kuhsteig auf. In der Süderstraße sind alle Parkplätze belegt, und Mielke kurvt mit dem Wagen durch die schmalen Gassen, bis er in der Ludwig-Nissen-Straße endlich einen findet. Die beiden Kriminalisten gehen schweigend den Klostergang hinauf. Für sie unsichtbar, muss die Sonne aufgegangen sein, einige Wolken schimmern im rötlichen Licht.

»Mächtige Muskeln angesetzt«, bemerkt Jacobsen unvermittelt und fasst dem Kollegen an den Oberarm. »Krafttraining oder Fitnessstudio?«

»Keins von beiden«, knurrt Mielke miesepetrig.

»Nun sag schon, jeder in der Inspektion munkelt bereits hinter vorgehaltener Hand. Ist schließlich nicht zu übersehn.«

»Das Privatleben der Kollegen ist tabu!«

»Wer hat dir das erzählt? Jetzt mach bloß kein Fass auf, Stephan!«

»Es bleibt aber unter uns, Rudolf, Ehrenwort! Ich will hinterher nicht hören müssen, wie zivilisiert Leichtathletik ist. Trainiere nämlich seit 'nem halben Jahr im Box-Club Itzehoe.«

»Was, du boxt? Wirklich?«

»Dachte, ich muss mich endlich fit halten und außerdem kann es auch im Dienst nützlich sein.«

»Ich hab auch mal geboxt, in meiner Jugend, vor endloser Zeit!«

»Du hast geboxt?«

»TSV Husum, als hier noch die Hochburg im Boxen war!«

»Und das mit deiner Nase kommt aus der Zeit?«

»Trainingsunfall!«, bestätigt Jacobsen und fasst an seinen schiefen Nasenrücken. »Nach meinem gebrochenen Nasenbein ging der Tatendrang schlagartig auf null. Ich war kein wirklicher Puncher, damals, wie die meisten im TSV.«

»Richtige Kämpfe interessieren mich nicht«, erklärt Mielke, »mir geht's mehr um die mentalen Fähigkeiten und dass ich mich mal richtig auspowern kann.«

»Das hättest du bei richtigen Kämpfen auch, mein Lieber.«

»Mag sein«, würgt Mielke ab und bleibt vor dem Haus in der Süderstraße 66 stehen, »aber viel wichtiger ist jetzt, wie wir in die Wohnung der Lechner kommen.«

»Den Hausmeister rausklingeln!«

»Und wo wohnt der?«

»Irgendwo klingeln und uns durchfragen«, meint Jacobsen trocken und drückt lang anhaltend auf den erstbesten Klingelknopf.

Mielke sieht auf seine Armbanduhr, es ist gerade erst 7.20 Uhr. Er hält seinem Kollegen das Zifferblatt unter die Nase, doch der zuckt nur mit der Schulter und drückt ein zweites Mal auf die Klingel. Ein Fenster im ersten Stock geht auf, und eine verschlafene ältere Frau mit zerzausten Haaren schaut herunter.

»Kriminalpolizei«, ruft Jacobsen hinauf, bevor sie etwas sagen kann, »wir möchten zum Hausmeister!«

»Da müssen Sie bei Fiedler klingeln und nicht bei mir!«, schimpft die Frau und knallt das Fenster zu, nicht ohne vorher noch ein zischendes »Unverschämt« auszustoßen.

Es dauert etliche Minuten, bis der vermeintliche Hausmeister den Türsummer betätigt, und weitere 20 Minuten, bis Jacobsen alles erklärt hat, der Mann angezogen im Hausflur erscheint und mit einem Schlüssel die Tür zur Wohnung von Hanna Lechner öffnet.

»Die arme Frau Lechner«, stöhnt er leise in einem fort vor sich hin. »Ermordet, schrecklich, so eine freundliche Frau.«

»Alles, was Sie von uns gehört haben, ist natürlich vertraulich, Herr Fiedler«, unterbricht Mielke ihn. »So lange unsere Ermittlungen dauern, erzählen Sie nichts davon in der Gegend herum, verstanden!«

»Auch nichts zu meiner Frau?«

»Wenn irgendwelche Gerüchte in die Welt gesetzt werden, kommen Sie persönlich in Teufels Küche«, droht Mielke mit Nachdruck, nimmt dem Mann den

Schlüssel aus der Hand, schließt auf und lässt ihn allein vor der Wohnungstür zurück.

»Wonach suchen wir eigentlich?«, fragt Jacobsen mehr sich selbst, geht zielstrebig in die Küche und zieht alle Schubladen auf. Mielke steht tatenlos daneben und sieht dem Treiben des Kollegen mit gemischten Gefühlen zu. Das Durchwühlen der Sachen empfindet er mit einem Mal als pietätlos, dabei wurden schon öfter Wohnungen von Toten, sogar von Mordopfern, von ihm durchsucht. Irgendetwas ist anders als sonst, denkt er, vielleicht weil man die Frau nicht hier ermordet hat.

»Ich hab damals jeden Morgen fünf Kilometer Lauftraining gemacht, dabei kurze Pausen mit Schattenboxen und zum Schluss einen kurzen Sprint«, erzählt Jacobsen und sieht in den Kühlschrank. »Ausdauer ist das A und O beim Boxen, hat auch mein Trainer immer gepredigt.«

»Und wie alt warst du damals?«

»13, ich habe mit 13 angefangen.«

»Bei unseren ungeregelten Dienstzeiten ist das für mich nicht zu schaffen. Ich bin schon froh, wenn ich einmal die Woche Zeit fürs Trainieren finde. Will ja auch nur ein bisschen mehr Kondition«, sagt Mielke verlegen und kommt sich dabei vor, als würde er sich verteidigen. »Und du? Was machst du nach Feierabend, wenn du nicht mehr boxt?«

»Hier ist nichts, was uns weiterbringen wird«, knurrt Jacobsen, ohne auf die Frage einzugehen, guckt noch kurz in die Abseite und marschiert über den schmalen Flur ins Wohnzimmer. Mielke trabt hinterher.

»Unser Trainer in Itzehoe sagt immer: Boxen ist sparsamer Einsatz von Kraft und Bewegung. Genau das finde ich gut und das reicht mir schon«, bemerkt Mielke, während der Kollege lustlos im Stubenschrank herumstöbert. Er scheint ihm gar nicht mehr zuzuhören, und Mielke wundert sich über sich selbst, warum er Jacobsen unbedingt beeindrucken will, zumal er ihn und seine national angehauchte Gesinnung sowieso nie ausstehen konnte.

Mielke wendet sich der Ermittlung zu, lässt seinen Blick durchs Wohnzimmer wandern, das für seinen Geschmack sehr spartanisch eingerichtet ist. Es gibt keinen Fernseher, nur ein kleines Radiogerät auf dem Schreibtisch, an den mit Blümchentapeten tapezierten Wänden hängen keine Bilder. Eine antike Standuhr füllt den Raum mit einem unterschwelligen Ticken. Auf der Fensterbank erweckt ein kleines Opernglas Mielkes Neugier. Er tritt ans Fenster, teilt die schweren Gardinen und späht hinaus, ob es dort draußen etwas zu beobachten gibt. Die Straße liegt noch im Schatten, aber die ersten Sonnenstrahlen fallen schon über die Giebel. Direkt gegenüber steht ein altes Backsteinhaus, das im Parterre weiß gestrichen wurde. Selbst die Fensterscheiben sind mit weißer Farbe übertüncht. Auf der viereckigen Lampe über der Tür sind mit schwarzen Klebebuchstaben die Ziffern 6 und 9 angebracht.

Genau, das ist der Club 69, erinnert sich der Kriminalist. Das ist doch so ein Domina-Schuppen, von dem Swensen mal erzählt hat. Wusste gar nicht, dass der noch existiert.

Er nimmt das Opernglas in die Hand, führt es an

die Augen und blickt damit zur Eingangstür des Bordells hinüber.

Hey, damit kann man ja fast durchs Schlüsselloch gucken!

»Schau dir das hier mal an!«, unterbricht ihn Jacobsen, der gerade die Schreibtischschublade aufgezogen hat. Er hält einen Bogen Papier in der Hand und legt ihn auf die Tischplatte. »Anscheinend ein Brief, handschriftlich.«

»Von unserem Mordopfer?«, fragt Mielke und legt das Opernglas auf die Fensterbank zurück.

»Keine Ahnung, aber von wem sollte er sonst sein?«

»Das ist aber kein Brief!«, stellt Mielke fest und nimmt das Papier in die Hand. »Wer schreibt einen Brief mit Bleistift? Wenn du mich fragst, sieht das eher nach einem Entwurf aus. Schau mal hier, da sind Worte durchgestrichen und dafür andere wieder eingefügt.«

»Kannst du das entziffern?«, fragt Jacobsen.

Mielke liest ohne große Betonung vor: »Sehr geehrter Herr Šemik. Ich habe die Vorankündigung für ›Ursache und Wirkung‹ am Sonntag gelesen. Die Inhaltsangabe hat mich sehr aufgewühlt und nachdenklich gemacht. Ich habe mir lange überlegt, ob ich Ihnen etwas dazu schreiben sollte oder nicht, doch letztendlich habe ich mich dazu entschlossen, Ihnen einen Ausschnitt aus der Predigt von Josef Kardinal Ratzinger zu schicken. Wenn Sie ihn aufmerksam lesen, werden Sie bestimmt wissen, warum ich das mache.

Schafe, die unter die Wölfe geschickt werden, haben Grund, sich zu fürchten, denn sie können nur zerrissen werden. Und er selbst, der Herr, den das Alte Testament als den Löwen aus dem Stamme Juda ankündigt, hatte sich zum Lamm gemacht und ist als Lamm in die Wolfswelt hereingetreten und zerrissen worden. Und so steht er als das geschlachtete Lamm über der Weltgeschichte und zeigt uns gerade so die wahre, letzte Macht. Nicht die Wölfe siegen, sondern das geopferte Lamm ist der wahre Herrscher der Welt, weil die Liebe am Ende stärker ist als die Mächte der Zerstörung, denn die Liebe ist Gott. Hanna Lechner.«

Jacobsen schaut den Kollegen fragend an. »Was ist denn das für ein Schwachsinn?«

Der abfällige Tonfall in Jacobsens Stimme ruft Mielkes alte Aversion gegen ihn wieder wach. Alles, was der Typ von sich gibt, ist immer latent menschenverachtend, denkt er und kontert: »Was ist denn daran schwachsinnig?«

»Na, hör mal, das Lamm in der Wolfswelt! Weißt du etwa, was das bedeutet?«

»Nee, aber der Schrieb könnte uns ein gutes Stück weiterbringen. Zumindest sollten wir diesem Šemik auf den Zahn fühlen, was er zu dem Brief sagt und was er bedeuten könnte. War noch was in der Schublade?«

»Ein Notizblock, glaube ich.« Jacobsen nimmt ein graugebundenes Büchlein heraus und während er es langsam durchblättert, pfeift er mehrmals lang gezogen durch die Lippen. »Voll mit stadtbekannten Namen.«

»Namen?«

»Sieh her, untereinander geschriebene Namen«, bestätigt Jacobsen und legt das Büchlein aufgeschlagen auf den Schreibtisch. »Hier, vorn der Name, daneben das Datum und zwei Uhrzeiten, von bis. Die meisten der Namen wiederholen sich regelmäßig.«

Mielke blättert die Seiten im Schnellgang durch und stutzt plötzlich. »Guck mal, ab hier taucht immer wieder der Name Rebinger auf.«

»Rebinger? Du meinst Staatsanwalt Rebinger?«

»Weiß ich doch nicht. Aber ich glaube, es gibt nur einen Rebinger in Husum.«

»Heeh, wie kommt denn unser Rebinger in dieses Buch?«

»Gute Frage, nächste Frage! Eins kann ich dir schon versprechen, Rudolf, wenn das wirklich unser Rebinger sein sollte, möchte ich unter keinen Umständen seine Befragung durchführen.«

8

Maria Teske weiß nicht, wie lange sie schon an die Zimmerdecke gestarrt hat, aber trotz innerem Druck verspürt sie keinen Impuls, ihr kuscheliges Bett zu verlassen. Think Big dürfte nicht ganz unschuldig daran sein, da er in der gestrigen Vormittagskonferenz wieder einmal den Chefredakteur mit Durchblick raushängen ließ.

»Die Überfischung der Nordsee? Wem darf ich dieses politisch korrekte Thema anvertrauen?«, teilte er den versammelten Redakteuren mit, um nach der eintretenden Stille festzustellen: »Wie mal wieder alle *hier* schreien! Gut, dann bestimm' ich das eben. Was meinst du, Maria? Deinen Einsatz an der Puppenfront hast du doch mit Bravour gemeistert, wenn ich über die volle Breitseite eines international anerkannten Puppenspielers hinwegsehe. Aber heute kümmerst du dich bitte um den geplagten Kabeljau, dem vor unserer Küste die Schuppen über die Kiemen gezogen werden sollen.«

›Was meinst du?‹, bedeutete aus dem Mund von Think Big genauso viel wie ›du machst das jetzt‹. Maria Teske hatte schon geahnt, dass er ihr nach dem Ärger mit Wiktor Šemik ein rechercheaufwändiges Thema aufs Auge drücken würde. Den ganzen Nachmittag war sie mit Anrufen beschäftigt gewesen, bis es ihr gelang, ein vielversprechendes Interview mit einer NABU-Frau in Neumünster festzuschnüren.

Sie hatte ihr schon am Telefon überzeugend das Problem erklärt, nämlich dass die EU die Überfischung dadurch fördere, dass sie mit Milliarden Steuergeldern die Fischfangflotte subventionieren würde.

Angefeuert durch die Bemerkung von Think Big, stocherte Kollege Siebenhüner dann hinterhältig in ihrer frischen Wunde, indem er ankündigte, den überaus begnadeten Puppenspieler aus Prag in Zukunft persönlich unter seine journalistischen Fittiche zu nehmen. Bei so viel Affektiertheit des Kollegen hätte sie am liebsten gleich gekotzt. Trotzdem saß der Stachel tief, bis in den Abend quälte sie sich mit dem Gedanken, ob ihr Artikel wirklich unterhalb der Gürtellinie gewesen war. Am Ende ließ ihr die Sache keine Ruhe, und sie hatte eine kurze Stippvisite bei den Frauen vom Förderverein gemacht, um deren Meinungen aus erster Hand zu hören. Vor Ort musste die Journalistin feststellen, dass ihr Artikel bei Weitem nicht den Wirbel verursacht hatte, von dem sie ausgegangen war. Es hatte zwar einige Äußerungen gegeben, die Šemik rein menschlich als etwas merkwürdig bezeichneten, doch auch diese Kritik hielt sich in Grenzen. An diesem ausgezeichneten Puppenspieler mochte keine so richtig kratzen.

Natürlich wollte ich mich rächen, gesteht die Journalistin sich endgültig ein, der Typ ist mir nun mal dumm gekommen. Ihr steht die Szene vor dem Poppenspäler-Museum gestern Abend vor Augen, während sie entschlossen die Bettdecke zurückschlägt. Im selben Moment hört sie von irgendwoher ihr Handy klingeln. Sie tappt orientierungslos auf den dumpfen

Ton zu und findet es auf der Flurkommode unter einem Stapel ungeöffneter Briefe und Zeitungen.

»Bigdowski hier!« Die kräftige Stimme des Chefredakteurs ertönt, nachdem sie die Taste Gesprächsannahme gedrückt hat. »Wo steckst du im Moment?«

»Ich bin zwischen Tür und Angel«, lügt sie hellwach und betrachtet sich nackt im Spiegel neben der Kommode. »Will gerade zu einem Termin in Neumünster, die Überfischungssache.«

»Vergiss die Überfischung, die hört so schnell nicht auf! Ich hab ein brandheißes Eisen gesteckt bekommen. In der Nacht sind drei Frauen im Schlosspark erschossen worden. Das weiß noch niemand, ist also streng vertraulich, auch du hast natürlich keine Ahnung, verstanden? Klemm dich augenblicklich hinter die Story, höchste Priorität. Ich brauche für die morgige Ausgabe einen sensationellen Aufmacher! Ich zähl auf dich, Maria, hau rein!«

Think Big legt erst auf, nachdem er von der Journalistin das ersehnte »Okay« gehört hat. Sie spürt ihren Herzschlag, hält das Handy in der Hand und sieht im Spiegel ein wildfremdes Gesicht, kreideweiß und mit weit aufgerissenen Augen.

Drei Frauen, Schlosspark, erschossen! Bruchstückhafte Gedanken treiben ihr das Adrenalin ins Blut. Schlagartig ist ihr bewusst, um welche Frauen es sich handeln muss. Wie in einem Nebel erscheint die Szene von gestern Abend vor ihren Augen, sie sieht, wie die drei Frauen ihr und der Biehl zuwinken, während sie den Weg in den Schlosspark nehmen. Langsam macht sich die Gewissheit breit, dass sie kurz davor gewesen ist, mit zu diesem Abschlusstreffen zu gehen und sie nur millimeterbreit am Schicksal dieser Frauen vorbeigeschrammt ist.

Du hättest tot sein können, hämmert es in ihrem Kopf, eine andere Entscheidung, und du würdest nicht mehr leben und wärest für immer mausetot!

Der Frau im Spiegel zittert das Handy in der Hand. Es ist aber nicht ihr Handy, es ist ihre Hand, die zittert. Die Frau schlottert am ganzen Körper. Maria Teske schaut an sich herunter. Ihre nackten Knie wackeln unkontrolliert. Die Vorstellung, dass ihr Leben nur an einem seidenen Faden gehangen hat, ist ein so unvorstellbarer Gedanke, dass sie ihn nicht zulassen kann.

Schon als Kind hatte der Gedanke an ihren eigenen Tod sie nächtelang wach gehalten. Nicht mehr auf dieser Welt zu sein, endgültig, bis in alle Ewigkeit, hatte etwas Schwindelerregendes. Alles was ihre Existenz ausmacht, sollte mit einem Mal für immer verschwunden sein, niemals mehr in dieser Form wiederkehren? Sie konnte es einfach nicht begreifen, und es stürzte ihre Kinderseele in eine Endlosschleife der Angst.

Bis vor dem Anruf wäre sie überzeugt gewesen, dass sie sich mit der Todesangst ihrer Kindertage einigermaßen arrangiert hatte. Sie lebte mit dem Motto: Der Tod trifft immer nur die anderen. Dahinter verbarg sie ihre Haltung, dass mit dem Sterben selbstverständlich alles vorbei ist und es eine Seite für die Sterbenden und daneben eine andere für die Lebenden gibt. Das Leben hatte sie gelehrt, sich den Tod von außen anzusehen, das brachte der Beruf als Journalistin automatisch mit sich. Außerdem werden heutzutage selbst dem Otto Normalbürger Todesnachrichten Tag für Tag über den Fernseher frei ins Haus geliefert.

Das härtet selbst einen Angsthasen ab, denkt sie. Wahrscheinlich ist der Tod nur dann ein Tabu, wenn es um den eigenen geht. Jetzt bloß keine neue Endlosschleife, mahnt ihre innere Stimme.

Das Spiegelbild schaut ihr ernsthaft in die Augen. Das Gesicht hat wieder etwas Farbe angenommen und der Körper ist ruhiger geworden. Sie legt das Handy auf die Kommode und geht ins Bad unter die Dusche. Das Wasser prasselt auf ihre Haut, spült den Tod aus den Poren.

»Ich lebe«, ruft sie wie im Rausch, »ich lebe, ich lebe, ich lebe!«

Das Hochgefühl ist noch nicht verebbt, als sie 20 Minuten später die Wohnung verlässt. Ihr Uhrwerk ist bis zum Anschlag aufgezogen, und alles läuft ab wie von selbst. In solchen Situationen konnte sie sich schon immer auf ihre Intuition verlassen. Zu diesem Zeitpunkt würde sie nur bei den Frauen vom Förderverein etwas herausbekommen und die dürften im Moment mit Sicherheit im Poppenspäler-Museum anzutreffen sein. Trotz der kurzen Entfernung bis dorthin beschließt sie, ihren Smart zu nehmen, den sie erst im Frühjahr gebraucht gekauft hatte, fährt von oben über die Adolf-Brütt-Straße in den Erichsenweg und parkt den Wagen gegenüber vom Kreiskrankenhaus vor der Kongresshalle. Beim Aussteigen fällt der Journalistin sofort die junge blonde Frau auf, die auf der anderen Straßenseite wild gestikulierend vor einem rot-weißen Plastikband steht. Ein älterer Streifenpolizist mit grauen Haaren versucht anscheinend, ihr auszureden, die Absperrung zu durchbrechen. Es ist Susan Biehl, die junge Frau von heute Nacht, die wie sie nicht mit in den Schlosspark gegangen war.

Jetzt ist sich die Journalistin hundertprozentig sicher, dass die Mordopfer nur die drei Frauen vom Förderverein sein können. Susan Biehl und sie waren dem grausigen Schicksal wirklich nur um Haaresbreite entgangen. Die junge Frau hatte ihr auf dem Heimweg noch erzählt, dass sie als Sekretärin in der Polizeiinspektion Husum arbeiten würde und extra für das Festival Urlaub genommen hat. Gemeinsam hatten sie wenig später den dreifachen Knall gehört, der aus Richtung Schlosspark herüberhallte, hatten kurz innegehalten, und als nichts passierte, waren sie einfach weitergegangen.

Wer hat so was auch ahnen können, denkt Maria Teske und sieht im selben Moment, dass die junge Frau ihren Versuch, am Polizisten vorbeizukommen, aufgibt, sich abrupt von ihm abwendet und über die Straße eilt. Sie kann deutlich die tränengeröteten Augen erkennen, als die Frau, ohne sie wahrzunehmen, an ihr vorbeieilt.

»Frau Biehl!«, ruft die Journalistin.

Die Sekretärin bleibt stehen und dreht sich verlangsamt um: »Frau Teske? Sie? Was ... was ... machen Sie denn hier?«

»Ich hab gehört, was hier passiert ist!«, sagt sie einem Tonfall, als wäre ihre Spekulation bereits eine Tatsache.

Die junge Frau fängt sofort an zu weinen, Maria Teske geht auf sie zu und nimmt sie in den Arm.

»Meine Kollegen«, sprudelt es im gepressten Singsang aus Susan Biehl heraus, »die eigenen Kollegen! Meine Freundin ... da wurde meine Freundin ermordet, und die wollen mich nicht in den Park lassen! Das können die doch nicht machen!«

Volltreffer, du bist direkt an der Quelle, denkt Maria Teske und unterdrückt den aufkeimenden Skrupel. Sie drückt die Frau fest an ihre Brust und beschließt, nach außen so zu tun, als wenn sie bereits genau wüsste, was in der Nacht vorgefallen ist.

»Ich wollte gerade die Frauen vom Förderkreis informieren«, sagt sie scheinheilig. »Ich war gerade auf dem Weg ins Museum!«

»Die wissen bereits Bescheid!«, schluchzt Susan Biehl. »Ich hab schon alle in der Nacht angerufen!« Sie wird erneut von einem Weinkrampf geschüttelt. »Es ist alles so schrecklich! Ich kann nicht glauben, dass es wirklich wahr ist!«

»So etwas bleibt unfassbar, Frau Biehl, das kann niemand begreifen«, redet die Journalistin empathisch auf die junge Frau ein.

»Gerade war alles noch ganz normal, und jetzt ...!«, stammelt Susan Biehl, windet sich aus der Umarmung und geht wie ferngesteuert weiter in Richtung Museum. Maria Teske bleibt ihr dicht auf den Fersen.

»Was wird nun aus dem Festival, wissen Sie da schon was?«

»Nein, keine Ahnung!«, antwortet Susan Biehl abwesend. »Wir haben heute Nacht nur noch beschlossen, dass wir uns heute Morgen erst mal hier treffen, um gemeinsam zu besprechen, wie alles weitergehen soll.«

Die beiden Frauen steigen die kleine Treppe zum Museum hinauf und gehen auf die Eingangstür zu, als Susan Biehl unvermittelt stehen bleibt und erschüttert auf den Boden starrt. Die Tränen laufen ihr hemmungslos über die Wangen.

»Da liegt sie noch …, die Zigarette von Ronja!«, stammelt sie und schaut teilnahmslos ins Leere. »Die … die hat sie … bei der letzten Besprechung geraucht.«

»Ihre Freundin hieß Ronja?«, fragt Maria Teske mit sanfter Stimme und verflucht innerlich ihren Beruf.

»Ja … Ronja Ahrendt«, antwortet Susan Biehl und zeigt zum Kreiskrankenhaus hinüber. »Sie hat gleich dort drüben gearbeitet, als Krankenschwester.«

»Gehen wir rein, Frau Biehl, da können Sie sich hinsetzen.«

Die Journalistin öffnet die Tür zum Museum und schiebt die junge Frau sanft hinein. Fünf Frauen sitzen im Schummerlicht an zwei zusammengeschobenen Tischen, die Mehrzahl mit verheulten Augen. Zwei Frauen halten sich im Arm und weinen miteinander. Kaum jemand bemerkt, dass die beiden Frauen eingetreten sind. Maria Teske beißt sich auf die Lippen, die bedrückende Atmosphäre schnürt ihr den Hals zu. Wie ein Leichentuch liegt die Luft im Raum.

»Wir können jetzt nicht so tun, als wäre das nicht geschehen«, sagt eine versteinernd wirkende Frau mit rundem Gesicht und langen schwarzen Haaren. Ihre Worte klingen schwerfällig, und sie stößt beim Sprechen leicht mit der Zunge an. »Wir müssen das Festival abbrechen, finde ich. Da wird gelacht … das

Publikum lacht, das geht doch nicht, das können wir doch nicht zulassen!«

Eine bleierne Stille breitet sich aus. Die Journalistin zieht sich mit Susan Biehl in eine dunkle Ecke zurück.

»Wenn ich im Voraus geahnt hätte, was Ronja zustößt«, flüstert sie leise, und die feuchten Augen glänzen in dem wenigen Licht, das durch die Ladenscheiben fällt, »wir hätten uns dann bestimmt nicht gestritten.«

»Sie hatten einen Streit?«, flüstert Maria Teske ebenfalls.

»Ja, ein dummes Geplänkel, völlig unnütz.«

»Machen Sie sich bloß keine Vorwürfe. Sie sollten sich unbedingt einmal aussprechen, Sie Arme. Ich mache Ihnen einen Vorschlag, wir setzen uns gleich in einem Café zusammen und Sie reden sich alles von der Seele, einverstanden?«

Die junge Frau nickt und drückt der Journalistin dankbar die Hand. Im Raum erhebt sich eine elegant gekleidete Frau und schlägt mit einem Löffel gegen ihre Kaffeetasse. Auf dem länglichen Gesicht mit den auffällig vorstehenden Wangenknochen sitzt eine rechteckige, goldgeränderte Brille.

»Selbst wenn der Vorstand wirklich in Betracht zieht, das Festival abzubrechen«, stellt sie fest, »wird das überhaupt nicht gehen, meine Damen! Hier ist alles monatelang vorbereitet worden, die Räume sind angemietet, Unmengen Karten sind im Vorverkauf bereits verkauft. Wir sind Verträge mit den Puppenspielern eingegangen, und die haben bereits Hotels und Pensionen gemietet.«

»Das können doch keine Argumente sein, es geht hier um Pietät!«, kontert die Frau mit dem runden Gesicht.

»Wenn wir das Festival absagen, gerät der Förderverein in ein finanzielles Desaster. Wir müssen bedenken, dass wir mit den Schulden, die wir durch so einen unüberlegten Schritt verursachen würden, alle weiteren Pole-Poppenspäler-Tage in der Zukunft gefährden.«

»Es kann bei dieser Entscheidung nicht um rein finanzielle Gründe gehen, zumindest nicht in erster Linie«, stoppt Frieda Meibaum die aufkommenden Unstimmigkeiten. »Wir haben drei langjährige Freundinnen und Mitarbeiterinnen unter furchtbaren Umständen verloren. Wir trauern um Hanna Lechner, Ronja Ahrendt und Petra Ørsted, drei wundervolle Frauen, die ich persönlich lange Jahre kenne, unsere zweite Vorsitzende Hanna bereits über 19 Jahre. Mit Hanna habe ich gemeinsam die Pole-Poppenspäler-Tage ins Leben gerufen und zu dem gemacht, was sie heute sind. Wir sollten ihrer gedenken, indem wir das Festival weitergehen lassen. Soweit ich Hanna kenne, wäre sie die Erste gewesen, die sich das gewünscht hätte.«

Die Journalistin sieht, wie die Lippen der Rednerin beben, erfasst, welche Anstrengung ihr das Sprechen macht. Im selben Moment gerät sie in das Blickfeld von Frieda Meibaum.

»Frau Teske!«, unterbricht die Vorsitzende abrupt und schaut die Journalistin wie einen Fremdkörper an. »Darf ich fragen, was Sie hier zu suchen haben? Was hier besprochen wird, ist nicht für die Ohren der Presse bestimmt!«

»Ich bin auch nur privat hier, Frau Meibaum«, versucht Maria Teske, der Vorsitzenden den Argwohn zu nehmen. »Ich bin nur hergekommen, um Sie über das schreckliche Ereignis zu informieren. Ich wusste nicht, dass Sie bereits Bescheid wissen.«

»Danke, wir sind informiert!« Frieda Meibaums Stimme verrät deutlichen Zweifel an den Worten der Journalistin. »Außerdem finde ich Ihr Hiersein sehr unpassend, Frau Teske!«

»Entschuldigen Sie, das war nicht meine Absicht! Selbstverständlich wird alles, was ich gehört habe, von mir vertraulich behandelt, und ich möchte allen hier mein tiefstes Beileid aussprechen.«

»Würden Sie uns jetzt verlassen!«

»Das hatte ich sowieso gerade vor. Ich entschuldige mich noch einmal bei allen«, sagt Maria Teske in devotem Tonfall, raunt Susan Biehl noch »Ich warte auf Sie im Tine-Café am Hafen!« zu und verlässt den Raum.

*

Obwohl Jan Swensen die ganze Nacht kein Auge zugemacht hat, fühlt er sich verhältnismäßig fit. Er beschließt, kurz die Ermittlung zu unterbrechen, fährt auf einen Sprung in seine Wohnung, nimmt schnell eine Dusche und zieht frische Kleidung an. Den Gedanken, noch eine 20-minütige Meditation einzuschieben, verwirft er sofort wieder, geht in die Küche, schüttet Frischkornmüsli in eine Porzellanschale, nimmt eine Tüte Milch aus dem Kühlschrank und schüttet einen kräftigen Schuss darüber. Während er hastig im Stehen isst, fällt ihm siedendheiß sein bevorstehender Umzug ein.

Wenn dieser schreckliche Fall sich so weiterentwickelt, wird der Samstagstermin ernsthaft gefährdet, denkt Swensen, geht in den Flur, nimmt das Handy aus der Jackentasche und tippt die Nummer von Anna ein. Noch während er die Signaltöne im Gerät hört, sieht er seine Dienstwaffe auf der Kommode liegen, die er vorhin dort hingelegt hat, und muss grinsen, weil es mit dem Übungsschießen wieder nichts werden wird. Annas Anrufbeantworter ist mittlerweile angesprungen. Der Hauptkommissar hat nichts anderes erwartet, denn so früh am Morgen ist seine Liebe fast nie auf den Beinen. In knappen Worten schildert er den Vorfall der Nacht, dass er aus diesem Grund bis zum Hals in Arbeit steckt, er aber am Abend noch einmal anrufen wird.

Wenig später verlässt er das Haus, und während der Fahrt zur Polizeiinspektion taucht er wie von selbst wieder in die Ereignisse der vergangenen Nacht ein.

Die Flucht von Sören Ørsted hatte Silvia und Swensen perplex vor dem Haus in Finkhaushallig zurückgelassen. Nachdem der wachhabende Beamte die Fahndung nach dem mutmaßlichen Mörder eingeleitet hatte, machte er ohne Umschweife deutlich, dass er für die Jungen mitten in der Nacht beim besten Willen niemanden vom Jugendamt auftreiben könne und fragte, ob es vor Ort keine Alternative gäbe.

»Jetzt lass die Kirche aber mal im Dorf, Kollege«, hatte Swensen genervt aufgestöhnt. »Wie sollen wir uns hier eine Alternative ausdenken?«

»Kirche, keine schlechte Idee«, kam die unverzügliche Antwort. »Ich rufe den Pfarrer in Simonsberg an und schicke ihn sofort zu euch rüber!«

In der Folge hatten die beiden fast 20 Minuten gerätselt, ob der Ehemann auch aus anderen Gründen abgehauen sein könnte, ob die beiden Jungen im Haus nichts gehört hatten und dass sie jetzt eigentlich so lange klingeln müssten, bis diese aufmachten. Swensen wollte lieber auf den Pfarrer warten, Silvia dauerte das zu lange. Sie ging entschlossen zur Haustür, legte den Daumen auf den Klingelknopf und zog ihn erst zurück, als sie Geräusche hinter der Tür hörte.

»Hey, was soll das hier!«, motzte eine Stimme durch den Briefeinwurf. »Kommt morgen wieder, meine Eltern sind nicht da!«

»Bist du der Peter oder der Max?«

»Verschwindet! Hier macht niemand auf!«

»Wir müssen euch etwas mitteilen, etwas sehr Wichtiges«, redete Silvia beruhigend auf die Augen ein, die durch den geöffneten Türschlitz spähten. »Wir sind von der Kriminalpolizei aus Husum! Jetzt mach bitte auf!«

»Das war dieser Werner, oder? Der hat mich bei euch verpfiffen!«

»Welcher Werner?«

»Der Sportlehrer vom Mommsen-Gymnasium! Alles, was der euch erzählt hat, ist voll Blödsinn!«

Den Sportlehrer sollten wir oben auf die Liste setzen, denkt Swensen, während er mit seinem Golf durch die Herzog-Adolf-Straße steuert. Der Junge hatte zwar nicht verraten, was zwischen ihm und dem Lehrer vorgefallen war, aber es scheint nicht unwichtig zu sein, da ist sich der Hauptkommissar sicher. Der Wagen passiert das Nissenhaus und erreicht wenig später die Husumer Polizeiinspektion, biegt auf den Innenhof und stoppt in einer freien Garage. Auf dem Weg in sein Büro bleibt die Erinnerung an die beiden Ørsted-Jungen weiterhin präsent.

Zum Glück war ihnen in der Nacht der Pfarrer Fock aus Simonsberg zur Hilfe gekommen und hatte die weitere Betreuung übernommen. Sie konnten sich auf die normale Ermittlung konzentrieren, waren durch die einzelnen Räume gegangen, bis Silvia in der Küche plötzlich ganz hektisch geworden war und aus einem Schrankinneren mehrere Pappdosen mit braunem Pulver zu Tage förderte. »Nahrungsergänzungsmittel«, sagte sie bedeutungsschwer.

Swensen musste Silvia ziemlich verständnislos angeschaut haben, was er deutlich an ihrem Blick ablesen konnte.

»Das hat Mielke rausgebraten! Er hat dieses Zeug schon in mehreren der Einbruchshäuser entdeckt«, erklärte Silvia, »und es war vorher immer ein Vertreter aufgekreuzt, der es den Leuten aufgeschwatzt hatte.«

»Du meinst im Ernst, da könnte es einen Zusammenhang geben? Ørsted könnte nur getürmt sein, weil er unser Serieneinbrecher ist? Ein bisschen zu viel Zufall oder nicht?«, argwöhnte er an Silvias Entdeckung herum.

»Was ist heutzutage schon unwahrscheinlich? Das hör ich doch ständig aus deinem Mund. Es würde zumindest genauso erklären, warum sich unser Mann so Hals über Kopf aus dem Staub gemacht hat!«

»Meinst du wirklich? Das glaube ich erst, wenn der Mann das auch gesteht«, hatte er, ohne ersichtlichen Grund, auf seinem Standpunkt beharrt.

»Wann glauben wir, dass etwas so oder so ist?«, spricht die Stimme seines Meisters zu ihm, als der Hauptkommissar den ersten Stock erreicht hat. »Auch wenn wir gelegentlich eine intuitive Einsicht haben, erliegen wir immer wieder unseren unreflektierten Vorurteilen. Wir wünschen nur das zu sehen, was unserem Begehren entgegenkommt.«

Mielke! Der Name ist plötzlich in seinem Bewusstsein, als er über die Mahnung von Rhinto Rinpoche nachgrübelt. Er fragt sich erstaunt, was die Worte wohl mit Mielke zu tun haben könnten.

Der Hauptkommissar erahnt einen Zusammenhang mit der Tatsache, dass der Kollege sich in letzter Zeit sehr darum bemüht hat, seine fürsorgliche Obhut zu ignorieren.

Vermute ich da etwa eine Konkurrenz? Nicht gänzlich von der Hand zu weisen, lieber Swensen. Du siehst in Ørsted vielleicht doch etwas voreilig den Mörder, obwohl Mielke rausbekommen hat, dass er auch nur unser Serieneinbrecher sein könnte.

Swensen merkt, dass die Gedanken ihm unangenehm sind. Doch sie folgen ihm in die kleine Küchennische und beschäftigen ihn weiter, während er einen grünen Tee aufbrüht. Erst als er mit Kanne und Tasse im Konferenzraum am Tisch sitzt, setzt der Ermittlungsalltag ein. Er begrüßt Colditz und sein Flensburger Team, die vor der Pinnwand stehen, an der die Fotos der drei ermordeten Frauen hängen. Die Husumer Kollegen kleckern einer nach dem anderen ein und reihen sich unauffällig in die Runde. Colditz schaut demonstrativ auf die Uhr, sagt aber nichts.

»Es gibt eine Verbindung zwischen den drei ermordeten Frauen. Sie waren alle ehrenamtlich im Förderkreis dieses Puppenspiel-Festivals tätig, das gerade in der Stadt stattfindet«, beginnt Colditz mit erhobener Stimme die Frühbesprechung. »Da sollten wir ansetzen, das heißt, wir rekonstruieren so schnell wie möglich die Leben unserer Opfer, um die Gemeinsamkeiten aufzuspüren, die alle mit dieser Tat in Beziehung bringen.«

»Vielleicht gibt es diesen Zusammenhang aber gar nicht«, meldet sich Mielke. »Vielleicht hatte der Mörder nur eine Frau im Visier und die beiden anderen waren nur zur falschen Zeit am falschen Ort.«

»Klar, auch das ist eine Möglichkeit«, unterbricht Colditz, »doch bevor wir mit diesem Gedankenspiel beginnen, sollten wir uns erst um das Verbindende kümmern.«

»Es gibt einen begründeten Verdacht für meine Theorie«, beharrt Mielke. »Der Ehemann von Petra Ørsted.«

Alle Augen richten sich auf den Oberkommissar. Mielke aalt sich genussvoll in den gespannten Blicken der Kollegen.

»Der Ehemann?«, fragt Colditz mit Nachdruck. »Nun mach es nicht so spannend, sag endlich, was du sagen willst!«

»Vor unserem Mordfall waren wir wochenlang hinter einem Serieneinbrecher her. Die Ermittlungen stehen zurzeit hintenan. Kurz vorher ist mir dabei etwas aufgefallen. Bei mehreren Einbruchsopfern standen die gleichen Pappdosen mit Nahrungsergänzungspulver herum. Sie hatten das Zeug von einem Vertreter, der von allen ähnlich beschrieben wurde. Silvia hat mir heute Morgen erzählt, dass Jan und sie in der Nacht im Küchenschrank des Mordopfers Ørsted etliche dieser Dosen gefunden haben. Das hat mir keine Ruhe gelassen, und ich hab die holländische Vertriebsfirma angerufen. Die haben mir gesagt, dass es für ganz Schleswig-Holstein nur drei Vertreter für dieses Produkt gibt. Und nun ratet mal, einer davon ist Sören Ørsted, der Ehemann.«

»Silvia, Jan, ihr wart heute Nacht dort.«

»Ziemlich spektakuläre Sache«, bestätigt Swensen. »Als wir die Todesnachricht überbringen wollten, ist der Mann vor unserer Nase abgehauen.«

»Wie, der Mann ist abgehauen? Wie konnte das passieren?«

Auf die Frage von Colditz zuckt Swensen nur lakonisch mit den Achseln.

»Der hat uns vertröstet, sich etwas anzuziehen und ist dann mit seinem Auto auf und davon«, sagt Silvia Haman trocken. »Zumindest spricht das Ganze für Stephans Theorie.«

»Die Fahndung nach dem Mann ist natürlich schon eingeleitet«, ergänzt Swensen.

»Jetzt geht es nicht mehr um Einbruch, jetzt geht es um Mord!«, triumphiert Stephan Mielke. »Ich nehme an, die Frau ist ihrem Mann auf die Schliche gekommen und hat gedroht, zur Polizei zu gehen. Um das zu verhindern, hat er ihr im Schlosspark aufgelauert.

Als dann gleichzeitig zwei weitere Frauen aufkreuzten, mussten eben alle sterben.«

»Nicht schlecht ausgedacht«, meint Swensen trocken und nimmt einen Schluck grünen Tee, als wolle er seinen Ärger runterspülen. Dass Ørsted sogleich Einbrecher und Mörder sein könnte, hatte er bei seinen Überlegungen nicht in Betracht gezogen. Doch irgendetwas lässt ihn weiterhin zweifeln, dass Mielke diesen Fall einfach so gelöst haben könnte. »Auch wenn alles dafür spricht, bleibt trotzdem die Frage, warum dieser Mann gerade den Husumer Schlosspark als Tatort ausgewählt haben sollte. Als wenn es keine geeigneteren Plätze geben würde.«

»Was ist denn mit dir, Jan?«, fragt der Oberkommissar mit beleidigtem Unterton. »Er könnte gerade den Schlosspark ausgesucht haben, um von seinem Motiv abzulenken. Der Mann ist unser Mörder, was gibt es denn daran noch zu deuteln?«

»Wir verbeißen uns in Details«, schaltet Colditz sich ein. »Wir brauchen erst einen Gesamtüberblick. Natürlich gehört Ørsted ab sofort zum potenziellen Täterkreis. Schnappen wir ihn uns! Und bis wir ihn haben und überführen können, sollten wir uns alle anderen Optionen offenhalten.«

Der Flensburger Hauptkommissar schreibt den Namen Sören Ørsted auf einen roten Zettel und pinnt ihn an die Wand.

»Was ist noch über das Mordopfer Ørsted bekannt?«, fragt er danach in die Runde.

»Sie ist Steuerberaterin«, doziert einer der Beamten vom K1. »Hat ein eigenes Büro mit zwei Angestellten in der Herzog-Adolf-Straße, hier in Husum.

Die Eltern leben in Flensburg. Da hat sie auch ihren Mann Sören geheiratet, bevor beide nach Husum gezogen sind. Das Ehepaar hat zwei Kinder, Peter und Max. Das ist alles, was ich bis jetzt rausgebraten hab.«

»Kannst du das mit diesem Sportlehrer bitte noch für dich behalten?«, flüstert Swensen Silvia zu.

»Warum das denn?«

»Ich möchte sicher sein, dass ich ihn persönlich befragen kann«, flüstert der Hauptkommissar augenzwinkernd, »ist nur so eine Intuition von mir.«

»Könnt ihr eure Privatgespräche auf später verschieben«, ermahnt Colditz und deutet als nächstes auf das Foto von Ronja Ahrendt.

*

»Sozialschmarotzer ist harmlos gegen das, was ich täglich zu hören bekomm«, klagt Harald Timm apathisch und deutet auf den Strom von Männern und Frauen, der gerade aus dem Bahnhofsgebäude quillt. »Ja, ich kenne meine lieben Mitmenschen. Die schauen nur von oben herab, sag ich dir!«

Er stupst den kleinen Mann mit dem dunkelblauen, zerknitterten Anzug, der neben ihm auf der Holzbank sitzt, gegen den Oberarm.

»Finde ich übrigens richtig toll, dass ich bei dir übernachten durfte. Von denen da drüben würde keiner auf die Idee kommen, die halten unsereinen zwangsläufig für arbeitsscheu. Dabei bin ich nicht faul, wirklich nicht! Ich würde sagen … bequem, ja, ich bin schon etwas bequem.«

Harald Timm hatte den Mann, mit dem er zufällig ins Gespräch gekommen war, Montagabend am Hafen wiedergetroffen. Der war noch schlechter drauf gewesen als bei ihrer ersten Begegnung, wollte ihn gar nicht mehr gehen lassen und hatte ihn letzten Endes zu sich in die Wohnung eingeladen. Dort wurde eine Flasche Bommerlunder aufgetischt, über Gott und die Welt gesprochen, und später durfte er sogar ein Bad nehmen. In der Früh waren sie gemeinsam hier zum Bahnhof geschlendert. Er hatte, wie immer, seinen Seesack im Versteck hinter dem Gebüsch verstaut und noch zwei Fläschchen ›Kleiner Feigling‹ am Bahnhofskiosk besorgt.

Der Feigenlikör wärmt ihm den Magen durch. Gleichzeitig überlegt er, wie er seinen Gastgeber möglichst ohne viel Aufwand loswerden kann. Trotz der unverhofften Annehmlichkeiten will er nicht, dass ihm der Kerl zu nah auf die Pelle rückt. Im Innersten seines Wesens ist und bleibt er nun mal ein Einzelgänger.

»Ich muss aber los«, lügt Timm und stellt fest, dass er noch nicht einmal den Namen von seinem Wohltäter weiß, »ich kann heut vielleicht so 'n kleinen Job am Hafen kriegen.«

»Treffen wir uns heute Abend wieder, gegen 8 Uhr am Hafen?«

»Mal seh'n, kann ich nicht versprechen. Also bis dann!«, wiegelt er ab, klopft dem Mann auf die Schulter und trottet über den Bahnhofsplatz in Richtung Polizeigebäude. An der hellen Fassade mit den vier grauen Fensterzeilen versucht er immer möglichst schnell vorbeizukommen. Jedes Mal beschleicht ihn hier das verrückte Gefühl, das Auge des Gesetzes würde ihn durch die Scheiben beobachten. Dahinter kommt eine ausgediente Tankstelle, unter deren defekter Überdachung schon lange keine Zapfsäule mehr steht. Das alte Kassengebäude ist vollgestopft mit schmuddeligen Secondhand-Klamotten, die zu Ramschpreisen angeboten werden. An der Bahnunterführung biegt er rechts in den Zingeldamm und geht auf der Sonnenseite in die Innenstadt. In einem Monat kann es auf der Straße wieder ungemütlich werden, stellt er fest. Ein unangenehmes Herzstechen plagt ihn seit Tagen, dazu Kopf- und Rückenschmerzen. Genau genommen ging es los, als er seine Schwester nach einer Ewigkeit zufällig am Eingang zum Schlossgang getroffen und erfolglos um ein paar Euro angebettelt hatte.

Die geizige Kuh, denkt er grimmig, die schwimmt in Kohle und hat ganz selbstverständlich ein warmes zu Hause.

Er war ihr an dem besagten Tag nachgegangen, heimlich in einiger Entfernung. In der Herzog-Adolf-Straße hatte er gesehen, wie sie ein kleines, villenähnliches Ziegelhaus betreten hatte. An der Gartenpforte hing ein blitzblankes Messingschild: Petra Ørsted, Steuerberaterin. Es hatte ihn mächtig gewurmt, dass sie ein eigenes Büro aufgemacht hatte und nicht eine müde Mark für ihren kleinen, gestrauchelten Bruder abdrücken wollte.

Harald Timm fällt das Atmen schwer, der innere Ärger läuft ihm über die Leber. Als die Ampel hinter dem Schifffahrtsmuseum auf Rot springt, sieht er das als ein Omen, verwirft die Absicht, sich mit den Kumpeln im Schlossgang zu treffen, und biegt nach rechts in die Nissenstraße. Auf dem Außengelände hinter dem Schifffahrtsmuseum stehen ein riesiger Anker und das Ruderhaus eines Fischkutters. Harald Timm würdigt die Exponate hinter dem Holzzaun keines Blickes. Die aufgestauten Worte, die er seiner Schwester jetzt unbedingt sagen möchte, treiben ihn voran, hin zu ihrem Steuerbüro. Am Ende der Straße liegt zur rechten Seite das Finanzamt, ein gedrungener Ziegelbau mit einem mächtigen Treppengiebel. Er hegt einen tiefen Hass gegen diese Behörde, die ihm bei seinem Bankrott den Rest gegeben und auf die Straße gebracht hat. In der kleinen Jugendstilvilla direkt gegenüber brennt Licht im ersten Stock, aber der Wagen seiner Schwester steht nicht auf ihrem Parkplatz. Von der Gartenpforte aus sieht er, dass jemand die Haustür offen stehen gelassen hat.

Ich stell mich unten in den Flur und warte, bis das Schwesterchen kommt, denkt er, öffnet die Pforte und geht durch die Haustür in den schmalen Flur, in dem eine steile Treppe in den ersten Stock führt. Im selben Moment, als er sich auf eine der unteren Stufen hinsetzt, wird oben die Bürotür aufgerissen. Zwei Schattengestalten stürzen herunter, mehrere Aktenordner unter den Armen. Harald Timm will gerade aufstehen, um den Männern Platz zu machen, da stellt der Muskelprotz seine Ordner auf die Stufen, und ein mächtiger Hieb trifft seine Nase. Ein unbeschreiblicher Schmerz reißt ihn von den Füßen. Er liegt am Boden, spürt etwas Feuchtes über die Lippen laufen, sieht die blutverschmierte Faust zurückschnellen und neu ausholen. Seine Hände schnellen zum Schutz vors

Gesicht, doch der zweite Schlag trifft sein Kinn. Es wird schwarz um ihn herum, er fällt ins Nichts und verliert sein Bewusstsein.

Als er zu sich kommt, ist es wie das Erwachen aus einem traumlosen Schlaf. Sein Schädel brummt und droht zu zerplatzen. Er liegt mit der Wange am Boden, bewegt vorsichtig seine Finger, dann die Zehen. Mit etwas Anstrengung öffnet er die Augen, bemerkt, dass sein Kopf in einer Blutlache liegt. Von irgendwoher dringt eine klagende Stimme an sein Ohr. Er setzt seine rechte Hand auf und stemmt den Oberkörper nach oben. Das Blut ist bereits zähflüssig. Sein Nacken ist verspannt, eine Schmerzwelle läuft den Rücken hinab. Er schüttelt den Kopf, sucht Halt am Treppengeländer und kommt auf die Beine. Das Stöhnen kommt aus dem ersten Stock.

»Ist da jemand?«, ruft er gequält in den Raum.

Keine Antwort, nur lautes Stöhnen. Er steigt schwerfällig die Treppe hinauf, der rechte Fuß schmerzt. Die Bürotür ist nur angelehnt, der Flur dahinter ist leer, nur eine Tür am anderen Ende steht sperrangelweit offen. Aktenordner liegen verstreut am Boden, einige aufgeschlagen und sichtbar durchwühlt. Die Stimme kommt aus einem anderen Raum auf der rechten Seite. Er humpelt darauf zu und öffnet langsam die Tür. Zwei Drehstühle stehen mit den Lehnen gegeneinander vor einem Schreibtisch, darauf sitzen zwei Frauen mit dem Rücken aneinander gefesselt. Ihre Münder sind mit dicken Stoffstreifen verschlossen, die am Hinterkopf verschnürt wurden. Eine der Frauen hat geschwollene Augen, und verkrustetes Blut klebt an der Nase. Harald Timm schleppt sich zu ihnen hinüber und zerrt mit seinen steifen Fingern an den Knoten, bis sie endlich aufgehen.

»Was ist denn hier passiert?«, fragt er nervös.

Die Frauen sehen erleichtert und misstrauisch zugleich aus. Sie mustern aus einiger Distanz den ungepflegten Fremden, der schon von Weitem nach Alkohol riecht. Ihre Lippen zittern, bei jedem Geräusch fahren sie erschreckt zusammen und schauen sich unentwegt um.

»Sind die Männer weg?«, fragt eine der Frauen mit kaum wahrnehmbarer Stimme. Ihr dunkelblauer Blazer ist von Blutflecken übersät.

»Ich glaub schon«, sagt Harald Timm mehr zu sich selbst. »Die haben mich unten im Flur zusammengeschlagen. Ich glaub, ich war 'ne kurze Zeit ohnmächtig.«

»Wer sind Sie überhaupt?«, fragt die andere Frau mit der Pagenfrisur, die sich anscheinend langsam vom ersten Schock erholt. »Und wie kommen Sie hierher?«

»Ich bin der Bruder von Petra. Wollt nur mal kurz bei meiner Schwester reinschaun.«

»Der Bruder der Chefin?«, fragt die Frau mit dem Blazer ungläubig. »Von einem Bruder hat sie uns nie etwas erzählt.«

»Ist sie nicht da, meine Schwester?«

»Nein, die Chefin hat mehrere Tage frei genommen.«

»Und wer waren diese Männer?«

»Das wissen wir auch nicht«, sagt die Pagenfrisur. »Kurz nachdem wir heut Morgen hier waren, klingelte es Sturm. Ich dachte, es wäre ein Kunde, hab den Summer betätigt und die Bürotür geöffnet. Und dann sind die hier reingestürmt.«

»Wollten die Geld?«

»Nein, eben nicht. Ich wollte ihnen die Scheine, die wir hier liegen haben, ja geben, aber die Kerle haben uns nur angeschrien, wo die Chefin ist und wo die Akten der Firma Asmussen stehen. Als wir nichts sagen wollten, schlug der eine Mann meine Kollegin ins Gesicht, so lange, bis ich geredet habe. Dann wurden wir gefesselt, und sie sind abgehaun.«

»Ja, und der eine hat immer ›Dawai, dawai‹ gebrüllt. Das waren bestimmt Russen.«

»Dieser Hagere hat keinen Finger gerührt, hat nur gesagt, was der Muskelmann machen soll. Ohne Skrupel war der, hat ohne mit der Wimper zu zucken zugeschlagen. Bevor sie gegangen sind, haben sie gedroht, sie würden wiederkommen, wenn wir die Polizei rufen.«

»Die Polizei, wir müssen die Polizei rufen!«, sagt die Pagenfrisur.

»Elke, das meinst du doch nicht ernst! Guck mich doch an! Möchtest du etwa, dass die uns beim zweiten Mal ganz umbringen?«

»Und wie stellst du dir das vor? Stillhalten und so tun, als wäre nichts passiert? Brigitte, denk nach, und lass uns endlich die Polizei anrufen.«

Das Wort ›Polizei‹ erzeugt bei Harald Timm instinktiv Rückzugstendenzen. Während die Frauen mit ihren Argumenten ringen, schleicht er ohne ein Wort auf den Flur. Doch, obwohl er sich gewöhnlich so schnell wie möglich aus dem Staub machen würde, zieht es ihn in den Büroraum seiner Schwester. Er humpelt den Flur entlang, lugt durch die offene Tür und tritt hinein. Der Boden ist mit Akten übersät, die aus dem Aktenschrank gerissen wurden, mehrere aufgeklappt und durchwühlt. Neben dem Schreibtisch liegt ein goldener Bilderrahmen mit dem Foto seiner Neffen Peter und Max. Groß geworden, die beiden, denkt er, hebt ihn auf und stellt ihn zurück auf die Tischplatte. Wie von selbst zieht er die Schubladen auf. In der untersten liegen zwei 50-Euro-Scheine. Er schaut sich kurz um, und als er merkt, dass die Frauen sich immer noch um sich selbst kümmern, greift er blitzschnell zu und lässt die Scheine in der Hosentasche verschwinden. Danach humpelt er über den Flur zurück und steigt die Treppe hinunter.

»Wo wollen Sie denn hin«, hört er die Stimme von einer der Frauen in seinem Rücken. »Die Polizei kommt jeden Moment. Die wollen bestimmt noch mit Ihnen reden!«

»Ich muss los!«, ruft er, ohne sich umzudrehen und lässt die Eingangstür hinter sich ins Schloss fallen. Aus der Ferne schrillt das Martinshorn eines Streifenwagens herüber. Er kommt in Bewegung, humpelt so schnell er kann durch die Gartenpforte und ist bereits auf dem Bürgersteig, als der Streifenwagen auf der Herzog-Adolf-Straße an ihm vorbeirast, mit quietschenden Reifen vor dem Büro seiner Schwester zum Stehen kommt und die Beamten aus dem Wagen springen. Sie nehmen ihn offensichtlich nicht mehr wahr.

*

Swensen versucht, die Fülle der Spurenansätze und Spekulationen, die bei der ersten Frühbesprechung zusammengekommen waren, im Kopf zu ordnen. Doch seine eigentliche Stärke, einzelne Puzzleteile zu einem überschaubaren Bild zusammenzusetzen, lässt ihn heute kläglich im Stich. Obwohl das Bindeglied zwischen den drei Mordopfern, der Pole-Poppenspäler-Förderkreis, auf ein gemeinsames Motiv hindeutet, sieht es erst mal so aus, als hätte die Tatsache keinerlei Bedeutung.

Die wichtigste Frage ist, wer konnte wissen, dass die Frauen vielleicht diesen Weg durch den Schlosspark nehmen würden? Oder ist das die falsche Frage? Die Frauen könnten auch einfach zur falschen Zeit am falschen Ort gewesen sein und sind einem unbekannten Psychopathen in die Arme gelaufen, einem dieser Verrückten, die einen unbändigen Hass auf alles Weibliche mit sich herumschleppen. Aber ein mordender Psychopath steht in einer Kleinstadt wie Husum eher ganz unten auf der Liste.

Der Hauptkommissar lehnt sich in seinem Bürostuhl zurück und versucht, sich durch seine Gedanken zu wühlen. Doch jedes Gedankengebäude, das er innerlich errichtet, wird von der nächsten Überlegung wieder eingerissen. Sein Blick haftet an der leeren Wand, gleitet über die weiße Raufasertapete und geht in den feinen Strukturen verloren. Die Lider werden schwer, die Müdigkeit nach der schlaflosen Nacht drückt sie langsam zu. Die Gedanken schweigen.

»Jan!«, ruft jemand in der Ferne. »Hey, Jan! Schläfst du?«

Der Hauptkommissar schnellt hoch und sieht das Gesicht von Rudolf Jacobsen, das grinsend hinter der geöffneten Tür hervorlugt. »Quatsch«, wehrt Swensen ab, »hab nur kurz die Augen zugemacht. Was gibt's denn?«

»Stephan schickt mich. Wir waren heute früh in der Wohnung der Lechner und haben eine brisante Entdeckung gemacht. Wir würden das gern kurz mit dir besprechen, bevor wir es an die große Glocke hängen.«

»Hört sich ja richtig konspirativ an. Was gibt's denn?«

»Komm einfach mit rüber, Jan, es ist dringend.«

Swensens Anflug von Müdigkeit ist wie weggeblasen. Mit einem Satz ist er auf den Beinen, folgt Jacobsen über den Flur in Stephan Mielkes Büro und schließt nach dem Eintreten die Tür hinter sich.

»Was hältst du davon?«, fragt Stephan Mielke ohne Umschweife und reicht ihm ein aufgeschlagenes Notizbuch.

Swensen überfliegt die Seite und bleibt am Namen Rebinger hängen. »Was ist das für ein Buch?«

»Das lag in der Schreibtischschublade von Hanna Lechner.«

»Rebinger, mit Datum und Uhrzeit?«

»Der Name ist 13-mal eingetragen.«

»Verstehe! Ihr glaubt, das könnte unser Staatsanwalt sein?«

Mielke nickt. »Das Mordopfer wohnte direkt gegenüber von so 'nem Rotlichtschuppen, Club 69. Man kann von ihrem Fenster aus direkt auf die Eingangstür sehen. Hast du da nicht mal ermittelt?«

»Dieser Sadomaso-Laden in der Süderstraße?«

»Es sieht so aus, als wenn unsere feine Dame heimlich den Kunden nachspioniert hat. Und jetzt spekulieren wir einmal, dass einer der Kunden das mitbekommen hat und das gar nicht witzig fand. Oder unsere Sauberfrau hat sogar einen der Kunden erpresst. Kein schlechtes Mordmotiv, oder?«

»In dem Zusammenhang ist der Name Rebinger ein verdammt heißes Eisen«, ergänzt Jacobsen. »Wenn sich tatsächlich unser Staatsanwalt dahinter verbirgt, haben wir ein kleines Problem.«

»Du liebe Scheiße!«, bricht es aus Swensen heraus, als er die Tragweite der Entdeckung begreift. »Das wäre mehr als nur ein Wespennest!«

»Fürchte ich auch«, meint Mielke. »Ich verspüre jedenfalls nicht die geringste Lust, unseren Staatsanwalt danach zu befragen.«

»Ihr habt das für euch behalten?«

»Klar, Mensch! Was hättest du denn gemacht?«, antwortet Jacobsen.

»Die Sache hätte in die Frühbesprechung gehört, oder wollt ihr, dass wir das vertuschen?«, fragt Swensen mit klarer Stimme. »Ihr nehmt das Buch und informiert sofort Colditz, als wenn euch das gerade erst aufgefallen ist. Ich mach den Gang nach Canossa und weihe den Chef möglichst schonend in den Sachverhalt ein.«

Die beiden sehen aus wie begossene Pudel, denkt er, gibt Mielke mit einem Augenzwinkern das Buch zurück und verlässt den Raum. Heinz Püchels Tür am Ende des Flurs steht weit offen und der Polizeirat steht rauchend am offenen Fenster.

»Gibt es schon greifbare Ergebnisse?«, fragt er, als er den Hauptkommissar im Türrahmen stehen sieht.

»Die Husumer Kripo in ihrem Lauf hält weder Ochs noch Esel auf!«

»Von wem hast du das denn?«

»Vom Staatsratsvorsitzenden Erich Honecker! Ist allerdings leicht geändert!«

»Lass die blöden Späßchen, Jan, du weißt selbst, wie prekär die Lage ist. Bis eben war ich ununterbrochen am Telefon.«

»Genau deswegen bin ich hier, Heinz, es könnte etwas auf uns zukommen, das die Lage noch prekärer macht. Kurz und knapp, unser Staatsanwalt Rebinger steht vermutlich auf der Liste eines Mordopfers, auf der Bordellbesuche aufgelistet wurden.«

Polizeirat Püchel steht da wie vom Donner gerührt, sein Kopf färbt sich langsam rot, und die brennende Zigarette hängt unbeweglich im Mundwinkel. Swensen rechnet jeden Moment mit einer Explosion, doch der Chef bleibt stumm, erwacht wie aus einer Trance und zieht gierig an seiner Zigarette.

»Was schlägst du vor?«, fragt Swensen.

»Gequirlte Scheiße!«, zischt Püchel, nimmt den letzten Zug aus seinem Stummel und drückt ihn in den Aschenbecher. »Das hat uns zu unserem Glück gerade noch gefehlt! Ist Colditz informiert?«

»Was denkst du? Er leitet die SOKO!«

»Was machen wir jetzt? Mist, elender! Die Sache muss mit äußerstem Fingerspitzengefühl behandelt werden, das ist schon mal klar. Und vergiss um Gottes willen deine Abneigung gegen Rebinger, Jan! Versuch lieber, Colditz davon abzuhalten, vorschnell damit an die Öffentlichkeit zu gehen. Ich möchte vorher unbedingt mit Rebinger reden, unter vier Augen und von Mann zu Mann.«

»Wir versuchen den Ball flach zu halten, Heinz«, beruhigt Swensen. »Noch handelt es sich nur um einen Verdacht!«

Sichtlich erleichtert, klopft Püchel dem Hauptkommissar auf den Rücken, eilt ans Telefon und hat schon wieder eine Zigarette im Mund. Bevor er seinen ersten Zug macht, ist Swensen auf dem Flur, schaut in Silvias Büro vorbei, und weil die Kollegin nicht am Tisch sitzt, entschließt er sich, allein zum Gymnasium zu fahren, um die Todesnachricht von Hanna Lechner zu überbringen und erste Ermittlungen vorzunehmen.

15 Minuten später parkt Swensen seinen Golf auf dem Parkplatz vor dem vierstöckigen Jugendstilgebäude. Aus der Eingangstür strömt ihm eine Schar von Mädchen und Jungen entgegen, die ungewohnt gesittet die Schule verlässt. Der Kriminalist guckt ungläubig auf die Uhr, aber es ist wirklich noch so früh, erst kurz nach 9 Uhr. Er wartet, bis eine kleine Lücke entsteht und schlüpft durch die Eingangstür in die Aula. Von einem Mann im grauen Kittel, der mit einem Schraubenzieher an einem Stromverteiler herumschraubt, lässt er sich den Weg ins Rektorat zeigen. Im ersten Stock klopft er an der Tür mit der entsprechenden Aufschrift auf dem Messingschild.

»Herein!«, ruft eine Frauenstimme von innen.

»Mein Name ist Jan Swensen, Kriminalpolizei Husum«, sagt er beim Eintreten, »ich würde gern den Rektor sprechen.«

Eine kleine, junge Frau in Seidenbluse und grauem Kostüm blickt mit geröteten Augen vom Bildschirm des Computers auf und beginnt sofort zu weinen.

»Sie … Sie sind bestimmt … wegen dem Verbrechen hier«, schluchzt sie, »ich hab … über vier Jahre für Frau Lechner gearbeitet … ich kann es noch gar nicht glauben, das ist alles so schrecklich.«

»Sie wissen schon Bescheid?«, fragt Swensen erstaunt.

Die Frau nickt, wischt sich mit einem Taschentuch über die Augen und versucht, die Stimme in den Griff zu bekommen: »Pastor Fock aus Simonsberg hat hier angerufen, am Morgen kurz nach Schulbeginn, und uns mitgeteilt, warum die Ørsted-Kinder heute nicht zur Schule kommen. Ohne Mutter, die armen Jungen, unfassbar! Frau Ørsted tot, Frau Lechner tot, und es soll noch eine weitere Frau tot sein. Die ganze Lehrerschaft ist nur noch geschockt. Wir haben alle Schüler sofort nach Haus geschickt.«

»Ich muss trotzdem mit dem Rektor sprechen!«

»Frau Lechner ist … war … unsere Rektorin«, stammelt die Frau, während ihr erneut die Tränen kommen. »Oh Gott …, sie ist für immer von uns gegangen …«

Swensen schluckt, möchte das Leid am liebsten von sich fernhalten, doch die Gefühle der Frau krallen sich in seine Seele. Das Überbringen einer Todesnachricht bleibt eine ewige Bürde, die bei einem Kripobeamten selbst durch wiederholte Erfahrung nicht zur Routine wird. In solchen Momenten schwört er sich jedes Mal, die Meditation des Mitgefühls öfter zu praktizieren.

»Herr Werner macht im Moment die Vertretung«, sagt die Frau, nachdem sie ihre Fassung zurückgewonnen hat, »aber der ist gerade in einer Besprechung.«

»Könnten Sie Herrn Werner bitte kurz herausbitten, die Ermittlung erfordert leider einige Fragen.«

Die Frau verlässt eilig den Raum, Swensen atmet tief durch, tritt ans Fenster und schaut hinaus. Der Schulhof liegt verwaist, die Teerschicht glänzt im schrägen Sonnenlicht.

»Wer sich um das Wohl anderer fühlender Wesen sorgt, vermindert die Angst in der Welt«, hört der Hauptkommissar die Stimme seines Meisters. »Ist diese mitfühlende Hinwendung mit der Einsicht verbunden, dass Erleber, Erlebtes und Erleben – Subjekt, Objekt und Tat – nicht voneinander zu trennen und Teile einer Ganzheit sind, wird jede Handlung in sich selbst befreiend. Mitgefühl ist kein Mitleid. Leiden wir mit, wenn andere in Schwierigkeiten sind, dann berauben wir uns aller unserer Möglichkeiten. Nur wer in seiner Kraft ruht, hat die Einsicht und den inneren Reichtum, um anderen wirklich helfen zu können.«

Das Klappen der Tür öffnet den Moment der Ruhe. Der Hauptkommissar dreht sich um und sieht die junge Frau mit einem großen, athletischen Mann mit kantigem Gesicht an ihrer Seite.

»Florian Werner, Sie wollen mich sprechen?«, stellt der Mann sich vor.

»Jan Swensen, Kriminalpolizei Husum, wir ermitteln im Todesfall von Hanna Lechner. Erst mal möchte ich Ihnen mein aufrichtiges Mitgefühl aussprechen.«

»Danke! Sie können sich vorstellen, wie betroffen wir hier alle sind.«

»Selbstverständlich«, sagt Swensen, »ich müsste trotzdem mit Ihnen sprechen, unter vier Augen.«

Der Mann scheint für einen Augenblick irritiert, zeigt aber auf die offene Tür, die in einen benachbarten Raum führt, und geht hinein. Als der Hauptkommissar eintritt, schließt er die Tür hinter ihm.

»Wissen Sie schon, was passiert ist?«

»Nein, Herr Werner, unsere Ermittlungen fangen gerade erst an.«

»Und was kann ich Relevantes dazu beitragen?«

»Nun, wir müssen uns ein Bild von Hanna Lechner machen. Wie wir erfahren haben, hatte sie frei genommen?«

»Nein, sie hat mich nur gebeten, eine Woche das Rektorat zu übernehmen. Ihren Unterricht wollte sie in der Zeit weiterführen. Gestern Morgen war sie noch in ihrer Klasse.«

»Wie würden Sie Frau Lechner beschreiben? Was für ein Mensch war sie?«

»Geradlinig, korrekt, mit sehr klaren Grundsätzen. Manchmal auch ein wenig zu penibel, jedenfalls für meinen Geschmack.«

»Heißt das, Sie mochten sie nicht besonders?«

»Nein, das würde ich so nicht sagen!«, beteuert der Lehrer. »Bei Ihnen muss man sich ja vorsehen, was man sagt!«

»Am besten die Wahrheit!«

»Wir haben uns immer sehr gut verstanden, Frau Lechner und ich!«

»Und das trifft auf die gesamte Lehrerschaft zu, oder um deutlicher zu werden, gab es Personen, die sie nicht mochten oder sie sogar angefeindet haben?«

»Das weiß ich wirklich nicht, da müssen Sie die Kollegen schon selbst fragen! Wie gesagt, ich persönlich hatte nie tief greifende Probleme mit der Frau.«

»Können Sie mir sagen, ob Frau Lechner näheren Kontakt zu den beiden Jungen der Familie Ørsted hatte?«

»Mein Gott, mir fällt das hier schon schwer genug, Herr Swensen, ich bin schließlich kein Holzklotz. Wir haben gerade eben von den schrecklichen Ereignissen erfahren, und Sie stellen Fragen, als wenn alles schon Jahre her ist.«

»Das tut mir sehr leid, Herr Werner, aber ich muss das alles fragen.«

»Das mag ja sein, das macht die Sache aber nicht leichter.«

»Ich kann Sie nur bitten, die Fragen zu beantworten.«

»Einer der Jungen der Ørsteds war in der Klasse von Frau Lechner.«

»Kannten Sie Frau Ørsted persönlich?«

»Flüchtig, nur von den Elternabenden. Ich unterrichte beide Söhne in Sport und Englisch.«

»Gab es irgendwelche Probleme mit ihnen?«

»Probleme? Ich weiß nicht, was Sie meinen.«

»Gab es Probleme, ja oder nein?«

»Natürlich nicht!« Die Stimme des Lehrers klingt gepresst. »Was sollte es für Probleme geben?«

»Warum könnte einer der Jungen behaupten, Sie hätten ihn bei der Polizei verpfiffen?«

»Bei der Polizei verpfiffen? Hat er das gesagt?«

»Ja«, sagt Swensen mit klarer Stimme. »Genau das hat er gesagt. Was könnte dahinter stecken?«

»Ich hab keinen blassen Schimmer!«

»Ehrlich gesagt, ich glaube Ihnen das nicht!«

»Wenn das hier so weitergeht, sage ich ohne einen Anwalt gar nichts mehr!«

»Herr Werner, das steht Ihnen natürlich frei, aber es wäre besser, Sie sagen sofort die Wahrheit. Glauben Sie mir, wir bekommen so oder so heraus, was dahinter steckt.«

»Das sind alles nur dumme Gerüchte!«

»Nun packen Sie schon aus, die Lage wird nicht besser, wenn Sie nicht reden!«

»Ich soll mich angeblich einer Schülerin unsittlich genähert haben, wird hinter meinem Rücken erzählt. Ich bin ziemlich sicher, dass der Ørsted-Junge diese hanebüchene Lüge in die Welt gesetzt hat. Da ist natürlich überhaupt nichts dran, aber das ist ja sowieso egal, denn wenn so ein Gerücht erst einmal in der Welt ist, glaubt es auch jeder gleich.«

»Warum sollte der Junge das gemacht haben?«

»Was weiß ich? Vielleicht kann er mich nicht ausstehen. Zumindest wird an der Schule schon getuschelt.«

»Haben Sie den Jungen zur Rede gestellt?«

»Nein, wie sollte ich? Es ist schließlich nur ein Gerücht. Ich weiß ja nicht hundertprozentig, ob der Junge wirklich dahintersteckt.«

*

Eine Stadt in Angst. Nein, denkt die mittelgroße Frau und streicht über ihren struppigen Kurzhaarschnitt, das klingt nicht dramatisch genug. Das muss einfach powermäßiger rüberkommen, so etwa wie *Panik in Husum* oder noch besser *Husums Bürger in panischer Angst.*

Maria Teske lässt einen Schlagzeilenentwurf nach dem anderen an ihrem inneren Auge vorbeiziehen, während sie sich nebenbei Nudelauflauf mit Brokkoli in den Mund schaufelt.

Think Big ist der Stressauslöser. Vor genau fünf Minuten hatte er sie angerufen und ihr gesteckt, dass die Husumer Kripo für 11.30 Uhr eine Pressekonferenz zu den Mordfällen anberaumt hat. »Es wäre nicht schlecht«, hatte er beiläufig fallen gelassen, »wenn du dir schon Gedanken zum morgigen Aufmacher machst. Dazu möchte ich die neusten Fakten für die Mittwochausgabe, klar! Die ganze Stadt lechzt nach Informationen. Wer waren die Frauen? Wie ist der Mord abgelaufen? Gibt es Verdächtige? Mit solchen Inhalten geht unsere Rundschau morgen weg wie warme Semmeln.«

»Und wie stellst du dir das vor, soll ich selbst Kriminalpolizei spielen und auf eigene Faust ermitteln?«

»Ich zähl auf dich«, hatte er nur gesagt und aufgelegt.

Wieder einmal muss die Journalistin feststellen, dass sie ihr Essen ohne jeglichen Genuss runtergeschlungen hat. Der Historische Braukeller füllt sich langsam, und sie kramt eine Schachtel Cohiba Minis aus der Handtasche, zieht ein Zigarillo heraus, steckt ihn in den Mund und zündet ihn an. Der milde

Havanna-Tabak holt sie auf den Boden zurück und ordnet ihre wirren Gedanken.

Die Schlagzeile kann noch warten, entscheidet sie, die ist im Moment am unwichtigsten. Außerdem fällt sie mir bestimmt nebenbei ein. Vielleicht könnte ich mir das Gespräch mit Susan Biehl zunutze machen. Was die von ihrer Freundin preisgegeben hat, ist zumindest Stoff für eine kleine Story am Rand.

Gegen die Gewissensbisse, die sich automatisch bei solchen Überlegungen einschleichen, hat die Journalistin ein altbewährtes Rezept: schlechte Gefühle ignorieren und nicht aus den Augen verlieren, was die Butter aufs Brot bringt. Die saubere Dame hat immerhin mit zweien dieser Puppenspieler gleichzeitig angebändelt, bevor sie ermordet wurde, auch keine feine englische Art. Außerdem sind Herz und Schmerz der Pfeffer in jedem Artikel. Augen zu und durch, sagte schon immer mein innerer Schweinehund.

Zwei Versuche, die Bedienung auf sich aufmerksam zu machen, sind bereits fehlgeschlagen. Maria Teske hat keine Lust, länger zu warten, geht direkt bei der Kasse vorbei und bezahlt. Vom Ausgang des Restaurants sind es nur wenige Minuten Fußweg bis zum Husumer Schloss. Der Schlosshof liegt noch im Schatten des Gebäudes. Direkt unter dem Turm, der sich düster vor dem blauen Himmel abzeichnet, stehen zwei Wagen, ein VW-Bus mit der Aufschrift ›Seelenfaden-Puppentheater Karlsruhe‹ und daneben ein Polizeiwagen. Die Journalistin geht daran vorbei auf den Haupteingang zu.

Das Klackern ihrer Schuhe auf den Pflastersteinen klingt plötzlich wie der Takt ihrer ablaufenden

Lebenszeit. Sie fühlt sich von einer höheren Macht ertappt, die ihr zu verstehen geben will, dass sie hier nur aus reiner Selbstsucht die Totenstille stört.

In der Vorhalle hängen an den Stellwänden mehrere Plakate von den Stücken, die in den nächsten Tagen zur Aufführung kommen sollen. ›Schiffbruch mit Tiger‹, liest sie im Vorbeigehen, ein Puppenspiel des Seelenfaden-Puppentheaters Karlsruhe, heute 20 Uhr im Rittersaal. Darüber klebt ein roter Zettel mit der Aufschrift: Das Festival geht weiter!

Der Förderkreis hat also beschlossen, die Veranstaltungen nicht abzusagen, denkt Maria Teske, steigt die Holztreppe zum Rittersaal hinauf, sieht, dass die Eingangstür offen steht und lugt vorsichtig in den Raum hinein. Auf der Bühne ist der rostige Rumpf eines Schiffes aufgebaut worden. Maria Teske erkennt es nur an den Bullaugen. Ansonsten ist niemand zu sehen, nur zwei Stimmen dringen an ihr Ohr, die sich in einem deutlichen Frage- und Antwortdialog befinden. Instinktiv schleicht sie sich näher heran, denn alles, was im Moment hinter den Kulissen des Festivals gemunkelt wird, liegt automatisch in ihrem beruflichen Interesse.

»Die drei ermordeten Frauen sind Ihnen alle bekannt gewesen?«, hört sie eine dunkle Frauenstimme, ohne dass sie etwas sehen kann.

»Mehr oder weniger«, antwortet eine weiche Männerstimme. »Ich hab natürlich alle auf dem Festival immer mal irgendwo gesehen, zumal es nach der letzten Vorstellung jedes Mal ein Abschlussgespräch gab.«

»Und was heißt mehr oder weniger, Herr Pohlenz?«

»Na ja, Frau Ahrendt war zum Beispiel von der Festivalleitung für mich abgestellt. Sie hat mir die Räume aufgeschlossen, mir den Stromanschluss gezeigt und alles andere, was ich für meine Vorstellung wissen musste.«

»Das heißt, Sie kannten Frau Ahrendt sozusagen näher, oder wie ist das zu verstehen?«

»Worauf wollen Sie hinaus, Frau Kriminalinspektorin?«

»Hauptkommissarin Silvia Haman!«

»Also, Frau Hauptkommissarin, näher scheint mir in diesem Zusammenhang doch etwas übertrieben. Der Kontakt war ausschließlich auf den Festivalablauf beschränkt, das war auch schon alles.«

»Ist Ihnen vielleicht etwas Ungewöhnliches aufgefallen? Haben Frau Ahrendt oder die beiden anderen Frauen sich in irgendeiner Weise merkwürdig oder andersartig verhalten?«

»Andersartig? Was meinen Sie damit?«

»Das sind Routinefragen, Herr Pohlenz. Wenn Ihnen nichts Besonders aufgefallen ist, reicht mir das ja schon.«

»Also, mir ist nichts aufgefallen.«

»Danke! Sind Sie die nächsten Tage noch in Husum zu erreichen?«

»Ich hab morgen Nachmittag noch einen Auftritt, und spätestens am Donnerstag reise ich wieder nach Karlsruhe zurück.«

»Okay, Anschrift und Telefonnummer hab ich. Wenn's noch Fragen gibt, wenden wir uns an Sie.«

Maria Teske registriert, dass das Gespräch beendet ist und drückt sich automatisch in den Schatten des Bühnenaufbaus. Es folgt ein dumpfes Dröhnen, jemand ist von der Bühne gesprungen. Einen Moment später sieht die Journalistin eine große Gestalt mit breiten Schultern auf den Ausgang zugehen. Sie bleibt solange in ihrer Deckung, bis die Kripobeamtin den Saal verlassen hat.

Der Typ hat schon eine interessante Interpretation von Wirklichkeit, fasst sie das Gespräch für sich zusammen und setzt sich in die Mitte der ersten Stuhlreihe direkt vor die Bühne. Hinter der Schiffsrumpfkulisse wird in der Zwischenzeit gehämmert. Maria Teske hustet, erst leise, und als es darauf keine Reaktion gibt, demonstrativ lauter. Der kleine Trick funktioniert, in einem der Bullaugen erscheint die linke Hälfte eines Gesichts. Die Journalistin steht demonstrativ auf, hebt den Arm und winkt, bis der Mann auf der Bühne auftaucht.

»Wo kommen Sie denn her, und wer sind Sie überhaupt?«, fragt er leicht affektiert.

»Erstens stand die Tür offen und zweitens bin ich Maria Teske, Journalistin von der Husumer Rundschau.«

»Ah, Sie sind sicher wegen meinem Stück da?«, fragt er mit schlagartig freundlicher Stimme. »›Schiffbruch mit Tiger‹ ist nämlich eine fantastische Geschichte, die in Deutschland noch nicht erschienen ist. Ich hab den Roman letztes Jahr im Urlaub gelesen, in Kanada, und mir gleich spontan die Rechte für die Puppenbühne besorgt.«

»Haben Sie eigentlich keine Probleme mit dem, was gerade hier in der Stadt passiert ist?«, fragt Maria Teske und nimmt wahr, wie sich der schlanke Mann erstaunt mit seinen feingliedrigen Fingern über den Dreitagebart fährt.

»Das ist eine schreckliche Sache«, antwortet er nach einer kleinen Pause, »aber ich, der fast täglich auf einer Bühne steht, muss mit solchen Umständen klarkommen. Als Profi hat man da keine Wahl, der eigene Seelenzustand interessiert das Publikum nicht.«

»Aber bei diesem schrecklichen Verbrechen handelt es sich doch wohl nicht nur um ein übliches Unwohlsein, oder?«

»Ich weiß nicht, worauf diese Frage abzielt«, fragt Peter Pohlenz und schaut die Journalistin misstrauisch von der Bühne herab an.

»Sie kannten immerhin eines der Opfer näher. Soweit ich informiert bin, war Ronja Ahrendt Ihnen etwas mehr als nur persönlich bekannt, oder wollen Sie das etwa abstreiten?«

Das Gesicht des Puppenspielers verliert erst seine Farbe und färbt sich danach langsam puterrot. Er ringt sichtlich nach Worten.

»Was treiben Sie hier für ein Spielchen?« Seine Stimme hat ihre Milde verloren, ist scharf und aggressiv. »Sie schleichen sich hier ein, als wären Sie an meinem Stück interessiert, kümmern sich aber nur um Dinge, die Sie überhaupt nichts angehen. Machen Sie, dass Sie hier rauskommen, sonst rufe ich die Polizei!«

»Sind Sie da wirklich sicher?«, kontert die Journalistin.

»Raus, und zwar schnell!«, dröhnt es von der Bühne. »Wenn Sie nicht sofort meinen Dunstkreis verlassen, komme ich persönlich herunter und befördere Sie eigenhändig an die Luft.«

Maria Teske weiß genau, dass sie die Situation diesmal überreizt hat, räumt ohne ein Wort den Stuhl und verlässt den Saal. Während sie durch die Tür geht, setzt das Hämmern wieder ein, unüberhörbar lauter.

Der Mörder ist noch in der Stadt, denkt sie beim Gang über den Schlosshof, das ist die Schlagzeile, die genau den Nerv der Leser trifft.

Die Journalistin erreicht den Marktplatz, als die Glocke im Kirchturm gerade elfmal schlägt. In einer halben Stunde beginnt die Pressekonferenz der Kripo Husum, und sie entschließt sich, im Tine-Café noch einen Cappuccino zu trinken. 20 Minuten später verschwindet sie in der wartenden Menschentraube vor dem Saal 4 im neuen Husumer Rathaus. Durch die Glasscheibenfront im Erdgeschoss ist die gesamte Armada der deutschen TV-Presse zu sehen, von ARD über ZDF bis RTL und Sat1. Daneben gehen die kleinen Pkws der Radiosender fast unter, nur der Kastenwagen mit den großen BILD-Buchstaben sticht noch hervor. Maria Teske wird von einem Fotografen, der seine Kamera wie eine Waffe hält, unsanft zur Seite gedrängt.

»Intelligenzallergiker!«, zischt die Zeitungsfrau.

»Ho, ho, junge Frau, warum gleich so aggressiv?«, tönt es zurück.

Die Saaltür wird von innen geöffnet. Jetzt gibt es kein Halten mehr, die Presseflut schwappt hinein und wird blitzartig auf die Stühle gespült, der Typ mit dem kräftigen Ellenbogen natürlich auf einen Platz in der ersten Reihe. Maria Teske entdeckt unter den Offiziellen sofort Hauptkommissar Swensen, der vor dem Tisch, auf dem die Mikrofone aufgebaut wurden, mit zwei Männern spricht. Einer davon, der schlanke, gutaussehende Hauptkommissar Colditz vom K1 in Flensburg, war ihr im letzten Jahr auf einer Pressekonferenz schon positiv aufgefallen. Der kleine Zwerg daneben ist ihr auch nicht unbekannt, sie hat den Namen aber vergessen. Eine innere Stimme sagt ihr, hin und Mäuschen spielen.

»Ich hab mit Engelszungen auf Ulrich eingeredet, sich nicht freiwillig in die Schusslinie zu stellen«, hört sie den Zwerg gerade lamentieren, »aber der ist gleich ausgerastet. Wegen solcher völlig aus der Luft gegriffenen Vorwürfe würde er nicht gleich seine Arbeit niederlegen.«

»Das heißt, Staatsanwalt Rebinger will die Pressekonferenz unbedingt durchführen?«, fragt Colditz.

»Ich wasche meine Hände in Unschuld«, meint der Zwerg und zieht eine Packung Zigaretten aus der Jackentasche. »Ich geh jedenfalls erst mal eine rauchen, bis das hier anfängt.«

Im selben Moment, als er an Maria Teske vorbeistürmt, wird Swensen auf die Journalistin aufmerksam, die nur wenige Schritte neben ihm steht.

»Hallo«, fragt er etwas süffisant, »na, hat die Husumer Rundschau die Ohren wieder weit aufgesperrt?«

»Ich wurde von Ihrer Dienststelle auf eine Pressekonferenz gebeten«, kontert Maria Teske.

»Wir geben unsere Neuigkeiten gewöhnlich über das Mikro bekannt«, sagt Swensen trocken.

»Und was wäre, wenn ich Ihnen einige Neuigkeiten bieten könnte?«

»Die Presse, dein Freund und Helfer?«, scherzt Swensen, folgt der Journalistin aber in eine Ecke des Raums. »So, Frau Teske, dann schießen Sie mal los!«

»Eine Hand wäscht die andere, versteht sich. Sie müssten mich im Gegenzug bei dem Mordfall auf dem Laufenden halten, versprochen?«

»So was kann ich nicht versprechen, Frau Teske, das wissen Sie genau. Aber irgendwas geht doch immer, oder?«

»Okay! Also, ich weiß aus vertraulicher Quelle, dass zwei der Puppenspieler, die auf den Pole-Poppenspäler-Tagen gastieren, ein Verhältnis mit einer der Ermordeten hatten.«

»Ein Verhältnis? Woher wollen Sie das wissen?«

»Von dieser vertraulichen Quelle!«

»Nun mal raus damit, wer ist diese ominöse Quelle?«

9

Ohne Geld hab ich nicht den Hauch einer Chance, überlegt er und steigt hastig die endlose Steintreppe hinauf, die zwischen zwei Häuserfronten steil nach oben führt. Auf den letzten Stufen muss er stehen bleiben, um zu verschnaufen, atmet tief durch und wirft einen Blick zurück über die Förde. Auf der anderen Seite, hinter dem grünspanfarbenen Wasserturm, ziehen sich dunkle Wolken zusammen. Bald schifft es los, aber zum Glück ist es nicht mehr weit. Die zweite Straße rechts, eins – zwei, ich bin richtig und der dänische Antiquitätenladen existiert auch noch.

›Antikva‹ steht mit blauen Leuchtbuchstaben über dem Ladenfenster des alten Backsteingebäudes. Er tritt davor und zuckt erschreckt zurück, als er sein verschlafenes, unrasiertes Gesicht in einem Spiegel mit Biedermeiergoldrahmen bemerkt, der in der Auslage steht. Neben alten Möbeln, einem Grammophon, Puppen, Zinnfiguren, Jugendstillampen und mehreren Pickelhauben aus dem Ersten Weltkrieg, entdeckt er in der rechten Ecke auf einem kleinen weißen Regal einige Porzellanfiguren der Kopenhagener Bing & Grøndahl-Manufaktur. Sein Herz beginnt vor Aufregung schneller zu schlagen. Obwohl sein letzter Bruch ziemlich in die Hose gegangen war und er bei der Flucht fast alle Porzellanfiguren zerbrochen hatte, war das beste Stück wie durch ein Wunder unversehrt geblieben.

Vielleicht bringt die Hans-Christian-Andersen-Figur mir einen annehmbaren Preis, hofft er inständig. 400 € sollten drin sein. Das würde reichen, um mich nach Dänemark abzusetzen und für zwei, drei Tage über die Runden zu kommen. Danach sehen wir weiter. In Apenrade kenn ich noch ein paar Freunde von früher, genauso Außenseiter im Staate Dänemark wie ich. Von den Dänen wurden wir Deutschstämmigen immer nur verächtlich die Reichsdänen genannt, aber die alten Kumpel werden mir schon weiterhelfen.

Ein Gong ertönt, als Sören Ørsted die Ladentür aufzieht. Der Raum ist düster und vollgestopft mit staubigen Antiquitäten, die sich bis unter die Decke stapeln. Hinter dem winzigen Verkaufstresen steht ein dürrer, junger Mann mit semmelblonden Haaren, dessen Gesicht von einer mächtigen Nase dominiert wird und zusätzlich von Sommersprossen übersät ist.

»God dag«, grüßt Ørsted auf Dänisch.

»Moin, moin«, kommt die prompte Antwort.

»Ich hab da vielleicht etwas für Sie«, tastet Ørsted sich vor, nimmt die eingepackte Porzellanfigur aus seiner Tragetasche, stellt sie auf den Tresen und entfernt das Seidenpapier. »Was sagen Sie dazu?«

Der junge Mann geht vorsichtig in die Knie und mustert das Exponat so sorgfältig, als würde er mit seiner Nase Hans Christian Andersen jeden Moment von seiner Porzellanbank stupsen. Das kurze, gierige Aufblitzen seiner Augen wird von Sören Ørsted mit Genugtuung registriert.

»900 €!«, pokert er. »Ich trenn mich nur ungern von dem alten Erbstück! Schauen Sie nur, wie einzigartig allein das kleine Mädchen gestaltet wurde, wie inbrünstig es dem Dichter zuhört!«

»900 €! Sie sind nicht ganz bei Trost! Ich bin doch kein Krösus! 300 €, mehr ist für mich nicht drin!«

Sören Ørsteds Bauchgefühl sagt ihm, dass er cool bleiben muss. Er hat den Köder ausgelegt, mit etwas Geduld wird der Fisch schon beißen.

»Okay, Ihr Vater und ich haben schon Geschäfte gemacht, auf 700 € komm ich Ihnen entgegen.«

»Kein Wunder, dass der alte Herr den Laden so heruntergewirtschaftet hat. Passen Sie auf, es ist eine schöne Figur, ohne Frage, sagen wir 400 €, mein letztes Wort.«

»600, mein letztes«, sagt Ørsted und triumphiert schon innerlich.

»400, mehr bekommen Sie nirgends.«

»Wie Sie wollen, dann versuch ich es anderswo.«

Sören Ørsted wickelt die Figur langsam wieder ins Seidenpapier, verstaut sie ohne Hast in der Tragetasche und schlendert zur Ladentür. Der Türgong klingt wie ein Schlussakkord.

»Okay, okay«, schallt die Stimme des Ladenbesitzers hinter ihm her. »Auch wenn das der pure Wahnsinn ist, 500 €!«

Ørsteds Herz macht einen Satz. Ich hab es gewusst, ich hab es gewusst, wiederholt er innerlich triumphierend. »Die Figur ist Ihre«, sagt er und macht auf dem Absatz kehrt. »Ich hätte da noch etwas für Sie. Es passt vielleicht nicht unbedingt in Ihr Geschäft, aber antik sind meine Goldmünzen allemal.«

»Goldmünzen?«

»Genau, 20-Franc-Goldmünzen, Prägejahr 1904.

Das Stück dürfte heute über 200 € wert sein. Bei mir kriegen Sie alle 15 zusammen für den Spottpreis von 1000 €.«

Ørsted fischt einen dunkelroten Samtbeutel aus seiner Tasche und lässt die glänzenden Münzen aus der Öffnung auf den Ladentresen klappern. Der düstere Laden erstrahlt im magischen Schimmer der Habsucht, der dürre Mann greift nach den runden Scheiben, betastet sie zwischen Daumen und Zeigefinger, lässt sie hin und her gleiten und hält sie zuletzt dicht vor das rechte Auge.

»Morgenstund hat Gold im Mund«, zitiert er leise für sich selbst, um dann wieder mit normaler Stimme fortzufahren. »Das kann ich nicht zwischen Tür und Angel entscheiden, kann ich die Münze kurz unter der Lupe anschauen?«

»Nur zu, nur zu, soviel Zeit muss sein!«

Der Mann verschwindet hinter einem schweren Brokatvorhang. Ørsted trommelt nervös mit den Fingern auf dem Tresen. Die Zeit steht still, nur das Ticken einer Wanduhr verrät, dass es nicht so ist. Langsam wird Ørsted ungeduldig, er tritt an den Vorhang und schiebt ihn vorsichtig etwas zur Seite. Eine winzige Deckenfunzel taucht den Raum in ein diffuses Licht, nur die Silhouette des Mannes, der mit flüsternder Stimme telefoniert, ist vage auszumachen. Bei Ørsted läuten sofort alle Alarmglocken, er füllt die restlichen Goldmünzen in den Beutel, packt die Porzellanfigur wieder ein und stürmt Hals über Kopf auf die Straße.

Das Arschloch quatscht doch mit der Polizei, ist er sich sicher und hastet durch die engen Gassen, als könne er seinem Schicksal entgehen, wenn er rechtzeitig seinen parkenden Wagen erreicht. Die Unheilsahnung im Nacken trabt er im Eiltempo die Neustadtstraße entlang, erreicht das Nordertor, einen alten Backsteinbau mit Stufengiebeln. Bevor er den Torbogen passiert, sticht ihm ein Spruch auf einem Wappen im Gemäuer ins Auge. In goldenen Lettern steht dort: ›Friede ernährt, Unfriede verzehrt‹.

Es hört sich an wie ein böses Omen. Er glaubt sich von unsichtbaren Gestalten verfolgt und nimmt mit Riesenschritten die Treppe zum Hafen hinunter. Der Parkplatz ist in der Zwischenzeit bis auf den letzten Platz belegt.

Wie konnte ich der Polizei bloß ins Visier geraten, denkt er. Die Frage hatte er sich schon auf der Fahrt nach Flensburg immer wieder gestellt. Er war doch nie unvorsichtig gewesen, hatte nie ohne Handschuhe ein Haus betreten. Mitten in der Nacht hatte die Kripo dann plötzlich vor der Tür gestanden und wollte ihn verhaften. Glücklicherweise hatte er einen klaren Kopf bewahrt und sich aus dem Staub gemacht.

Dämlich, mein Lieber, kontert seine innere Stimme, du hast dich nur verdächtig gemacht, ohne einen ersichtlichen Grund. Nun sind sie erst recht hinter dir her. Also, höchste Wachsamkeit.

Ørsted hat seinen Wagen entdeckt, doch bevor er näher herantritt, versichert er sich, ob nicht irgendwo eine verdächtige Person in der Nähe herumsteht. Er kann niemanden entdecken, sitzt blitzschnell hinter dem Leckrad, lässt den Motor aufheulen und rast mit durchdrehenden Reifen in Richtung Werftstraße davon. Am hölzernen Anlegesteg macht gerade einer der weißen Schleidampfer fest. Ørsted überquert den Willy-Brandt-Platz, vorbei am ältesten Gebäude der Stadt, dem Kompagnietor und dem Schifffahrtsmuseum. Vor der Tower-Discothek springt die Ampel auf Rot. Sein Blick schweift nervös über die gegenüberliegende Ostseite des Hafens. Neben einer neugebauten Wohnanlage stehen noch die alten Silos. Ein Auto hinter ihm hupt, die Ampel ist bereits auf Grün gesprungen. Er legt den Gang ein, während er gleichzeitig sieht, wie ein Polizeiwagen, der links in der Norderfischerstraße steht, sein Blaulicht einschaltet. In Panik drückt er das Gaspedal durch, wird in den Fahrersitz gedrückt und setzt sich mit einem riskanten Überholmanöver vor einen silbergrauen Mercedes. Im Augenwinkel schwebt am Ostufer die Flensburger Schiffswerft vorbei. Jetzt ist es nicht mehr zu überhören, das Martinshorn des Streifenwagens kommt näher und wirft unheilvolle Lichtblitze durch die Rückscheibe seines Wagens.

Was mach ich nur? Was mach ich nur? Die Frage zieht sich wie eine Endlosschleife durch seinen Kopf. Was mach ich nur? Was mach ich nur? Bloß jetzt nicht auf die B200 nach Dänemark, die würden mich noch vor der Grenze abfangen.

Alle Fahrzeuge vor und hinter ihm fahren rechts heran, machen dem herannahenden Streifenwagen die Straße frei. Im leichten Linksknick der Werftstraße prescht er über eine rote Ampel, doch seine Verfolger lassen sich durch das Manöver nicht abschütteln. Während die Straßenbäume an seinem Seitenfenster vorbeifliegen, erinnert er sich im letzten Augenblick daran, dass hinter dem nächsten Gebäudekomplex links die Terrassenstraße abbiegt. Dort könnte es ihm gelingen, im Straßengewirr der Siedlungshäuser die Polizei kurzfristig abzuhängen, den Wagen auf einem Privatparkplatz abzustellen und dann erst mal zu Fuß zu entkommen. Die kurze Unaufmerksamkeit reicht aus. Ørsted übersieht den Streifenwagen mit Blaulicht, der gerade auf die Apenrader Straße herausschnellt und sich quer zur Fahrbahn stellt. Intuitiv reißt er das Steuer nach links, versucht, über den Bürgersteig noch am Heck vorbeizukommen und sieht plötzlich alles in Zeitlupe vor seinen Augen ablaufen. Ein Fußgänger springt panisch zur Seite, während sein linker Frontreifen gegen den hohen Kantstein trifft, ihm das Lenkrad aus der Hand springt und sein rechter Kotflügel sich mit voller Wucht in das rechte Rücklicht des Streifenwagens bohrt. Der Airbag zündet explosionsartig. Sein Gesicht wird tief in den Luftsack gepresst. Ørsted wird schwarz vor Augen, Nase und Mund sind plötzlich voller Pulver, er will atmen, bekommt kaum noch Luft und glaubt zu ersticken. Er will mit der Hand das Pulver aus dem Mund entfernen, doch der rechte Arm versagt seinen Dienst, hängt nur schlaff herunter. Ein höllischer Schmerz macht es ihm unmöglich, sich auch nur ein Stück zu bewegen. Er hört, wie die Fahrertür aufgerissen wird.

»Was soll der Scheiß, Mann!«, zischt die scharfe Stimme des Streifenpolizisten. Sören Ørsted schaut einfach durch ihn hindurch, weigert sich, überhaupt noch etwas wahrzunehmen. Er schließt die Augen, damit man ihn in Ruhe lässt, doch kräftige Arme drücken seinen Oberkörper nach vorn, fassen von hinten um ihn herum und hieven ihn vom Sitz nach draußen. Ørsted stöhnt auf, als erneut ein brennender Schmerz in die Schulter schießt. Er wird auf das Straßenpflaster gelegt, das, durch Sonne aufgeheizt, eine wohlige Wärme ausstrahlt. Aus der Ferne kommen Sirenen näher.

»Ist er ohnmächtig?«, hört er eine Stimme.

»Sieht fast so aus«, bestätigt eine andere.

»So ein blödes Arschloch«, schimpft die erste, »fährt unseren nagelneuen Wagen zu Schrott. Manchmal frage ich mich, was in den Köpfen dieser Ganoven vorgeht. Was denken die nur, wohin sie eigentlich flüchten können?«

»Ich finde, der Typ ist eher eine tragische Figur«, sagt die andere Stimme. »Da kommt die Kripo an seine Haustür, will ihm mitteilen, dass seine Frau ermordet wurde, und der Typ ist ein gesuchter Einbrecher und denkt, er soll verhaftet werden.«

»Was sagt der?« Seine innere Stimme hört sich an wie eine Halluzination. »Petra, ermordet? Quatsch, Ørsted, du hast dich verhört, bringst schon alles durcheinander ...«

*

»Nein, Frieda, nicht auch das noch!« Susan Biehls Stimme klingt lauter als normal. »Ich finde, die Situation ist schlimm genug, und ich hab überhaupt keine Lust, den ganzen Nachmittag mit dieser Keck zu verbringen. Ronja konnte die auch nicht leiden, und ich werde dadurch unentwegt an sie erinnert.«

»An Ronja? Das ist ja furchtbar, aber wie kann das angehen?«

»Du warst selbst dabei. Die Keck und Ronja, das fing doch schon bei der Vorbereitung an. Die Keck ist völlig auf Distanz gegangen.«

»Bei der Vorbereitung am Donnerstag? Ist mir gar nicht aufgefallen«, grübelt Frieda Meibaum. »Weißt du denn, was da passiert ist?«

»Nein, weiß ich nicht.« Susan klingt schroff. »Ich möchte nur nicht mit der Keck die Betreuung des Puppenspielers übernehmen. Ich kann das im Rathaus allein hinkriegen, und sie kann woanders aushelfen!«

»Mir ist das, ehrlich gesagt, nur recht, Susan. Nach diesen schrecklichen Ereignissen haben wir sowieso alle Hände voll zu tun, dass wir das Festival einigermaßen über die Runden bringen.«

»Okay, Frieda, ich bin jedenfalls froh, wenn ich was um die Ohren hab«, meint Susan und schaut auf die Armbanduhr. »Es ist gleich 15 Uhr, ich geh dann jetzt zum Rathaus rüber.«

Vor der Tür des Poppenspäler-Museums empfängt die Sekretärin ein wolkenloser, blauer Himmel. Die Stadt wirkt unheimlich friedlich, das strahlende Sonnenlicht legt sich wärmend auf ihre Haut. Der Schlosspark ist noch immer gesperrt und von einem Streifenpolizisten bewacht. Susan kennt ihn vom Sehen, weiß aber nur, dass er Peter Heuer heißt, und nickt ihm kurz zu. Sie geht zügig den Erichsenweg hinunter zum Marktplatz. Die Menschen auf der Straße sehen aus wie immer, gehen einkaufen, essen Eis, lachen und reden miteinander, als wäre in der Stadt nichts passiert, als wäre Ronja noch am Leben und könnte dort drüben am Tine-Brunnen in der Sonne sitzen. Sie hat den plötzlichen Impuls, sich mitten auf den Marktplatz zu stellen und lauthals zu brüllen: »In dieser Stadt wurden heute Nacht drei Frauen umgebracht!«, setzt ihn aber nicht in die Tat um, sondern reiht sich ein in den Alltag eines Dienstagnachmittags, eilt wie alle anderen über den Marktplatz und biegt in die Krämerstraße. In Höhe der Buchhandlung Delff hört sie eine zaghafte Stimme in ihrem Rücken: »Frau Biehl! Hallo!« rufen, kann sie aber nicht auf Anhieb einordnen. Die junge Frau dreht sich um und sieht die jungenhafte, hochgewachsene Gestalt von Marcus Bender.

»Herr Bender«, flötet Susan Biehl freudig überrascht. »Was machen Sie in der Stadt? Sie haben heute Abend doch eine Vorstellung.«

»Lampenfieber, glaube ich«, gesteht der Puppenspieler schüchtern, »geh ein wenig spazieren, um den Kopf frei zu bekommen. Außerdem kann ich nicht fassen, was da passiert ist. Es ist alles so unglaublich, dieser Mord im Schlosspark und das mit Frau Ahrendt, ich bin wie gelähmt!«

Susan sieht sofort Ronjas Gesicht vor sich, und ihre Augen füllen sich mit Tränen. Bender steht stocksteif vor ihr, ist unfähig, auf ihren Gefühlsausbruch zu reagieren. Das Schweigen nimmt kein Ende, er findet einfach keine Worte, fingert umständlich ein Papiertaschentuch aus der Hosentasche und hält es ihr direkt vor die Nase.

»Haben Sie Ronja gestern Abend noch gesehen?«, schluchzt sie, ohne auf sein Angebot zu reagieren.

»Nein, gestern Abend nicht«, antwortet er hastig,

und eine leichte Röte zieht sich bis unter die aschblonden Haare. »Zum letzten Mal haben wir uns in diesem Restaurant gesehen, am Samstag nach meiner Vorstellung, da haben wir kurz miteinander gesprochen. Sie waren doch auch dabei. Danach … danach hab ich sie nicht mehr gesehen.«

»Oh, mir war so, als wenn ich Sie gestern Abend gesehen hab, nach der Vorstellung von ›Portugiesische Backalau‹.«

»›Portugiesische Backalau‹?«, fragt Bender verlegen und schaut zu Boden. »Ach ja, stimmt, da sind wir uns kurz über den Weg gelaufen, daran hab ich nicht gedacht.«

»Ich war der Meinung, Ronja und Sie, da würde sich was anbahnen.«

»Wie kommen Sie denn darauf, Frau Biehl? Frau Ahrendt und ich haben einen Kaffee getrunken, aber … eigentlich … eigentlich wollte ich den Kaffee mit Ihnen trinken. Vielleicht … können wir das … wie wär's, haben Sie gerade Zeit?«

»Oh, Gott, nein! Selbst wenn, hätte ich im Moment nicht die Energie dafür, und ich muss jetzt sowieso ins Rathaus, um die Nachmittagsvorstellung vorzubereiten, also, wir sehen uns!«

»Schade! Bis dann!«, druckst der Puppenspieler enttäuscht, doch Susan Biehl ist bereits enteilt und verschwindet in einer Busladung Touristen, die, über die Gasse verteilt, laut plappernd, durch die Fußgängerzone marschiert. Das neue Rathaus steht im grellen Sonnenlicht, und die Glasfront reflektiert einen kurzen, grellen Lichtblitz in die Augen der Sekretärin. Sie muss ihre Lider zusammenkneifen.

»Sie sind bestimmt Frau Biehl, das nenn ich deutsche Pünktlichkeit!«, schallt es ihr entgegen.

Ihr Blick ist noch getrübt, sie erahnt nur den Umriss einer Gestalt und geht vertrauensvoll darauf zu.

»Herr Dirkmann, Sie wissen doch auch ohne mich, wo 's langgeht«, frotzelt sie, nimmt den Mann ins Schlepptau, führt ihn über den Behördenflur bis vor die Saaltür und schließt auf. Der Puppenspieler trägt seine beiden Koffer bis vor die Bühne, die am Vortag bereits aufgebaut worden ist.

»Wussten Sie, dass man früher noch alle Marionetten für die jeweilige Rolle umgezogen und sogar umgeschminkt hat?«, fragt der glatzköpfige Mann mit dem rundlichen Gesicht, während er seine Puppen vorsichtig aus den Koffern hebt. »Heute sind das alles Unikate. Ich lasse sie extra für ihre Rolle von einem Figurenschnitzer anfertigen. Gucken Sie sich zum Beispiel hier meinen Feuerspucker an, eine Trickmarionette mit ganz besonderen Fähigkeiten. Dafür wurde sogar ein spezielles Spielkreuz entwickelt.«

Dirkmann führt die Marionette behände mitten auf die Bühne, lässt ihren Holzkiefer mit Schwung herabklappen, und eine lange Stichflamme schießt aus der Öffnung. Susan Biehl weicht automatisch einen Schritt zurück.

»Hey, Wahnsinn«, sagt sie erschrocken, »wie machen Sie denn das?«

»Das ist Puppenspielergeheimnis, Frau Biehl, aber wenn Sie mir versprechen, es niemandem zu erzählen ...«

»Großes Indianerehrenwort, Herr Dirkmann!«

»Also, die Figur ist einfach wie ein normales Feuerzeug konstruiert. Ich kann eine kleine Gaspatrone in dem Körper installieren. Von dort führt ein kleiner Schlauch bis zum Hals, und wenn ich den Kiefer herunterklappe, wird dabei ein Feuerstein gedreht und entzündet die Flamme. Genial, nech?«

»Das ist mehr als genial!«, mischt sich eine Stimme aus einiger Entfernung dazwischen.

Der Puppenspieler schaut verwundert auf, und die Feuer speiende Puppe hängt im Nu schlaff in den Seilen. Auch Susan Biehl hat einen Schreck bekommen, erst als sie Hauptkommissar Jan Swensen erkennt, der in seiner unverwechselbaren Gelassenheit durch den Raum auf sie zu schlendert, kehrt ihr Lächeln zurück.

»Herr Swensen? Wo kommen Sie denn her?«

»Unsere Pressekonferenz zum Mordfall ist vor wenigen Minuten zu Ende gegangen«, erklärt er. »Ich hab Sie zufällig gesehen, als Sie vorhin an der Tür vorbeigehuscht sind. Ich muss noch mal ungestört mit Ihnen reden, Susan!«

Die Sekretärin zeigt dem Puppenspieler den Stromanschluss, erklärt in knappen Worten, was er zu beachten hat und verspricht, gleich wieder zurück zu sein. Danach geht sie vor die Saaltür, wo der Hauptkommissar schon auf sie wartet.

»Ich rede nicht um den heißen Brei herum, Susan«, beginnt Swensen sofort. »Die Ermittlungen haben ergeben, dass Ihre Freundin Ronja einen unkonventionellen Lebensstil hatte, man könnte es auch freizügig nennen. Was wissen Sie darüber, Susan?«

»Was ich darüber weiß?«, wiederholt Susan Biehl mit leiser Stimme. »Nichts, Herr Swensen, darüber weiß ich wirklich nichts!«

»Susan!«, mahnt der Hauptkommissar. »Ich glaub Ihnen das nicht, und ehrlich gesagt, ich weiß, dass Sie etwas wissen.«

»Herr Swensen! Das ... das ...«

»Susan, Sie arbeiten bei der Kriminalpolizei! Ich brauch Ihnen doch nicht zu erklären, dass Sie eine Ermittlung nicht behindern dürfen.«

»Diese Zeitungsfrau, das war diese Teske, oder?«

»Das ist doch unwichtig, Susan. Denken Sie nach, und dann erzählen Sie mir, was Sie alles wissen. Was hatte Ihre Freundin Ronja mit den beiden Puppenspielern? Und was hat sie Ihnen über Staatsanwalt Rebinger erzählt?«

»Herr Swensen, das können Sie nicht von mir verlangen. Wenn Herr Rebinger erfährt, dass Sie alles von mir haben, dann ist mein Job in der Inspektion keinen Pfifferling mehr wert.«

»Quatsch, ich versichere Ihnen, dass Rebinger nichts erfährt.«

»Wirklich?«

»Ehrenwort, Susan!«

*

Rudolf Jacobsen versucht, mit dem Einfingersystem die richtigen Buchstaben auf der Computertastatur anzusteuern. Der Oberkommissar ist verärgert, dass der Scheißjob bei ihm gelandet ist. Als die Meldung vom Überfall auf das Steuerbüro der Ørsted auf den Tisch flatterte, hätte er gleich schalten müssen, ist ihm nun klar.

Nichts kommt von ungefähr! Kollege Mielke ist

schließlich immer der Erste, der übereifrig den Arm in die Höhe reißt, wenn es darum geht, einer unangenehmen Arbeit aus dem Weg zu gehen. Wenn's hart auf hart kommt, setzt der sich nicht in die Nesseln. Den Letzten beißen halt immer die Hunde.

Colditz hatte, gleich nachdem Mielke geflüchtet war, Jacobsen aufgefordert, den Bericht über die Ermittlungen in der Wohnung der Lechner zu schreiben und ihn zügig an die Staatsanwaltschaft weiterzuleiten.

»Und alle Details, ohne Rücksicht auf Verluste!«, hatte er gesagt und damit seinen ganzen Unmut über das so spät aufgetauchte Notizbuch zum Ausdruck gebracht. »Sie lassen auf keinen Fall den Namen Rebinger weg.«

Diese Aufforderung im Hinterkopf, grübelt Jacobsen seit einer halben Stunde über möglichst unspektakuläre Formulierungen nach. Doch die wollen nicht so recht gelingen, und für Jacobsen liegt das an der provokanten Vorgehensweise von Colditz, der seine Untergebenen gnadenlos ins Sperrfeuer schickt, um seinen eigenen Kopf nicht aus der Deckung nehmen zu müssen.

Der kann doch nicht im Ernst glauben, dass ein Staatsanwalt in einen Mordfall verwickelt ist! Der Mann vertritt in diesem Land Recht und Ordnung. Als wenn es nicht genug Gesocks gibt, das man unter die Lupe nehmen kann, bevor man beginnt, die eigenen Leute in den Schmutz zu ziehen.

Das Klingeln seines Telefons reißt Rudolf Jacobsen aus seinen Gedanken. Dankbar für die Unterbrechung, greift er nach dem Hörer.

»Polizeiinspektion Husum, Jacobsen!«

»Paul Richter hier. Lauf grad Streife in der Innenstadt. Deine Penner, nach denen du gefragt hast, versammeln sich gerade wieder vor der öffentlichen Toilette im Schlossgang. Ich halt sie so lange fest, bis du da bist.«

»Ich bin gleich da!«, versichert Jacobsen, froh, den Schreibtisch räumen zu können. Nichts wie weg, denkt er, zieht seine Jacke an und verlässt in bester Stimmung die Inspektion. Der Himmel ist makellos blau, die Sonne wärmt seinen Rücken. Fast beschwingt macht er sich in Richtung Innenstadt auf, fühlt sich wie Superman persönlich, der Superpolizist, der allein gegen die Großstadtkriminalität antritt.

Der Comic-Held ist das Idol seiner Jugend gewesen, er hatte die Hefte mühevoll vom Taschengeld finanziert und beim Lesen von übermenschlichen Kräften geträumt. Die Leidenschaft für Superman hatte ihn sogar zum Boxsport gebracht, doch er musste schnell einsehen, dass die ersehnten Kräfte nicht in ihm schlummerten. Später war die Jugendschwärmerei zu seinem Hobby geworden, und bis heute sammelt er alle Superman-Comic-Hefte, die er bekommen kann. Das lässt er sich einiges kosten. Für die ersten drei Hefte, die im November 1966 in Deutschland erschienen waren, hat er vor einigen Jahren 400 DM bezahlt. Eine gute Anlage, für das gleiche Heft müsste man heute bis zu 800 € hinblättern.

Die meisten Menschen haben keine richtigen Vorbilder mehr, stellt Jacobsen fest und findet es im Grunde auch eine Zumutung, dass Colditz ihn auf diese Penner angesetzt hat. Die sehen alle gleich aus, diese Typen, es schert sie einen Dreck, an urinstinkenden Häuserecken herumzulungern, Hauptsache, einen Flachmann in der Hand. Und alles finanziert von meinen Steuergeldern. Kurzen Prozess, sag ich immer, ab ins Arbeitslager mit denen, damit sie die einfachsten Werte und Tugenden lernen.

Jacobsen überquert den Marktplatz und geht durch den Torbogen des alten Rathauses in den Schlossgang. Kollege Richter steht vor einer Gruppe von fünf Männern und lässt sich gerade die Personalausweise zeigen.

»Herrgott, Rudolf, höchste Zeit, dass du endlich kommst!«, ruft er Jacobsen von Weitem zu. »Da hüte ich lieber einen Sack Flöhe, das kannst du mir glauben!«

»Was soll denn das hier werden?«, zischt es dem Oberkommissar entgegen, als der seinen Dienstausweis hochhält.

»Klappe!«, schnauzt Jacobsen die Männer an. »Kennt einer von euch jemanden, der regelmäßig im Schlosspark übernachtet?«

Die Männer gucken einer nach dem anderen zu Boden, und ein beklemmendes Schweigen entsteht.

»Es geht hier nicht um irgendein Pillepalle!«, bellt der Oberkommissar. »Es geht um einen Mordfall!«

»Mord? Mit Mord hat keiner von uns was zu tun, Herr Kriminal!«

»Genau!«, stimmen die anderen eilig mit ein.

»Ruhe, Leute! Das kenn ich schon, ihr habt grundsätzlich nie eine Ahnung. Macht den Mund auf, sonst werde ich bei Gott dafür sorgen, dass ihr in dieser Stadt keine ruhige Minute mehr habt!«

Die Männer drängen sich verschüchtert zusammen. Jacobsen zögert keinen Moment, tritt blitzschnell vor und zieht einen der Männer aus der Gruppe heraus.

»Du redest jetzt, oder wir unterhalten uns auf dem Revier!«

Der Mann nimmt schützend die Hände vors Gesicht, doch die erwarteten Schläge bleiben aus.

»Harald hat mal so was fallen lassen«, sagt er mit kaum hörbarer Stimme.

»Wer ist Harald?«

»Harald Timm, ein Kumpel, ist ab und zu hier.«

»Und was hat er erzählt?«

»Das mit dem Schlosspark, dass es dort einen guten Platz gibt.«

»Und wo hängt der rum, dieser Harald …?«

»Hab ihn vorhin vor der Post gesehn.«

»Vor der Post?«

»Ja, da sitzt er meistens, wenn er schnorrt.«

Rudolf Jacobsen lässt den Mann los und gibt ihm einen Stoß, sodass er nach hinten stolpert. Mit einer Handbewegung signalisiert er dem Streifenbeamten, dass die Sache hier jetzt erledigt ist, tippt kurz mit dem Finger gegen die Stirn, marschiert durch den Torbogen zum Marktplatz zurück und eilt an den weißen Bänken der Schwan-Apotheke vorbei, auf denen eine Handvoll Rentner in der Sonne sitzt. Gleich hinter dem Waffel-Kiosk bei Karstadt sieht der Oberkommissar einen Bettler am Boden hocken. Das rechte Auge des Mannes ist angeschwollen und wird von einem dunkelblauen Hämatom umrandet. Jacobsen ist noch zehn Meter entfernt, da wird der

Mann aufmerksam und stuft ihn als Bedrohung ein, greift seinen Becher, springt auf und eilt quer über die Straße. Kurz vor der Twiete, einer schmalen Gasse, die zum Hafen führt, kann der Oberkommissar den Mann abfangen.

»Harald Timm? Du siehst aus wie Harald Timm!«

Der Befragte schüttelt den Kopf und will an dem Kriminalbeamten vorbeischlüpfen, doch der stellt sich ihm demonstrativ in den Weg und hält den Dienstausweis vor seine Nase.

»Ich will deinen Ausweis sehen, Freundchen!«

»Warum, ich hab nichts getan!«

»Kannst du nicht lesen? Kripo Husum! Wenn ich deinen Ausweis sehen will, zeigst du mir deinen Ausweis, sonst wird es unangenehm, klar?«

»Die 50 Euro hat meine Schwester mir versprochen, ich hab sie doch nur abgeholt, heute Morgen.«

»Ich frag noch mal, bist du Harald Timm?«

»Ja, schon, aber …«

»Und wer ist deine Schwester?«

»Petra Ørsted!«

»Petra Ørsted?«, fragt der Oberkommissar ungläubig.

»Ja, meine Schwester heißt Petra Ørsted. Aber ich kann das erklären. Ich war nämlich nur da, heute Morgen, um das Geld abzuholen, und dann waren da diese komischen Männer aus Russland.«

»Das wird mir langsam zu wirr, Mann! Eins nach dem anderen. Ich will erst mal wissen, ob du es bist, der im Schlosspark übernachtet?«

»Im Schlosspark?«

»Ja, Mann, im Schlosspark hinter dem Kriegerdenkmal. Und lüg mich jetzt nicht an, Freundchen!«

»Na ja, ist schon mal vorgekommen. Aber ich hab immer alles ordentlich aufgeräumt.«

»Dieser Schwachsinn interessiert mich nicht. Ich will wissen, ob du heute Nacht im Schlosspark übernachtet hast?«

»Nein, Herr Kommissar!«

»Wenn du heute Nacht im Schlosspark warst, kriegen wir das raus, das kannst du mir glauben!«

»Ich war nicht da, Herr Kommissar! Ein Kumpel hat mich gestern in seine Wohnung eingeladen, bis heute Morgen, ehrlich.«

»Petra Ørsted soll deine Schwester sein und du willst mir erzählen, dass du nicht im Schlosspark warst?«

»Aber Petra ist meine Schwester, ich war heute Morgen in ihrem Büro, um sie zu besuchen.«

»Wohl eher, um sie auszurauben, stimmts? Erst erschießt du sie im Schlosspark und danach willst du ihr Büro ausrauben. Zu blöd, dass dir welche zuvorgekommen sind.«

»Was sagen Sie denn da? Ich hab niemanden erschossen!«

»Doch, deine Schwester! Du hast deine Schwester erschossen!«

»Sie wollen mich reinlegen, niemand hat meine Schwester erschossen.«

»Du kommst mit aufs Revier, Freundchen. Ich quetsch dich aus wie eine Zitrone, das verspreche ich dir!«

*

Das quadratische Zimmer, das in einer Ecke vom Großraumbüro abgetrennt wurde, hat nur eine Wand. Von außen sieht es aus wie ein Glaskasten, einem überdimensionalen Aquarium nicht unähnlich. Darin sitzt ein mittelgroßer Mann an seinem Schreibtisch und drückt seinen Bauchansatz an die Tischkante. Stapelweise Zeitungen füllen das Regal in seinem Rücken. Es riecht nach frischen Brötchen, die Theodor Bigdowski sich gerade vom Bäcker hat mitbringen lassen, zusammen mit einer riesigen Plastikschale Krabben in Mayonnaise. Vor ihm auf dem Computerbildschirm das Layout für die Titelseite der morgigen Ausgabe. Die Schlagzeile des Aufmachers fällt sofort ins Auge: *Der Mörder ist noch in der Stadt.* Nicht schlecht, kommentiert der Chefredakteur innerlich, während er den dazugehörigen Artikel noch einmal überfliegt. Voller Genugtuung kann er sich ein Lächeln nicht verkneifen, bricht ein Stück von einem der Roggenbrötchen ab, zieht es durch den Krabbensalat und stopft den Happen in den Mund.

Selbst wenn es blasphemisch klingt, für die Auflage ist dieser Mordfall ein Geschenk Gottes, denkt der Chefredakteur. Endlich die seltene Gelegenheit, dass eine Lokalnachricht die Titelseite bestimmt. Das kommt genau zur richtigen Zeit.

Er hatte schon lange die Absicht, die erste Seite der Husumer Rundschau reißerischer zu gestalten. Grund für diese Überlegung ist die sinkende Auflage, die in den letzten Jahren erst stagnierte und jetzt bei knapp 22.000 liegt, Tendenz abwärts. Das liegt natürlich nicht am Inhalt der Zeitung, da ist sich Bigdowski sicher, das Hauptproblem liegt im Wegsterben der alten Leserschaft, an deren Stelle nicht genügend jüngere Kunden treten.

Jugendliche haben heutzutage immer weniger Lust zu lesen, die glotzen lieber, vermerkt er verbittert, bricht ein weiteres Brötchenstück ab, schaufelt Krabbensalat darauf und kaut es hastig. Ein plötzlicher stechender Schmerz in der Herzgegend lässt ihn innehalten. Erschrocken stellt er fest, dass er die Einnahme seiner Pille vergessen hat. Er zieht die Schreibtischschublade auf, fingert eine Packung Ramipril heraus und drückt eine Tablette aus dem Alustreifen.

»Ihr Blutdruck ist bei 185 zu 110, Herr Bigdowski«, hört er die warnende Stimme seines Hausarztes, »das ist ein bedenklicher Wert. Sie sollten Ihren Lebenswandel sofort drastisch verändern. Keine Zigaretten, kein Alkohol, gesunde Ernährung. Machen Sie sich bloß keinen unnötigen Stress, und bewegen Sie sich ab und zu mal!«

Der hat gut quatschen, dieser Hustendoktor, findet der Chefredakteur, der muss ja nicht jeden Tag einen Sack voll egozentrischer Selbstdarsteller hüten.

Seit Bigdowski die Redaktion leitet, hat er dem Blatt im Laufe der Jahre einen liberalen Anstrich verpasst, gegen den Widerstand der Kieler Zentrale, die den überregionalen Mantel der Zeitung beisteuert. Er fordert von seinen Redakteuren dezidierte Meinungen und würde seine Truppe als halblinks von der SPD einordnen. Es gibt natürlich auch einen oder zwei CDU-Anhänger darunter. Sein Motto lautet: Wir müssen dem Leser mehr bieten als nur die nackten Fernsehnachrichten vom Vortag.

Er schluckt die Tablette ohne Wasser herunter, lehnt

sich im Drehstuhl zurück, und im selben Moment, als er sich den Schweiß von der Stirn wischt, klingelt das Telefon.

»Polizeiinspektion Husum, Püchel!«, hört er eine bekannte Stimme.

»Heinz, hallo! Was kann ich für dich tun, mein Lieber?«

»Also, ich …, versteh mich nicht falsch, ich ruf nur ungern an«, druckst der Husumer Polizeichef herum, »aber es geht um diesen Mordfall von heute Nacht.«

»Schrecklich, wirklich schrecklich! Die Menschheit wird immer brutaler.«

»Ihr berichtet natürlich, aber mich interessiert, wie hoch ihr die Sache hängt.«

»Heinz, was glaubst du? Höher geht's nicht! Wir gehen damit auf die erste Seite, ist doch klar.«

»Deswegen ruf ich an, ich hab da nämlich was läuten gehört.«

»Nanu, seit wann interessierst du dich für unsere Schlagzeile?«

»Deine Schlagzeile ist mir egal, Theodor, mir geht es um das Wohl der Stadt. Ein Vogel pfeift vom Dach, dass eine deiner Redakteurinnen etwas aufgeschnappt haben könnte, was mächtig Wirbel verursachen kann.«

»Ich versteh nur Bahnhof, mein Lieber. Rede bitte nicht um den heißen Brei herum!«

»Okay, Theodor, also grad heraus, taucht in eurem Artikel der Name Rebinger auf?«

»Rebinger? Meinst du unseren Staatsanwalt Rebinger?«

»Theodor, markier nicht den Ahnungslosen«, poltert der Polizeichef. »Du kannst mir nicht erzählen, dass du den Inhalt deiner Zeitung nicht kennst!«

»Moment, Heinz, ich hol mir den Artikel sofort auf den Bildschirm«, lenkt Bigdowski ein, ohne auf die gereizte Haltung seines Telefonpartners einzugehen. »Da ist er ja schon, ich überflieg ihn kurz, ah ja, da steht es: Aus dem Umfeld des Förderkreises gibt es Hinweise, dass eines der Mordopfer einen Mann mit Namen Rebinger in einer verfänglichen Situation beobachtet haben soll. Das wirft die Frage auf, ob es sich dabei um den Staatsanwalt Rebinger aus Husum handelt, der die Ermittlung in genau diesem Mordfall leitet.«

»Seid ihr wahnsinnig? Theodor! Sag, dass das nicht wahr ist!«

»Mir scheint, du weißt wesentlich besser, ob das wahr ist, Heinz! Wir haben nur geschrieben, was recherchiert wurde.«

»Das kannst du unter keinen Umständen so in den Druck gehen lassen!«

»Leitest du neuerdings meine Zeitung, Heinz? Es gibt eine freie Presse in unserem Land!«

»Vergiss diese Phrasen, Theodor, ich brauch dir nicht zu erzählen, was es für die Zeitung bedeuten würde, wenn diese Behauptung sich in Luft auflöst. Und dass sie sich in Luft auflöst, steht außer Frage.«

»Bist du dir da wirklich sicher? Meine Leute saugen sich üblicherweise nichts aus den Fingern, Heinz.«

»Wir wissen beide, wie der Hase läuft! Recherchen

werden so hingebogen, dass es für die Auflage gut ist. Noch ist das Kind nicht in den Brunnen gefallen, Theodor! Staatsanwalt Rebinger hat Kontakte zu den höchsten Kreisen der Kieler Landesregierung. Der wird dir die Hölle heiß machen, wenn die Anschuldigung nicht Hand und Fuß hat.«

Theodor Bigdowski trommelt angespannt mit den Fingern auf der Tischplatte, während sich sein Kopf puterrot färbt.

»Okay, okay, ich werde die Sache noch einmal ausführlich prüfen, versprochen.«

»Ich wusste, dass stichhaltige Argumente dich überzeugen. Außerdem, eine Hand wäscht die andere, also nichts für ungut, bis dann.«

Es klickt im Hörer, der Chefredakteur legt ihn auf die Station zurück, steht auf und marschiert im Raum hin und her. Erst als er die Blicke der Redakteure bemerkt, die hinter ihren Schreibtischen verstohlen zu ihm herüberschielen, stoppt er seinen Lauf abrupt ab, reißt die Bürotür auf und bellt in den Raum: »Maria, sofort in mein Büro!«

Maria Teske stöhnt unüberhörbar auf, stößt den Drehstuhl demonstrativ nach hinten und schreitet in den Glaskasten des Chefs, der die Tür hinter ihr schließt. Das Tuscheln im Raum gleicht dem Meeresrauschen an einem Herbsttag.

»Geradeheraus, Maria«, beginnt Bigdowski, ohne die Redakteurin anzusehen. »Es geht um deinen Artikel. Wir sollten noch mal reden, bevor er in Druck geht.«

»Ich bin ganz Ohr.«

»Nun, wie wasserdicht ist die Nummer mit Staatsanwalt Rebinger? Ich bin mir nicht mehr so sicher, ob wir uns da nicht zu weit aus dem Fenster lehnen.«

»Nanu, wir haben doch alles bis ins Kleinste durchgekaut, die Quelle ist glaubwürdig. Es handelt sich um den Staatsanwalt, der gleichzeitig für die Ermittlung verantwortlich ist, eindeutig!«

»Trotzdem bleibt die Sache verdammt heikel.«

»Aha, eine imaginäre Stimme hat gesprochen, von ganz oben, und dir ins Gewissen geredet.«

»Du hörst überall die Flöhe husten, Maria. Mich plagt nur ein banaler Zweifel.«

»Ich glaub dir kein Wort, Theodor. Erst spitzt du mich an, dir eine Superstory zu liefern, und wenn ich sie dir anschleppe, kriegst du kalte Füße. So wird ein Schuh daraus, und nichts anderes!«

»Der Inhalt ist ohne die Rebingersache viel mehr auf den Punkt, finde ich. Wer waren die Mordopfer, das interessiert die Leser, alles andere ist nur schmückendes Beiwerk.«

»Das ist eine Zensur durch die Hintertür! Was bleibt, ist nur noch die kastrierte Wahrheit.«

»Zensur, Zensur! Was redest du denn da, Maria!«

»Vorsicht, denk an deinen Bluthochdruck, Theodor!«

*

»Ja, meine Damen und Herren«, sagt der Zauberer und schwingt seinen Zauberstab, »die Frage aller Fragen bleibt, wo ist die Grenze zwischen der winzigen Welt der Quantenwahrscheinlichkeiten und unserer vertrauten Realität? Wie viele Elektronen braucht ein

System, bevor es *wirklich* wird, die Wellenfunktion zusammenbricht und zur Materie wird?«

Hauptkommissar Swensen lehnt seit 20 Minuten neben der Eingangstür an einer Wand des Rittersaals. Das Stück war bereits in Gang gewesen, als die Frau an der Kasse ihn noch hineingelassen hatte. Seine Verspätung war durch einen Anruf zustande gekommen, der ihn noch kurz vor Beginn der Vorstellung im Schlosshof erreichte.

»Sie sind mir vielleicht ein undankbarer Geselle!«, hatte die Journalistin Maria Teske ihn ohne Vorwarnung angepflaumt. »Das hätte ich nicht von Ihnen erwartet, Herr Swensen!«

»Frau Teske, was ist passiert, dass ich so in Ungnade gefallen bin?«

»Ziemlich scheinheilig, gelinde gesagt, was Sie sich da geleistet haben.«

»Ich weiß nicht, wovon Sie reden.«

»Sie wollen mir erzählen, dass Sie keine Ahnung haben, warum die Passage mit Staatsanwalt Rebinger aus meinem Artikel gestrichen wurde? Ist das der Dank für meine Informationen?«

»Sie müssen verstehen, dass ich Ihre brisanten Tatsachen nicht einfach für mich behalten konnte, Frau Teske, zumal Sie sowieso verpflichtet sind, der Polizei Ihr Wissen nicht zu verschweigen. Alles andere wäre strafbar.«

»Und bei diesen Spielchen falle ich hinten runter, oder?«

»Ich habe nicht veranlasst, Ihren Artikel zu entschärfen.«

»Mein Chef hat das sicher nicht aus eigenen Stücken beschlossen, der wurde zurückgepfiffen, da bin ich sicher.«

»Solche Intrigen werden nicht auf der Etage eines Hauptkommissars geschmiedet, da kann ich mir höchstens meinen Teil dazu denken.«

»Und was denken Sie so?«

»Das würde entschieden zu weit führen, Frau Teske. Aber ich verspreche Ihnen, Sie haben etwas gut bei mir.«

Swensen war mit dem Handy am Ohr in den Vorraum getreten und hatte einen missbilligenden Blick von der großen, schlaksigen Frau hinter der Kasse geerntet. Demonstrativ hielt sie den Finger vor den Mund und flüsterte: »Das Stück hat bereits angefangen.«

»Kripo Husum«, hatte Swensen Druck gemacht. »Ich muss mit Herrn Bender sprechen.«

»Das geht jetzt nicht, Herr Bender steht gerade auf der Bühne.«

»Dann würde ich gern drinnen warten.«

»Das Stück ist ausverkauft, es ist kein Platz mehr frei.«

»Das macht nichts, ich kann stehen.«

»Na gut, ich lass Sie rein, ausnahmsweise, aber machen Sie keinen Lärm und schalten Sie Ihr Handy aus.«

»Verehrtes Publikum!«, sagt der Zauberer, indem er seine Stimme dramatisch hebt. »Wie wir sehen, steckt in meinem Experiment mit der Kiste ein Geheimnis. Schrödingers Katze lebt, aber sie lebt gefährlich, besonders in den Köpfen der Physiker, wenn sich ihre Gedanken zwischen Möglichkeit und Wirklichkeit bewegen. Bis jetzt wissen wir noch nicht, ob die Katze in der Kiste das Experiment überlebt hat.«

Der Zauberer tritt hinter die Holzkiste und berührt mit dem Zauberstab die Klappe, doch nichts passiert.

»Und Sie erfahren es auch nicht mit Zauberei, denn solange niemand in die Kiste schaut, liegt die Wahrscheinlichkeit, dass unsere Katze tot oder lebendig ist, bei genau 50 Prozent. Sie erinnern sich hoffentlich noch daran, dass die Quantenmechanik mit Wahrscheinlichkeiten ganz anders umgeht als der gesunde Menschenverstand. Die Physiker würden den Zustand der Katze jetzt als eine kohärente, eine zusammenhängende Überlagerung beschreiben. Das bedeutet im Klartext, wir haben es gleichzeitig mit einer halb toten und halb lebendigen Katze zu tun.«

Der Zauberer tritt an den Bühnenrand und lässt seinen Blick demonstrativ über das Publikum streifen.

»Ich sehe schon, Sie stellen sich natürlich alle die Frage: Wie kann eine Katze gleichzeitig halb tot und halb am Leben sein? Der gesunde Menschenverstand geht von einer beständigen Wirklichkeit aus, die Katze ist entweder tot oder sie ist lebendig. Bei einem quantenmechanischen Experiment entspricht das nicht unbedingt der Tatsache, dort ist die Katze in einem Sowohl-als-auch-Zustand, am Leben und zugleich tot, solange wir nicht in die Kiste gucken.«

Die Schrödinger-Puppe in der Hand des Zauberers drängt sich nach vorn, als wenn sie ihren Spieler ins Abseits stellen will, und erklärt: »Beobachtungen sind als diskrete, diskontinuierliche Ereignisse aufzufassen. Dazwischen sind Lücken, die wir nicht ausfüllen können.«

»Das versteht kein Mensch, Herr Schrödinger«, fällt der Zauberer der Puppe ins Wort und wendet sich wieder an die Zuschauer.

»Also, verehrtes Publikum, was der liebe Herr Schrödinger Ihnen gerade mitteilen will, ist Folgendes: Unser Leben verläuft nicht einfach geradlinig. Stellen Sie sich nur einmal vor, Sie würden bei diesem Experiment in dieser Kiste sitzen. In einer Stunde würde ich die Klappe aufmachen und Sie fragen, ob Sie Ihrer Erfahrung nach in der ganzen Zeit lebendig gewesen sind. Bei einer ernsthaften Antwort würden Sie die Frage bestimmt verneinen. Niemand ist sich schließlich jede Sekunde seines Körpers bewusst. Das heißt, während Ihres Aufenthalts in der Kiste waren Sie sich nur zeitweise bewusst, dass Sie am Leben sind, und zwar immer nur dann, wenn Sie selbst Ihren Körper beachtet, ihn beobachtet haben. Nur in solchem Moment bricht die bestehende Wellenfunktion zusammen, und Sie haben sich Gott sei Dank immer für den lebenden Zustand entschieden. Unbeobachtet existieren Sie in einer Zustandsüberlagerung im transzendenten Bereich, die sich Ihrer Erfahrung entzieht, unbeobachtet sind Sie halb tot und halb lebendig.«

Mit einer schnellen Bewegung öffnet der Zauberer die Klappe der Kiste, und die Marionetten-Katze darin macht genussvoll einen Katzenbuckel.

»Wir glauben zwar, wir hätten unser Leben in jeder Sekunde im Griff. Meine Damen und Herren, ›Schrödingers Katze‹ erinnert uns an die Grenze dieser Vorstellung. Guten Abend, kommen Sie lebendig nach Hause.«

Der Vorhang fällt, und es wird dunkel im Saal. Ein Moment Stille entsteht, bis das Publikum das Ende des Stücks realisiert hat. Der verhaltene Beifall wird von Hauptkommissar Swensen angeheizt, indem er besonders laut klatscht. Er trägt maßgeblich dazu bei, dass doch noch ein beachtlicher Applaus aufkommt. Stühlerücken setzt ein, und in kürzester Zeit bildet sich eine Menschentraube vor dem Ausgang. Der Hauptkommissar bahnt sich gegen den Strom einen Weg zur Bühne. An der Seite entdeckt er eine kleine Holztreppe.

»Herr Bender! Hallo! Sind Sie noch da? Ich würde gern mit Ihnen sprechen!«, ruft der Kriminalist in die Bühnenkulisse, bevor er hinaufsteigt.

Der Zauberer im schwarzen Frack ist im Dunkel kaum zu erkennen. Als er auf Swensen zugeht, bemerkt der erst, wie jungenhaft das schmale Gesicht mit den roten Wangen auf ihn wirkt. Der Zylinder, der Bender tief in die Stirn gerutscht ist, trägt seinen Teil dazu bei.

»Es ehrt mich natürlich, wenn sich das Publikum für meine Arbeit interessiert«, sagt der Puppenspieler. »Was möchten Sie wissen? Geht es um das Stück oder haben …«

»Jan Swensen, Herr Bender, Kripo Husum«, unterbricht der Hauptkommissar, »ich ermittle im Umfeld der Schlossparkmorde.«

»Kriminalpolizei? Wie soll ich Ihnen denn dabei weiterhelfen?«, fragt der Puppenspieler sichtlich nervös.

»Nun, Sie kannten die Opfer, oder?«

»Die drei Damen haben das Festival organisiert, da lernt man sich ganz automatisch kennen.«

»Aber eines der Opfer kannten Sie näher, Ronja Ahrendt.«

»Wir haben öfter miteinander gesprochen und einen Kaffee zusammen getrunken, das ist alles.«

»Wirklich alles? Wenn Sie uns etwas verheimlichen, kann das sehr unangenehm für Sie werden, Herr Bender. Es gibt eine Aussage, die von einem intimen Verhältnis berichtet.«

»Pohlenz! Das war sicher dieser Pohlenz, stimmts?«

»Das tut nichts zur Sache!«

»Aber das kann nur dieser Pohlenz sein, der so was behauptet. Dabei war der doch selbst die ganze Zeit hinter der Ahrendt her.«

»Also, lief da etwas mehr als nur Händchenhalten, Herr Bender?«

Eine tiefe Röte überzieht das Gesicht des Puppenspielers. Unter dem Zylinder treten kleine Schweißtropfen hervor. Er nimmt die Kopfbedeckung ab und wischt sich mit der Hand über die Stirn.

»Das war nur ein kurzes Strohfeuer. Außerdem ist die Sache von Frau Ahrendt ausgegangen.«

»Wann haben Sie Frau Ahrendt denn das letzte Mal gesehen?«

»Das war gestern Abend. Nach der Aufführung von ›Portugiesischer Backalau‹ im Husumhus sind wir noch ein wenig spazieren gegangen und haben noch kurz im meinem VW-Bus gesessen, um zu reden.«

»Und dann?«

»Dann haben wir uns getrennt. Frau Ahrendt hatte einen Termin, hat sie mir zumindest gesagt.«

»Und wann war das?«

»Weiß ich nicht. Ich bin danach in meine Pension. Da war es halb zwölf, das weiß ich noch genau, weil ich auf den Wecker geschaut habe, bevor ich ins Bett ging.«

»Haben Sie jemanden, der das bestätigen kann?«

»Um halb zwölf in Husum? Da werden die Bürgersteige hochgeklappt. Wer sollte mir das wohl bestätigen?«

»Jemand in der Pension vielleicht?«

»Ich wüsste niemanden. Wieso fragen Sie mich das eigentlich alles? Bin ich etwa verdächtig?«, fragt der Puppenspieler aufgebracht.

»Reine Routine, Herr Bender«, beruhigt der Hauptkommissar. »Ich frage nur, um mir ein Bild von der Toten zu machen. Ist Ihnen an Frau Ahrendt noch irgendetwas aufgefallen, war sie vielleicht verstört, unruhig oder hat von irgendeiner Bedrohung gesprochen?«

»Nein, das genaue Gegenteil war der Fall. Frau Ahrendt war völlig ausgelassen und fröhlich. Eher überdreht, würde ich sagen.«

»Okay, das war's schon. Wenn wir noch Fragen haben, kommen wir noch mal auf Sie zurück. Schreiben Sie mir bitte Ihre Adresse und Telefonnummer auf«, sagt Swensen und reicht dem Puppenspieler Zettel und Kugelschreiber. Der hockt sich auf die Bühnentreppe und schreibt das Gewünschte.

»Besten Dank«, sagt Swensen und nimmt den Zettel in Empfang. »Eine Frage hätte ich noch, die ist allerdings privater Natur. Es geht um Ihre Geschichte von Schrödingers Katze. Entsteht dort nicht ein ähnliches Paradox wie bei der Frage: Was war zuerst da, das Huhn oder das Ei?«

»In gewisser Weise schon, Herr Swensen, solange niemand in die Kiste blickt, bleibt die arme Katze ewig in einem halb toten und halb lebendigen Zustand. Um aus der Endlosschleife eines solchen Paradoxons herauszukommen, muss man aus dem geschlossenen System springen. Die Kiste wird geöffnet, und das Bewusstsein entscheidet, was drinnen passiert ist.«

»Das Bewusstsein entscheidet das? Das glaube ich nicht! Das würde ja bedeuten, dass unser Bewusstsein auf den Zustand der Katze einwirken könnte.«

»Nach den Gesetzen der Quantenmechanik ist das so. Mir ist klar, dass ein materialistisch geprägter Mensch damit seine Schwierigkeiten haben muss, denn er sieht das Bewusstsein nur als ein Randphänomen der Materie. Das liegt daran, dass jemand, der so denkt, sich sein eigenes Bewusstsein als etwas Getrenntes vorstellt, etwas, das von anderen Menschen separiert existiert.«

»Aber mein Bewusstsein kann doch nicht gleichzeitig auch Ihr Bewusstsein sein.«

»Warum nicht? Ich stelle mir das Bewusstsein als etwas nicht Lokales vor, sozusagen als einen Quantengeist, der nicht in unserem Gehirn entsteht. Ein eigenständiges Bewusstsein ist für mich nur eine Illusion. Der Mensch ist sozusagen nur in der Rolle eines Beobachters, er kann die ganze Welt als eine Art Mitteilungen des Bewusstseins sehen, die sich innerhalb der Quantengesetze entscheiden. Es gibt kein individuelles Ich, das im Gegensatz zu anderen ›Ichs‹ steht.«

»Die Besessenheit, euer Ich zu bewahren, ist ein wahrhaft kosmischer Witz«, klingt Swensen plötzlich die Stimme seines Meisters in den Ohren. Die Idee von einem allumfassenden Quantengeist erinnert ihn an eine Geschichte, die Lama Rhinto Rinpoche ihm erzählte, bevor er den Tempel in der Schweiz endgültig verließ:

»Ein Mann ist mit einem Kahn auf einem Fluss unterwegs. Da sieht er in der Ferne einen anderen Kahn auf sich zu fahren. »Vorsicht, Mann, passen Sie doch auf!«, brüllt er verärgert zum anderen Bootsmann hinüber und fuchtelt wild mit seinen Armen. Doch der ändert seinen Kurs nicht, hält nur stur weiter auf ihn zu. Als das Boot bis auf zehn Meter heran ist, erkennt der Mann plötzlich, dass niemand in dem anderen Boot sitzt. Seine Wut ist wie weggeblasen. Er legt sich ins Ruder und weicht dem leeren Kahn im letzten Moment aus.«

»Ich glaub, ich habe da eine Geschichte für Sie«, sagt der Hauptkommissar zum Puppenspieler, »die für die Idee von einem Quantengeist steht und beweist, dass ein losgelöstes Ich sehr schnell Schiffbruch erleiden kann.«

10

»Wir nehmen uns am besten jedes Mordopfer separat vor und tragen zusammen, was wir in der Zwischenzeit zu den einzelnen Personen wissen«, beginnt Colditz die Frühbesprechung.

Die gesamte SOKO Schlosspark hat sich vor der Pinnwand versammelt, die mit zwei schwarzen Klebestreifen in drei Felder eingeteilt wurde. In jedem Drittel hängt das Foto einer ermordeten Frau mit dem dazugehörigen Namen auf einem Pappstreifen. Swensen hat Mühe, sich zu konzentrieren und hält gedankenversunken seine Tasse grünen Tee in der Hand. Die vergangene Nacht steckt ihm in den Knochen.

Er hatte besonders schlecht geschlafen. Die Idee von einem Quantengeist war durch seinen Kopf gespukt, hatte ihn regelrecht aufgeputscht. Mehrmals war er zwischen 3 und 5 Uhr aufgewacht und grübelnd durch die Wohnung gewandert. Die verrückte Quantentheorie des Puppenspielers hatte ihn völlig durcheinandergebracht. Marcus Benders Beispiel von der Wechselwirkung zwischen Protonen und Neutronen hielt ihn hellwach.

»Im Atomkern fliegen sogenannte Mesonen mit Lichtgeschwindigkeit zwischen Protonen und Neutronen hin und her«, hatte ihm Bender gestern erklärt. »Sie sind die Bindungskraft im Kern, ihre Instabilität gibt dem Ganzen die nötige Stabilität. Ein einzelnes Quantenobjekt ist nicht wirklich, wenn wir unter

Wirklichkeit Unabhängigkeit, Substanz und Selbstständigkeit verstehen.«

Die erstaunliche Ähnlichkeit der Quantenphysik mit den Erkenntnissen des Buddhismus hatte Swensen zuerst sehr verblüfft. Doch die Übereinstimmung mit dem, was er damals von Lama Rinpoche gelehrt bekam, war letztendlich nicht von der Hand zu weisen.

»*Leer sein* besagt nur, dass jede Erscheinung ohne *Eigennatur* ist und sie deshalb nicht so bleibt, wie sie ist. Die Dinge der Welt pendeln zwischen zwei Polen, und so befindet sich alles in einem steten Wandel.«

»Dürfen wir alle an deinen Überlegungen teilhaben, Jan?«, wird Swensen aus seinen Gedanken gerissen. »Jan, hallo, bist du ansprechbar?«

Der Hauptkommissar hebt den Kopf und guckt wie durch einen Schleier in die Runde. Colditz steht direkt vor ihm und grinst.

»Oh, muss wohl kurz weggetreten sein, aber ich habe gerade über das Gespräch mit Bender nachgedacht, Marcus Bender, einer dieser Puppenspieler vom Festival.«

»Bender? In welcher Beziehung steht der Mann zu unserem Fall?«, fragt Colditz und stellt fest, dass Swensen nicht begreift, worauf er hinauswill. »Ich wollte alle Personen, mit denen ihr redet, einem der Opfer zuordnen. Also, wo darf ich den Namen von diesem Bender anpinnen?«

»Bei Ronja Ahrendt«, sagt Swensen. »Ich fasse am besten kurz zusammen, was mir über das Mordopfer bisher bekannt ist. Unsere Krankenschwester hatte eine freizügige Lebensauffassung. Ich will das nicht werten, aber sie ging offensichtlich ziemlich unkompliziert mit ihren Beziehungen um. Hat gleich zwei Puppenspielern vom Festival schöne Augen gemacht, und beide Herren haben sich nicht abgeneigt gezeigt. Einer von ihnen ist dieser Bender, Marcus Bender aus Hamburg, ein ehemaliger Physiker, der sich als Puppenspieler verdingt. Das zweite Verhältnis hatte sie mit dem Puppenspieler Peter Pohlenz aus Karlsruhe.«

»Pohlenz? Bist du dir da ganz sicher, Jan?«, fragt Silvia Haman dazwischen. »Den hab ich nämlich gestern routinemäßig befragt, und da hat er jede Form von Intimitäten abgestritten.«

»Ich bin mir mehr als sicher, Silvia«, bestätigt Swensen. »Ich hab meine Info direkt von unserer Kollegin Susan. Frau Biehl war mit dem Mordopfer Ronja Ahrendt seit Langem befreundet.«

»Das glaub ich jetzt nicht, hat mich dieser Schwerenöter doch richtig auflaufen lassen. Das hätte ich nicht gedacht, der machte so einen ehrlichen Eindruck.«

»Das ging mir mit Bender genauso«, äußert Swensen überzeugt. »Ein wirklich außergewöhnlicher Mensch, überaus intelligent. Ich kann mir beim besten Willen nicht vorstellen, dass der irgendetwas mit diesen Morden zu tun haben könnte.«

»Hey, was passiert denn hier gerade?«, unterbricht Colditz. »Ich möchte Tatsachen hören und keine Vermutungen, Jan. Da lief also ein klassisches Beziehungsdrama. Wenn ein Dritter auftaucht, ist bekanntlich einer zuviel. 80 Prozent aller Männer und Frauen neigen zu Eifersucht. Das hat in der ganzen Menschheitsgeschichte schon immer für Mord und Totschlag gesorgt und ist eines unserer häufigsten Motive.«

»Die Ergebnisse unserer Ermittlungen bestehen nicht aus Prozenten, Jean-Claude, es kommt darauf an, welchen Eindruck wir uns vor Ort machen«, hält Swensen dagegen. »Sonst könnten wir ja gleich einen Statistiker losschicken.«

»Mir scheint, die vielen Überstunden haben deine Sinne getrübt, Jan«, kontert Colditz scharf, »oder was willst du mir damit sagen?«

»Ich will nur sagen, dass deine gewünschten Tatsachen nur eine Illusion sind. Wir geben immer nur subjektive Einschätzungen ab«, verteidigt sich Swensen.

Vielleicht hat Bender auch nur deine Sympathie errungen, weil du so begeistert von seinem Wissen gewesen bist. Dabei hast du sein Tatmotiv leichtfertig aus den Augen verloren. Mehr Achtsamkeit, Swensen, mehr Achtsamkeit. Wahrscheinlich fühltest du dich von Jean-Claude nur belehrt und musstest gleich zurückschießen. Was sagte Lama Rinpoche immer: Unser Geist gleicht einem Spiegel, der genau das wiedergibt, was ihm entgegengehalten wird.

»Okay, Marcus Bender und Peter Pohlenz sind selbstverständlich verdächtig«, lenkt Swensen ein, kann sich aber gegen alle Vernunft einen Seitenhieb nicht verkneifen. »Aber dann gehört der ominöse Rebinger auch in den Kreis der möglichen Täter.«

»Rebinger? Meint ihr Staatsanwalt Rebinger?«, fragt Silvia Haman verdutzt. »Ist mir da etwas Wichtiges entgangen?«

»Ein ziemlich sensibles Thema«, erklärt Colditz, deutlich unter Zugzwang. »Heinz Püchel bittet darum, dass wir die Ermittlungsergebnisse mit äußerster Diskretion auswerten.«

»Das klingt ziemlich mysteriös«, stochert Silvia Haman in gewohnter Penetranz. »Kann mir das jemand erklären?«

»Der Chef möchte unter keinen Umständen, dass unausgegorene Gerüchte an die Öffentlichkeit kommen«, erklärt Colditz.

»In einem Notizbuch, das wir bei dem Mordopfer Lechner gefunden haben, taucht mehrmals der Name Rebinger auf«, ergänzt Mielke, wohl wissend, dass seine Kollegin sowieso keine Ruhe geben wird. »Die Frau hat anscheinend mit einem Opernglas aus ihrem Fenster Puffbesucher beobachtet und Namen, Datum und Uhrzeit dokumentiert. Bei dem Namen Rebinger muss es sich also nicht notgedrungen um unseren Staatsanwalt handeln.«

»Hat ihn denn noch niemand gefragt?«, lässt Silvia Haman nicht locker. »Das wäre doch wohl das Einfachste, finde ich!«

Lähmendes Schweigen erfüllt den Raum. Die meisten Beamten schauen erwartungsvoll auf Colditz, doch der wirkt wie abwesend.

»Wenn du es gern übernehmen möchtest, tu dir keinen Zwang an«, scherzt Mielke mit süffisanter Stimme. »Dann könnten wir nämlich weitermachen. Wir sind übrigens im Moment bei dem Mordopfer Ahrendt, Rebinger gehört zum Mordopfer Lechner. Lass uns bitte eine Person nach der anderen durchgehen.«

»Das ist nicht so einfach, Stephan«, fährt Swensen fort. »Der Name Rebinger überschneidet sich mit zwei Personen. Ronja Ahrendts Liebesleben ist weitgehend komplizierter, als bis jetzt besprochen. Nach meinen Informationen soll es vor oder sogar gleichzeitig zu den Affären mit den Puppenspielern noch ein Verhältnis mit einem verheirateten Mann gegeben haben, einem Arzt aus dem Husumer Krankenhaus. Sein Name ist Keck, Dr. Michael Keck, Oberarzt auf der Inneren.«

»So was, mit dem hab ich in der Mordnacht gesprochen«, unterbricht Mielke. »Der hatte in der Nacht Bereitschaft und will zur fraglichen Zeit allein im Bereitschaftsraum geschlafen haben. Er gab allerdings an, die Schüsse gehört zu haben. Vom Krankenhaus ist es aber nur ein Katzensprung rüber zum Schlosspark.«

»Man plant in seiner Dienstzeit doch keinen Mord«, zweifelt Silvia Haman.

»In der Nacht ist im Krankenhaus kaum Betrieb, da ist keine Menschenseele zu sehen. Ich bin jedenfalls völlig allein über die Flure geschlichen.«

»Der entscheidende Punkt zur Person Michael Keck folgt doch erst, Kollegin und Kollegen«, unterbricht Swensen. »Dr. Keck soll nämlich vor Kurzem mit seiner Geliebten Ahrendt in einem Hotel an der Ostsee gewesen sein. Während des Aufenthalts will unser Mordopfer dort Staatsanwalt Rebinger gesehen haben, als der mit einer Frau, die offensichtlich nicht seine eigene war, eingecheckt hat.«

Colditz steht sichtlich erschrocken vor der Pinnwand. Silvia Haman pfeift hörbar durch die Zähne, und die Flensburger Kollegen schauen die Husumer erwartungsvoll an.

»Ihr müsst wissen«, erklärt Mielke spöttisch, »Staatsanwalt Rebinger gilt in unseren Kreisen als superkorrekt und penibel. Ein Saubermann, wie er im Buche steht.«

»Wie sicher ist die Information, Jan?«, fragt Colditz scharf.

»Die kommt ebenfalls von Susan. Ich musste sie ganz schön bearbeiten, weil sie erst gar nicht damit rausrücken wollte. Sie hat natürlich schon Angst um ihren Job. Ihre Aussage dürfte ziemlich zuverlässig sein.«

Colditz schreibt ohne ein Wort alle Namen auf ein Stück Pappe und pinnt sie mit einer Kopfnadel untereinander in die Hälfte von Ronja Ahrendt. Der Name Rebinger ist mit einem Fragezeichen versehen.

»Das Hotel«, fragt Silvia Haman, »in welchem Hotel soll das passiert sein?«

»Weiß ich noch nicht«, erklärt Swensen.

»Ach du liebe Scheiße! Das ist heiß, sehr heiß, dieses Eisen«, sinniert Mielke leise vor sich hin. »Wenn man bedenkt, dass Rebinger der zuständige Staatsanwalt für diesen Fall ist.«

»Schluss jetzt mit Rebinger!«, sagt Colditz. Sein Tonfall signalisiert, dass er die Sache nicht weiter diskutieren will. »Ich werde die vorliegenden Fakten mit Heinz Püchel in aller Ruhe erörtern und dann sehen wir weiter. Also, gibt es sonst noch etwas zu Ronja Ahrendt?«

Colditz schaut auffordernd in die Runde. Hinter seinem eingefrorenen Gesicht scheint es zu brodeln.

Die Spannung überträgt sich auf das Team, das wie erstarrt dasitzt und schweigt.

»Na los, wir wollen hier nicht bis morgen früh rumsitzen!«

»Okay«, ergreift Swensen erneut das Wort. »Machen wir mit dem Mordopfer Petra Ørsted weiter. Ich war im Mommsen-Gymnasium, in dem Hanna Lechner Rektorin ist. Während der Festivalzeit hat sie einen Stellvertreter bestimmt, einen gewissen Florian Werner, Lehrer für Englisch und Sport.«

»Ich denke, wir hören etwas zum Mordopfer Ørsted«, unterbricht ein Flensburger Kollege.

»Abwarten, es handelt sich um die nächste Überschneidung! Es gibt eine Anschuldigung von Peter Ørsted, einem der Söhne. In der Nacht, als Silvia und ich der Familie die Todesnachricht überbringen wollten und der Vater dabei getürmt ist, behauptete Peter Ørsted, sein Lehrer Florian Werner hätte ihn bei der Polizei verpfiffen, wollte aber nicht damit rausrücken, weshalb. Ich war deswegen im Gymnasium und habe mit Werner geredet. Erst nach einigem Druck räumte der Mann ein, dass ein Gerücht an der Schule kursiert, dass er sich einer Schülerin unsittlich genähert haben soll. Florian Werner war mir gegenüber sehr aufgebracht und meinte, dass die Anschuldigung völlig aus der Luft gegriffen ist. Er war sicher, Peter Ørsted würde dahinterstecken, hatte ihn aber nicht zur Rede gestellt. Für mich hörte es sich so an, als wolle er das Gerede so lange aussitzen, bis es wieder in Vergessenheit gerät. Ob auch unser Mordopfer Lechner davon wusste, konnte oder wollte er nicht sagen. Sie habe sich ihm gegenüber nicht geäußert, hat er jedenfalls mir gegenüber behauptet.«

»Das glaubt der doch selbst nicht«, braust Silvia Haman auf. »Oder hast du ihm das etwa geglaubt, Jan?«

»Von seinen Kollegen hat keiner das Gegenteil behauptet. Solange keiner von denen auspackt, müssen wir ihm das wohl glauben.«

»Da sollten wir knallhart nachhaken«, braust die Hauptkommissarin auf. »Ich bin sicher, wenn wir uns jeden einzeln vornehmen und ihm gehörig auf den Zahn fühlen, wird einer schon über kurz oder lang reden.«

*

»Ich möchte Herrn Šemik sprechen, Wiktor Šemik«, sagt Stephan Mielke.

»Wen darf ich bitte melden?«, fragt die Empfangsdame an der Rezeption.

»Stephan Mielke, Kriminalpolizei Husum«, erwidert der Oberkommissar, zieht seinen Dienstausweis heraus und hält ihn hoch. Die junge Frau wirft nur einen flüchtigen Blick darauf. Sie greift nach dem Telefonhörer, steht eine Weile mit dem Hörer am Ohr, um sich dann wieder dem Polizeibeamten zuzuwenden.

»Herr Šemik meldet sich nicht. Er ist nicht auf seinem Zimmer, hat das Hotel aber nicht verlassen. Ich kümmere mich darum, würden Sie bitte einen Moment Platz nehmen.«

Stephan Mielke ist das erste Mal im Nobelhotel ›Altes Gymnasium‹. Er fühlt sich ein wenig wie ein Fremdkörper in dem stilvollen Ambiente und bleibt lieber stehen, anstatt sich in einen dieser piekfeinen Sessel in der Empfangshalle zu setzen.

»Herr Šemik möchte zwar gerade ein Essen im Wintergarten einnehmen«, hört er die Stimme der jungen Frau kurze Zeit später hinter sich, »aber er hat mich trotzdem gebeten, Sie zu ihm zu bringen. Folgen Sie mir bitte!«

Als der Oberkommissar sich umdreht, sieht er nur noch ihren Rücken davoneilen. Er bleibt der Frau auf den Fersen, die mit ausladenden Schritten an Vitrinen mit erlesener Kleidung und Schmuck vorbeistürmt. Das Restaurant ist eine Glaskonstruktion, in der verzierte Metallstühle vor runden Tischen stehen. Noch bevor die Empfangsdame den Oberkommissar am richtigen Tisch abliefern kann, hat der den dort sitzenden Mann schon ins Auge gefasst.

»Bitte setzen Sie sich doch«, sagt der Puppenspieler übertrieben freundlich. »Sie sind von der Polizei, hab ich gehört. Was führt Sie zu mir? Wurde mein Bühnenfahrzeug irgendwo falsch geparkt?«

»Ich bin von der Kriminalpolizei, Herr Šemik«, sagt Stephan Mielke, während er sich setzt und das rechteckige Gesicht des Mannes mustert. »Sie haben sicherlich von den Morden im Schlosspark gehört?«

»Von Morden? Hier in der Stadt? Nein, davon weiß ich nichts, ich war den ganzen Tag auf meinem Zimmer und habe an meinem neuen Stück gearbeitet.«

»Heute Nacht wurden drei Frauen ermordet, die alle im Organisationsteam des Puppenspiel-Festivals tätig waren.«

»Mein Gott, wie schrecklich«, sagt der Mann distanziert. »Ich weiß schon, warum ich mir keine Nachrichten mehr anhöre! Und Sie sind hier, weil ich einer der Puppenspieler bin? Aber wie sollte ich Ihnen da behilflich sein?«

»Wie gut kannten Sie Frau Lechner, Hanna Lechner? Sie ist eine der Ermordeten und war im Vorstand des Pole-Poppenspäler-Förderkreises.«

»Der Name sagt mir im Moment nichts«, überlegt der Puppenspieler und setzt einen grübelnden Gesichtsausdruck auf. »Das heißt natürlich nicht, dass ich der Frau nicht flüchtig begegnet sein könnte. Aber für alles, was mit meinem Auftritt zu tun hatte, war Frau Meibaum zuständig.«

»Sie haben auch keinen Brief von Frau Lechner erhalten?«

»Einen Brief? Von Frau Lechner?«

»Wir haben einen Brief in ihrer Wohnung gefunden, in dem Sie angesprochen werden.«

»Ich? Sind Sie da wirklich sicher? Ich weiß nichts von so einem Brief. Ich kenne die Frau überhaupt nicht.«

»Ich hab eine Kopie davon«, sagt der Oberkommissar, zieht einen Zettel aus seiner Jackentasche und faltet ihn auseinander. Wiktor Šemik lehnt sich in seinem Stuhl zurück, wirkt aber angespannt. Stephan Mielke reicht ihm den Zettel über den Tisch und glaubt, in der Körperhaltung des Puppenspielers eine leichte Abwehr zu erkennen. Die grünen, etwas tief liegenden Augen überfliegen den Inhalt und als er das Papier zur Seite legt, hat sein Gesichtsausdruck deutlich heitere Züge angenommen.

»Ehrlich gesagt, ich verstehe überhaupt nicht, was diese Dame mir damit sagen wollte«, resümiert Wiktor Šemik. »Hier zum Beispiel, wenn ich kurz vorlesen darf: *Schafe, die unter die Wölfe geschickt werden, haben Grund, sich zu fürchten, denn sie können nur zerrissen werden.* Das klingt doch irgendwie nach religiösem Wahn.«

»Das ist aus einer Predigt von Kardinal Ratzinger«, wirft Mielke ein.

»Aha, und was habe ich damit zu tun? Der Brief ist mir auf alle Fälle nie zugestellt worden.«

»Und Sie haben keine Idee, was er bedeuten könnte?«

»Nein, das sagte ich doch bereits. Haben Sie sonst noch Fragen?«

»Nein.«

»Dann würde ich jetzt gern speisen. Auf Wiedersehen, Herr Kommissar!«

»Du hast doch sicherlich den entscheidenden Hinweis vor Augen, Kollege Mielke? Oder träumst du schon mit offenen Augen?«, fragt Colditz, der gerade die zwei Pappstreifen mit dem Namen Florian Werner in das Feld von Hanna Lechner und Petra Ørsted gepinnt hat. Oberkommissar Mielke sitzt erschrocken da, als wäre er gerade beim Äpfelstehlen erwischt worden.

»Wiktor Šemik«, platzt es völlig unvermittelt aus ihm heraus. »Das ist einer von den Puppenspielern, die hier auf dem Festival gastieren. Der behauptet allerdings, während der Mordzeit auf seinem Hotelzimmer gewesen zu sein. Das Alibi ist natürlich ein Witz.«

»Seit wann ist der Mann denn verdächtig?«, stichelt Silvia Haman. »Wir können doch nicht gleich alle

Puppenspieler verhaften, bloß weil die Morde während eines Puppenspieler-Festivals passiert sind.«

»Kollegin Haman, lass mich aussprechen, bevor du gleich deinen Senf dazugibst! Jacobsen und ich haben in der Wohnung vom Mordopfer Lechner einen Brief gefunden, adressiert an Šemik. Wahrscheinlich ist es aber nur ein Entwurf, wurde nämlich mit Bleistift geschrieben und ist voll mit Korrekturen«, sagt Stephan Mielke und verteilt den kleinen Stapel Fotokopien, der vor ihm auf dem Tisch liegt. »Ich hab das Original kopiert.«

Einen Moment lang ist nur das Rascheln von Papier im Konferenzraum zu hören. Die Beamten lesen und legen den Zettel einer nach dem anderen auf den Tisch zurück.

»Merkwürdiger Brief«, beginnt Swensen. »Was sagt Šemik dazu?«

»Nichts!«, erwidert Mielke. »Er sagt, er habe den Brief nie erhalten und behauptet, die Lechner nicht zu kennen.«

»Vielleicht wurde er ja wirklich nicht abgeschickt«, wirft Silvia Haman ein. »Du hast doch selbst gesagt, dass es nur eine Skizze ist.«

»Eben, deswegen spricht auch einiges für eine zusätzliche Reinschrift und die haben wir nicht gefunden.«

»Wollen wir den Mann bei den Verdächtigen einreihen?«, fragt Colditz ungeduldig.

»Spricht doch nichts dagegen«, meint Swensen trocken, »besser, wir behalten einen zu viel im Auge als einen zu wenig, oder?«

Colditz beschriftet einen Pappstreifen mit dem

Namen Šemik und befestigt ihn unter Lechner an der Pinnwand.

»Wenn wir uns jetzt dem Mordopfer Petra Ørsted zuwenden, berichte ich am besten zuerst von dem Überfall auf ihr Steuerbüro«, ergreift Mielke das Wort. »Der ist, meiner Meinung nach, die heißeste Spur, die wir im Moment haben.«

»Sind wir mit den anderen Personen durch?«, fragt Colditz in die Runde, und als alle schweigen, bittet er Mielke fortzufahren.

»Da haben sich dramatische Szenen abgespielt, gestern Vormittag in der Herzog-Adolf-Straße. Gegen 11.15 Uhr stürmten zwei Personen in die Büroräume von Frau Ørsted, die um die Zeit schon zwölf Stunden tot ist. Eine Mitarbeiterin wurde an einen Stuhl gefesselt und von einem der Männer brutal geschlagen. Von der anderen Frau verlangte man, die Steuerakten der Firma Asmussen auszuhändigen, sonst würde ihre Kollegin weiter geschlagen. Danach wurde auch sie geknebelt und gefesselt.«

»Akten der Firma Asmussen?«, fragt Swensen aufgeregt. »Wirklich von der Firma Asmussen?«

Mielke nickt zustimmend: »Weswegen fragst du?«

»Denk doch an unsere Einbruchsserie, zuerst war der Geschäftsführer Ketelsen von der Firma Asmussen betroffen und danach der Leiter der Buchhaltung Hagedorn. Das klingt doch nicht nach Zufall. Die Firma Asmussen taucht ziemlich häufig in unseren Ermittlungen auf, oder?«

»Du sprichst von der Einbruchsserie, an der ihr vor diesem Fall gearbeitet habt?«, fragt Colditz.

»Richtig, bei der Sören Ørsted, neben unserem

Mordfall, ebenfalls der Hauptverdächtige ist«, erklärt Swensen.

»Und die Firma Asmussen taucht in beiden Fällen auf?«, überlegt Colditz. »Da würde ich dir recht geben, Jan, das ist mehr als auffällig.«

»Wenn sich Sören Ørsted als der Täter herausstellt, hätten wir eine Erklärung dafür«, meldet sich Silvia Haman. »Seine Flucht ist übrigens zu Ende. Für alle, die es noch nicht wissen, er wurde in Flensburg geschnappt, bevor er sich nach Dänemark absetzen konnte. Ist einem Streifenwagen in die Seite geknallt und liegt mit gebrochener Hand und Gehirnerschütterung in einem Flensburger Krankenhaus.«

»Das hört sich nach einer schnellen Aufklärung an«, sagt Colditz, »was ist in der Sache schon alles angeleiert worden?«

»Ich hab dafür gesorgt, dass eine Speichelprobe ans LKA Kiel geschickt wurde. Außerdem hab ich eine Hausdurchsuchung durchführen lassen und alle Kleidungsstücke, die wir von dem Mann finden konnten, ebenfalls ins Labor bringen lassen. Die Ergebnisse stehen aber noch aus. Es dauert also nicht mehr lange, dann wissen wir, ob Sören Ørsted wirklich unser Mann ist. Seit dem Überfall auf das Büro seiner Frau wissen wir, dass die Firma Asmussen ihre Steuererklärung dort machen lässt. Wäre also nicht abwegig, wenn der Mann über seine Frau Zutritt zu den Häusern des Geschäftsführers und Buchhalters erlangt hat, bestimmt waren die Ørsteds mal gemeinsam auf einem Fest eingeladen.«

»Für den Überfall auf das Büro seiner Frau ist der Mann aber nicht verantwortlich«, unterbricht Mielke.

»Das waren anscheinend zwei Russen, zumindest glauben das die Mitarbeiterinnen. Die haben gehört, dass die Männer russisch gesprochen haben.«

»Russen?«, Colditz schaut Mielke ungläubig an. »Wenn wir hier nicht in Husum wären, könnte man fast an die russische Mafia glauben!«

»Warum nicht«, meint Swensen. »Letztes Jahr hatten wir es mit dem internationalen Terrorismus zu tun, was ist dagegen schon die russische Mafia?«

»Dieses russische Gesocks soll man nicht unterschätzen«, beschwört Rudolf Jacobsen. »Den Bruder der Ørsted haben sie ohne Vorwarnung zusammengeschlagen, auch wenn das nicht unbedingt einen Falschen getroffen hat.«

»Wer zum Teufel ist der Bruder von Petra Ørsted?« Colditz Stimme klingt genervt.

»Der Mann ist unser Obdachloser vom Kriegerdenkmal«, antwortet Jacobsen. »Sein Name ist Harald Timm.«

»Damit rückst du erst jetzt raus?«, poltert Colditz los. »Der Mann ist hochgradig verdächtig!«

»Der Mann hat aber leider ein Alibi«, nimmt Jacobsen dem Leiter der SOKO den Wind aus den Segeln. »Ich hab ihn zwar durch die Mangel gedreht, aber zur Tatnacht war er mit einem Kumpel zusammen und hat auch bei dem übernachtet. Der Mann, ein gewisser Reimers, bestätigt das, aber wenn ihr mich fragt, haben die ziemlich einen gebechert. Also, ob dieser Timm wirklich die ganze Nacht in der Wohnung war, ist für mich …«

»Rudolf, er ist ein Obdachloser!«, fällt Mielke dem Kollegen ins Wort. »Wenn der Jahre auf der Straße zugebracht hat, ist er bestimmt nicht der Typ, der solch einen Mord begehen würde.«

»Glaubst du nicht, dass du da nur alte Vorurteile bedienst, Stephan«, meint Silvia Haman, »oder bist du neuerdings Experte für Obdachlose?«

»Das wurde aber auch höchste Zeit, dass du endlich deinen Senf absondern konntest, oder?«

»Wer hier wohl was absondert, lieber Kollege. Mir scheint, du hast dein altes Kindheitstrauma noch nicht überwunden, aber ich bin keine von deinen kleinen Schwestern.«

»Silvia Haman!«, brüllt Stephan Mielke und springt wütend von seinem Stuhl auf. »Das geht entschieden zu weit. Ich erwarte, dass du dich sofort entschuldigst.«

Schlagartig ist es mucksmäuschenstill im Raum. Alle Blicke heften sich auf Silvia Haman, die lässig auf ihrem Stuhl sitzt und demonstrativ an die Decke blickt.

»Was soll das hier werden?«, fährt Colditz mit scharfer Stimme dazwischen. »Verschiedene Meinungen sind bei unserer Arbeit an der Tagesordnung, aber private Angriffe werde ich hier nicht dulden, Silvia! Wenn das noch mal passiert, fliegst du augenblicklich aus dem Team, ist das klar genug ausgedrückt?«

Das Gesicht von Hauptkommissar Colditz ist wie versteinert. Silvia Haman erahnt den Ernst der Lage und lenkt sofort ein: »Entschuldigung, Stephan, ist mir im Eifer nur so rausgerutscht!«

»Okay …, ich nehme die Entschuldigung an.«

»Erledigt!«, setzt Colditz einen hörbaren Schlusspunkt. »Wir waren bei dem Bruder der ermordeten Ørsted!«

»Harald Timm!«, nimmt Jacobsen den Faden wieder auf. »Am Morgen nach dieser Saufnacht bei seinem Kumpel ist er zum Büro seiner Schwester gegangen und wollte sie anpumpen, hat er mir versichert. Dabei ist er den beiden Russen in die Quere gekommen.«

»Wir haben Phantombilder von den beiden Typen«, triumphiert Mielke. »Ein Zeichner hat sie mit Hilfe der beiden Überfallenen aus dem Steuerbüro anfertigen können.«

»Selbst wenn das wirklich die russische Mafia war, können die Männer nicht vom Erdboden verschluckt worden sein«, sagt Silvia Haman mit deutlich weniger Druck in der Stimme.

»Die haben doch Steuerakten der Firma Asmussen mitgehen lassen«, wirft Swensen ein. »Da geht es doch um Getreidehandel, und der läuft in Husum hauptsächlich über den Wasserweg. Vielleicht liegt im Hafen ja gerade irgendwo ein Getreideschiff aus Russland am Pier.«

»Guter Gedanke, Jan!«, lobt Colditz. »Stephan, kannst du beim Zoll anrufen, ob ein russischer Getreidefrachter im Hafen liegt?«

*

Swensen fühlt sich zerschlagen, er spürt die Nacht ohne Schlaf mehr in seinen Knochen, als er sich innerlich eingestehen will. In so einem Moment wird deutlich, welch enormer Leistungswille ihn unbewusst antreibt, immer weiter und weiter, hin zu einem Ziel, das unerreichbar scheint. Polizeibeamter zu sein, das wusste er von Anfang an, ist ein hartes Brot, und seine 27-jährige Berufszeit hat ihm das immer wieder bestätigt. Seine ewige Frage lautet, wie kann ein selbsternannter Weltverbesserer ohne schlechtes Gewissen einfach eine Pause einlegen? Mit so einer gigantischen Aufgabe im Nacken kann man nicht einfach innehalten oder sich der Gleichgültigkeit gegenüber dem zu bekämpfenden Übel hingeben. Wer damit anfängt, hat den Kampf schon verloren und beginnt, innerlich abzustumpfen.

Das Böse ist schon ein Phänomen, denkt der Hauptkommissar, während er in sein Büro geht, die Tür demonstrativ hinter sich schließt und den Computer hochfahren lässt. Böse Menschen sind nicht einfach auf den ersten Blick zu erkennen. Oft gelten sie in ihrem Umfeld als grundanständige Bürger. Doch eine böse Tat sagt nicht automatisch, dass der Mensch auch böse ist, sonst wäre die gesamte Menschheit böse. Es gibt keinen Menschen, der noch nie böse gehandelt hat. Die wahren Bösen erkennt man daran, dass sie sich im tiefsten Inneren als makellos und völlig schuldlos empfinden. Ihre kriminelle Handlung hat eigentlich nichts mit ihnen zu tun, sondern die Schuld dafür liegt irgendwo da draußen in der Welt, die sie zu so einem Verhalten zwingt. Der böse Mensch muss in einem steten Paradox leben.

Was hatte Bender noch zum Paradox gesagt? Um aus der Endlosschleife eines Paradoxons herauszukommen, muss man aus seinem geschlossenen System springen. Vielleicht sind Gut und Böse ja gar kein geschlossenes System? Vielleicht bilden Gut und Böse gar keinen Gegensatz? Vielleicht wird beides, wie bei Protonen und Neutronen, durch eine Bindungskraft zusammengehalten, und beides sorgt für die Instabilität, die unserer Welt erst die nötige Stabilität gibt.

Swensen bemerkt, dass seine eigenen Gedanken ihn plötzlich zu überfordern beginnen, und er ist fast erleichtert, als das Telefon klingelt.

»Husumer Polizeiinspektion, Swensen«, meldet er sich routinemäßig.

»Anna hier! Gut, dass ich dich erreiche, Jan! In der Zeitung steht, eine Petra Ørsted soll im Schlosspark von Husum ermordet worden sein. Sag sofort, dass es nicht stimmt!«

»Die Information ist leider richtig, Anna!«

»Wirklich Petra Ørsted, die Steuerberaterin aus Finkhaushallig?«

»Du kennst die Ermordete, Anna?«

»Oh nein, wie furchtbar! Das kann doch nicht sein, am Freitag habe ich noch mit ihr gesprochen. Ich kann das nicht glauben, Jan, seid ihr euch wirklich sicher?«

»Woher kennst du die Frau denn?«

»Ich kenne sie einfach!«

»Das klingt aber äußerst merkwürdig. Wieso willst du mir denn nicht sagen, woher du die Frau kennst?«

»Weil ich dich kenne, Jan Swensen.«

»Du kannst das nicht einfach für dich behalten, Anna, es geht hier um einem Mordfall!«

»Petra Ørsted war meine Klientin. Schon das dürfte ich dir eigentlich gar nicht sagen, Jan. Du musst das unbedingt für dich behalten, versprichst du mir das?«

»Petra Ørsted war deine Klientin? So was, dann könntest du uns bestimmt weiterhelfen, Anna. Alles, was wir über das Leben von Frau Ørsted in Erfahrung bringen, hilft uns bei der Aufklärung des Mordes weiter.«

»Schlag dir das gleich aus dem Kopf, Jan, das geht nicht! Als Psychologin bin ich an die Schweigepflicht gebunden.«

»Schweigepflicht? Aber deine Klientin ist tot. Das, was du uns sagen kannst, kann ihr doch jetzt egal sein.«

»So einfach ist das nicht, Jan. Die Schweigepflicht geht über den Tod hinaus. Es geht in einer Therapie ja nicht nur um die eigene Person; die Familie, Mann, Kinder sind häufig involviert. Das, was mir die Klientin gesagt hat, ist und bleibt vertraulich. Das gilt auch gegenüber der Polizei.«

»Das glaub ich nicht! Die Aufklärung eines Mordes steht doch höher als deine Schweigepflicht.«

»Nein, lieber Jan, steht sie nicht! Selbst wenn ihr einen Staatsanwalt dazu bewegen könnt, meine Räume zu durchsuchen, werdet ihr nichts finden. Und ich verspreche dir schon jetzt, dass ihr mich zu keiner Aussage zwingen könntet. Also, versucht es lieber gar nicht erst, besonders, wenn du keinen Ärger mit mir haben willst.«

»Mensch, Anna, was ist denn in dich gefahren?«, fragt Swensen unsicher. »So kenne ich dich noch gar nicht.«

»Du unterliegst selbst der Schweigepflicht. Du weißt genau, wovon ich rede. Nimm meine Arbeit bitte genauso ernst wie ich deine, Jan, sonst bekommen wir uns noch vor deinem Umzug zu mir in die Haare!«

»Ach du Schreck, der Samstag!«

»Jan Swensen!«

»Wir haben hier den schrecklichsten Mordfall, den Husum je erlebt hat, Anna. Es ist im Moment schwer abzuschätzen, ob ich mich am Samstag hier rauseisen kann. Das heißt natürlich nicht, dass ich nicht umziehe, aber vielleicht musst du es bei dir vor Ort allein durchziehen.«

»Jan, ich erwarte von dir, dass du dir etwas einfallen lässt, hörst du! Ich habe keine Lust, das ohne dich zu machen und werde das auch nicht tun!«

Es klickt in der Leitung, und der Hauptkommissar ist wieder hellwach. Das ist die Situation, die du die ganze Zeit vermeiden wolltest, sagt er zu sich. Jetzt sitzt du voll zwischen den Stühlen. Der Hauptkommissar erhebt sich aus seinem Bürostuhl und tritt an das Fenster, aber der gewohnte Blick nach draußen hat seinen Reiz verloren. Die wunderschönen alten Eichen, die den Garagen weichen mussten, fehlen einfach. Als er gerade an seinen Schreibtisch zurück will, wird seine Bürotür aufgerissen und Stephan Mielke steht im Türrahmen und schwenkt zwei Kopien von den Phantomzeichnungen der beiden Russen.

»Es gibt dieses Getreideschiff im Hafen!«, ruft er Swensen zu. »Die Argroprom, ein russischer Frachter, liegt seit Samstag hier, hat mir der Zoll gerade bestätigt. Was meinst du, wollen wir beide uns den Kahn mal aus der Nähe anschauen?«

»Spricht nichts dagegen, oder?«, meint Swensen, zieht die Schreibtischschublade auf und nimmt seine Sig-Sauer heraus. 20 Minuten später parkt er den Dienstwagen im Schatten eines der Getreidesilos. Doch wohin sie auch schauen, im Hafen liegt kein Frachter, der auf den Russen hinweist.

»Wo ist denn die Argroprom geblieben?«, ruft Mielke einem Hafenarbeiter zu.

»Die hat gerade vor ... schätze, knapp zehn Minuten abgelegt!«, ruft der zurück.

»Mist!«, schimpft Mielke. »Und das Küstenwachboot ist auch nicht da. Wer weiß, wo die gerade rumschippern. Am besten, ich frag mal in der Einsatzzentrale nach.«

»Vergiss das Boot!«, drängelt Swensen. »Bis die zurück sind, ist der Russe über alle Meere. Order in der Inspektion ein paar Einsatzwagen, die sollen zur Seeschleuse rauskommen. Wenn wir uns sputen, erwischen wir die Argroprom da draußen noch.«

Die beiden Kriminalbeamten laufen zum Dienstwagen zurück, springen hinein, und wenig später rasen sie die Simonsberger Straße hinunter. Mielke spricht per Handy mit der Einsatzzentrale. Die Fahrt geht über die Klappbrücke auf die andere Seite des Außenhafens, dann links auf die Dockkoogstraße und immer geradeaus durch die flache Marsch, die sich neben der Straße bis an die Küste zum offenen Meer hinzieht. Die Seeschleuse ist schon als kleine Erhebung auf der Mitte der Strecke zu erkennen. Swensen steuert den Wagen direkt darauf zu. Der Umriss des Schleusenhauses zeichnet sich innerhalb der Betonanlage ab, ein vierkantiger Turm mit einem geschlossenen balkonartigen Vorbau am oberen Ende. Die Ampel der Wasserstraße steht auf

Grün, und die beiden Schleusentore sind weit geöffnet. Der Frachter ist bereits halb in die Schleusenkammer gefahren.

Hauptkommissar Swensen bringt den Dienstwagen unmittelbar neben der Kaimauer zum Stoppen. Die beiden Beamten springen heraus und eilen an den Rand, der sich auf gleicher Höhe mit der Reling des Frachters befindet. Swensen tastet mit der rechten Hand unter seine linke Jackenhälfte. Er packt den Griff der Dienstwaffe, die im Schulterholster steckt, kann sich aber nicht entschließen, sie herauszuziehen. Stephan Mielke steht keine drei Meter neben ihm, sucht seinen Blickkontakt. Swensen deutet mit einer kurzen Handbewegung an, dass er beabsichtigt, aufs hintere Deck zu springen, sobald die Bordwand des Frachters dicht genug an die Schleusenwand herangedriftet ist. Mielke wartet das Kommando des Hauptkommissars ab, sie springen gleichzeitig und setzen federnd auf dem Metalldeck neben der Ladeluke auf. Sofort erscheint ein Mann an der Reling neben dem Brückenhaus und brüllt mit unverständlichen Worten zu einigen Männern hinüber, die am Bug des Schiffes zusammenstehen. Die eilen sofort geschlossen zu den beiden Beamten hinüber.

»То, чего они хотят! Was wollen hier?«, ruft einer, als er bis auf wenige Meter heran ist.

Swensen streckt ihm den Dienstausweis entgegen und brüllt: »Police! Stopp, Police!«

Die Worte wirken wie ein Zauberspruch, die Männer halten abrupt inne und bleiben in gebührendem Abstand stehen. Mielke geht zu ihnen und zeigt die beiden Fotokopien der Phantomzeichnungen.

»Капитан! Kapitän! Gehen zu Kapitän! Der wissen!«, sagt eine Stimme, die sich aus dem allgemeinen Gemurmel heraushebt. Swensen zuckt verständnislos mit den Achseln, worauf mehrere Finger zur Brücke deuten. In der Ferne hallt der schrille Ton mehrerer Martinshörner.

»Mach keinen Alleingang«, mahnt Mielke, als Swensen in Richtung Brücke davoneilt. »Warte wenigstens so lange, bis die Kollegen von der Streife vor Ort sind.«

Doch seine Worte verklingen ungehört. Hauptkommissar Swensen ist bereits im Jagdfieber und stuft seinen Kollegen als übertrieben vorsichtig ein. Vorausgesetzt, die Gesuchten sind wirklich an Bord, denkt er wie in Trance, was wollen die schon noch unternehmen, es gibt schließlich weit und breit keine Fluchtmöglichkeit.

Swensen schnellt mit großen Schritten die Treppe zur Brücke hinauf, und im selben Moment, als sein Kopf über den letzten Absatz hinausragt, blickt er in die Mündung einer Pistole. Das rosige Babygesicht des Mannes mit der Waffe gleicht eindeutig einem der Phantombilder. Der zweite Mann dahinter hat ein faltiges, längliches Gesicht mit starren blauen Augen. Unser zweites Phantombild, denkt Swensen, bleibt auf der Treppe stehen und hebt vorsichtig die Arme.

»Machen Sie keine Dummheiten«, versucht er mit beruhigender Stimme auf die Russen einzuwirken. »Das bringt doch nichts mehr.«

Mit einer Aufwärtsbewegung der Waffe macht das Babygesicht dem Kriminalisten deutlich, ganz nach oben zu steigen. Gleichzeitig rasen zwei Streifenwagen auf die Schleusenanlage, bremsen scharf, die Beamten springen heraus und gehen hinter den Fahrzeugen mit gezogenen Waffen in Deckung. Das blaue Blinklicht zuckt bedrohlich über die Szenerie. Die beiden Russen haben Swensen gegen die Reling gepresst, und das Babygesicht hält ihm die Waffe an den Kopf. Der Hagere gibt mit fuchtelnden Handbewegungen zu erkennen, dass die Polizei sich augenblicklich zurückziehen soll. Als es an Land keinerlei Reaktionen gibt, spricht er hysterisch auf seinen Partner ein. Der andere Mann scheint immer starrer zu werden, Schweiß bildet sich auf der Stirn und Swensen spürt, dass die Hand, die ihn hält, zittert.

»Исчезает!-verschwindet«, brüllt es plötzlich aus ihm heraus, und er hebt die Waffe in die Luft und feuert.

Jetzt geht alles blitzschnell. Ein zweiter Schuss reißt seine Hand mit der Waffe zur Seite. Das Babygesicht jault vor Schmerz auf, starrt entsetzt auf die fehlenden Finger der blutigen Hand, während die losgelassene Waffe auf das untere Deck knallt. Die Beamten der Streifenwagen springen sofort hinter ihrer Deckung hervor und stürmen mit ihren Waffen im Anschlag zum Frachter hinüber. Der hagere Russe hebt die Arme in die Höhe und Swensen steht da, als wäre er gerade aus einem Albtraum erwacht. Die unmittelbare Gefahr ist vorbei, und dem Hauptkommissar fällt es wie ein Schleier von den Augen, dass er seine Rettung nur Stephan Mielke zu verdanken hat.

Der Kollege ist aus dem Nichts plötzlich hinter ihm aufgetaucht, klopft ihm auf die Schulter und schiebt seine Waffe grinsend in das Holster zurück. Swensens Knie zittern noch, und er rekonstruiert innerlich, dass der Oberkommissar sich in der allgemeinen Verwirrung von der anderen Seite herangeschlichen haben muss und genau zum richtigen Zeitpunkt zur Stelle war. Das hätte voll ins Auge gehen können, geht es Swensen durch den Kopf. Das kannst du drehen und wenden, wie du willst, das war völlig unprofessionell von dir, und Stephan Mielke hat dir in letzter Sekunde das Leben gerettet.

Er sucht den Blick von seinem Kollegen und nickt ihm dankend zu.

*

Silvia Haman trägt grundsätzlich nur flache Schuhe, doch selbst ihre leichten Halbschuhe klacken rhythmisch, als sie über den Krankenhausflur geht. Vor Zimmer 618 steht ein leerer Holzstuhl. Von dem Beamten, der hier für Sören Ørsted abgestellt wurde, ist weit und breit nichts zu sehen.

Elende Schlamperei, schimpft die Hauptkommissarin innerlich und spricht eine Krankenschwester an, die gerade aus dem Zimmer kommt: »Schwester, wo ist der Polizeibeamte geblieben, der hier eigentlich sitzen sollte?«

»Keine Ahnung, meine Schicht hat eben erst angefangen«, antwortet die junge Frau. »Und wer sind Sie, wenn ich fragen darf?«

»Silvia Haman, Kriminalpolizei Husum«, erwidert die Hauptkommissarin, »ich bin hier, um mit Sören Ørsted zu sprechen.«

»Das muss aber erst der diensthabende Arzt absegnen. Herr Ørsted hat eine schwere Gehirnerschütterung. Würden Sie bitte hier draußen warten?«

Das geht ja gut los, denkt Silvia Haman, während die Krankenschwester über den Flur davoneilt. Die Hauptkommissarin lässt sich leicht genervt auf den Holzstuhl plumpsen, und es dauert geschlagene zehn Minuten, bis die Krankenschwester mit einem Weißkittel im Schlepptau zurückkommt.

»Darf ich Ihren Ausweis sehen?«, fragt der jungdynamische Mann und wirft nur einen flüchtigen Blick auf die Karte, die Silvia Haman aus der Tasche zieht. »Herr Ørsted hat eine schwere Gehirnerschütterung, und die rechte Hand ist gebrochen. Er ist noch ziemlich ruhebedürftig, sollte nicht unnötig überanstrengt werden.«

»Ich ermittle in einem Mordfall«, poltert die Hauptkommissarin los. »Das Ruhebedürfnis eines hochgradig Verdächtigen geht mir, gelinde gesagt, am A… vorbei!«

»Medizinisch hab ich hier das Sagen, liebe Frau!«, kontert der Arzt. »Ich gebe Ihnen maximal eine halbe Stunde und dann sind Sie wieder verschwunden!«

»Geht doch! Mehr wollte ich ja gar nicht«, Silvia Haman lächelt den Arzt übertrieben an. »Besten Dank, Doktor.«

Sie bleibt vor der Tür stehen, bis der Arzt das Feld geräumt hat, betritt das Zimmer, geht schnurstracks zum einzigen Bett und lässt sich geräuschvoll auf dem Stuhl daneben nieder. Unter der Bettdecke schaut ein blasses Gesicht mit unzähligen Sommersprossen hervor. Die Augen sind geschlossen.

»Herr Ørsted, warum haben Sie Ihre Frau umgebracht?«, fragt Silvia Haman mit lauter Stimme.

Die Augenlider klappen auf, und die feuchten Augen blicken die Kriminalbeamtin feindselig an.

»Ich hab niemanden umgebracht«, faucht er. »Haben Sie überhaupt keinen Funken Pietät im Leib? Meine Frau wurde ermordet, und Sie unterstellen mir, ich soll das gemacht haben? Woher nehmen Sie bloß diese Unverfrorenheit!?«

»Warum sind Sie dann geflüchtet, als wir bei Ihnen waren, Herr Ørsted?«

»Ich hatte einen Autounfall ... sagen die hier ... und eine Gehirnerschütterung ... ich kann mich an nichts erinnern.«

»Na, dann werde ich Ihnen ein wenig auf die Sprünge helfen. Sie haben hier in Flensburg versucht, gestohlene Sachen zu verkaufen, Sachen, die Sie bei Ihren Raubzügen auf Eiderstedt erbeutet haben. Ihre Frau ist Ihnen auf die Schliche gekommen, hat gedroht, die Polizei zu informieren, und da sind Sie durchgedreht, haben ihr aufgelauert und sie erschossen. Und das Perfide daran ist, dass Sie ohne Skrupel auch noch zwei unschuldige Frauen ermordet haben, um von Ihrer Tat abzulenken.«

»Ich habe niemanden ermordet!«

»Ich dachte, Sie sagten, Sie können sich an nichts erinnern?«

»Ich weiß genau, dass ich niemanden ermordet habe!«

»Und die Einbrüche auf Eiderstedt, das waren Sie wohl auch nicht? Dumm nur, dass Sie sich beim letzten Bruch in Welt auf die Fresse gelegt haben und wir

Ihre Blutspuren gefunden haben. Spätestens, wenn der DNA-Test vorliegt, sind Sie überführt.«

»Okay, okay, die Brüche, die nehm ich auf meine Kappe. Das ist aber auch alles! Ich lass mir keinen Mord anhängen!«

»Dann packen Sie mal aus, warum Sie Ihre Kasse mit Einbrüchen aufmotzen mussten.«

»Weil die mich betrogen haben, diese Ganoven von FOOD Plus. Überhaupt kein Problem, haben die mir versprochen, dieses Nahrungsergänzungszeug an den Mann zu bringen. Ständig steigende Provisionen sollte ich bekommen, für jeden Kunden, dem ich ihr Produkt aufschwatze. Aber das ist eine Sklavenfirma! Ich musste mehr Geld für Benzin ausgeben, als ich an Provision kassieren konnte.«

»Mir kommen gleich die Tränen! Und da haben Sie gedacht, wenn das nichts einbringt, brech ich einfach bei meinen Kunden ein, dann stimmt die Kasse wieder. Bleibt nur die Frage, wieso die beiden Einbrüche bei Leuten, denen Sie vorher keine Nahrungsergänzungsmittel angedreht haben?«

»Ich kannte die Häuser durch meine Frau, die Besitzer waren Kunden von ihr und haben uns ab und zu mal eingeladen. Die sind doch alle stinkreich und bestimmt gut versichert.«

»Na, das ist ein wirklich überzeugendes Argument. Sie sind vielleicht ein Früchtchen, plündern die Kunden Ihrer Frau aus, weil die genug Kohle haben. Hat Ihre Frau denn nicht genug verdient? Die hatte doch immerhin ein Steuerberatungsbüro, hatte sogar Angestellte. Das muss doch genug abgeworfen haben.«

»Mit Geld konnte ich meiner Frau nicht kommen,

die hat mich als hundertprozentigen Versager hingestellt, wenn ich meinen Anteil für die Familie nicht selbst zusammenbekommen konnte.«

»Und dann haben Sie beschlossen, sie aus dem Weg zu räumen, damit sie das nicht erfährt?«

»Unsinn, ich habe meine Frau nicht umgebracht!«

»Wo waren Sie denn in der Nacht von Montag zu Dienstag um 11 Uhr, Herr Ørsted?«

»Zu Hause, ich bin früh schlafen gegangen. Meine Frau war auf diesem Festival und kam immer erst spät nach Mitternacht zurück!«

»Ihre Söhne haben uns aber gesagt, dass Sie erst in der Nacht nach Hause gekommen sind.«

»Dann war ich nach der Arbeit eben noch einen trinken, was weiß ich!«

»Ach nee, und wo waren Sie einen trinken, wenn man fragen darf?«

»Irgendwo, in irgendeiner dieser Kneipen in Husum, keine Ahnung mehr, irgendwo am Hafen.«

Silvia Haman fragt sich gerade, ob sie das Katz-und-Maus-Spiel noch länger mitmachen will, als die Tür aufgerissen wird und der Weißkittel in den Raum tritt.

»Ich muss Sie auffordern, jetzt abzubrechen. Der Patient kann nicht länger belastet werden!«

»Ich bin ja schon weg! Also, Herr Ørsted, für Sie ist das allerdings keine Entwarnung, Sie wandern aus diesem Bett direkt in die Untersuchungszelle, das kann ich Ihnen versprechen.«

Silvia Haman lässt sich das Verhör im Krankenzimmer noch einmal durch den Kopf gehen, während sie gleichzeitig darüber nachdenkt, ob Sören Ørsted wirklich der Mörder aus dem Schlosspark sein könnte.

Der Mann hat völlig naiv zugegeben, in der Tatnacht in einer Kneipe in Husum gewesen zu sein. Ist so was stimmig? Entweder ist das eine Riesendummheit von ihm oder der Mann hat sich nur ein raffiniertes Alibi zurechtgelegt. Beides passt nicht ins Bild der bisherigen Ermittlungen.

Die Hauptkommissarin fährt mit dem Dienstwagen auf der Bundesstraße 200 nach Husum zurück und passiert gerade die Ortschaft Hoffnung. Die Hoffnung stirbt zuletzt, denkt sie und muss grinsen, weil ihr dabei der Streifenpolizist einfällt, der nicht ordnungsgemäß auf seinem Stuhl sitzen geblieben war. Sie hatte nicht widerstehen können, ihn vorhin gehörig zusammenzufalten.

»Was glauben Sie wohl, warum Sie hier mit Ihrem Hintern auf dem Stuhl sitzen sollen, werter Mann?«, hatte sie ihn beim Verlassen des Zimmers angeblufft.

»Ich war nur schnell einen Kaffee holen«, hatte er sich verteidigt.

»Der Mann im Zimmer ist schon mal abgehauen. Sie kleben hier auf Ihrem Posten, und wenn der Typ das Zimmer verlässt, kleben Sie an seinen Hacken, und selbst wenn er pinkeln geht, haben Sie ihn im Auge.«

Silvia Haman hat in der Zwischenzeit gelernt, es mit den Männern aufzunehmen. Das war nicht immer so gewesen. Schon in der Schule wurde sie wegen ihrer maskulinen Erscheinung gehänselt. Ihr Kopf ist rhombisch geformt, dazu das breite Kinn, das entsprach nicht dem Schönheitsideal der meisten Jungen. Ihre gemeinen Sticheleien liefen zwar meist hinter ihrem Rücken, aber ab und zu bekam sie es doch mit, die Blicke von oben herab, die ungeduldigen Seufzer oder das heimliche Augenverdrehen. Manchmal hatte sie daran gezweifelt, geglaubt, sie würde sich das alles nur einbilden. Doch es war keine Einbildung, denn selbst auf der Polizeischule gab es später eine offene Feindschaft, und sie wurde dort nur das *Flintenweib* genannt. Zähne zusammenbeißen, es ohne Murren ertragen, war ihre Devise gewesen, dazu den Wahlspruch ihrer Mutter im Ohr: Was dich nicht umwirft, macht dich hart. Diese Übermutter, die zeitlebens darunter gelitten hatte, keinen Sohn geboren zu haben. Alles zusammen hat ihre Wut auf die Kerle nur gesteigert, und manchmal kocht sie halt über, immer noch, selbst nachdem sie zur Hauptkommissarin befördert worden ist und sich nicht mehr die Butter vom Brot nehmen lässt.

Pohlenz, dieser hinterlistige Puppenspieler, erinnert sie sich. Der hat mich gestern doch glatt vorgeführt. Lügt mir ins Gesicht, behauptet frech, die Ahrendt nicht zu kennen, und heute in der Frühbesprechung stellt sich heraus, der hat sogar ein Verhältnis mit ihr gehabt.

Silvia Haman knirscht mit den Zähnen und drückt genervt aufs Gaspedal. Der Wagen schießt an dem Getränkelaster vorbei, der ihr schon geraume Zeit die Sicht versperrt. Doch kaum ist sie vorbei, muss sie schon wieder abbremsen, denn die Ortschaft Augsburg taucht vor ihr auf. Jetzt sind es noch knapp fünf

Kilometer bis Husum, denkt sie, und gleichzeitig ist ihr Entschluss gereift, Peter Pohlenz noch einen weiteren Besuch abzustatten. Die Hauptkommissarin fährt über die Flensburger Chaussee in Husum ein, sucht sich einen Parkplatz am Rand der Straße, kramt in ihrer Jackentasche nach der Visitenkarte des Puppenspielers und ruft ihn an. Es klingelt mehrmals, bevor sich eine Männerstimme meldet.

»Haman, Kripo Husum. Herr Pohlenz, es gibt noch einige Fragen, wo kann ich Sie antreffen?«

»Ich bin auf dem Sprung, will gerade abfahren, muss das noch sein?«

»Selbstverständlich, wo kann ich Sie antreffen?«

»Vor dem Husumer Schloss, aber beeilen Sie sich, ich möchte heute noch in Karlsruhe ankommen.«

»Sie bleiben an Ort und Stelle, ich bin sofort da!«

Keine fünf Minuten später lenkt Silvia Haman den Dienstwagen in den Schlosshof und hält vor dem rostigen, weißen Mercedes mit der Aufschrift ›Seelenfaden-Puppentheater Karlsruhe‹. In der geöffneten Schiebetür sitzt Peter Pohlenz mit grimmigem Gesichtsausdruck.

»Ich hab Ihnen bereits alles gesagt«, rüffelt er die Kriminalistin an.

»Wenn das so wäre, wäre ich nicht hier«, kontert Silvia Haman scharf. »Ich weiß mittlerweile, dass Sie bei Ihrer Aussage entscheidende Details weggelassen haben. Warum haben Sie Ihr Techtelmechtel mit Ronja Ahrendt verschwiegen?«

»Weil das meine Privatsphäre ist!«

»Frau Ahrendt ist ermordet worden, da pfeif ich auf Ihre Privatsphäre! Sie sind auf der Rangliste der Verdächtigen ganz nach oben gerutscht, lieber Mann!«

»Ich war nicht der Einzige, an den diese Frau sich rangemacht hat!«

»Sie können also nichts dafür? Verstehe! Ich ahnte schon immer, dass Männer den Frauen einfach willenlos ausgeliefert sind. Herr Bender hat uns seine Liaison aber freiwillig gebeichtet. Was sagen Sie nun, Herr Pohlenz?«

»Ich meine nicht meinen Kollegen, es gibt noch jemanden!«

»Der große Unbekannte? Leider kennen wir auch den bereits! Bleibt die Frage, woher wussten Sie von dem Mann?«

»Rein zufällig, ehrlich«, versichert Pohlenz, dem die Befragung immer unangenehmer wird. »Am Samstag, vor dieser Aufführung von ›Geschichten aus 1001 Nacht‹, stand ich in der Eingangstür zum Rittersaal. Direkt davor stand ein Büchertisch, an dem Frau Ahrendt verkaufte. Da kam ein Mann auf sie zu, blond war der, ziemlich dünn, und dann haben beide miteinander gestritten.«

»Sie wollen doch nur von Ihrer Person ablenken. Warum sollte ich Ihnen das jetzt noch glauben?«

»Es ist aber wahr! Bender müsste das bestätigen können, der war auch dort und hat den Streit bestimmt auch mitbekommen. Ich hab ihn nämlich bei den Stellwänden mit den Plakaten stehen gesehen, viel dichter an den beiden dran als ich.«

»Ausgerechnet Bender, Sie haben sich nicht zufällig abgesprochen?«

»Der kann mich gar nicht gesehen haben, und

außerdem kannten wir uns zu diesem Zeitpunkt noch gar nicht persönlich. Ich bin ihm dort das erste Mal begegnet.«

»Dann erzählen Sie mal, worum ging es bei diesem Streit?«

»Das kann ich nicht sagen, ich hab mich die ganze Zeit im Hintergrund gehalten. Ich wollte nicht, dass Frau Ahrendt mich entdeckt.«

»Wieso das?«

»Nun, wie Sie ja bereits wussten, hatte Frau Ahrendt mit mir eine kurze Affäre, zu diesem Zeitpunkt. Ich hab sofort auf höchste Alarmstufe gestellt, denn betrogene Männer sind immer unzurechnungsfähig, besonders wenn sie ihrem Widersacher begegnen. Und alles deutete darauf hin, als würde dieser Mann ihr Ex sein, der sie wegen ihrer Affäre zur Rede stellen wollte. Frau Ahrendt hat am Ende mit ihm Schluss gemacht, so kam es mir jedenfalls vor.«

»Hieß dieser streitbare Mann zufällig Keck, Michael Keck?«

»Namen habe ich keinen gehört, aber da Sie gerade den Namen Keck erwähnen, fällt mir dazu ein, dass ich denselben Mann an dem Abend noch einmal gesehen habe. Er stand ziemlich eng mit einer der Frauen aus dem Förderkreis zusammen, einer gewissen Frau Keck, Nicole Keck. Das kann doch kein Zufall sein.«

11

»Was habt ihr euch bloß dabei gedacht, Jan?«, donnert Heinz Püchel und stürzt wie eine Furie aus seinem Büro, als Swensen nach der Frühbesprechung möglichst unauffällig an seiner offenen Bürotür vorbeischleichen will. Der Hauptkommissar hatte schon geahnt, dass er nicht ohne eine Standpauke davonkommen würde.

»Du bist sicher schon von dem kleinen Missgeschick unterrichtet worden?«, versucht er die Sache herunterzuspielen.

»Kleines Missgeschick, kleines Missgeschick«, murmelt Püchel aufgebracht und zieht eine Zigarette aus der Schachtel. »Ehrlich gesagt, manchmal zweifle ich wirklich an deiner Kompetenz, Jan! Stephan kann man so einen Alleingang ja nachsehen, aber du bist der Vernünftigere von euch beiden. Wie konntet ihr nur ohne jegliche Unterstützung so ein aberwitziges Husarenstück durchziehen und die Kollegen und euch selbst in Lebensgefahr bringen? Nicht auszudenken, wenn das schiefgegangen wäre!«

»Dein ewiger Zweifel an meiner Kompetenz geht mir langsam auf den Senkel, Heinz«, protestiert Swensen. »Warum machst du immer gleich solch ein Spektakel, es ist schließlich überhaupt nichts passiert.«

»Hätte aber, mein Lieber, hätte aber!«

»Wir haben zwei Ganoven aus dem Verkehr gezogen, die das Büro von Petra Ørsted überfallen haben.

Vielleicht sind die beiden sogar unsere Täter! Was willst du mehr? Außerdem, auf wen hätten wir, deiner Meinung nach, denn warten sollen? Wenn der Kahn erst auf offener See gewesen wäre, hätten wir diese Typen bestimmt nicht mehr von Bord gekriegt, das ist dir doch auch klar!«

»Das mag ja richtig sein, Jan, aber ich kann bei solchen Wild-West-Methoden nicht einfach die Augen zumachen. Ich bin hier für den Laden und euer Wohl verantwortlich und außerdem geht's dabei auch immer um meinen Kopf!«

»Aber du bist auch der Erste, der mit Freuden vor die Presse tritt und die Erfolge der Inspektion preist, mein Lieber.«

»Okay, bevor das ausufert, beenden wir das Thema hiermit«, sagt Püchel scharf, zündet sich seine Zigarette an und nimmt einen tiefen Zug. »Das kommt nicht noch mal vor, klar! Sag das bitte auch deinem Kollegen, wenn du ihn das nächste Mal siehst. Ende der Durchsage!«

Swensen ist erleichtert, dass der Rüffel kurz und schmerzlos ausgefallen ist, zumal der Chef nicht ganz unrecht hat. Er bleibt einen Moment gedankenverloren auf dem Flur stehen, sieht dem Polizeirat nach, der mit einer Rauchfahne im Büro verschwindet, und hört im Weitergehen Silvia seinen Namen rufen.

»Was hältst du von der heutigen Frühbesprechung, Jan? Mich verwirren die Ermittlungsergebnisse zunehmend. Mittlerweile haben wir so viele Spuren, dass ich nicht mehr einschätzen kann, welche wir vorrangig bearbeiten sollten.«

»Wenn die Waffe des Russen vom LKA Kiel als Tatwaffe identifiziert wird, ist unser Fall gelöst, schneller, als wir es uns in den kühnsten Träumen ausgemalt haben«, meint der Hauptkommissar, während sie sein Büro erreichen.

»Kann ich mir aber nicht ernsthaft vorstellen, Jan. Die russische Mafia schickt doch keine Killer nach Husum, um drei Frauen eines Puppenspielerfestivals zu ermorden.«

»Wir kennen das Motiv nicht, Silvia. Vielleicht hatten sie es nur auf die Steuerberaterin abgesehen und haben die beiden Zeuginnen gleich mit getötet. Es könnte sich dabei um irgendeine Schieberei handeln, in die diese Getreidefirma Asmussen involviert ist und wo mit allen Mitteln etwas vertuscht werden soll.«

»Könnte was dran sein, Jan, aber mir kommt dieser Dr. Keck besonders suspekt vor. Bei dem ist was im Busch, ein verheirateter Mann streitet sich öffentlich mit der Ahrendt, zwei Tage, bevor sie ermordet wird. Der ist so was von verdächtig, zumal wir wissen, dass der Mann in der Tatnacht gleich gegenüber Bereitschaft im Krankenhaus hatte. Der Typ braucht sich nur heimlich aus dem Krankenhaus geschlichen zu haben, Gelegenheit hatte er bestimmt dazu. In Bereitschaft werden die Ärzte nur geweckt, wenn es einen Notfall gibt. Also, das Alibi ist löchrig wie ein Käse.«

»Solange nichts endgültig feststeht, bleiben alle Spuren heiß.«

»Ich finde, wir sollten losziehen, um uns den Keck vorzuknöpfen.«

»Kannst du einen Moment warten, ich will am Samstag zu meiner Freundin ziehen. Aber wenn ich an unseren Mordfall denke, sehe ich allmählich schwarz. Ich muss deshalb unbedingt noch zusätzliche Leute anheuern, damit die Umzugsfirma nicht ellenlang warten muss, bevor es überhaupt erst losgehen kann.«

»Du kannst so einen Umzug doch nicht nebenbei bewerkstelligen, Jan. Mach einen Tag frei. An Stelle deiner Freundin wäre ich jetzt schon stinksauer.«

»Ein Tag allein nützt mir da gar nichts, ich muss noch die Möbel auseinanderbauen und all so 'n Zeug. Also bis gleich!«

»Na, alles klar?«, fragt Silvia Haman, als Swensen kurze Zeit später zu ihr in den Dienstwagen steigt.

»Gar nichts ist klar, der Umzugsdienst hat keine zusätzlichen Leute. Ich muss mir wohl eine Alternative ausdenken.«

»Ich würde es nicht verschlampen, Jan, sonst hängt euer Hausfrieden schon schief, bevor du eingezogen bist. Das ist der Rat einer Frau.«

»Danke, lass uns fahren!«

Silvia Haman spürt, dass ihr Kollege nichts mehr hören will, steuert den VW-Golf vom Hof der Inspektion, biegt links in die Herzog-Adolf-Straße und passiert gleich darauf das Nissenhaus.

»Ich hab übrigens Rebinger gebeten, für uns das Vorstrafenregister durchforsten zu lassen«, unterbricht die Hauptkommissarin das Schweigen. »Und du wirst es nicht glauben, der hat das völlig unbürokratisch erledigt und überfreundlich gesagt, er würde uns bei der Aufklärung des Mordfalls jederzeit behilflich sein.«

»Der steht mächtig unter Druck, würde ich sagen, macht alles, damit wir ihm keine unangenehmen Fragen stellen«, wirft Swensen ein. »Was wolltest du denn Wichtiges wissen?«

»Die Ørsted-Jungs gingen mir die ganze Zeit nicht mehr aus dem Kopf. Und nun sind die auch noch ohne Vater. Da dachte ich, es wäre an der Zeit, sich den Sportlehrer Werner genauer anzuschauen. Und was glaubst du? Bingo! Gestern Abend hat Rebinger durchgegeben, dass er fündig geworden ist. Gegen Werner lief vor 15 Jahren ein Verfahren wegen sexueller Nötigung. Während seines Studiums soll er sich an einer Kommilitonin vergangen haben. Hat damals sechs Monate auf Bewährung bekommen. Das macht doch nachdenklich, oder?«

»Hey, da rückst du erst jetzt mit raus? Das gehört doch in die Frühbesprechung.«

»Du hast gesagt, dass dieser sexuelle Übergriff nur als ein Gerücht an der Schule existiert. Da wollte ich erst einmal abwarten.«

»Aber deine Information wirft doch ein ganz anderes Licht auf seine Aussage. Was wäre, wenn die Lechner dieses Gerücht doch kannte? Sie war die Rektorin und hätte den Werner bestimmt sofort zur Rede gestellt.«

»Sie könnte ihm Konsequenzen angedroht haben ...«

»Eben! Das unterstreicht umso mehr, dass wir jeder Spur konsequent nachgehen müssen. Wir haben hier gerade nur ein wenig hin und her gedacht, und schon hat Werner definitiv mit unserem Fall zu tun.«

»Also, statten wir auch diesem Mann heute noch einen Besuch ab«, stellt Silvia Haman fest und fährt den Wagen forsch auf einen der freien Besucherparkplätze vor dem Kreiskrankenhaus. An der Information fragen die beiden Kriminalisten, ob Oberarzt Keck Dienst hat und wo sie ihn erreichen können. Im dritten Stock erfahren sie, dass gerade Visite ist und der Doktor sich im Zimmer 332 aufhält. Swensen und Haman bauen sich vor der Tür auf und warten.

»Je weniger wir uns bewegen, umso mehr sind wir uns der Zeit bewusst«, hört Swensen die Stimme seines Meisters. »Bewegen wir uns im Rhythmus des Universums, befinden wir uns in der Zeitlosigkeit.« Der Hauptkommissar lehnt sich an die Wand. Gegenüber hängt der übliche Marc Chagall, der auf keinem Krankenhausflur fehlt.

Bleib geduldig im Hier und Jetzt, beruhigt er sich, warte nicht darauf, dass etwas geschieht.

Das ist einer der Momente, in dem Swensen sich Lama Rinpoche an seiner Seite wünscht, damit der seine Weisheiten in der Praxis erläutern könnte. Aber wahrscheinlich würde er nur besonnen und beharrlich im Raum stehen, um ihn nur zeitlos anzulächeln.

Die Tür von Zimmer 332 geht auf und ein Pulk Weißkittel treibt die Gedanken des Hauptkommissars wie eine Wolke davon.

»Dr. Keck!«, ruft Silvia aufs Geratewohl.

Ein Mann mit flachsblondem Kurzhaarschnitt dreht sich um, während die anderen ohne ihn weiterziehen. Der mittelgroße Mann mustert das ungewöhnliche Duo überrascht. Bevor er etwas sagen kann, hält Silvia Haman ihren Dienstausweis hoch: »Kriminalpolizei Husum, wo können wir ungestört reden?«

»Das geht gar nicht, ich bin …«

»Wir wollen über Ronja Ahrendt sprechen«, unterbricht Swensen mit kühlem Unterton. »Wenn Sie keine Zeit haben, kommen wir gern nach Feierabend zu Ihnen nach Hause, wenn Ihnen das lieber ist?«

»Nein! Ist schon gut, wenn es nicht so lange dauert.«

»Also, was gibt es über Ronja Ahrendt zu sagen?«

»Das gesamte Team ist völlig geschockt. Seit der Todesnachricht ist hier eine gedrückte Stimmung.«

»Davon sind wir überzeugt«, übernimmt Silvia Haman, »aber uns interessiert in erster Linie Ihr persönliches Verhältnis zu Frau Ahrendt.«

»Ich weiß nicht, worauf Sie hinauswollen.«

»Ich kläre Sie gern auf, Herr Doktor. Es geht um die außereheliche Beziehung, die Sie mit Frau Ahrendt unterhalten haben.«

»Was reden Sie denn da?«

»Das könnte ich auch von Ihnen behaupten«, bohrt die Hauptkommissarin nach, und ihre Schadenfreude ist unüberhörbar. »Wir haben eine Zeugin, die uns dieses Verhältnis bestätigt hat. Also sagen Sie gefälligst die Wahrheit, sonst wird Ihre Lage ziemlich brenzlig.«

»Sie hatten in der fraglichen Nacht Bereitschaft«, ergänzt Swensen, »und Sie waren die ganze Zeit nicht weit vom Tatort entfernt.«

»Wir haben das Verhältnis schon vorher beendet«, lenkt der Mediziner ein.

»War das am Samstag vor der Tat, als Sie mit Frau Ahrendt gestritten haben.«, bemerkt Silvia Haman. »Dafür gibt es gleich zwei Zeugen.«

»Richtig, da habe ich ihr gesagt, dass alles nicht mehr geht.«

»Und Frau Ahrendt war nicht einverstanden und wollte Ihre Frau informieren. Ein klassisches Mordmotiv, wenn Sie mich fragen.«

»Dafür kann es unmöglich Zeugen geben, weil die Behauptung nicht stimmt. Ronja hätte so was nie gemacht!«

»Sie kennen Staatsanwalt Rebinger?«

»Staatsanwalt Rebinger?«, Michael Kecks helle Haut scheint noch etwas blasser zu werden. »Was hat Staatsanwalt Rebinger plötzlich damit zu tun?«

»Sie kennen ihn also?«

»Natürlich! Meine Frau war die Schulfreundin seiner Frau. Wir kennen uns über unsere Frauen.«

»Unsere Recherchen haben ergeben, dass Sie am 21. Juni dieses Jahres mit Frau Ahrendt im Golfhotel Freesenholm am Timmendorfer Strand eingecheckt haben?«

»Ich verstehe gar nichts mehr!«

»Staatsanwalt Rebinger soll sich am selben Wochenende in diesem Hotel befunden haben, hat zumindest Frau Ahrendt einer Zeugin berichtet.«

»Davon weiß ich überhaupt nichts! Ich habe Ulrich, Herrn Rebinger, dort nicht gesehen. Ich erinnere mich nur, dass Ronja von einer Frau Rebinger gesprochen hat. Sie hat sie mir sogar gezeigt, aber das war nicht die Frau vom Staatsanwalt. Da muss eine Verwechslung vorliegen, es gibt doch noch mehr Menschen mit dem Namen Rebinger.«

»Das wäre aber ein großer Zufall, oder?«

»Finde ich überhaupt nicht.«

»Hast du noch eine Frage, Jan?«, fragt Silvia Haman ihren Kollegen. Der schüttelt den Kopf. »Wenn wir weitere Fragen haben, wenden wir uns erneut an Sie, Herr Keck.«

»Ich möchte Sie dringend bitten, das Gespräch vertraulich zu behandeln.«

»Wenn alle Ihre Angaben der Wahrheit entsprechen, gibt es keinen Grund, Ihrer Bitte nicht zu entsprechen«, sagt Silvia Haman grinsend und zwinkert mit dem rechten Auge.

*

»Ich muss gestehen, am Anfang hab ich den Jungen nicht wirklich ernst genommen«, beteuert Helga Anklam, erhebt ihren fülligen Körper schwerfällig vom Holzstuhl und lässt ihre Unterlagen nebenbei in ihrer abgeschabten Aktentasche verschwinden.

»Was genau hat Peter Ørsted Ihnen denn gesagt?«, fragt Silvia Haman.

»Dass jemand aus der Lehrerschaft sich im Mädchenumkleideraum der Melanie Ott genähert hat.«

»Geht das bitte etwas deutlicher, Frau Anklam? Was meinen Sie mit genähert?«

»Ja, eben eine sexuelle Annäherung, mehr weiß ich auch nicht. Ich war schließlich nicht dabei.«

»Und wer war dieser Jemand?«

»Also, das möchte ich jetzt nicht unbedingt sagen.«

»Wir sind nicht zum Spaß hier, Frau Anklam. Wie Sie wissen, ermitteln wir in einem Mordfall. Es geht um Strafvereitelung, wenn Sie uns wichtige Informationen verschweigen. Der Umkleideraum deutet sowieso auf den Sportlehrer hin, also, war es Florian Werner?«

»Ja, aber ich möchte nicht, dass die Kollegen erfahren, Sie hätten den Namen von mir.«

»Alles ist vertraulich«, beruhigt Silvia Haman. »Wissen Sie, ob Frau Lechner von dem Vorfall wusste?«

»Ja, ich hab es ihr selbst gesagt. Frau Lechner hat mich daraufhin zurechtgewiesen, ich solle sehr vorsichtig mit solchen Anschuldigungen sein. Dabei wollte ich hier niemanden anschwärzen, ich hab nur meine Pflicht erfüllt.«

»Danke, Frau Anklam! Sie haben uns sehr geholfen. Noch eine letzte Frage. Können Sie uns noch etwas über Frau Lechner sagen? Persönliches, meinen wir, hatte sie eine Beziehung oder enge Bekannte?«

»Das tut mir leid, davon weiß ich gar nichts. Frau Lechner hat nie über Persönliches gesprochen.«

»Dann danken wir Ihnen erst mal.«

»Na, was sagt uns das?«, fragt die Hauptkommissarin, als die rundliche Frau mit stampfenden Schritten am Ende des Flurs um die Ecke biegt.

»Einiges! Werner hat mir das letzte Mal gesagt, die Lechner wusste von dieser Anschuldigung nichts. Ich finde, wir nehmen uns den stellvertretenden Rektor noch einmal vor.«

»Wir sollten ihn aber mal richtig anpacken!«

»Du versuchst es lieber auf die harte Tour?«

»Wie soll es sonst gehen? Ich finde dich manchmal einfach zu nachsichtig mit offensichtlichen Lügnern.«

»Du hast recht, manchmal versuch ich einfach, nachsichtig zu sein.«

Silvia Haman guckt ihren Kollegen demonstrativ von der Seite an. Swensen grinst übers ganze Gesicht und geht ohne ein Wort über den Flur, als wäre das Thema erledigt. An der Tür mit dem Messingschild ›Rektorat‹ stoppt er, klopft kurz an und tritt ein. Die junge Frau hinter dem Schreibtisch trägt ein ähnliches Kostüm wie am Dienstag. Swensen stellt seine Kollegin vor und sagt, dass er Florian Werner sprechen möchte. Die Frau meldet die Kriminalisten an und winkt sie durch ins Büro. Florian Werner sitzt hinter dem Schreibtisch vor einem Stapel Papier. Sein Blick bekommt etwas Abweisendes, als er den Hauptkommissar erkennt.

»Oh, Sie haben Verstärkung mitgebracht?«, fragt er süffisant.

»Hauptkommissarin Haman«, stellt Swensen seine Kollegin vor. »Herr Werner, es hat sich ein neuer Sachverhalt ergeben. Sie haben uns verschwiegen, dass Sie wegen sexueller Nötigung vor zehn Jahren zu sechs Monaten auf Bewährung verurteilt wurden.«

»Weil dieses Verfahren eine einzige Farce war. Die Frau hat mich eindeutig angemacht, und als ich darauf nicht eingegangen bin, hat sie mich angezeigt.«

»Das haben die Richter aber anders gesehen«, braust Silvia Haman auf.

»Weil alle voreingenommen waren. Man hat es von Anfang an auf mich abgesehen gehabt.«

»Kein Grund, die Tatsache zu verschweigen«, meint Swensen ruhig. »Damit haben Sie sich Ihre Glaubwürdigkeit verscherzt!«

»Sie wollen die alte Sache doch nicht etwa mit Ihrem Fall verquicken? Das hat gar nichts miteinander zu tun.«

»Das sagen Sie! Wir wissen in der Zwischenzeit,

dass Frau Lechner sehr wohl von dem Vorfall hier an der Schule gewusst hat. Da kann man schon ins Grübeln kommen, oder? Vielleicht hat sie Ihnen ja gedroht, die Schulbehörde in Kenntnis zu setzen?«

»Sie biegen sich alles hin, wie es Ihnen am besten in den Kram passt. Um Ihren Mordfall aufzuklären, ist Ihnen jedes Mittel recht!«

»Ich reagiere nur darauf, dass Sie uns für dumm verkaufen wollten, Herr Werner. Wo waren Sie am Montag gegen 23 Uhr?«

»Um diese Zeit sind über 90 Prozent aller Husumer zu Hause.«

»Und Sie haben natürlich niemanden, der das bezeugen kann?«

»Ich war allein, wenn Sie das hören wollen?«

»Wir wollen nur die Wahrheit hören, Herr Werner. Wenn Sie keinen Zeugen haben, bleiben Sie auf der Liste der Verdächtigen, so einfach ist das.«

»Sie wollen mir da etwas anhängen, das spür ich doch.«

»Sie sind vorbestraft wegen sexueller Nötigung«, platzt es aus Silvia Haman heraus. »Ihnen braucht man nichts anzuhängen.«

Swensen wird klar, dass sich das Verhör im Kreis zu drehen beginnt. Es macht keinen Sinn, Florian Werner immer stärker zu attackieren, der Mann wird nicht freiwillig gestehen. Außerdem ist keineswegs sicher, ob er überhaupt der Täter ist.

»Es kann enttäuschend sein, wenn wir erkennen müssen, dass es besser ist, unsere Erwartungen loszulassen«, spricht Rhinto Rinpoche dem Hauptkommissar ins Gewissen. »Am liebsten würden wir lieber auf der Grundlage unserer vorgefassten Meinungen leben. Aber das entspricht nicht der Wirklichkeit.«

»Frau Lechner, was war sie für ein Mensch?«, ändert Swensen seine Taktik.

»Über Frau Lechner gibt es kaum etwas zu sagen. Sie hat nie etwas aus ihrem Privatleben preisgegeben. Ich habe, solange ich sie kenne, nichts Persönliches erfahren.«

»Aber es muss doch so etwas wie eine Personalakte geben?«

»Gibt es sicher, aber die wird beim Ministerium für Bildung und Wissenschaft geführt. Der Schulleiter darf nur eine Handakte führen.«

»Ich würde nur gern einen Blick auf den Lebenslauf werfen.«

Florian Werner geht zur Tür, öffnet sie und ruft: »Frau Ischen, können Sie bitte die Handakte von Frau Lechner rüberbringen.«

Der Lehrer wartet im Türrahmen, bis er die Mappe in Empfang nehmen kann, um sie an Swensen weiterzureichen. Der überfliegt das Papier und stellt sofort fest, dass die Daten nichts Spektakuläres zu Tage fördern: 13. Mai 1943 in Pitzling geboren. Gymnasium. Studium in München. Geburt eines Sohnes. Arbeit als Lehrerin in Nürnberg. Umzug nach Husum und Lehrerin am Forchhammer Gymnasium, Rektorin.

Sie hat einen Sohn. Immerhin ein Punkt, bei dem man ansetzen kann, denkt der Hauptkommissar, reicht die Mappe an Florian Werner zurück und erinnert sich daran, dass Bayern gerade das neue zentrale

Auskunftssystem der Einwohnermeldeämter eingeführt hat. Bei ZEMA können aus persönlichen Daten einzelner Personen sogenannte Adressketten gebildet werden.

Ein Klacks, und ich werde alles über Hanna Lechner wissen.

*

»Hundertprozentig sicher, Herr Swensen«, erklärt der Schusswaffenexperte Gerd Schrott vom LKA Kiel. »Wir haben die abgefeuerten Projektile Ihrer sichergestellten Waffe unter dem Vergleichsmikroskop mit den Projektilen vom Tatort verglichen. Die Schrammen im Metall der Hülsen sind nicht identisch. Die Waffe Ihrer Verdächtigen aus Russland ist mit Sicherheit nicht die Mordwaffe aus dem Schlosspark.«

»Damit ist der Traum, den Fall schnell zu lösen, erst mal geplatzt«, sagt Swensen. »Besten Dank, Herr Schrott. Beim nächsten Mal haben wir vielleicht mehr Glück.«

Der Hauptkommissar nimmt die Auskunft gelassen hin, er hatte sowieso nicht ernsthaft an ein positives Ergebnis geglaubt. Die Idee von der russischen Mafia, die im Schlosspark drei Frauen tötet, war natürlich, allein wegen der brutalen Gewalt, ein naheliegender Gedanke. Jetzt ist aber sicher, dass der Überfall auf das Steuerbüro von Petra Ørsted nichts mit den Morden zu tun hat. Dass die Männer die Akten der Firma Asmussen mitgehen ließen, deutet auf irgendwelche krummen Geschäfte mit Russland hin.

Soll sich die Abteilung für Wirtschaftsdelikte beim LKA damit befassen, denkt er und überlegt, ob er Maria Teske von der Husumer Rundschau einen entscheidenden Tipp geben soll. Wenn die Presse der Firma auf den Pelz rückt, verliert einer der Verantwortlichen vielleicht die Nerven. Außerdem wäscht eine Hand die andere.

Swensen lässt seinen Computer hochfahren, geht ins Internet, ruft das Portal der ZEMA auf und lässt sich die Melderegisterauskunft von Hanna Lechner zusenden. Mit einem Mausklick öffnet er die Datei. Auch hier bieten die Fakten auf den ersten Blick nicht viel Neues, doch dann stutzt der Hauptkommissar.

Hanna Lechner war nie verheiratet, stellt er erstaunt fest. Das Kind ist also unehelich. Den Vater hat sie als unbekannt angegeben. Sebastian Lechner wurde am 21. Januar 1971 in München geboren. Da war die Mutter 27 Jahre alt und gerade mit dem Studium fertig. In Nürnberg hat sie mehrere Jahre Sozialhilfe bezogen und ist erst 1976 in den Schuldienst übernommen worden. Danach folgt ein großer Bruch. Die Frau verlässt Bayern, zieht nach Husum, und hier, innerhalb der grauen Stadt, gibt es dann nur noch einen Umzug.

Sieht nach einem einsamen Leben aus, spekuliert Swensen und kann sich nicht erinnern, dass Mielke in den Frühbesprechungen von irgendeinem Hinweis auf einen Sohn gesprochen hat. In der Wohnung muss es anscheinend weder ein Foto noch einen Brief von ihm gegeben haben. Es wäre der Mühe wert, nach diesem unbekannten Sohn zu fahnden, überlegt der Hauptkommissar, fragt sich aber gleichzeitig, ob die vielen Spuren vor Ort nicht ergiebigere Ergebnisse liefern werden. Trotzdem erregt der drastische Ortswechsel der Hanna Lechner aus dem tiefsten Süden in den hohen Norden Deutschlands seine Neugier. Es erscheint ihm fast wie eine Flucht.

Sie wurde immerhin in Pitzling geboren. Eine Oberbayerin bei uns Fischköppen, das muss doch ein Kulturschock sein. Die Eltern, vielleicht sollten wir auch die Eltern ausfindig machen?

Swensen will gerade die Suche mit dem Namen Lechner in Pitzling starten, da sieht er Silvia Haman mit leuchtenden Augen im Türrahmen stehen.

»Die DNA stimmt überein!«, jubelt sie und hält ihm freudig einen Faxbogen entgegen.

»Welche DNA?«, fragt Swensen leicht irritiert. »Ich weiß im Moment nicht, wovon du redest, Silvia.«

»Sören Ørsted! Die Blutspuren, die wir beim letzten Einbruch vor dem Haus gefunden haben, wurden eindeutig Sören Ørsted zugeordnet.«

»Der Mann hat die Einbrüche doch bereits gestanden.«

»Schon, aber nun ist es endgültig festgeschrieben! Ich denke, das ist genau der Zeitpunkt, um Ørsted noch mal richtig in die Mangel zu nehmen. Für mich kann er immer noch der Mörder vom Schlosspark sein. Ich mag mir gar nicht ausmalen, was für katastrophale Zustände innerhalb der Familie geherrscht haben müssen. Sie hatte Erfolg und er war ein Loser. Die Kinder nur Anhängsel. Und vielleicht stimmt die Anschuldigung von Peter Ørsted gegen seinen Lehrer ja wirklich nicht? Vielleicht wollte er nur Aufmerksamkeit erhaschen? Die Ehe der Petra Ørsted lag sehr wahrscheinlich ganz schön im Argen. Vielleicht wollte der Mann seine Frau loswerden und hatte auch schon geplant, sich nach Dänemark abzusetzen.«

Eheprobleme, überlegt Swensen und ihm kommt das Telefonat mit Anna in den Sinn, ihre strikte Weigerung, etwas aus dem Privatleben ihrer Klientin Ørsted preiszugeben. Er kennt sie gut genug, um zu wissen, dass Anna in dieser Frage nicht klein beigeben wird.

Wie kann ich einer Auseinandersetzung mit ihr aus dem Weg gehen, grübelt er. Vielleicht wäre es möglich, auf Sören Ørsted einzuwirken, Anna von der Schweigepflicht zu entbinden.

»Übrigens«, unterbricht Silvia Haman seine Überlegungen, »hätte ich beinah vergessen, du möchtest doch bitte kurz beim Chef vorbeischauen.«

»Püchel?«

»Ja, der ist gerade mit Rebinger in sein Büro verschwunden und bat mich, es dir auszurichten.«

»Was geht denn da ab?«

Silvia Haman zuckt mit den Achseln: »Keine Ahnung! Aber wenn du mich fragst, das möchte ich gar nicht wissen!«

Ohne weiter darauf einzugehen, rauscht die Hauptkommissarin aus Swensens Büro. Er zögert einen Moment und geht ihr nach, doch auf dem Flur ist von seiner Kollegin schon nichts mehr zu sehen. Kaum fällt der Name Rebinger, bringen sich alle in Sicherheit, denkt der Hauptkommissar, geht den Flur hinunter und klopft mit unangenehmer Vorahnung an die Bürotür des Polizeirats.

»Herein!«, hallt die Stimme des Chefs zu ihm heraus, als wäre keine Tür vorhanden.

Konspirative Sitzung, sagt Swensens innere Stimme, während er in den Raum tritt und die merkwürdige Szenerie, die sich ihm dort präsentiert, erfasst. Püchel, die obligatorische Zigarette im Mundwinkel, hängt hinter dem Schreibtisch in seinem Drehstuhl. Davor sitzt Staatsanwalt Ulrich Rebinger stocksteif auf einem gepolsterten Stuhl. Sein Seitenscheitel ist akkurat gerade, als wäre er mit dem Lineal gezogen.

»Was gibt es Dringendes, Heinz?«, fragt der Hauptkommissar mit bemüht ruhiger Stimme.

»Mir wurde zugetragen, dass Sie hinter meinem Rücken gegen mich ermitteln, Herr Swensen«, kommt Staatsanwalt Rebinger einer Antwort des Polizeirats zuvor. Er versucht, eine Reaktion seiner Worte beim Hauptkommissar zu entdecken, während das rechte Augenlid mehrmals nervös auf und ab zuckt.

»Klären Sie mich auf?«, entgegnet Swensen weiterhin ruhig.

»Mein Freund Dr. Keck hat mich angerufen und mir von Ihren merkwürdigen Verdächtigungen erzählt.«

»Wir hatten uns doch intern geeinigt, dass wir mit den obskuren Spuren, die auf unseren Staatsanwalt hindeuten, äußerst sensibel umgehen, Jan!«, unterstützt Püchel das Gesagte. »Colditz hat mir in die Hand versprochen, das mit euch allen zu besprechen.«

»Ja, und? Das hat er ja auch! Ich wusste nicht, dass wir deshalb auch gleich unsere Ermittlungen einstellen sollten.«

»Jan, warum musst du immer gleich übertreiben!«, knurrt Püchel.

»Dann frage ich mich, was meine Routinefragen an Dr. Keck, der ein Verhältnis mit einem unserer Mordopfer hatte, mit Ihnen zu tun haben, Herr Rebinger.«

»Sie haben es doch unterschwellig auf mich abgesehen«, platzt es aus dem Staatsanwalt heraus.

»Ich fürchte, Sie übertreiben, Herr Staatsanwalt!«

»Streiten Sie etwa ab, dass Sie mich mit aller Macht in einen Zusammenhang mit einem Aufenthalt von Dr. Keck im Golfhotel Freesenholm bringen wollen?«

»Ich habe danach gefragt, ob Frau Ahrendt Sie am 21. Juni dort gesehen haben könnte.«

»Wie kommen Sie überhaupt auf so eine skurrile Idee?«

»Weil eine Zeugin ausgesagt hat, dass Frau Ahrendt dort mit einer gewissen Frau Rebinger ins Gespräch gekommen ist.«

»Rebinger, Rebinger! Rebinger ist ein Allerweltsname! Es besteht überhaupt kein Grund, mich damit in Zusammenhang zu bringen.«

»Wenn Sie so sicher sind, dann machen wir doch einfach die Probe aufs Exempel. Wir können im Hotel nachfragen, ob Sie am 21. Juni dort eingecheckt haben oder nicht. Und wenn wir schon dabei sind, sollten wir vielleicht auch bei den Damen im Club 69 nachhaken, inwieweit Sie dort als Kunde bekannt sind.«

Das Gesicht von Ulrich Rebinger verfärbt sich puterrot. Er zieht seine Schultern zusammen, drückt den rechteckigen Kopf herab, sodass sein Doppelkinn noch deutlicher hervorquillt.

»Jan, bist du von allen guten Geistern verlassen?«, zischt Heinz Püchel mit scharfer Stimme dazwischen. »Wir ermitteln hier nicht in deinem persönlichen Mordfall!«

»Bleib bitte ganz ruhig, Heinz! Noch ist ein Staatsanwalt ein Mensch wie jeder andere auch.«

»Aber Staatsanwalt Rebinger dürfte von vornherein über jeden Verdacht erhaben sein, oder hast du auch nur den geringsten Hinweis, der deine Vorgehensweise rechtfertigt?«

»Verstehe, alle Menschen sind gleich, nur ein Staatsanwalt ist gleicher? Und wo setzt du die Grenze, Heinz? Ist Dr. Keck vielleicht auch über jeden Verdacht erhaben? Dann rate ich dir, gleich eine Liste aufzustellen, gegen wen wir jetzt ermitteln und gegen wen wir nicht ermitteln dürfen!«

»Musst du immer gleich alles so dramatisieren, Jan? Dir verbietet doch niemand, allen konkreten Hinweisen nachzugehen. Da sind wir uns hier alle einig, oder, Ulrich? Es geht nur um die Art und Weise! Mehr Fingerspitzengefühl, Jan, es geht nur um mehr Fingerspitzengefühl!«

»Ich finde, dass hier etwas hinter unserem Rücken abläuft, das zum Himmel stinkt. Wir erfinden unsere Ermittlungsergebnisse schließlich nicht. Wenn hier etwas vertuscht werden soll, kannst du dafür meinetwegen die Verantwortung übernehmen, Heinz. Aber ich mache bei diesen Spielchen nicht mit. Ich werde meine Ermittlungen in meinem Stil weiterführen, und wenn dabei wieder der Name Rebinger auftaucht, werde ich auch weiterhin unangenehme Fragen stellen. Wenn dir das nicht passt, kannst du mich ja von dem Fall abziehen. Aber Vorsicht, das Echo solltest du dann ebenfalls abkönnen.«

*

Ein letzter Lichtstrahl fällt über die Spitzgiebel der alten Herrenhäuser in die schmale Gasse, trifft auf ein blaues Emailleschild und lässt die weißen Buchstaben erglänzen. Totengang. Swensen liest es im Vorbeigehen und eilt über das Kopfsteinpflaster in Richtung Westfriedhof. Auf das Gelände, das von einer Ziegelmauer umzogen ist, führt ein Sandweg durch eine weit geöffnete Flügeltür. Die gusseisernen Verzierungen zeichnen sich wie Scherenschnitte vor dem tiefblauen Abendhimmel ab. Mehrere Personen in schwarzen Anzügen streben auf eine kleine Menschengruppe zu, die sich um einen blumengeschmückten Sarg versammelt hat. Der Totenschrein steht auf zwei Holzbohlen, die über eine ausgehobene Grube gelegt wurden. Hauptkommissar Swensen findet einen freien Platz direkt hinter dem Geistlichen, der mit der aufgeschlagenen Bibel in der Hand am Rande der Gruft steht.

»Der Herr ist mein Hirte, mir wird nichts mangeln«, spricht er gerade aus dem 23. Psalm. »Er weidet mich auf grünen Auen und führet mich zu stillen Wassern. Und wenn ich auch wandere im finsteren Tal, so fürchte ich kein Unglück; denn du bist bei mir, dein Stecken und Stab trösten mich.«

Swensen hebt verschämt den Kopf und lässt seinen Blick vorsichtig über die Gesichter der Anwesenden streifen. Direkt gegenüber steht Peter Hollmann, neben ihm Stephan Mielke, Rudolf Jacobsen und Silvia Haman. Etwas abseits von der Gruppe, unter einer mächtigen Eiche, glaubt er Susan Biehl zu erkennen, die einen schwarzen Schleier über ihr Gesicht gezogen hat. Verwundert entdeckt er zu seiner Linken die beiden Puppenspieler Peter Pohlenz und Marcus Bender.

»Liebe Trauergäste«, eröffnet der Pastor seine Predigt, »wir haben uns hier versammelt, um Abschied zu nehmen, Abschied von Schrödingers Katze. Gott möge ihrer Seele gnädig sein, auf dass sie endlich die Ruhe findet, die sie sich redlich verdient hat.

Als im Jahre 1927 die Physik ihre Unschuld verlor und das Uhrwerk-Universum von Isaac Newton zu ticken aufhörte, erblicktest du als eine Ausgeburt von Erwin Schrödinger das Licht der Welt. Er sperrte dich in eine Holzkiste, ließ ein Elektron, das sofort zur Wahrscheinlichkeitswelle wurde, hinein, sodass du ab da in einer halb toten und halb lebendigen Daseinsform dahinvegetieren musstest. Bis heute ist dein Schicksal strittig. Seit deinem unglücklichen Leben kann die Physik nicht mehr eindeutig vorhersagen, wie sich unser Universum in Zukunft entwickeln wird. Sie kann nur noch dessen Wahrscheinlichkeit angeben, und solange sich an deinem Zustand nichts Gravierendes ändert, werden wir dich jetzt für immer in diesem schwarzen Loch verschwinden lassen. Gott würfelt eben doch, Amen.«

Die Sargträger ziehen die Seile unter dem Sarg stramm, Helfer entfernen die Holzbohlen und der Holzkasten senkt sich langsam hinab in die Grube. Der Pastor ergreift den bereitgestellten Spaten und wirft, dem Brauche gemäß, die erste Erde hinab. Dumpf klingt es aus der Gruft zurück.

»Aus den Teilchen bist du entstanden, zu den Teilchen sollst du wieder werden!«, sind die letzten Worte des Pastors, aber kaum sind sie gesprochen, sieht Swensen von der Kirchhofmauer her etwas über die Köpfe der Menschen heranfliegen. Er meint erst, dass es ein großer Vogel sei, aber der Gegenstand senkt sich und fällt gerade in die Gruft hinab. Mehrere Personen haben einen Schrei ausgestoßen. Der Pastor hält unschlüssig den Spaten zum zweiten Wurf in den Händen. Swensen drängt sich nach vorn und glaubt, beim Blick in das Grab, seinen Augen nicht zu trauen. Oben auf dem Sarg, zwischen den Blumen und der Erde, sitzt ein weißer Wollknäuel und schaut mit traurigen Augen hinauf.

Das ist diese Puppe, denkt der Hauptkommissar, Seba, das kleinste Schaf der Welt.

In diesem Augenblick wirft der Pastor die zweite Scholle in die Gruft. Sie reißt die kleine Handpuppe aus den Blumen in die Tiefe, wo alles von der Erde überdeckt wird.

Swensen ist, als hätte jemand die Erde über ihn geworfen. Trotz geöffneter Augen ist es stockdunkel um ihn herum. Es braucht ein wenig, bevor er vom Fenster her einen kleinen Lichtschimmer wahrnehmen kann. Der Hauptkommissar beugt sich aus dem Bett, greift nach dem Wecker auf dem Nachtschrank und drückt den Knopf der kleinen Lampe. Es ist erst 3.17 Uhr. Er lässt sich zurück aufs Kissen fallen und ist hellwach. Vor seinem inneren Auge taucht die Szenerie auf dem Friedhof auf. Was ist das gewesen? Er grübelt ratlos über diese merkwürdigen Traumbilder nach.

Die kommen von dem Gespräch mit diesem Puppenspieler. Seine Theorien über die Quantenphysik haben mich so aufgewühlt, dass meine Psyche die Bilder aus einem der Puppenspiele noch einmal abgerufen hat.

Doch je länger er über den merkwürdigen Traum sinniert, desto widersprüchlicher wird er für ihn.

Was hatten zum Beispiel seine Kollegen darin zu suchen? Und dieses Schaf, das in die Gruft gefallen ist, was könnte das wohl bedeuten? Das passt doch alles nicht zusammen. Vielleicht solltest du einfach realisieren, dass alles nur ein Traum gewesen ist. Ein Traum ist bar aller Logik, Jan Swensen.

Bei dem Versuch, wieder einzuschlafen, wälzt sich der Hauptkommissar frustriert im Bett hin und her. Immer wieder tauchen die Bilder aus dem Traum auf, seine Kollegen am Grab, die offene Gruft mit dem Sarg, dieses Schaf, das über die Kirchhofmauer geflogen kam, und wie es dort unten zwischen den Blumen saß und am Ende von der Erde mit in die Tiefe gerissen wurde.

Dieses Schaf, das auf den Sarg geworfen wurde, ist aus dem Theaterstück, das Anna und ich am Sonntag im Husumhus gesehen haben. ›Ursache und Wirkung‹. Das hatte aber nichts mit Quantenphysik zu tun.

Swensen schiebt im Halbschlaf die Teile seiner Überlegungen wie Puzzlestücke hin und her. Dann fallen ihm die Augen zu und er erwacht erst wieder, als draußen schon das Konzert der Vögel begonnen hat.

Ein Bild sagt mehr als tausend Worte. Dieser Satz spukt durch seinen Kopf, als er auf dem Weg ins Bad ist. Im Flur muss er sich an halbgepackten Umzugskartons vorbeischlängeln. Sie erinnern ihn an das immer näher rückende Desaster, auf das er unaufhaltsam zusteuert, wenn er die Sache nicht bald in die Hände nimmt. Außerdem fällt ihm auf, dass Anna sich überhaupt nicht mehr rührt. Swensen dreht die Dusche auf Heiß, doch seine unangenehmen Gefühle werden damit nicht weggespült.

Höchste Zeit, dich zu sortieren, sonst verfranst du dich völlig, spricht seine innere Stimme beim Abtrocknen zu ihm. Selbst wenn es schon spät ist, solltest du noch meditieren, bevor du zur Arbeit gehst.

Er geht ins Wohnzimmer, greift ein Sofakissen, weil er sein Sitzkissen bereits in Annas Haus gebracht hat, nimmt, so gut es geht den Lotussitz ein und schließt die Augen.

Einatmen, ausatmen.

Da ist es wieder, das Schaf aus der Gruft. Ihm fallen die Worte seines Meisters ein, der einmal davon sprach, wie man Träume in Meditation umwandeln könne.

»Unsere Träume sind Zwischenzustände, die sich zwischen Wachbewusstsein und Tiefschlaf abspielen«, spricht seine erklärende Stimme. »In den meisten Fällen sind es die alltäglichen Handlungen, die unsere Träume auslösen. Sie wachsen aus unserem Bewusstseinsstrom wie Pflanzensamen, die unter der Erde keimen, wenn sie mit Wasser, Dünger und Wärme in Berührung kommen. In ähnlicher Weise reifen auch die Samen in unserem Geist, wenn sie mit bestimmten Eindrücken zusammenkommen.«

Einatmen.

Ausatmen.

Vor Swensens Auge erscheint die Schlüsselszene aus dem Puppenspiel. Er sieht das kleine Schaf vor sich. Seba, das Schaf im Wolfspelz, steht dem Wolf im Schafspelz gegenüber.

»Hey, Schaf! Hast du denn überhaupt keine Angst vor mir?«, fragt Seba.

»Nein, ich bin das mutigste Schaf der Welt!«, antwortet der Wolf.

Seba, Seba, Seba?

Da war irgendetwas mit diesem Seba!

Seba kommt von Sebastian, antwortet eine imaginäre Stimme.

Wer hat das gesagt? Wer hat das noch gesagt?

Einatmen.

Ausatmen.

Susan Biehl!

Genau, das war Susan Biehl, und zwar an dem Sonntagabend vor der Aufführung, als sie mit Anna und mir hinter die Kulissen gegangen ist und uns das kleine Puppenschaf gezeigt hat.

12

Auf dem Weg zur Inspektion quält Swensen der Gedanke, dass er etwas nicht richtig begriffen hat. Alle Bemühungen, dahinterzukommen, verlaufen im Nichts. Es fühlt sich so an, als würde ihm ein bekanntes Wort auf der Zunge liegen. Nur in einem ist sich der Hauptkommissar sicher, es hat etwas mit dem ungewöhnlichen Traum zu tun, der ihn in der Nacht aus dem Schlaf gerissen hat. Immer wieder geistert ein Name in seinem Kopf herum, Seba.

Grübelnd steigt der Hauptkommissar die Treppe in den ersten Stock hinauf, geht über den Flur und biegt dann in die Küchenzeile. Neben sich stehend, brüht er einen Grünen Tee auf.

Seba kommt von Sebastian, geistert es wiederkehrend in seinem Kopf herum, als er wenig später mit seiner Tasse in den Konferenzraum zur Frühbesprechung schlendert. Während er hinter seinem dampfenden Tee sitzt, trudeln die Kollegen einer nach dem anderen ein. Manchmal kommt es Swensen vor, als wären die alltäglichen Abläufe eine Inszenierung auf einer Theaterbühne.

Wie eine Puppenbühne, verfeinert er seinen Vergleich. Dabei empfindet er die graue Stadt plötzlich als einen Mikrokosmos, als eine Bühne auf der Bühne, durch die alle Kollegen an Fäden bewegt werden. Polizeikasperlefiguren, die Mordfälle aufklären wollen und im Geflecht der Husumer Winzigkeiten stecken bleiben.

Natürlich haben wir Kripobeamten es immer wieder mit den kleinen Teilchen der Wirklichkeit zu tun, überlegt er. Unsere Fakten lassen sich nicht auf einen einzelnen, unabhängigen Nenner bringen, alles hängt in jedem Moment mit allem zusammen. Es ist, als würde die alltägliche Arbeit automatisch das buddhistische Weltbild bestätigen. Wirklichkeit ist nichts Eigenständiges, Festes, sagte Meister Rinpoche immer, sie besteht aus einem System von abhängigen Teilen.

Auch der große buddhistische Denker *Nâgârjuna* hat von dieser Tatsache gesprochen, fällt dem Hauptkommissar ein und er erinnert sich an ein Buch über den *Mahāyāna-Buddhismus*, in dem stand: Der Geher und die begangene Strecke sind ein abhängiges System, Seher und Sehen, Feuer und Brennstoff und natürlich auch Tat und Täter. Es gibt kein System, das aus weniger als zwei Teilen besteht.

An der Pinnwand stechen die Namensschilder der Ermordeten Swensen direkt ins Auge, Hanna Lechner, Petra Ørsted, Ronja Ahrendt. Darunter hat Colditz die Namen der Verdächtigen geheftet. Unter Hanna Lechner hängt der Name Florian Werner. Der Sport- und Englischlehrer, der Angst hat, dass seine sexuelle Verfehlung durch die Rektorin öffentlich gemacht werden könnte, muss nach wie vor als Mörder in Betracht gezogen werden. Unter Florian Werner ist der Name Wiktor Šemik angebracht. Colditz war seinerzeit der Meinung, dass der ominöse Brief, den das Mordopfer Lechner an diesen

Mann geschrieben hat, für einen Verdacht ausreicht. Der Puppenspieler behauptete aber, diesen Brief nie erhalten zu haben. Wir haben ihm bis jetzt nicht das Gegenteil beweisen können.

Auf der Fläche für Ronja Ahrendt wurden die Namen Peter Pohlenz, Marcus Bender und Dr. Michael Keck angepinnt. Das Trio der vermeintlichen Liebhaber, die wahrscheinlich mehr oder weniger voneinander wussten, bildet ein undurchsichtiges Gestrüpp von amourösen Verstrickungen.

Unter dem Mordopfer Petra Ørsted haftet ihr Mann Sören Ørsted, der bei den meisten Kollegen heimlich als der Hauptverdächtige gehandelt wird. Der Bruder Harald Timm ist nach seinem Alibi wieder abgehängt worden. Ebenso die beiden Russen, die ihr Steuerbüro überfallen haben. Die Waffe, die sichergestellt wurde, ist nicht die Tatwaffe und deshalb kommen sie für die Morde nicht in Frage. Trotzdem stellen sich in diesem Zusammenhang offene Fragen: Warum wurden die Akten der Firma Asmussen von den Männern geraubt? Haben die Firmeninhaber oder der Geschäftsführer etwas mit dem Überfall zu tun? Sind sie vielleicht in die Planung involviert oder haben sogar den Auftrag erteilt? Dann ist da noch die Sache mit einem der beiden Söhne, der bei seinem Lehrer Florian Werner einen sexuellen Übergriff beobachtet haben will. Aber ergibt es einen Sinn, dass der Mann deswegen gleich Frau Ørsted umgebracht haben sollte?

Und unser lieber Staatsanwalt Dr. Ulrich Rebinger, überlegt Swensen. Sein Name fehlt noch immer an der Pinnwand, obwohl reichlich Verdachtsmomente vorliegen.

Selbst Colditz verhält sich in der Sache merkwürdig loyal, stellt Swensen fest, als im selben Moment der Leiter der SOKO Schlosspark durch die Tür kommt und die Frühbesprechung beginnt. Knappe eineinhalb Stunden später ist zu Swensens individueller Bestandsaufnahme nicht das Geringste dazugekommen. Rebinger ist und bleibt ein Verdächtiger, dessen Name anscheinend nicht ausgesprochen werden darf. Ansonsten bewegte sich die Besprechung genau in dem Umfeld der Tatsachen, das Swensen schon vor Beginn der Sitzung abgesteckt hatte. Konkret gibt es nur die Bemühung von Silvia Haman, den Sportlehrer unbedingt zu einem Verhör in die Inspektion einzubestellen.

»Im Verhörraum wird das Lügengebäude von diesem Werner schon in sich zusammenfallen«, argumentiert sie. »Wenn wir weiterhin nur Namen auf der Tafel hin und her schieben, sitzen wir garantiert auch in einem Monat noch an der gleichen Stelle.«

»Ich finde es zu früh, sich den Mann zu schnappen«, blockt Colditz den Vorstoß der Hauptkommissarin ab. »Wir haben keine handfesten Beweise, die ihn mit der Mordtat in Verbindung bringen. Blinder Aktionismus bringt uns da nicht weiter. Außerdem gibt es mehrere Personen, die in ähnlicher Weise verdächtig sind. Dann könnten wir auch gleich Bender, Pohlenz und Keck zum Verhör holen.«

»Und was spricht dagegen?«, kontert Silvia Haman.

»Dass ich vorher gern Fakten hätte, die eine Festnahme rechtfertigen und vor Gericht standhalten. Also, macht eure Arbeit, geht Klinkenputzen und findet neue Zeugen, die etwas wissen, das einen unserer Verdächtigen überführen könnte.«

Die Beamten packen ihre Zettel und Unterlagen zusammen und verlassen stumm den Raum. Colditz fängt Swensen an der Tür ab.

»Ich hab gehört, du hattest einen Schlagabtausch mit Rebinger?«, fragt er den Kollegen.

»Nanu, und ich dachte schon, der Name hat in der Zwischenzeit den Kultstatus von Valdemort erreicht.«

»Der, dessen Namen man nicht ausspricht?«, grinst Colditz. »Ich glaube, da hat sich etwas angestaut. Willst du darüber reden, Jan?«

»Wozu, du hast hier die Verantwortung. Du machst sicher das, was du für richtig hältst.«

»Ich versuche, die Sache mit unserem Staatsanwalt genauso zu behandeln, wie alle anderen Fakten auch, Jan. Ich muss auch an das Team denken. Es dient keinem von uns, rein perspektivisch gesehen, wenn ich hier den Holzhammer rausDemole. Besonders ihr Husumer Kollegen müsst auch morgen weiterhin mit dem Mann zurechtkommen. Egal, ob an den Hinweisen etwas dran ist, für die Presse ist es immer eine Freude, einen Staatsanwalt vorzuführen, allein um die Auflage zu steigern.«

»Fakt ist, Rebinger hat sich mit seinen Eskapaden nicht nur angreifbar gemacht. Ein Mann, der im Blickpunkt der Öffentlichkeit steht und regelmäßig ein Bordell besucht, macht sich auch erpressbar. Vielleicht hat das Mordopfer Lechner die Liste nicht nur zum privaten Vergnügen geführt. Es wurde in der Vergangenheit schon für weniger gemordet.«

»Ich bitte dich, Jan! Glaubst du ehrlich, der hat etwas mit den Morden zu tun?«

»Ich bin Kriminalbeamter, meine Arbeit hat nichts mit Glauben zu tun. Es gefällt mir auch nicht, meine Nase in die Privatangelegenheiten von Rebinger zu stecken, aber ich finde, er hat sich verdächtig gemacht, und wir haben dem genauso nachzugehen, wie wir das bei den anderen Verdächtigen auch machen.«

»Okay, Jan. Ich kümmere mich persönlich darum, eine Art Verhör mit Rebinger hinzubekommen.«

Colditz klopft Swensen unbeholfen auf die Schulter und geht mit ihm eine Strecke über den Flur, bis er mit einem kurzen Gruß in seinem Büro verschwindet. Swensen bleibt unentschlossen stehen, überlegt, ob er etwas dazu sagen soll, geht dann aber zügig in sein Büro weiter. Auf dem Schreibtisch liegt der Zettel mit der Telefonnummer von Sebastian Lechner, den er gestern kurz vor Feierabend dort hingelegt hat, um sich daran zu erinnern, den Sohn von Hanna Lechner abermals anzurufen. Am Vortag war es Swensen gelungen, Adresse und Telefonnummer von ihm in Nürnberg ausfindig zu machen, doch, obwohl er mehrfach versucht hatte anzurufen, hatte er niemanden erreicht.

Der Hauptkommissar hat schon den Hörer in der Hand, als er innehält und erneut überlegt, welche Worte er wählen soll, um dem Sohn möglichst einfühlsam die Nachricht vom Tod der Mutter mitzuteilen.

Es ist jedes Mal wieder ein Angang, denkt er, gibt sich aber einen Ruck und will gerade die Nummer drücken, als seine Finger mitten in der Bewegung erstarren. Eine plötzliche Erkenntnis durchzuckt ihn. Es ist, als würde ein heller Sonnenstrahl auf einen verschollenen Gedanken fallen.

Sebastian Lechner! Sebastian! Sebastian und Seba! Seba kommt von Sebastian! Seba, das Schaf im Wolfspelz, das auf einen Wolf im Schafspelz trifft und von ihm gefressen wird!

In Sekundenschnelle läuft das Puppenspiel des Wiktor Šemik vor dem inneren Auge des Hauptkommissars ab. Und aus heiterem Himmel sieht er sie vor sich, die Ungereimtheit, über die er schon den ganzen Morgen nachgegrübelt hat.

Der Name Sebastian wurde in dem Stück nicht ein einziges Mal genannt! Seba kommt von Sebastian, hatte Susan Biehl damals zu ihm gesagt, da ist er sich ganz sicher. Aber wieso hat Susan zwischen beiden Namen einen Zusammenhang hergestellt, woher konnte sie wissen, dass Seba von dem Namen Sebastian abgeleitet worden ist? Irgendjemand muss es ihr erzählt haben! Das könnte Wiktor Šemik gewesen sein. Sie hat ihn schließlich auf dem Festival betreut.

Nach der ersten Euphorie setzt bei Swensen genauso plötzlich wieder Ernüchterung ein. Der Mordfall ist kein Puppentheater, denkt er und holt sich selbst auf den Boden zurück.

Wahrscheinlich ist das Ganze nur eine fixe Idee von dir. Dein Traum und der Name Sebastian Lechner haben nur eine spontane Assoziation ausgelöst, für die es eine völlig banale Erklärung gibt.

Verwirrt legt Swensen den Hörer auf die Station zurück und versucht, einen roten Faden in seinen

Gedanken zu finden. Er geht aufgeputscht im Raum hin und her, tritt ans Fenster und schaut auf den sterilen Hinterhof und über die Häuserdächer, die sich in einiger Entfernung hinter den Garagen in den Himmel strecken.

Mach nicht so viel Brimborium, denkt er entschlossen, rede einfach mit Susan Biehl, dann hast du am schnellsten eine Antwort auf deine Frage. Aber vorher rufe ich erst mal in Nürnberg an.

Er nimmt den Hörer erneut ab und tippt die Nummer von Sebastian Lechner ein. Es klingelt dreimal, dann klickt es in der Leitung und eine Stimme meldet sich.

»Lechner!«

»Kriminalpolizei Husum, Hauptkommissar Swensen. Spreche ich mit Sebastian Lechner?«

»Ja, am Apparat!«

»Sind Sie der Sohn von Hanna Lechner aus Pitzling?«

»So heißt meine Mutter, ist irgendwas passiert?«

»Ich habe keine guten Nachrichten für Sie, Herr Lechner. Es tut mir unendlich leid, aber Ihre Mutter ist vor drei Tagen in Husum ermordet worden.«

Der Mann in der Leitung bleibt stumm. Swensen wartet bestimmt eine halbe Minute, bevor er das Schweigen bricht.

»Herr Lechner, haben Sie mich verstanden? Ihre Mutter ist tot!«

»Meine Mutter lebte in Husum?«, fragt die erstaunte Stimme in der Leitung.

»Ihre Mutter ist 1987 nach Husum gezogen. Das ist nun schon 15 Jahre her.«

»Ich bin mit 16 weg von zu Hause, hatte nur Zoff mit ihr. Danach hab ich meine Mutter nicht mehr gesehen. Für mich war sie damals schon gestorben.«

*

»Mach bloß einen großen Bogen um den Marktplatz, da oben stehen schon wieder diese Fernsehfritzen von RTL und wollen Leute interviewen«, hört Swensen einen grauhaarigen Mann sagen, als er mit großen Schritten am Café Tine vorbeikommt und in die Krämerstraße biegen will.

»Die Stadt ist zum Tollhaus geworden. An jeder Ecke wimmelt es von diesen durchgedrehten Reportern!«, schimpft der Angesprochene mit verächtlichem Gesichtausdruck. »Mich haben die schon dreimal angesprochen.«

Der Hauptkommissar kann noch hören, wie sich die beiden Männer immer heftiger in ihr Thema hineinsteigern, ist aber bereits zu weit entfernt, um noch viel vom Inhalt zu verstehen.

Diese Morde sind anscheinend der Gesprächsstoff Nummer eins, denkt er, als er die Buchhandlung Delff passiert. Mit den Ängsten der Menschen lassen sich noch immer gute Geschäfte machen. Das hat sich auf unserer ersten Pressekonferenz bereits abgezeichnet. Für die Medien ist dieser brutale Fall ein gefundenes Fressen, um das Leid der Angehörigen auf den Titelseiten zu präsentieren.

Gestern hatte Swensen die Fotos der Eltern von Ronja Ahrendt auf einer Zeitung gesehen, die im Ständer vor einem Lottoladen steckte. Ansonsten hat er vor lauter Arbeit in den letzten drei Tagen weder ferngesehen noch eine Zeitung in die Hand genommen. Wahrscheinlich keine so schlechte Entscheidung, sagt er sich.

Vor dem Tine-Brunnen steht ein weißer Kleinlaster mit RTL-Logo. Inmitten einer Menschentraube steht eine dieser jungdynamischen Reporterinnen, die sich eine Frau mit riesigen Einkaufstüten geschnappt hat, und hält ihr einen gelben Schaumstoffball unter die Nase. Der Kameramann filmt die Szene, während sein Assistent gnadenlos den Platz um ihn herum freischaufelt.

Der Kriminalist nimmt die Szene nur am Rande wahr, wartet, bis ein Bus vorbeigefahren ist und geht über die Straße zum Torbogen im Alten Rathaus hinüber, der zum Schlossgang führt. Die schmale Gasse liegt bereits im Schatten. Wenn Swensen in diesem Moment geahnt hätte, dass die Lösung der Mordfälle bereits zum Greifen nah ist, wäre er bestimmt am Schaufenster der Schlossbuchhandlung vorbeigegangen. So aber weckt ein gelbes Buch in der Auslage seine Aufmerksamkeit. ›Illusion oder Realität‹ ist der Titel, und auf dem Buchdeckel ist die Zeichnung einer physikalischen Versuchsanordnung mit einer schwarzen Katze zu sehen. Der Hauptkommissar verspürt den kurzen Impuls, sich das Buch zu kaufen, schreckt aber vor dem stolzen Preis von über 50 Euro zurück.

Wahrscheinlich ist das sowieso viel zu kompliziert für mich, überlegt er, als ein Schatten von links nach rechts über den Weg huscht. Es ist eine schwarze Katze, die mit einem Satz auf einen Zaun springt und in einem Vorgarten verschwindet. Schwarze Katze über den Weg bringt Unglück, sagt der Aberglaube, amüsiert sich der Hauptkommissar, aber bei dieser Katze kann es sich nur um Schrödingers Katze handeln. Also ist der Fall zur Hälfte nicht gelöst und zur anderen Hälfte gelöst.

Auf dem weiteren Weg zum Schloss kommt ihm seine scherzhafte Interpretation schon ziemlich überheblich vor.

Du bildest dir auf deinen gesunden Menschenverstand etwas zu viel ein, Jan Swensen. Ein bisschen Aberglauben hebt nicht gleich dein buddhistisches Weltbild aus den Angeln. Schließlich sind gerade die Norddeutschen bekannt für ihre Spökengeschichten. Zum Beispiel diese wunderbare Geschichte vom roten Haubarg bei Witzwort, den der Teufel in einer Nacht, bevor der Hahn kräht, errichten wollte, wenn ihm ein armer junger Mann dafür seine Seele verschriebe. Der junge Mann wollte damit bei der Tochter des reichen Schmieds Eindruck schinden, doch als der Teufel nach Einbruch der Nacht erschien und in Windeseile die Mauern hochzog, bekam er es mit der Angst und lief zu seiner Mutter. Die ging in den Hühnerstall und schüttelte den schlafenden Hahn, bis er laut krähte. Da soll der Teufel zum oberen Fenster hinausgefahren sein. Noch heute sagen die Leute, dass diese Scheibe im Haubarg fehlt, und so oft sie auch eingesetzt wurde, so oft ist sie in der nächsten Nacht wieder zerbrochen.

Susan Biehl wartet bereits am Haupteingang zum Schloss, als Swensen über den Hof auf sie zugeht.

Aus der Nähe sieht die Kollegin ziemlich mitgenommen aus, ist blass und hat dunkle Ränder unter den Augen. Anscheinend hat sie mit viel Mühe versucht, diese Tatsache mit reichlich Schminke zu übertünchen. Selbst in ihrer typischen Säuselstimme klingt ein schroffer und abweisender Unterton mit.

»Ich hoffe, Ihre Fragen dauern nicht sehr lange, Herr Swensen, ich muss mich gleich um die Nachmittagsvorstellung kümmern.«

»Sie sehen überarbeitet aus, Susan. Wie geht es Ihnen?«

»Sehr schlecht, Herr Swensen. Es ist sehr schwer, unter diesen Umständen diese eher fröhlichen Veranstaltungen zu betreuen. Wir haben alle unterschätzt, wie viel Kraft jede von uns aufbringen muss, damit das Festival doch noch reibungslos über die Bühne gehen kann.«

»Sie haben mein ganzes Mitgefühl, Susan! Ich finde es bewundernswert, was Sie hier machen, aber überfordern Sie sich bloß nicht!«

»Wie weit sind denn die Ermittlungen, Herr Swensen?«

»Wir haben viele Spuren und müssen einer nach der anderen nachgehen. Deswegen bin ich auch wieder hier, Susan! Es geht um das Stück ›Ursache und Wirkung‹. Erinnern Sie sich daran, letzten Sonntag, als Sie Anna und mich mit hinter die Kulissen genommen haben?«

»Ja, schon, aber was ist damit?«

»Als Sie uns die Puppe von dem kleinen Schaf gezeigt haben, sagten Sie: Seba kommt von Sebastian. Woher wissen Sie das? Wer hat das gesagt?«

»Das hab ich bei Frieda aufgeschnappt, Frieda Meibaum. Das ist die Frau, die mit mir zusammen Wiktor Šemik betreut hat.«

»Frieda Meibaum! Die muss ich unbedingt sprechen. Wissen Sie, wo ich Frau Meibaum jetzt finden kann?«

»Ja, die ist oben. Sie macht gleich die Kasse für den Rittersaal. Ich bring Sie hoch, Herr Swensen.«

Susan zieht die Eingangstür auf, winkt dem Hauptkommissar, ihr zu folgen und eilt in Richtung Treppe in den ersten Stock. Swensen legt einen Zahn zu und bleibt dicht an ihr dran. Als sie die Stufen erklommen haben, spricht Susan mit einer großen, schlaksigen Frau, die eine eiförmige Kopfform mit hoher Stirn hat. Das kastanienbraune Haar ist im Nacken zu einem Zopf geflochten.

»Frieda, du hast doch mal gesagt, dass Seba von Sebastian kommt, dieses kleine Schaf aus dem Puppenspiel?«, fragt Susan Biehl. Swensen steht dicht daneben.

»Wirklich, bist du sicher?«, überlegt die Frau. »Vielleicht hast du es aber auch von Hanna, von der hab ich das nämlich gehört.«

»Von Hanna Lechner?«, schaltet sich Swensen ein.

»Und wer sind Sie, wenn ich fragen darf?«

»Das ist Hauptkommissar Swensen, ein Kollege von mir!«, springt Susan Biehl dem Kriminalisten zur Seite.

»Ich ermittle in den Morden vom Schlosspark. Erinnern Sie sich noch, in welchem Zusammenhang Frau Lechner Ihnen das mit Seba und Sebastian gesagt hat?«

»Was hat denn das mit einer Mordermittlung zu tun, Herr Swensen?«

»Es kann sehr wichtig sein, Frau Meibaum. Ich habe nämlich zufällig dieses Puppenspiel gesehen und mich daran erinnert, dass während der Aufführung nicht ein einziges Mal der Name Sebastian gefallen ist. Also muss das Wissen darum anderswo hergekommen sein.«

Frieda Meibaum spitzt nachdenklich die Lippen. »Da könnten Sie recht haben, glaube ich. Hanna hat mir das auch schon während der Vorbereitung gesagt. Soweit ich mich erinnere, an dem Abend, als ich vorgeschlagen habe, Wiktor Šemik und sein Schaf Seba auf das Festival einzuladen.«

»Der Vorschlag kam von Ihnen und nicht von Frau Lechner?«

»Ja, das war meine Idee. Wir haben uns darüber beinahe in die Haare gekriegt.«

»Können Sie mir sagen, wieso?«

»Also, Hanna fand den Mann viel zu teuer. Sie hat die ganze Zeit über die hohe Gage genörgelt, ich habe das damals überhaupt nicht verstanden. Am Schluss meinte sie ziemlich lapidar, dann lade ihn eben ein, diesen Halsabschneider, aber halte mich aus der Sache raus. Der wird doch nur von der Presse in den Himmel gehoben. Alle Zeitungen schreiben, er wäre ein Allroundtalent. Ich glaube dem jedenfalls nicht, dass er alle seine Stücke selbst geschrieben hat.«

»Hat Frau Lechner erwähnt, warum sie eine so schlechte Meinung von dem Mann hatte?«

»Nein! Ich hab keine Ahnung, Herr Swensen. Wiktor Šemik ist für mich ein außergewöhnlicher Puppenspieler. Er schnitzt seine Puppen selbst, entwirft die Bühnenbilder und hat alle seine Stücke geschrieben. Das ist der Grund, weshalb er auch international berühmt geworden ist.«

»Sie haben ihn aber eingeladen, obwohl Frau Lechner dagegen war?«

»Ja, Hanna hat sich allerdings ab da aus allem, was mit Wiktor Šemik zu tun hatte, rausgehalten. Sie war, glaube ich, auf keiner seiner Aufführungen.«

»Frau Lechner und Herr Šemik sind also während des Festivals gar nicht aufeinandergetroffen?«

»Ich hab sie nicht einmal zusammen gesehen, obwohl es genügend Gelegenheiten gegeben hätte. Hast du sie mal zusammen gesehen, Susan?«

Susan Biehl überlegt kurz und schüttelt dann den Kopf.

»Vielleicht lag es aber auch nur daran, dass Herr Šemik es abgelehnt hat, bei unserer täglichen Zusammenkunft mit den Künstlern dabei zu sein. Hanna fühlte sich in ihrer Haltung dadurch bestätigt. Mit den Worten, das habe ich doch im Voraus gesagt, hat sie mich an dem Abend öfter angemacht und den Kerl als arrogant beschimpft.«

*

Die Jagd hat begonnen. Das Adrenalin schießt dem Hauptkommissar ins Blut. Er spürt eine innere Erregung, merkt, wie sein Herz bis zum Hals schlägt, während er über das Kopfsteinpflaster der schmalen Schlossstraße in Richtung Innenstadt unterwegs ist. Über seinem Kopf, in den Ästen der Bäume, haben sich unzählige Krähen niedergelassen. Immer wieder hebt ein Schwarm der schwarzen Vögel ab, fliegt eine kleine Runde und landet danach mit lautem Kraah, Kraah wieder auf den alten Plätzen. Es klingt wie eine Mahnung, die Swensen hinterherlärmt. Sofort regen sich bei ihm die ersten Zweifel, die seine vermeintliche Lösung wieder in Frage stellen. Im Kopf zieht er erneut ein Resümee aus dem Gespräch mit Frieda Meibaum.

Eins scheint ziemlich sicher, stellt er fest, es gibt irgendeine tiefergehende Beziehung zwischen Hanna Lechner und diesem Puppenspieler. Außerdem spricht einiges dafür, dass sie Wiktor Šemik bereits vorher gekannt und sich mehr als üblich mit diesem Mann auseinandergesetzt hat. Aber warum bezeichnet sie den Puppenspieler einerseits als Gauner und schreibt ihm im nächsten Moment einen Brief, in dem das geopferte Lamm zum wahren Herrscher der Welt erhoben wird und die Wölfe niemals siegen werden? War sie mit dem Ende des Stücks nicht einverstanden, oder wollte sie Šemik etwa mit einem Wolf vergleichen? Und soll das Lamm in dem Brief das Schaf Seba sein? Seba kommt von Sebastian. Ist mit Sebastian vielleicht ihr Sohn Sebastian Lechner gemeint? Ist das wirklich des Rätsels Lösung? Aber was hat das alles zu bedeuten …?

Swensen stoppt abrupt, fingert in der Jackentasche nach seinem Handy und tippt die Nummer von Silvia Haman ein. Es klingelt mehrmals in der Leitung, doch niemand nimmt das Gespräch an. Ungeduldig gibt er daraufhin die Nummer von Stephan Mielke ein. Es klingelt nur einmal, schon meldet sich die Stimme des Oberkommissars.

»Stephan, Swensen hier, ich verfolge gerade eine verdammt heiße Spur. Es geht um diesen Puppenspieler Wiktor Šemik.«

»Der wurde doch schon von mir verhört. Was gibt's denn Neues?«

»Kann ich jetzt in Kürze nicht drauf eingehen, Stephan. Erzähle ich dir später! Kannst du bitte eben in mein Büro rübergehen und mir die Telefonnummer von Sebastian Lechner durchgeben? Liegt mitten auf dem Schreibtisch.«

»Okay, mach ich. Übrigens, Wiktor Šemik wohnt im Hotel ›Altes Gymnasium‹.«

»Weiß ich, hattest du in der Frühbesprechung erwähnt.«

»Ach ja, stimmt! Ich bin in deinem Büro. Und da liegt der Zettel. Also, 0911 und dann 378 430 121, hast du's?«

»Ja, danke Stephan, bis dann!«, bestätigt der Hauptkommissar und tippt die Nummer in sein Handy.

»Lechner hier!«

»Swensen noch einmal, Herr Lechner! Ich habe noch eine dringende Frage. Erinnern Sie sich vielleicht daran, ob Ihre Mutter jemals Geschichten geschrieben hat?«

»Geschichten?«, überlegt die Stimme in der Leitung. »Was für Geschichten meinen Sie denn?«

»Fabeln vielleicht, zum Beispiel eine Geschichte von einem Schaf im Wolfspelz.«

»Ach, Sie meinen diese merkwürdigen Kindergeschichten, die sie mir als Kind immer vorgelesen hat. Die fand ich ziemlich gruselig damals, die haben mir mehr Angst gemacht, als dass ich darüber eingeschlafen bin. Stimmt, da war auch so eine Geschichte mit einem Schaf dabei. Das wurde am Ende vom Wolf gefressen. Ich weiß nur noch, dass ich fürchterlich geweint hab.«

»Kannte Ihre Mutter einen Mann mit Namen Wiktor Šemik?«

»Solange ich mich erinnern kann, hat meine Mutter nie von irgendeinem Mann gesprochen. Du bist mein einziger Mann, hat sie immer zu mir gesagt.«

»Sie kennen Ihren Vater also gar nicht?«

»Nein, meine Mutter hat sich immer geweigert, mir auch nur das Geringste über ihn zu erzählen. Deswegen haben wir uns ja auch ständig in den Haaren gelegen, bis ich dann weg bin.«

»Und danach haben Sie nichts mehr von Ihrer Mutter gehört?«

»Doch, sie hat mich aufgespürt, ein halbes Jahr später. Stand plötzlich bei meiner Wohngemeinschaft vor der Tür. Aber wir konnten nicht mehr richtig miteinander reden. Als sie gegangen ist, hat sie mir ein Buch gegeben. Da standen ihre Geschichten drin, alle mit der Hand geschrieben. Ich hab mir das Zeug nie durchgelesen, aber das Buch hab ich noch, glaube ich. Muss irgendwo zwischen meinen Büchern stehen.«

»Das würden wir natürlich gern haben. Könnten Sie bitte danach suchen und es uns zuschicken?«

»Ich kann es auch gleich mitbringen. Hab nämlich beschlossen, meine Mutter noch einmal zu sehen. Ginge das?«

»Ihre Mutter ist noch in der Pathologie im Husumer Kreiskrankenhaus. Da bleibt sie, solange der Fall nicht geklärt ist.«

»Kann ich sie dort noch sehen?«

»Natürlich, wenden Sie sich an mich, ich werde dafür sorgen, dass es problemlos geht«, verspricht Swensen, gibt seine Handynummer durch und beendet das Gespräch. Er geht weiter zur Norderstraße hinauf, nimmt die kleine Gasse hinter der Marienkirche und bleibt vor dem Zeitungsständer des kleinen Tabakladens in der Süderstraße stehen, weil ihn die Fotos der drei Mordopfer auf der Titelseite der Husumer Rundschau ins Auge stechen. Spontan kommt ihm die Idee, die Bilder dem Personal an der Hotelrezeption zu präsentieren. Er geht in den Laden, kauft eine Zeitung und geht weiter zum Haupteingang des Hotels ›Altes Gymnasium‹.

Der Mensch lebt in einem Paradox, überlegt Swensen, als er die Lobby betritt. Sich für das Böse zu entscheiden, beruht auf der gleichen menschlichen Freiheit wie mein Wille, das Böse zu bekämpfen.

»Die Taten sind das Eigentum der Wesen, die Taten sind ihre Erbschaft, die Taten sind ihr Ursprung«, hört er die Stimme seines Meisters eine Weisheit Buddhas sagen.

Willst du das hier jetzt wirklich allein durchziehen, holt seine innere Stimme ihn ins Hier und Jetzt zurück. Ein Mörder kann sich verhalten wie ein angeschossenes Tier.

»Kripo Husum«, stellt er sich der Frau hinter der Rezeption vor und deutet mit dem Finger auf das Zeitungsbild von Hanna Lechner. »Haben Sie diese Frau vielleicht in den letzten Tagen hier im Hotel gesehen?«

Die Frau nimmt die Zeitung in die Hand, schüttelt den Kopf und bittet den Hauptkommissar, kurz zu warten. Wenig später kommt sie mit einer Kollegin zurück.

»Also, ich kann mich an die Frau erinnern«, bestätigt diese, »ziemlich gut sogar. Das ist gar nicht so lange her, letzten Samstag war sie hier.«

»Und Sie haben das Bild nicht vielleicht nur in der Zeitung gesehen?«

»Nein, die war hier, ganz sicher. Ich weiß das so genau, weil es schon sehr spät war, nach 23 Uhr. Sie hat sich nach Herrn Šemik erkundigt und wurde von dem auch empfangen.«

»Dann würde ich gern mit Herrn Šemik sprechen. Welche Zimmernummer hat der bitte?«

»Herr Šemik hat gerade vor fünf Minuten ausgecheckt. Der müsste Ihnen eigentlich direkt über den Weg gelaufen sein.«

Ein Blitz fährt in Swensens Körper, schaltet seine Gedanken aus und bringt seine Beine wie von selbst in Bewegung. Es ist, als würde er willenlos auf den Ausgang zu katapultiert. Die Glasflügel der Schiebetür bremsen ihn einen kurzen Moment aus, ein Verharren, bis sie sich schwerfällig öffnen, und er stürzt hinaus auf den Parkplatz. Das Gelände vor seinen Augen liegt wie ein entleerter Raum vor ihm, nichts darin bewegt sich. Rechts oder links? Der Hauptkommissar entscheidet sich spontan für die rechte Seite. Die richtige Entscheidung, stellt er sofort fest. Als er um die Ecke des Bachsteingebäudes sehen kann, sieht er am hintersten Rand des Parkplatzes einen Mann mit Ziehkoffer, der an der geöffneten Schiebetür eines schwarzen Mercedes-Kleintransporters steht. Es ist Šemik. Swensen greift ohne nachzudenken unter die Jacke, öffnet das Holster, zieht die Dienstwaffe heraus und hastet dem Mann hinterher. Er ist keine drei Meter mehr von ihm entfernt, als der Puppenspieler offenbar seine Nähe spürt und herumfährt. Ungläubig starrt er auf die Waffe, die der Hauptkommissar in der Hand hält und am ausgestreckten Arm auf ihn anlegt.

»Kripo Husum, bevor Sie die Stadt verlassen, möchte ich von Ihnen noch ein paar Fragen beantwortet haben, Herr Šemik!«

»Und mit der Waffe wollen Sie mich dazu zwingen, wenn ich es nicht freiwillig mache?«, fragt der Puppenspieler trocken, ohne nur im Geringsten die Fassung zu verlieren.

»Natürlich nicht«, entgegnet Swensen spontan und lässt verlegen den Arm mit der Pistole sinken.

»Mache ich den Anschein, dass ich Ihre Fragen nicht beantworten würde, Herr Kommissar?«

»Nein, Herr Šemik, ich wollte nur …«

»Scheint zumindest dringend zu sein. Sie sind ja ganz aus der Puste.«

»Es geht um den Brief von Frau Lechner! Meinem Kollegen haben Sie erzählt, Sie hätten ihn nie erhalten, oder?«

»Da hat Sie Ihr Kollege richtig informiert!«

»Dann können Sie sicherlich auch aufklären, was Frau Lechner am letzten Samstag von Ihnen gewollt hat?«

»Sie wollen mich nur bluffen, oder?«

»Keineswegs, Herr Šemik, die Dame an der Rezeption hat Frau Lechner wiedererkannt. Also, was sagen Sie dazu?«

»Nun ja, warum sollte ich das abstreiten. Es ist doch nur eine banale Episode am Rande und hat nichts mit Ihrem Mordfall zu tun. Frau Lechner hat ein kleines Stück geschrieben und wollte meine Meinung dazu hören.«

»Wissen Sie was, Herr Šemik, das kauf ich Ihnen nicht ab.«

»Auch nicht, wenn ich das beschwöre? Ich kann es sogar beweisen, das Manuskript liegt hier in meinem Bühnenwagen. Moment, ich such es für Sie heraus!«

Der Mann steigt in seinen Wagen, legt mehrere Handpuppen zur Seite und scheint fündig zu werden. Noch bevor Swensen richtig begreift, schnellt Šemik blitzartig herum, springt aus dem Wagen und richtet die Mündung einer Pistole auf die Brust des Hauptkommissars.

»Werfen Sie Ihre Waffe zu Boden, sofort, und stoßen Sie sie mit dem Fuß zu mir rüber«, droht der Puppenspieler. Seine tief liegenden grünen Augen verraten, dass er es sehr ernst meint.

»Machen Sie bloß nichts Unüberlegtes, Herr Šemik! Sie haben doch eh keine Chance mehr!«

»Haben Sie nicht gehört? Weg mit der Waffe, augenblicklich! Und danach steigen Sie in den Wagen!«

Swensen lässt beide Arme herabhängen und streckt sie weit vom Körper weg. Er geht in die Knie, legt die Dienstwaffe vor sich auf den Boden, um sie mit dem rechten Fuß zum Puppenspieler hinüberzustoßen. Als er wieder den Kopf hebt, huscht ein Schatten hinter dem Kleintransporter hervor. Dann läuft alles in Bruchteilen von Sekunden ab. Swensen hat gerade realisiert, dass sein Kollege Stephan Mielke ihm zur Hilfe gekommen ist, als auch schon das rechte Bein des Oberkommissars nach oben schnellt und unter Šemiks Hand tritt. Der lässt mit schmerzverzerrtem Gesicht die Waffe los, die im hohen Bogen davonfliegt. Im nächsten Moment trifft eine rechte Gerade von Mielke seine Kinnspitze. Dem Puppenspieler sacken die Beine weg und er stürzt haltlos nach vorn. Sein Gesicht schlägt hart auf den Asphalt. Der Mann bleibt regungslos liegen, hat offensichtlich die Besinnung verloren. Swensen ist kreideweiß geworden. Handlungsunfähig muss er mit ansehen, wie sein Kollege sich hinkniet und dem Mann Handschellen anlegt.

»Mensch, Mielke, das war sensationell!«, platzt es mit aller Macht aus ihm heraus.

Mielke kann nur grinsen. »Mein Boxunterricht zahlt sich aus, oder?«

»Du boxt? Ich glaub es nicht!«

»Schau dir das an, Jan«, ruft Mielke aus, ohne auf den Kollegen einzugehen, und deutet mit dem Finger auf eine Schuhsohle des Hingestreckten. Swensen kniet neben seinem Kollegen nieder, stützt sich mit einem Arm ab und bringt sein Gesicht nah an den Schuh von Šemik heran. Im Leder der Sohle steckt ein kleiner Splitter.

»Sieht aus wie Glas«, stellt Mielke fest.

»Brillenglas, sagt mein Bauchgefühl«, ergänzt Swensen. »Wetten, das ist aus der zerbrochenen Brille von Hanna Lechner! Holen wir uns die Waffe, Stephan, ich bin mir sicher, das ist unsere Tatwaffe!«

*

Es ist das Erwachen aus einem abgespaltenen Bewusstsein, halb Realität und halb Einbildung. Swensen gibt sich ruhig und gelassen, doch das ist nur seine äußere Hülle. Innen drin ist er verstört, wird vom Sog der Gefühle herumgewirbelt. Gedankenfetzen taumeln unaufhaltsam durch seinen Kopf und halten ihn fest in ihrem Bann. Er kann einfach nicht loslassen, lässt sich rückwärts ins Polster seines Autositzes fallen, dreht den Zündschlüssel und schaut nebenbei auf die Uhr. Es ist 20.14 Uhr. Wenigstens bin ich gut in der Zeit und schaffe es rechtzeitig ins Dante, denkt er.

Noch am Morgen war er davon ausgegangen, den obligatorischen Freitagabend mit Anna absagen zu müssen. Langsam fährt er seinen alten Polo vom Polizeihof, biegt links ab Richtung Bahnhof, fährt am Nissenhaus Museum vorbei in die Ludwig-Nissen-Straße und findet einen Parkplatz direkt gegenüber von seinem Lieblingsitaliener.

»Scusi, Commissario!«, begrüßt Bruno, der Chef vom Dante, Swensen, als der ins Restaurant tritt. »La bocca porta le gambe, Mund tragen Beine, wir in Italia sagen! Signora Diete noch nicht kommen.«

»Die kommt schon noch. Bring heute mal eine gute Flasche Rotwein, das Essen bestellen wir dann später.«

»Commissario möchten Wein, heilige Maria, ein gute Tag, sehr gute Tag!«, jubelt der kleine, rundliche Mann im blütenweißen Hemd und roter Schürze, als der Hauptkommissar seiner festen Gewohnheit, keinen Alkohol zu trinken, nach langer Zeit mal wieder untreu wird. Wenig später steht eine Flasche Contado vor ihm auf dem Tisch. Swensen schmeckt den intensiven Pflaumengeschmack auf der Zunge, der leicht von einem Hauch Veilchen überlagert wird. Der Genuss legt sich unmerklich über die Tatsache, dass der Mörder gerade erst gestanden hat, verdrängt die realen Gefühle, spaltet sich ab zu einer Szene, die er nur von außen beobachten kann. Der zweite Schluck Wein steigt Swensen noch mehr in den Kopf und macht deutlich, wie wenig er den Alkohol gewohnt ist. Der kleine Schwips führt seine Gedanken zurück in den Verhörraum. Er sitzt dem Täter gegenüber und findet es befremdlich, dass ihm jegliche Emotionen zu fehlen scheinen.

»Es war Ihr größter Fehler, die Tatwaffe zu behalten, Herr Šemik«, hört er sich selbst sagen. »Sie wissen doch bestimmt, wie leicht es ist, Sie damit zu überführen?«

»Sie denken viel zu gewöhnlich, lieber Mann«, antwortet Wiktor Šemik mit strahlenden Augen. »Wir reden hier über keine gewöhnliche Waffe, das ist eine CZ 75, CAL 9, Brünner. Was glauben Sie denn wohl, wo ich die herhabe?«

»Sie werden es mir sagen, nehme ich an!«

»Dann passen Sie genau auf! Die Geschichte der Waffe beginnt am Abend des 21. August 1968. Es war schon Ausgangssperre. Am Prager Bahnhof lagen unzählige russische Soldaten und schliefen. Ihre bewegungslosen Leiber waren in sackartiges Leinen gehüllt. Ich sehe es genauso vor mir wie damals. Mein Freund und ich streiften durch die Stadt, unter Lebensgefahr versteht sich, und ich sagte voller Übermut zu ihm, ich klau jetzt einem der Schlafenden die Pistole. Er glaubte mir das natürlich nicht. Da bin ich los, habe mich von der Seite an den schlafenden Haufen angeschlichen und vorsichtig einem dieser elenden Gestalten eine Pistole aus dem Halfter gezogen, ohne dass der im Geringsten etwas gemerkt hat. Ich hatte damals schon begnadete Hände. Ja, so verlief mein ganz persönlicher Prager Frühling. Die Waffe hat mich gelehrt, dass meine Hände nicht einen Hauch zittern. Glauben Sie mir, ich habe damit jedesmal getroffen, egal worauf ich gezielt habe. Eine Waffe mit so vielen Erinnerungen wirft man unter keinen Umständen weg.«

»Aber man ermordet damit unschuldige Frauen!«, brüllt Stephan Mielke dazwischen.

»Was wissen Sie denn von Unschuld, junger Mann? Ich weiß, wenn ein Mensch unschuldig ist! Eine Ihrer unschuldigen Frauen ist aus heiterem Himmel in meinem Hotel aufgetaucht und hat behauptet, dass ich meinen Erfolg bei ihr gestohlen habe. Sie wollte mich auffliegen lassen, wenn ich die Wahrheit nicht bis zum Ende des Festivals öffentlich eingestehen würde. Damit hat sie damals schon immer genervt, mit der Wahrheit. Aber die Wahrheit hat mit ihren kleinen Geschichtchen überhaupt nichts zu tun gehabt.«

»Damals?«, fragt Swensen ruhig.

»Ja, damals in München, als ich noch Sik war, der kleine Straßenschauspieler mit den großen Plänen, da waren wir kurz zusammen. Wenn ich ihre Geschichten nicht abgeschrieben und richtig bearbeitet hätte, wären die mit Sicherheit in der Versenkung verschwunden. Ich habe aus ihren Geschichtchen erst wirkliche Geschichten gemacht. Das war in der Zeit, als ich meinen Namen geändert habe. Den alten Namen Lucas Sežek legte ich ab und verwandelte mich in den großen Wiktor Šemik. Ich habe ihre Geschichten auf der Puppenbühne inszeniert, und erst dort fingen ihre kleinen Geschichtchen wirklich an zu leben, erst dort sind sie zur Wahrheit geworden!«

»Und deshalb mussten drei Frauen sterben«, unterbricht Swensen. »Das ist auch eine Wahrheit!«

»Ich habe nur so gehandelt, wie es die Wahrheit vorgegeben hat! Außerordentliche Menschen scheren sich nicht um etwas so Profanes wie Moral, sie tun, was getan werden muss. Diese Frau war auf dem Festival, solange ich sie beobachtet habe, nie allein unterwegs. Es gab also nur diese eine Entscheidung. Ich hatte keine Zeit, darauf zu warten, dass ich sie irgendwann einmal allein antreffe. Diese Frau hat mich schließlich auf heimtückische Weise erpresst. Und rein kriminalistisch gesehen, kamen mir die anderen Frauen sogar gerade recht. So konnte keiner ahnen, welche ich wirklich treffen wollte.«

»Es ist unvorstellbar, mit welch teuflischer Logik Sie Ihren Entschluss in die Tat umgesetzt haben, Herr Šemik«, stellt Swensen betroffen fest. »Fühlen Sie denn überhaupt keine Reue, völlig wildfremden Menschen das Leben genommen zu haben? Menschen, die mit Ihrem Motiv nicht das Geringste zu tun hatten?«

»Reue?«, fragt der Puppenspieler und schaut entgeistert. »Ich versteh nicht, worauf Sie hinauswollen, Herr Kommissar. Der Teufel ist ein Logiker, sagt Dante in der Göttlichen Komödie! Ich bin zwar nicht der Teufel, aber von Logik verstehe ich eine ganze Menge! Wenn ich gezwungen werde, etwas zu tun, was soll ich denn da bereuen?«

»Signora Diete nicht mehr kommen heute?«

Swensen sieht Bruno an und zuckt mit den Schultern. Das Glas Wein ist fast leer. Er hat völlig das Zeitgefühl verloren. Ein Blick auf die Uhr sagt deutlich, dass etwas nicht zu stimmen scheint. Er zieht sein Handy aus der Jackentasche und tippt Annas Nummer ein.

»Diete«, meldet sich ihre Stimme nach dem ersten Klingeln.

»Hallo Anna, ich sitz hier im Dante und warte auf dich.«

»Du sitzt im Dante? Jan Swensen, ich fass es nicht!«

»Es ist unser Freitag, Anna. Da sind wir doch immer hier.«

»Jan Swensen, ich höre seit Tagen nichts von dir. Ich weiß nur, du steckst in einem Mordfall und wolltest morgen bei mir einziehen. Da glaubst du im Ernst, ich würde annehmen, dass du heute Abend gemütlich im Dante sitzt, um auf mich zu warten?«

»Aber wir treffen uns immer am Freitag!«

»Heute bestimmt nicht mehr, Jan Swensen! Und wenn ich gerade die Gelegenheit habe, mit dir zu reden, würde ich gern wissen, ob ich morgen mit dir rechnen kann?«

»Kannst du. Es kann höchstens etwas später werden. Wir reden dann morgen über alles, Anna, versprochen!«

»Okay, wir sprechen dann! Bis morgen!«

Der Hauptkommissar winkt Bruno heran, bestellt einen Steinpilzsalat und verlässt das Restaurant eine halbe Stunde später. Die Fahrt in die Hinrich-Fehrs-Straße zögert er unbewusst hinaus, fährt nicht schneller als 40 Stundenkilometer. Er weiß, in der Wohnung warten die ungepackten Umzugskartons und die nicht auseinandergeschraubten Möbel. Swensen schleicht sich in das Dunkel der Räume, denn fast alle Lampen sind bereits abgebaut. Das Sofa im Wohnzimmer ist der letzte Fleck, auf dem er bequem Platz nehmen kann. Der Wein hat ihn träge gemacht.

Du hättest gar nicht mehr fahren dürfen, denkt er und macht sich innerlich Vorwürfe. Dann fällt ihm ein, dass Stephan schon zum zweiten Mal sein Leben gerettet hat.

Was ist bloß los? Wirst du langsam unvorsichtig?

Er findet keine Antwort, unmerklich fallen ihm die Augen zu. Ein lang anhaltendes Klingeln reißt ihn aus dem Schlaf. Die Morgensonne scheint durchs Fenster. Die Knochen schmerzen, als er aufstehen will.

Du musst völlig verkantet geschlafen haben, denkt er. Das darf nicht wahr sein! Du bist nicht fertig, und der Umzugswagen steht vor der Tür!

Er geht zur Haustür und öffnet. »Überraschung!!!«, schallt es ihm entgegen. An der Gartenpforte haben sich Silvia Haman, Stephan Mielke, Rudolf Jacobsen und Jean-Claude Colditz aufgestellt und grinsen.

»Silvia hat uns eingeweiht, was bei dir heute alles ansteht«, ergreift Colditz das Wort. »Du hast für unseren Fall geschuftet, da dachten wir, wir schuften jetzt mal für dich, Jan. Also los, was gibt's wo zu tun?«

*

»Ob wir die richtige Tatwaffe haben, können wir zu diesem Zeitpunkt noch nicht sagen«, berichtet Staatsanwalt Rebinger. »Das ballistische Gutachten steht noch aus. Aber der Täter hat eingeräumt, mit dieser Waffe geschossen zu haben. Außerdem wurde in der Sohle seines rechten Schuhs ein kleiner Glassplitter sichergestellt. Das Labor beim LKA in Kiel hat eine klare Übereinstimmung mit dem zerbrochenen Brillenglas des Mordopfers Hanna Lechner festgestellt. Der Fall kann als gelöst betrachtet werden. Ich danke allen Beamten der SOKO Schlosspark für ihre schnelle und überzeugende Arbeit. Haben die Damen und Herren von der Presse noch Fragen?«

Swensen hat während der gesamten Pressekonferenz neben der Eingangstür gestanden. Im selben Moment, als die Arme der Journalisten in die Höhe schnellen, beginnt sein Handy zu klingeln. Er öffnet die Tür, tritt auf den Flur hinaus und will gerade die Tür hinter sich schließen, da wird sie wieder aufgedrückt. Es ist Maria Teske, die gleichzeitig mit ihm den Saal verlassen hat. Während Swensen noch sein Handy aus der Jackentasche zieht, bleibt die Journalistin neben ihm stehen und streckt den Daumen zum Siegeszeichen nach oben.

»Ziemlich genial«, schwärmt sie völlig überdreht, »Wiktor Šemik das Monster vom Schlosspark, davon hätte ich heute Morgen noch nicht zu träumen gewagt. Jetzt wird kein Kollege mehr über meinen Artikel lästern. Ich kann mir sogar vorstellen, dass mein Chef das Interview mit einem Mörder noch einmal abdrucken lässt.«

Swensen wendet sich demonstrativ zur Seite, bevor er das Gespräch entgegennimmt. Maria Teske winkt aufgekratzt zu ihm herüber und rauscht davon.

»Herr Swensen, hier bei mir in der Inspektion hat

sich gerade ein gewisser Sebastian Lechner gemeldet, der mit Ihnen sprechen möchte«, hört er die Stimme von Paul Richter am anderen Ende der Leitung.

»Sagen Sie ihm, ich bin in fünf Minuten da«, sagt Swensen. »Und rufen Sie im Krankenhaus an, damit der Mann seine tote Mutter sehen kann.«

Als der Hauptkommissar kurze Zeit später Sebastian Lechner von Angesicht zu Angesicht gegenübertritt, kann er seinen Schock kaum verbergen. Der Mann sieht Wiktor Šemik zum Verwechseln ähnlich, er ist eine jüngere Ausgabe des Puppenspielers. Es gibt keinen Zweifel mehr, Šemik ist sein Vater und hat seine Mutter erschossen. Doch irgendetwas hält Swensen zurück, es dem jungen Mann sofort zu sagen. Er fährt ihn zum Kreiskrankenhaus hinüber und führt ihn in die Pathologie. Ein Mediziner im grünen Schutzkittel bringt sie in den Raum, in dem die Leiche von Hanna Lechner auf einem Sektionstisch aufgebahrt liegt. Es riecht penetrant nach Formaldehyd und Faulgas. Als das Leinentuch zurückgeschlagen wird, steht Sebastian Lechner eine lange Zeit wie versteinert neben dem bleichen Kopf. Auf dem Rückweg sprechen Swensen und er kein Wort. Der Hauptkommissar setzt den Mann neben seinem geparkten Wagen am Bahnhof ab.

»Wenn Sie noch einen Moment warten, dann gebe ich Ihnen das Buch meiner Mutter«, sagt Lechner beim Aussteigen, geht zu seinem Wagen hinüber und kommt mit einem Buch mit rotem Einband zurück.

»Wegen dieser Geschichten hat man Ihre Mutter umgebracht«, sagt Swensen.

»Wenn ich ganz ehrlich bin, möchte ich davon nichts wissen, Herr Swensen. Ich war nur hier, um ihr die letzte Ehre zu erweisen. Sollte ich irgendwann meine Meinung ändern, darf ich Sie dann anrufen?«

»Natürlich dürfen Sie das! Und was mache ich mit dem Buch, wenn wir es nicht mehr brauchen?«

»Behalten Sie es doch oder werfen Sie es weg! Ich möchte es jedenfalls nicht mehr zurück!«

Sebastian Lechner gibt Swensen zum Abschied die Hand, setzt sich in seinen Wagen und fährt davon. Der Hauptkommissar schaut dem Wagen nach, bis er verschwunden ist. Etwas schnürt seinen Hals zusammen.

Geburt, Leiden und Tod passieren in jedem Augenblick, spricht eine innere Stimme zu ihm, und er sieht seinen Meister Lama Rinpoche vor sich, zum Anfassen real, wie er in seiner orangefarbenen Robe in den Meditationsraum des Tempels tritt. »Der Mensch ist einem Samen gleich. Sein Leben ist ein steter Prozess des Wachsens. So wird deutlich, dass wir uns ständig wandeln müssen, denn täten wir das nicht, würde das de facto unseren wirklichen Tod bedeuten. Wer stirbt, verändert nur sein bisheriges Leben.«

Swensen steigt in seinen Wagen, dreht den Zündschlüssel und fährt an. Erst in der Mitte der Herzog-Adolf-Straße bemerkt er, dass er fälschlicherweise in Richtung seiner alten Wohnung unterwegs ist. Den Impuls umzukehren, verwirft er sofort wieder und fährt einfach weiter. Es wird noch lange dauern, bis er in Annas Haus in Witzwort wirklich angekommen ist. Er parkt auf dem Platz, auf dem am Morgen noch der Möbelwagen gestanden hatte. Mit ziemlicher Anspannung war er damit gegen Mittag vor Annas Gartentor vorgefahren. Es gab ein großes Hallo, als die Kollegen ruckzuck die Möbelteile und Umzugskartons in den ersten Stock schafften. In einer Stunde war alles erledigt gewesen. Dann saßen alle noch im Garten zusammen, und es dauerte nicht lange, bis über den Mordfall geredet wurde. In Annas Freude über den gelungenen Umzug mischte sich die Bestürzung über die unfassbare Tat. Sie wollte nicht glauben, dass ihre Klientin Petra Ørsted nur gestorben war, weil sie zur falschen Zeit am falschen Ort gewesen war.

Mit den Bildern vom Umzug im Kopf, steht der Hauptkommissar in seinem leeren Wohnzimmer. Die nackten, weißen Wände sprechen bereits von vergangenen Zeiten. Er lauscht ihren Worten, lässt den alten Erinnerungen freien Lauf, damit sie wieder Leben in die Bude bringen. Mit feuchten Augen tritt er ans Fenster. Die schräge Sonne hängt in den Ästen der Bäume. Seine rechte Hand stößt an das Buch von Hanna Lechner, das er in die Jackentasche gesteckt hatte. Er zieht es heraus, blättert die handgeschriebenen Seiten durch und bleibt an der Überschrift ›Der Mann mit der Aktentasche‹ hängen.

Ist das nicht die Geschichte, mit der Wiktor Šemik seinen Durchbruch als Puppenspieler gehabt hat, denkt Swensen und erinnert sich daran, dass er es im Programm der Puppenspielertage gelesen hatte. Der Hauptkommissar setzt sich auf die Fensterbank und liest.

Der Mann mit der Aktentasche

Dann, wenn das tägliche Leben pulsiert, die Menschen über die Gehwege hasten, ist er in seinem Element. Der Freitagnachmittag, kurz nach Büroschluss, zählt immer wieder zu seiner größten Herausforderung. Das ist der Zeitpunkt, an dem das Gewimmel seinen Höhepunkt erreicht, an dem die Menschen reale Substanz bekommen, zu reinen Körpern werden, zur Masse, die alles niederwalzt, was sich ihr in den Weg stellt. Er spürt sein Herz schlagen, sieht die Brandung stoisch auf sich zurollen. Sein Blick richtet sich geradeaus, verliert an Schärfe, löst sich ab von den Menschen und Gegenständen und steuert ihn mechanisch. In seinem Gehirn ist ein Schalter umgelegt worden, der alle Gedanken wie kleine Zahnräder, Pendel und Federn antreibt, ihn einen Fuß vor den anderen setzen lässt, Schritt für Schritt. In ihm tickt ein logisches Uhrwerk, das von seinem eigenen Denken aufgezogen wird. Das Ziel ist nur noch ein Leerlauf, er fühlt eine unbändige Kraft, eine kribbelnde Lust und eine grenzenlose Genialität.

Ich bin ganz und gar einzigartig, sagt seine innere Stimme, einzigartiger als alle anderen Menschen um mich herum.

Viele Jahre hatte er gebraucht, um diesen perfekten Zustand zu erreichen. Auf seine Erkenntnis war er allerdings nur rein zufällig gekommen. Er hatte zwei Menschen beobachtet, die auf dem Bürgersteig aufeinander zugeeilt und, ohne sich auch nur im Geringsten zu berühren, aneinander vorbei gegangen waren. Dieser banale Vorgang hatte für ihn so etwas wie eine

Erleuchtung bedeutet. Danach setzte sich in seinem Kopf eine Frage fest, unerbittlich. Sie hatte ihn nicht mehr losgelassen: Wie waren die beiden eigentlich aneinander vorbei gekommen?

Die Fragestellung wurde zu einer fixen Idee. Immer wieder beobachtete er diesen alltäglichen Vorgang, nahm ihn bis ins Detail wahr. Zwei unabhängige Körper begegnen sich auf dem Bürgersteig. Ein hochkomplizierter, kaum beschreibbarer Moment. Beide Menschen geraten in ein Spannungsfeld aus Energie und Bewegung. Intuitive Sensoren nehmen Kontakt miteinander auf, tasten sich blitzschnell ab, senden winzige Signale über die Nervenbahnen ins Gehirn und dann fällt eine Entscheidung. Kein Wort ist dafür nötig, kein Gedanke wird dafür verschwendet, die unscheinbaren Zeichen werden einfach verstanden. Einer der Menschen weicht im letzten Moment aus, während der andere den Weg frei hat.

Diesen unbewussten Vorgang hatte er in alle Einzelheiten zerlegt, Teil für Teil analysiert und am Ende zu einem genauen Ablauf wieder zusammengesetzt. Dann lernte er, die unbewusste Sprache zu begreifen, sie unter seine Kontrolle zu bekommen. Am Ende hatte er den Prozess für seine Zwecke umfunktioniert. Jeder, der ihm ab jetzt begegnete, wurde zu einem potenziellen Gegner, den es galt, aus dem Wege zu räumen. Sein Wille wurde hart wie Granit, der Blick leer, die Haltung undurchschaubar. Die Signale, die sein Gegner beim Entgegenkommen aussandte, prallten an ihm ab wie an einer Mauer. Es gelang niemandem mehr, ihm auch nur die kleinste Regung anzusehen. Wer auf ihn zukam, hatte schon verloren, hatte keine

Wahl und musste unweigerlich zur Seite treten. Seit diesem Zeitpunkt war sein Weg nie mehr versperrt, er war frei, ging unbehelligt immer geradeaus.

Heute ringt ihm die Erinnerung an diese Anfangszeit nur noch ein Lächeln ab. Doch das hat noch niemand gesehen, kommt ihm jemand entgegen, hat er sich sofort wieder im Griff. Seine Gesichtszüge werden ausdruckslos, lassen keine Deutung zu. Wie ein unmenschlicher Körper, frei von Regung, bahnt er sich seinen Weg.

Wer das einmal begriffen hat, für den wird der Lebensweg die einfachste Sache der Welt, denkt er und drückt seine ausgefranste Aktentasche fest an die Brust. Es sind nur diese unnötigen Gefühle, die uns am Vorankommen hindern. Die muss der Mensch nur eliminieren. Der klare Gedanke, das nackte Handeln bringt uns voran, sagt uns ohne diese armselige Gefühlsduselei, wo es genau langgeht.

Von rechts rauscht ein dunkler Schatten in sein Bewusstsein. Es folgt ein schmerzhafter Aufprall, seine Füße verlieren die Bodenhaftung und er wird zu Boden gerissen. Als er entgeistert aufblickt, sieht er eine massige Gestalt über sich stehen. Sie trägt denselben grauen Leinenmantel, dieselbe Hornbrille wie er. Selbst die alte, ausgefranste Aktentasche könnte seine eigene sein.

»Entschuldigung!«, sagt der Mensch und hilft ihm umständlich auf die Beine, und ehe er es sich versieht, ist der andere auch schon wieder fort, auf seinem Weg, immer geradeaus.

ENDE

*Weitere Krimis finden Sie auf den
folgenden Seiten und im Internet:
www.gmeiner-verlag.de*

WIMMER WILKENLOH
Feuermal
....
421 Seiten, Paperback.
ISBN 978-3-89977-682-8.

DER TERROR IST ZUM GREIFEN NAH 7. September 2001: Der Tunesier Habib Hafside wird an seinem Arbeitsplatz in einer Kieler U-Boot-Werft von seinen Kollegen beleidigt. Bisher waren die Anfeindungen eher unterschwelliger Art, jetzt wird er als Fremder in Deutschland öffentlich beschimpft und belästigt. Kurz darauf wird Hafside auf offener Straße von mehreren Männern überwältigt, in ein Auto gezerrt und verschleppt.

Als wenig später eine abgehackte Hand in das türkische Kulturzentrum in Husum geworfen wird, beginnt für Kommissar Jan Swensen ein Wettlauf gegen die Zeit, denn der Terror ist mit einem Mal zum Greifen nah ...

WIMMER WILKENLOH
Hätschelkind
....
419 Seiten, Paperback.
ISBN 978-3-89977-623-2.

DEM »HÄWELMAN« AUF DER SPUR Im Watt vor St. Peter Ording wird eine Frauenleiche gefunden, die aber wieder verschwindet.

Gleichzeitig taucht in Husum ein unbekannter Roman von Theodor Storm auf. Kurz darauf wird der Vorsitzende der Storm-Gesellschaft mit einem Herzschuss niedergestreckt und auch ein Journalist lebt nicht viel länger.

Hauptkommissar Jan Swensen, praktizierender Buddhist, tappt mit seinem Team im Dunkeln. Erst als er eines Abends erneut den »Schimmelreiter« liest, kommt er dem Mörder auf die Spur. Mit buddhistischer Weltsicht, psychologischer Unterstützung und Computertechnik gelingt es Jan Swensen Licht ins Dunkel zu bringen ...

Wir machen's spannend

SANDRA DÜNSCHEDE
Friesenrache

373 Seiten, Paperback.
ISBN 978-3-89977-792-5.

TOD IM MAISFELD Maisernte in Nordfriesland. Urplötzlich kommt der Maishäcksler zum Stillstand. Zwischen seinen scharfen Messern hängt ein toter Mann.

Schnell stellt sich heraus, dass das Opfer bereits tot war, als ihn die Mähmaschine erfasste. Die Obduktion ergibt, dass Kalli Carstensen durch einen Verkehrsunfall ums Leben kam. Doch an einem profanen Unfall mit Fahrerflucht mag Kommissar Thamsen nicht glauben. Dafür hatte der Friese zu viele Feinde im Dorf.

Und auch Haie Ketelsen, der mit dem Toten zur Schule ging, glaubt nicht an diese einfache Lösung. Zusammen mit seinen Freunden Tom und Marlene macht er sich auf die Suche nach der unbequemen Wahrheit in einem Dickicht aus zerbrochenen Beziehungen, dunklen Geheimnissen und brutaler Gewalt.

ELLA DANZ
Kochwut

326 Seiten, Paperback.
ISBN 978-3-89977-797-0.

MORD À LA MINUTE Ein entsetzlicher Fund auf Gut Güldenbrook: In der Kühlkammer liegt Christian von Güldenbrook – kalt und tot. Auf dem ansehnlichen Herrensitz im Hinterland der Lübecker Bucht lebt und arbeitet der berühmte Meisterkoch Pierre Lebouton, Star der beliebten Kochsendung »Voilà Lebouton!«.

Bei seinen Ermittlungen stößt Kommissar Georg Angermüller auf Konkurrenz und Feindschaft unter den Mitarbeitern, Show-Kandidaten und den Bewohnern des Gutes. Auch Lebouton rückt in den Fokus der Ermittlungen, zumal er kein überzeugendes Alibi hat. Bis plötzlich jede Spur von ihm fehlt …

Wir machen's spannend

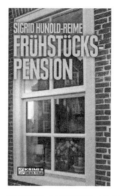

HARDY PUNDT
Deichbruch
....
326 Seiten, Paperback.
ISBN 978-3-89977-765-9.

TÖDLICHE FLUT Wiard Lüpkes lebt in einem kleinen Landhaus hinter dem neu errichteten Deich. Doch die Idylle in der ostfriesischen Leybucht ist trügerisch. Schon während der ersten höheren Flut entdeckt Wiard, dass ungewöhnlich viel Wasser den Deichfuß durchdringt.

Kurz darauf scheint sich sein Verdacht, beim Deichbau könne nicht alles mit rechten Dingen zugegangen sein, zu bestätigen: Als er sich an einem stürmischen Herbsttag zusammen mit seinen Freunden August Saathoff und Lübbert Sieken aufmacht, um nach Beweisen für den Pfusch am Bau zu suchen, peitscht ein tödlicher Schuss durch die Dämmerung …

SIGRID HUNOLD-REIME
Frühstückspension
....
231 Seiten, Paperback.
ISBN 978-3-89977-771-0.

FRIESISCH HERB Ein milder Tag Ende November. Nach dreißig Jahren Ehe verlässt Teresa Garbers Hals über Kopf ihren Mann Reinhard und Hannover.

Auf dem Weg an die Nordseeküste hat sie in der Nähe von Wilhelmshaven einen schweren Unfall. Sie kommt mit einem Schock davon und sucht sich ein Zimmer mit Frühstück. Das findet sie bei der gleichaltrigen Tomke Heinrich in Horumersiel. Die lebhafte Frau hat offenbar ein Geheimnis zu verbergen. Doch an ihrer Seite hat Teresa endlich den nötigen Abstand und Mut für ein neues Leben. Und leider bald auch eine Leiche zu viel …

Wir machen's spannend

Das neue KrimiJournal ist da!
**2 x jährlich das Neueste
aus der Gmeiner-Krimi-Bibliothek**

In jeder Ausgabe:

- Vorstellung der Neuerscheinungen
- Hintergrundinfos zu den Themen der Krimis
- Interviews mit den Autoren und Porträts
- Allgemeine Krimi-Infos
- Großes Gewinnspiel mit ›spannenden‹ Buchpreisen

*ISBN 978-3-89977-950-9
kostenlos erhältlich in jeder Buchhandlung*

KrimiNewsletter
Neues aus der Welt des Krimis

Haben Sie schon unseren KrimiNewsletter abonniert?
Alle zwei Monate erhalten Sie per E-Mail aktuelle Informationen aus der Welt des Krimis: Buchtipps, Berichte über Krimiautoren und ihre Arbeit, Veranstaltungshinweise, neue Krimiseiten im Internet, interessante Neuigkeiten zum Krimi im Allgemeinen.
Die Anmeldung zum KrimiNewsletter ist ganz einfach. Direkt auf der Homepage des Gmeiner-Verlags (www.gmeiner-verlag.de) finden Sie das entsprechende Anmeldeformular.

Ihre Meinung ist gefragt!
Mitmachen und gewinnen

Wir möchten Ihnen mit unseren Krimis immer beste Unterhaltung bieten. Sie können uns dabei unterstützen, indem Sie uns Ihre Meinung zu den Gmeiner-Krimis sagen! Senden Sie eine E-Mail an gewinnspiel@gmeiner-verlag.de und teilen Sie uns mit, welches Buch Sie gelesen haben und wie es Ihnen gefallen hat. Alle Einsendungen nehmen automatisch am großen Jahresgewinnspiel mit ›spannenden‹ Buchpreisen teil.

Wir machen's spannend

Alle Gmeiner-Autoren und ihre Krimis auf einen Blick

ANTHOLOGIEN: Tödliche Wasser • Gefährliche Nachbarn • Mords-Sachsen 3 • Tatort Ammersee (2009) • Campusmord (2008) • Mords-Sachsen 2 (2008) • Tod am Bodensee • Mords-Sachsen (2007) • Grenzfälle (2005) • Spekulatius (2003) **ARTMEIER, HILDEGUND:** Feuerross (2006) • Katzenhöhle (2005) • Drachenfrau (2004) **BAUER, HERMANN:** Karambolage (2009) • Fernwehträume (2008) **BAUM, BEATE:** Ruchlos (2009) • Häuserkampf (2008) **BECK, SINJE:** Totenklang (2008) • Duftspur (2006) • Einzelkämpfer (2005) **BECKMANN, HERBERT:** Die indiskreten Briefe des Giacomo Casanova (2009) **BLATTER, ULRIKE:** Vogelfrau (2008) **BODE-HOFFMANN, GRIT / HOFFMANN, MATTHIAS:** Infantizid (2007) **BOMM, MANFRED:** Glasklar (2009) • Notbremse (2008) • Schattennetz • Beweislast (2007) • Schusslinie (2006) • Mordloch • Trugschluss (2005) • Irrflug • Himmelsfelsen (2004) **BONN, SUSANNE:** Der Jahrmarkt zu Jakobi (2008) **BOSETZKY, HORST (-KY):** Unterm Kirschbaum (2009) **BUTTLER, MONIKA:** Dunkelzeit (2006) • Abendfrieden (2005) • Herzraub (2004) **BÜRKL, ANNI:** Schwarztee (2009) **CLAUSEN, ANKE:** Dinnerparty (2009) • Ostseegrab (2007) **DANZ, ELLA:** Kochwut (2009) • Nebelschleier (2008) • Steilufer (2007) • Osterfeuer (2006) **DETERING, MONIKA:** Puppenmann • Herzfrauen (2007) **DÜNSCHEDE, SANDRA:** Friesenrache (2009) • Solomord (2008) • Nordmord (2007) • Deichgrab (2006) **EMME, PIERRE:** Pasta Mortale • Schneenockerleklat (2009) • Florentinerpakt • Ballsaison (2008) • Tortenkomplott • Killerspiele (2007) • Würstelmassaker • Heurigenpassion (2006) • Schnitzelfarce • Pastetenlust (2005) **ENDERLE, MANFRED:** Nachtwanderer (2006) **ERFMEYER, KLAUS:** Geldmarie (2008) • Todeserklärung (2007) • Karrieresprung (2006) **ERWIN, BIRGIT / BUCHHORN, ULRICH:** Die Herren von Buchhorn (2008) **FOHL, DAGMAR:** Das Mädchen und sein Henker (2009) **FRANZINGER, BERND:** Leidenstour (2009) • Kindspech (2008) • Jammerhalde (2007) • Bombenstimmung (2006) • Wolfsfalle • Dinotod (2005) • Ohnmacht • Goldrausch (2004) • Pilzsaison (2003) **GARDEIN, UWE:** Die Stunde des Königs (2009) • Die letzte Hexe – Maria Anna Schwegelin (2008) **GARDENER, EVA B.:** Lebenshunger (2005) **GIBERT, MATTHIAS P.:** Eiszeit • Zirkusluft (2009) • Kammerflimmern • Nervenflattern (2007) **GRAF, EDI:** Leopardenjagd (2008) • Elefantengold (2006) • Löwenriss • Nashornfieber (2005) **GUDE, CHRISTIAN:** Homunculus (2009) • Binärcode (2008) • Mosquito (2007) **HAENNI, STEFAN:** Narrentod (2009) **HAUG, GUNTER:** Gössenjagd (2004) • Hüttenzauber (2003) • Tauberschwarz (2002) • Höllenfahrt (2001) • Sturmwarnung (2000) • Riffhaie (1999) • Tiefenrausch (1998) **HEIM, UTA-MARIA:** Wespennest (2009) • Das Rattenprinzip (2008) • Totschweigen (2007) • Dreckskind (2006) **HUNOLD-REIME, SIGRID:** Schattenmorellen (2009) • Frühstückspension (2008) **IMBSWEILER, MARCUS:** Altstadtfest (2009) • Schlussakt (2008) • Bergfriedhof (2007) **KARNANI, FRITJOF:** Notlandung (2008) • Turnaround (2007) • Takeover (2006) **KEISER, GABRIELE:** Gartenschläfer (2008) • Apollofalter (2006) **KEISER, GABRIELE / POLIFKA, WOLFGANG:** Puppenjäger (2006) **KLAUSNER, UWE:**

Wir machen's spannend

Alle Gmeiner-Autoren und ihre Krimis auf einen Blick

Pilger des Zorns • Walhalla-Code (2009) • Die Kiliansverschwörung (2008) • Die Pforten der Hölle (2007) **KLEWE, SABINE:** Die schwarzseidene Dame (2009) • Blutsonne (2008) • Wintermärchen (2007) • Kinderspiel (2005) • Schattenriss (2004) **KLÖSEL, MATTHIAS:** Tourneekoller (2008) **KLUGMANN, NORBERT:** Die Adler von Lübeck (2009) • Die Nacht des Narren (2008) • Die Tochter des Salzhändlers (2007) • Kabinettstück (2006) • Schlüsselgewalt (2004) • Rebenblut (2003) **KOHL, ERWIN:** Willenlos (2008) • Flatline (2007) • Grabtanz • Zugzwang (2006) **KÖHLER, MANFRED:** Tiefpunkt • Schreckensgletscher (2007) **KOPPITZ, RAINER C.:** Machtrausch (2005) **KRAMER, VERONIKA:** Todesgeheimnis (2006) • Rachesommer (2005) **KRONENBERG, SUSANNE:** Rheingrund (2009) • Weinrache (2007) • Kultopfer (2006) • Flammenpferd (2005) **KURELLA, FRANK:** Der Kodex des Bösen (2009) • Das Pergament des Todes (2007) **LASCAUX, PAUL:** Feuerwasser (2009) • Wursthimmel • Salztränen (2008) **LEBEK, HANS:** Karteileichen (2006) • Todesschläger (2005) **LEHMKUHL, KURT:** Nürburghölle (2009) • Raffgier (2008) **LEIX, BERND:** Fächertraum (2009) • Waldstadt (2007) • Hackschnitzel (2006) • Zuckerblut • Bucheckern (2005) **LOIBELSBERGER, GERHARD:** Die Naschmarkt-Morde (2009) **MADER, RAIMUND A.:** Glasberg (2008) **MAINKA, MARTINA:** Satanszeichen (2005) **MISKO, MONA:** Winzertochter • Kindsblut (2005) **MORF, ISABEL:** Schrottreif (2009) **MOTHWURF, ONO:** Taubendreck (2009) **OTT, PAUL:** Bodensee-Blues (2007) **PELTE, REINHARD:** Inselkoller (2009) **PUHLFÜRST, CLAUDIA:** Rachegöttin (2007) • Dunkelhaft (2006) • Eiseskälte • Leichenstarre (2005) **PUNDT, HARDY:** Deichbruch (2008) **PUSCHMANN, DOROTHEA:** Zwickmühle (2009) **SCHAEWEN, OLIVER VON:** Schillerhöhe (2009) **SCHMITZ, INGRID:** Mordsdeal (2007) • Sündenfälle (2006) **SCHMÖE, FRIEDERIKE:** Fliehganzleis • Schweigfeinstill (2009) • Spinnefeind • Pfeilgift (2008) • Januskopf • Schockstarre (2007) • Käfersterben • Fratzenmord (2006) • Kirchweihmord • Maskenspiel (2005) **SCHNEIDER, HARALD:** Erfindergeist • Schwarzkittel (2009) • Ernteopfer (2008) **SCHRÖDER, ANGELIKA:** Mordsgier (2006) • Mordswut (2005) • Mordsliebe (2004) **SCHUKER, KLAUS:** Brudernacht (2007) • Wasserpilz (2006) **SCHULZE, GINA:** Sintflut (2007) **SCHÜTZ, ERICH:** Judengold (2009) **SCHWAB, ELKE:** Angstfalle (2006) • Großeinsatz (2005) **SCHWARZ, MAREN:** Zwiespalt (2007) • Maienfrost • Dämonenspiel (2005) • Grabeskälte (2004) **SENF, JOCHEN:** Knochenspiel (2008) • Nichtwisser (2007) **SEYERLE, GUIDO:** Schweinekrieg (2007) **SPATZ, WILLIBALD:** Alpendöner (2009) **STEINHAUER, FRANZISKA:** Wortlos (2009) • Menschenfänger (2008) • Narrenspiel (2007) • Seelenqual • Racheakt (2006) **SZRAMA, BETTINA:** Die Giftmischerin (2009) **THÖMMES, GÜNTHER:** Das Erbe des Bierzauberers (2009) • Der Bierzauberer (2008) **THADEWALDT, ASTRID / BAUER, CARSTEN:** Blutblume (2007) • Kreuzkönig (2006) **VALDORF, LEO:** Großstadtsumpf (2006) **VERTACNIK, HANS-PETER:** Ultimo (2008) • Abfangjäger (2007) **WARK, PETER:** Epizentrum (2006) • Ballonglühen (2003) • Albtraum (2001) **WILKENLOH, WIMMER:** Poppenspäl (2009) • Feuermal (2006) • Hätschelkind (2005) **WYSS, VERENA:** Todesformel (2008) **ZANDER, WOLFGANG:** Hundeleben (2008)

Wir machen's spannend